Für Rachel

»Wenn du dich versteckst, dann zünde kein Feuer an.«

Sprichwort der Aschanti

1

Kein Blickkontakt

Sie war vielleicht zwölf.

Man hatte uns nur gesagt, dass ein Mädchen in eine Plastikmülltonne gestopft worden war, eine der großen. Olivgrün mit grellgelbem Deckel. Der Deckel war nicht ordentlich geschlossen worden. Was daran lag, dass Plastikmülltonnen nicht dafür hergestellt wurden, um Menschen zu beherbergen.

Es waren die Achtzigerjahre und Mülltonnen aus Metall wurden gerade abgelöst. Plastik- und Recyclingtonnen waren noch neu. Erst wenige Bezirke hatten angefangen, sie einzuführen. Das Konzept der Wiederverwertung kapierten die Leute – mich eingeschlossen – damals noch nicht, dennoch wusste ich, dass solche Tonnen nicht dafür gedacht waren, menschliche Körper darin zu entsorgen.

Es war meine erste Leiche. Bis dahin hatte ich Kleinkriminelle gejagt, häusliche Streitigkeiten und zu viele betrunkene Schlägereien in planlos angelegten Straßen mit verfallenden Häusern geschlichtet, die von einer großzügigen Regierung nach dem Krieg im Vorort Springvale errichtet worden waren, einer weitläufigen Ortschaft fernab des Zentrums von Melbourne, nicht allzu weit nördlich der Antarktis. Hinter einer kleinen, schmuddeligen Einkaufszeile, die sich eines Sexshops, eines Nudelrestaurants und einer Discountapotheke brüsten konnte, verlief eine Schotterfahrbahn. Ein gelber Neonstreifen an der Rückseite des Sexshops verteilte ein wenig dreckiges Licht in die Düsternis der Nacht. Außerhalb der Reichweite des Neonscheins erstreckte sich ein schier endloser Teppich flacher Vorortstraßen mit niedrigen Häusern bis zum fernen Meer. Ich konnte das leise Rumoren der Autobahn hören, sechs Spuren, die ins Zentrum der eine Stunde entfernten Stadt führten. Es war kalt und spät. Ein Donnerstag.

Ein fetter Kerl – der Mann, dem der Sexshop gehörte und der Meldung erstattet hatte – wippte auf den Zehen vor und zurück, als wir auf das Mädchen zugingen. Anfangs wirkte er argwöhnisch. Dann wurde er ungeduldig. Er winkte uns zu.

»Hier unten«, brüllte er.

Wir hatten am Ende des Wegs geparkt und waren ausgestiegen, um die Entfernung zu Fuß zurückzulegen. Mein Partner Eric, ein altgedienter Cop, näherte sich einem Tatort gerne langsam zu Fuß, um dabei aufmerksam zu beobachten.

Ich konnte einen Teil des Körpers erkennen, der aus der Tonne ragte.

Durch die Kälte war der Schotter härter geworden. Das knirschende Geräusch, das unsere Schuhe verursachten, hallte wie ein peitschendes Echo die Gasse hinab.

»Junge?«, sagte Eric.

Ich hasste es, »Junge« genannt zu werden.

»Ja?«, gab ich zurück.

»Wie lange trägst du die Uniform schon?«

»Seit vier Monaten.« Ich war damals neunzehn.

»Schon mal ein MO gesehen?«

»Was ist ein MO?«, fragte ich, als wir uns näherten. *Knirsch, knirsch.*

»Mordopfer.«

Cops stehen auf Abkürzungen.

»Nein«, erwiderte ich. »Jedenfalls kein menschliches«, fügte ich hinzu, als wäre die Klarstellung in irgendeiner Weise hilfreich.

»Sieh ihnen nie in die Augen«, wies er mich an.

Der Besitzer des Sexshops laberte bereits drauflos, bevor wir ihn erreichten. »Ich komm' also aus dem Laden raus, Sie wissen schon, weil ich heimgehen will, verstehen Sie, ist ja schon spät, und Mann, da ist sie. Ich mein', was für ein verfluchter Irrer stopft denn ein Kind in 'ne Mülltonne? Ich mein', Sie wissen schon, was zum Geier soll die Scheiße?«

Ja, was sollte die Scheiße?

Eric gehörte zur alten Schule, ein wandelndes Polizeirevier. Er hatte schon alles gemacht, alles gesehen. Forensik, Verkehr, Ermittlungsabteilung, Verbindungsstelle, Vermisste – heute gibt es für jeden dieser Bereiche eine eigene Abteilung, aber damals war alles bloß ein alltäglicher Bestandteil des Jobs. Das Funkgerät befand sich im Auto, das am Anfang der schmalen Gasse parkte. Mobiltelefone waren etwas, das ich zu der Zeit nur aus dem Film *Lethal Weapon* kannte, und sie hatten noch die Größe eines kleinen Koffers.

»Sehen wir sie uns mal an«, schlug Eric vor. »Leg die Mülltonne um, Junge.«

Der kleine Körper befand sich eingezwängt darin, als wäre er zusammengefaltet worden. Ein Arm ragte heraus. Wer immer der Täter sein mochte, er hatte sie mit den Füßen voraus hineingeschoben. Ich ergriff die Tonne und rollte sie rückwärts zu mir. Eines der Räder hatte sich gelöst. Meine Mutter hätte sich darüber beim Gemeinderat beschwert. Dem fetten Kerl schien es eher egal zu sein; immerhin befanden wir uns hinter einem Sexshop, wohin sich normalerweise niemand verirrte.

Ich neigte die Tonne nach hinten und senkte sie behutsam auf den Schotterboden. Der gelbe Deckel klappte auf, und ihr Körper plumpste heraus. Sie hatte braune Haare.

»Zieh sie raus, Junge«, forderte Eric mich auf.

»Kann ich jetzt gehen?«, fragte der fette Sexshopbesitzer.

»Nein«, entgegnete Eric.

Ich fasste hinein.

Die Tonnen mit dem gelben Deckel sind für wiederverwertbares Zeug: Papier, Flaschen, Dosen. Sie roch nach Karton. Behutsam schob ich die Hände unter die Schultern des Mädchens. Langsam zog ich sie über den Deckel auf den Schotter heraus.

Sie war noch warm.

Als ich sie auf den kalten, harten Boden legte, fielen ihr die Haare von den Augen, und wir befanden uns von Angesicht zu Angesicht gegenüber. Ich blies die Luft aus, und mein Atem schwebte wie ein weißer Nebel vor ihr.

Das MO. Abkürzung aus den Achtzigern. Inzwischen nennen wir sie nur noch »Opfer«.

Sie war vielleicht zwölf, vermutete ich. Viel älter bestimmt nicht.

»Was meinst du, wie sie heißt?«, sagte ich recht dümmlich.

Eric ignorierte meine Frage.

»Junge? Was hab' ich dir gesagt?«

Ich schaute erst zu Eric auf, dann wieder in ihr Gesicht. Unsere Blicke begegneten sich, und ich starrte wie gebannt hin.

Sieh ihnen nie in die Augen, hatte er mich gewarnt. Denn wenn du es tust, gehst du eine Verbindung ein.

Es war ein guter Rat von einem erfahrenen Cop gewesen. Ein Rat, der einem jungen Anfänger beim Überleben helfen sollte; ein Rat, den ich jedoch ignorierte.

Man geht unweigerlich eine Verbindung ein. Allerdings nicht nur mit dem Opfer. Der letzte Mensch, den ein Opfer im Leben sieht, ist derjenige, der es tötet, der dieses Leben auslöscht. Und das Nächste, was die toten Augen sehen, ist man selbst.

Das ist der gemeinsame Nenner, der einen mit dem Mörder verbindet. Er hat dem Opfer in die Augen gestarrt, als die Tür zu dessen Leben zufiel, und man selbst begibt sich auf die Jagd. Man findet ihn. Man schließt den Fall ab. Schließt die Augen des Opfers. Sperrt den Mörder weg. Lässt das Opfer in Frieden ruhen. Wenn man nur selbst Frieden finden könnte. Wenn sie nur aufhören würden, einen heimzusuchen. Ich war damals noch jung. Später sollte ich erfahren, dass sie nie aufhörten, einen heimzusuchen.

—

Es war ein Rat, den ich viele Jahre danach erneut ignorieren würde, als ich in die Augen zweier Leichen starrte, die wie ein Flickenwerk, wie ein verschlungenes Mosaik aus Gliedmaßen im seichten Wasser unter mir trieben.

2

»Du kannst dich nicht zur Ruhe setzen«

Irgendwo klingelte ein Telefon. Weit weg, irgendwo vergraben. Der Klingelton war ein nervender Song, der mir vage vertraut vorkam. Das Klingeln verstummte. Ich tat so, als wäre es nicht geschehen, und widmete mich weiter der weisen Tätigkeit des Flussbetrachtens. Für die Uneingeweihten: Dazu gehört, dass man auf einem gemütlichen Stuhl sitzt oder, wie in meinem Fall, in einer Hängematte liegt und eingehend die Strömung des Noosa River bei einsetzender Flut beobachtet. Gelegentlich sieht man unter Umständen ein Brett vorbeitreiben oder Pelikane mit anklagenden Blicken, die besagen: »Wo bleibt mein Futter, Kumpel?« Ab und an auch ein Boot voller Touristen oder einer der örtlichen Fischer, der den langen Fluss mit dem Netz nach allem durchforstet, was unter seiner braunen, rasch strömenden Oberfläche schwimmt.

Flussbetrachten gehört inzwischen zu meinen Hauptbeschäftigungen. Früher nannte man mich »die Kanone«. Die Leute meinten, ich sei der beste Mordermittler im ganzen Land. Früher mal. Vor über zwei Jahren habe ich mich zur Ruhe gesetzt.

Das Telefon klingelte erneut – derselbe nervende Popsong –, und dann, nach einer kurzen Pause, fing es ein weiteres Mal an. Den Klingelton hatte ich einem Mädchen zugewiesen, das zu dem Zeitpunkt in Todesgefahr geschwebt hatte. Damals hatte die Möglichkeit bestanden, dass sie von einem Serienmörder namens Winston Promise entführt werden könnte.

Promise war tot. Nach einer Hetzjagd hatte ich ihn geschnappt, mit angesehen, wie ihn meine sogenannte Partnerin erschossen hatte, und ihn anschließend in einem ungekennzeichneten Grab verscharrt, das nie jemand entdecken würde. Folglich konnte nicht er es sein, der versuchte, Verbindung aufzunehmen.

Ich hatte in der Zeit, als ich nach ihm suchte, vier Telefone gehabt, alle mit Songs, die ich potenziellen Opfern eigens zugewiesen hatte, damit ich, wenn eines davon klingeln würde, auf Anhieb gewusst hätte, wer bedroht wurde.

Das Gedudel verstummte. Mittlerweile hatte es zum dritten Mal geklingelt. Was bedeutete, dass jemand meine Hilfe wollte. Es bedeutete, dass jemand glaubte, in Schwierigkeiten zu stecken.

Ich kann mich kaum noch daran erinnern, was passiert ist, nachdem Maria und ich aus dem dunklen Wald gekommen waren, in dem Promise neben einem namenlosen Bach begraben liegt, und Meldung erstattet hatten. Das verwaiste Haus eines Killers, keine Spur vom Besitzer, jede Menge Fragen von argwöhnischen Bullen, aber keine Anklage. Ich weiß noch, dass ich damals ziemlich benommen zu Hause ankam. Ich weiß noch, dass Bilder von Promises Opfern die Wände in meinem Wohnzimmer übersäten. Ich weiß noch, dass ich sie heruntergerissen habe. Ich erinnere mich daran, dass ich danach auf den Fluss gestarrt und auf den Schimmer des Morgengrauens gewartet habe. Ich erinnere mich daran, dass es geregnet hat. Ich erinnere mich daran, die Telefone in einem Karton verstaut zu haben. Zusammen mit meiner Knarre. Ich hatte die Telefone geladen gelassen, angeschlossen an eine Steckdosenleiste. Obwohl Promise und die Bedrohung, die er für diese Mädchen verkörpert hatte, ausgelöscht worden waren. Warum hatte ich das getan?

Wieder klingelte es.

Ich ging durch die weit offenen Türen meiner alten, am Fluss gelegenen Holzhütte hinein und schaute hoch zum Dach.

Das Haus, in dem ich lebte, war in den Zwanzigerjahren von einem Fischer gebaut worden, der, davon war ich überzeugt, entweder ständig besoffen oder extrem exzentrisch gewesen war. Wenn der Wind kräftig wehte – was er nahezu jeden Tag tat, zumal der Fluss kaum zwei Kilometer entfernt ins Meer mündete –, schwankte das Haus, als wäre es beschwipst. Der Fischer hatte entweder das Interesse verloren, kein Geld mehr gehabt oder beschlossen, dass eine ordentliche Decke vollkommen überflüssig sei. Über mir befanden sich unverkleidete Hartholzbalken und Blechplatten. Wenn die Leute höflich sein wollten, meinten sie, es sähe rustikal aus. Was nicht stimmte. Es sah schlicht und ergreifend unfertig aus, nur störte mich das nicht. Als ich das Haus gekauft hatte, wollte ich nur einen Ort, an den ich fliehen konnte. Und nach meiner ersten Reaktion – *Was zum Teufel soll das, und warum hat der Immobilienmakler nicht erwähnt, dass es keine Decke gibt?* – hatte ich aufgehört, hinaufzuschauen, und es schließlich völlig vergessen. Die Hartholzbalken waren zu einem nützlichen Ort zum Verwahren von Dingen geworden. Darunter befanden sich mehrere Kartonschachteln, und in einer davon wollte ein Telefon einfach nicht zu klingeln aufhören – ein Mädchen, das meine Hilfe brauchte.

Der alte Fischer hatte eine Steckdose an einem der Balken

über mir montiert. Kabel schlängelten sich von dort zum Deckenventilator, zu einem Klimagerät, das nicht funktionierte, und zu einem Verlängerungskabel, das in einer der siebenundzwanzig Schachteln über mir verschwand.

Warum hatte ich die Telefone geladen gelassen? Warum hatte ich sie nicht ausgeschaltet? Warum hatte ich sie nicht vergraben, wie ich den Mörder vergraben hatte? Da die Gefahr mittlerweile vorbei war, wollte ich da wirklich, dass diese Mädchen mit mir in Verbindung bleiben konnten? Für den Fall, dass sie in Zukunft in Schwierigkeiten gerieten? Alle Teenagermädchen haben Schwierigkeiten. Warum hatte ich die Kommunikationsleitungen offen gelassen? Wegen des Kicks? Hatte mein Freund Casey recht gehabt, als er mir die Beretta überreicht und zu mir gemeint hatte, ich würde sie nie loswerden, sie sei ein Teil von mir?

Ich hatte mich zur Ruhe gesetzt, war aus dem Dienst ausgeschieden, hatte der Dunkelheit den Rücken zugewandt. Später war ich zwar aus dem Ruhestand zurückgekehrt, um die Sunshine Coast von einem Mörder zu erlösen, aber seither war es mir prima gegangen, und ich hatte glücklich am Ende meines Stegs gehockt. Oder doch nicht?

—

»Darian, sind Sie das?«

Ich war versucht, zu leugnen: *Nein, falsch verbunden, tut mir leid.* Und aufgelegt. Aber eine der nachteiligen Begleiterscheinungen, wenn man bestimmten Personen Klingeltöne zuweist, besteht darin, dass man sie sich vorstellen kann. Kaum hatte ich das – knallrosa – Telefon gesehen, das mit einem längst vergessenen Song klingelte, den wir vor einem Jahr ausgewählt hatten, wusste ich, dass es sich um die achtzehnjährige Ida aus Wien handelte, die mit dem Rucksack durch Australien reiste. Sie war eines Nachts am Rand meines Rasens neben dem Fluss zurückgelassen worden, nackt und zu Tode verängstigt, eingehüllt in einen Kokon aus etwa fünfundsechzig Lagen Frischhaltefolie, ein Geschenk des Serienmörders für mich. Ich hatte sie gegen ihren Willen gezwungen, Noosa zu verlassen, und ich hatte darüber gelogen, wie wunderschön die Gold Coast sei und wie gut es ihr dort gefallen würde, als ich sie am Bahnhof von Nambour abgesetzt hatte. Damit hatte ich das Richtige getan; Mister Promise hatte sie im Visier gehabt, und er wäre in ihr billiges Motelzimmer zurückgekommen und hätte sie schon allein deshalb ins Jenseits befördert, um mich zu verhöhnen. Hätte sie die stundenlange Diskussion mit mir für sich entschieden, sie hätte sich buchstäblich in eine Reihe anderer Opfer seiner makabren, perversen Demonstration seines Ruhms gefügt.

»Ida? Was ist denn los?«

Fehler Nummer eins – man sollte ein Problem nie einladen. Rasch versuchte ich, zurückzurudern und das Versehen auszumerzen.

»Ich sitze grade draußen am Fluss. Ich genieße es richtig, kein Bulle mehr zu sein und mich nicht mehr mit Verbrechen herumschlagen zu müssen. Es ist toll. Ich fange eine Menge Fische«, log ich.

Funktionierte nicht.

»Darian, Sie müssen kommen. Nur Sie können helfen. Da sind so viele Leichen …«

Und das war's. Ich vermeinte, hinter den Worten eine schnelle Bewegung gehört zu haben, als entreiße ihr jemand das Telefon, doch vielleicht hatte ich mir das auch nur eingebildet. Ich blickte auf das rosa Telefon in meiner Hand und überprüfte den Akkuladestand; vielleicht war es ausgegangen. Aber nein, es war immer noch voll geladen.

Ich wählte die Nummer.

»*Hello, this is Ida, please leave a message.*« Und dann: »Hallo, hier ist Ida. Bitte hinterlasse eine Nachricht.« Wie ich wild vermutete, handelte es sich zweimal um denselben Text, nur einmal auf Deutsch.

Ich starrte auf das Telefon und spürte die Leere am anderen Ende der Leitung. Dabei versuchte ich, Ida nicht vor mir zu sehen, was sich jedoch als so nutzlos erwies wie der Versuch, mit dem Atmen aufzuhören.

Ich starrte auf den Fluss. Ich starrte auf meine Hängematte. Ich starrte auf den Schwarm Möwen auf meinem Rasen. Ich forderte sie auf, sich zu verpissen. Sie rührten sich nicht. Das tun sie nie. Man muss auf sie zurennen und sie durch physische Präsenz einschüchtern, sonst stehen sie nur da und glotzen einen an, hoffen oder erwarten, dass man letzten Endes nachgibt und sie mit irgendeiner Kruste oder einem aufgeweichten Kartoffelchip füttert.

So bin ich, ging mir durch den Kopf. Wie eine dämliche Möwe. Darauf programmiert, auf eine bestimmte Weise zu reagieren. Ida hatte mich um Hilfe gebeten. *Nur Sie können helfen.*

Nein, dachte ich. *Das mache ich nicht mehr. Ich bin im Ruhestand. Das liegt alles hinter mir.* Dann jedoch übernahmen meine Instinkte die Kontrolle, und ohne nachzudenken, fasste ich ganz nach unten in den Karton, in den ich die Telefone geworfen hatte. Unter ihnen und einigen alten, miesen LPs von Deep Purple befand sich, aus den Augen, aus dem Sinn, die Pistole.

Die Beretta 92. Ich spürte ihr kaltes Metall, schlang die

Hand um den Griff und zog die Waffe heraus, steckte sie mir hinten in die Jeans und rief meinen Kollegen im Glasturm an.

—

»Ich bin beschäftigt, kann nicht reden. Was ist dein Begehr? Ich stehe in den Diensten der CIA, natürlich nur vorübergehend. Paranoia auf höchster Ebene. Die Vergütung ist ziemlich gut, wie ich hinzufügen möchte – besser als deine, werter Kollege. Was ist es, das du brauchst? Ich stehe in deinem Bann.«

Das war Isosceles, ein brillantes Computergenie, das ich vor einigen Jahren aus dem Gericht gerettet hatte. Ich hatte dafür gesorgt, dass die Anklage gegen ihn – ungefähr achthundertfünfundsiebzig Verstöße gegen das Telekommunikationsgesetz – fallen gelassen wurde, danach hatte ich ihn als Analysten/Computerguru für alle Mannschaften angeheuert, die unter meiner Aufsicht im Morddezernat im siebten Stock des Polizeihauptquartiers von Victoria gearbeitet hatten.

»Du musst für mich den Standort dieser Nummer aufspüren«, sagte ich und betrachtete mit zusammengekniffenen Augen den kleinen Bildschirm des Mobiltelefons.

»Ida aus Wien«, sagte er, als ich hörte, wie seine Finger über seine Tastaturen tänzelten. »Die erste Frau, die um die Welt gereist ist, kam auch aus Wien, hast du das gewusst, Darian? Und ihr Name war ebenfalls Ida. Ida Pfeiffer. Eine gewaltige Leistung, wenn man bedenkt, dass Frauen bis in die 1850er nicht einmal Visa gestattet wurden. Labrador.«

Am anderen Ende der Leitung folgte Schweigen, die Art von Schweigen, die besagte: *Fertig, Aufgabe erledigt.*

»Labrador?«

»Labrador. Nicht der Hund, sondern die Ortschaft.« Er kicherte. Isosceles brachte seinen ziemlich exzentrischen Humor in jede Mordermittlung ein, an der er mitarbeitete. Damit machte er sich bei den Teams der Mordermittler zwar nicht unbedingt beliebt, aber normalerweise sagte niemand etwas. Der Kerl war ein Genie und lieferte regelmäßig Informationen, die zum erfolgreichen Abschluss einer Ermittlung durch Verhaftung und Verurteilung führten.

»Danke«, sagte ich. »Kannst du mir den genauen Standort in Labrador geben?«

»Oh ja. Wird nur ein klein wenig länger dauern.«

»Ruf mich zurück.«

»Nur eine Frage. Bevor du auflegst. Stellt diese Suche nach der Wienerin Ida eine gesellschaftliche Aktivität dar? Womit ich meine: Hast du vor, sie besuchen zu fahren? Sie ist sehr jung – zu jung für eine sexuelle Beziehung mit dir, würde ich meinen. Oder kommst du wieder aus dem Ruhestand zurück? Womit ich meine: Schwebt sie in Gefahr?«

»Ich weiß es nicht.« Kurz verstummte ich, bevor ich hinzufügte: »Ich glaube, sie steckt in Schwierigkeiten.«

»Darian?«

»Ja?«

»Du kannst dich nicht zur Ruhe setzen.«

Bevor ich etwas erwidern konnte, legte er auf.

Nur Augenblicke später klingelte mein Handy.

»Ja?«

»Sag mir, dass ich ein Genie bin.«

»Du bist ein Genie.«

»Ich weiß. Das Signal des Telefons von Ida aus Wien ist nicht weg. Das Handy mag ausgeschaltet worden sein, aber der Akku ist nicht entfernt worden. Daher kann ich dir mit völliger Sicherheit sagen, dass sie sich im Naturschutzgebiet von Coombabah Lake befindet, einem großen Wald in dichtem Buschland auf der Nordseite des Gold Coast Highway, nah – genau genommen ungefähr zweihundert Meter – am Coombabah Lake selbst. Tatsächlich hält sie sich todsicher – Verzeihung, Darian, ich entschuldige mich … Sie hält sich ganz sicher mitten in etwas auf, das bis zur Schließung 1972 eine Krabbenzucht war. Ich frage mich, was aus den Krabben geworden ist, als man die Zucht aufgegeben hat? Meinst du, man hat sie einfach zum Sterben zurückgelassen? Ich habe dir die Koordinaten per E-Mail geschickt. Zwar nicht ganz so abgelegen wie die Sunshine Coast, aber man könnte es durchaus als abseits ausgetretener Pfade bezeichnen.«

Ich betrachtete die Karte. Die Ortschaft Labrador lag am rechten oberen Rand der Gold Coast. Orientierung ist zwar grundsätzlich nicht meine Stärke, aber mit links und rechts komme ich ganz gut zurecht.

—

Die Gold Coast ist wie ein Bruder oder eine Schwester der Sunshine Coast. Beide gleichen einer Hotelspielwiese voller Touristen und Reisender, eine Reihe von Ortschaften und Dörfern entlang einer herrlichen Küste, die sie miteinander verbindet und kein Ende zu nehmen scheint. Hunderte Kilometer makelloser weißer Sand und Meeresbrandung. Inmitten dieser Touristen-Mekkas liegt die Hauptstadt von Queensland, Brisbane, ein Ort mit etwa zwei Millionen Einwohnern. Fuhr man vor vierzig Jahren eine Straße in Brisbane hinab, musste man noch anhalten, um Schafen Vorrang zu geben. Heute ist es eine angesagte Stadt, cool und groovy. Der große Unterschied zwischen der Sunshine Coast und der

Gold Coast besteht darin, dass es an der einen Küste um die tausend Wolkenkratzer, zahlreiche hohe Ziegelsteinwohnblöcke aus den Siebzigerjahren und mittendrin einen zornigen, für Gewalt verschrienen Abschnitt namens Surfers Paradise gibt, Heimat von Motorradgangs, Nutten, russischen Mafiosi, unzähligen betrunkenen Teenagern und genauso für Gewalt verschrienen, fiesen, mit Elektroschockern und Schlagstöcken bewaffneten Bullen. Ich bin mal durchgefahren. Hat mich an Tijuana erinnert.

Die andere Küste ist ein sanftmütiger, wunderschöner – manche behaupten geradezu langweiliger – Ort, wo die Umweltschützer darauf bestehen, dass die höchsten Gebäude nicht höher als eine Palme sein dürfen. Die Sunshine Coast.

Die beiden Spielwiesen entlang der Brandung verbindet der Bruce Highway. Es dauert mindestens zwei Stunden, um von der einen Küste zur anderen zu fahren, sogar eher drei bis vier, je nachdem, wie übel der Verkehr in Brisbane brummt.

Ich dachte darüber nach, hinunterzufahren, um nachzusehen, ob es Ida gut ging. Das war mein nächster Fehler: das Denken. Ich hätte mich einfach auf meinen Instinkt verlassen sollen.

3

Verbindungen

»Ich denke, das Beste wäre, wenn wir nie wieder miteinander reden.«

Maria war Sergeant im örtlichen Polizeirevier. Außerdem lebte sie mit einem meiner wenigen Freunde zusammen – Casey –, und bei der Jagd nach Winston Promise hatte sie als meine inoffizielle Partnerin agiert. Sie war karrieregeil und hielt sich gern an die Vorschriften. Ich nicht. Von daher hatte unsere Partnerschaft unter keinem guten Stern gestanden. Tatsächlich hatte sie mit mir, seit sie Promise in die ewige Verdammnis befördert hatte, kaum noch gesprochen. Ein Leben zu nehmen, auch wenn es das eines Serienmörders ist, stellt einen gravierenden Schritt in der persönlichen Reise eines Menschen dar. Man gerät dadurch in einen exklusiven Gesellschaftskreis, in dem viele Mitglieder böse sind; es definiert einen neu und bringt einen – für immer – dazu, darüber nachzudenken, wer man eigentlich ist. Wenn man einmal die Tendenz dazu gezeigt hat, ein Leben auszulöschen, aus welchem Grund auch immer, hört man nie auf, sich darüber zu sorgen, dass man es wieder tun könnte. Maria redete nicht darüber, trotzdem wusste ich, dass sie die Erfahrung bis ins Mark ihrer Identität erschüttert hatte. Da ich derjenige gewesen war, der es so eingefädelt hatte, dass sie zielte und den Abzug drückte, hatte sie mich seither sorgsam gemieden und auf größtmöglicher Distanz gehalten. Casey warf immer noch mit Einladungen zum Essen um sich, wenn wir am Telefon miteinander sprachen, aber ich glaube, sollte ich je zusagen, würde ihn vor Entsetzen der Schlag treffen.

Meine Rolle bei den Ermittlungen gegen den Serienmörder Winston Promise hatte zudem für einigen Wirbel bei den Jungs auf dem Hügel gesorgt, vor allem bei Marias idiotischem Boss, Fat Adam. Ich hatte einem Bullen den Arm gebrochen und zwei weitere im überaus öffentlichen Bereich einer nahen Autobahn niedergeschlagen. Am besten mied man den Umgang mit mir, wenn man im Revier von Noosa aufsteigen wollte, und Maria war ehrgeizig.

Ich ignorierte ihren Begrüßungssatz. Wenigstens hatte sie den Anruf angenommen. »Kennst du irgendjemanden in einem Revier an der Gold Coast?«, fragte ich sie. »Ich hatte gerade einen Anruf von einer jungen Frau, die in irgendeiner Notlage zu sein scheint.«

»Ruf doch selbst an«, lautete die Erwiderung.

»Danke, darauf wäre ich nie gekommen. Es ist ein einfacher Anruf, der dich höchstens drei Minuten kostet.«

Cops zeigen ein Clan-Verhalten. Solange man die Uniform trägt, gilt man als Teil einer speziellen Elite. Riefe ich an, würde man mich für eine Stunde in die Warteschleife legen und dann mit irgendeinem Trottel verbinden, der meine Meldung protokollieren und anschließend weiterschlafen würde. Noch vor zwei Jahren mochte ich zum Clan gehört haben, mittlerweile jedoch verkörperte ich einen Zivilisten.

»Bitte«, fügte ich hinzu, als mir einfiel, dass sie eine wohlerzogene junge Frau war.

»Was für eine Notlage?«, wollte sie wissen.

Ich erzählte ihr von dem Anruf und gab ihr die Koordinaten, die ich von Isosceles erhalten hatte.

»Ich habe dort einen Freund.« Mehr sagte sie nicht, bevor sie auflegte.

Ich kehrte zum Fluss zurück.

Mir war dabei nicht bewusst, dass ich gerade ein Todesurteil verhängt hatte.

4

Vernetzung

»Was zum Teufel hast du getan?«, brüllte Maria.

Ich sah auf die Uhr. Es war fünf Uhr morgens. Ich saß in der Küche bei meinem dritten schwarzen Kaffee und hatte Maria am anderen Ende der Leitung.

»Wovon redest du?«, fragte ich.

»Johnston wird *vermisst*«, klärte sie mich auf.

»Wer ist Johnston?«, fragte ich.

»Johnston ist der Beamte, den ich an der Gold Coast angerufen habe. Er hat gesagt, er würde deine Geschichte über diese Ida überprüfen und mal rausfahren, um nachzusehen. Man hat mich gerade angerufen. Er ist verschwunden, und man macht mir Vorwürfe, weil das sein letzter Anruf gewesen ist. Es war eine Gefälligkeit, nichts Offizielles. Er hat es nicht protokolliert, und jetzt ist er verschwunden.«

»Wer ist ›man‹?«, fragte ich.

»Hör auf, Gegenfragen zu stellen, und gib mir endlich Antworten.«

»Antworten worauf?«, fragte ich nicht besonders hilfreich.

»Was genau hat das Mädchen zu dir gesagt? Was ist dort an dem Ort, von dem sie dir zufolge angerufen hat? Wer ist sie? Worin ist sie verstrickt, dass es zum Verschwinden eines Polizisten führen kann?«

»Die Fragen eins und drei kann ich beantworten, nur wird

das nicht weiterhelfen; den Fragen zwei und vier muss nachgegangen werden.«

»Scheiße noch mal … Fragen zwei und vier? Wovon redest du?«

—

Vor einigen Jahren wurden in Australien jedes Jahr rund dreißigtausend Menschen als vermisst gemeldet. Heute sind es fünfunddreißigtausend. Die meisten werden gefunden. Ungefähr tausendsechshundert nicht.

Eintausendsechshundert vermisste Personen. *Jedes Jahr.*

Sie erschaffen sich entweder erfolgreich ein neues Leben, nachdem sie aus einem üblen Dasein entkommen sind, oder sie sind entführt und getötet worden. Die Leichen irgendwo abgeladen und verscharrt. In zehn Jahren macht das über fünfzehntausend Menschen, ein ungewisser Anteil davon Opfer von Mördern.

Wenn eine Person als vermisst gemeldet wird, reagieren Cops prompt mit beruhigenden Floskeln wie: »Kommt bestimmt wieder nach Hause, warten Sie's nur ab.« Und danach werden die Statistiken zitiert. Das ergibt durchaus Sinn. Niemand will Zeit, Geld und Ressourcen für einen Teenager verschwenden, der zu einer Vergnügungstour unterwegs ist, sechsunddreißig Stunden vom Radar verschwindet und danach verkatert und hungrig wieder auftaucht.

Wenn sie nicht wieder auftauchen, legen die Cops allerdings keine andere Platte auf. Stattdessen spulen sie dieselbe Leier ab: »Kommt bestimmt wieder nach Hause, warten Sie's nur ab.«

Ein wenig anders laufen die Dinge, wenn es um einen Bullen geht, der verschwunden ist.

—

Ich wählte erneut Idas Nummer. Diesmal klingelte es.

»Du bist Darian, ja?«, sagte eine Männerstimme. Rau, lakonisch, vielleicht europäisch, jung.

»Kann ich mit Ida sprechen?«

»Ida. Sie ist totes Mädchen, singt«, sagte er.

Damit legte er auf. Der nächste Anruf landete direkt auf der Mailbox.

Entweder wusste der Typ nicht, dass er den Akku rausnehmen musste, oder es juckte ihn nicht. Das Handy sandte nach wie vor Signale aus, immer noch aus dem Naturschutzgebiet von Coombabah Lake, exakt von der Stelle, an der sich vor vierzig Jahren eine Krabbenzucht an einer staubigen Straße befunden hatte, mittlerweile eine Schnellstraße, drei Fahrstunden entfernt, wenn ich dem Navman auf dem Armaturenbrett meines Autos glauben durfte.

—

»Das ist deine Schuld«, hatte Maria mir übers Telefon vorgeworfen. »Ich fahre da runter, und du kommst gefälligst mit«, hatte sie hinzugefügt. »Ich hole dich in vierzig Minuten bei dir ab.« Ohne auf eine Erwiderung von mir zu warten, hatte sie aufgelegt.

Ich war ohne sie aufgebrochen.

5

Der Ort der Kobrawürmer

Ich fuhr mit siebzig Meilen die Stunde in meinem Studebaker.

Auch wenn Australien vor vielen Jahren das metrische System übernommen hatte, für mich galt das nicht. Kilometer sind lahm. Richtig unspannend. Ich passierte Deppen in grauen Anzügen, die anonyme Karren fuhren. Sie zockelten in Kilometern pro Stunde zur Arbeit. Ich hingegen *fuhr*. Mit Meilen pro Stunde.

Ich besitze zwei Autos. Eines ist ein Toyota. Das Auto erfüllt seinen Zweck. Es ist nett. Keine Zicken, keine Auffälligkeiten. Bestens geeignet, wenn man anonym bleiben will. Damit cruise ich. Es fährt sich praktisch von selbst. Unterwegs im Toyota könnte ich ohne Weiteres ein Smörgåsbord genießen. Der Studebaker hingegen ist ein *Auto*. Der Wagen knurrt und röhrt. Mit ihm *fahre* ich, und nach etwa einer Stunde hinter dem Lenkrad, als Brisbane allmählich vor mir auftauchte, strahlend im goldenen, von den Türmen der Stadt reflektierten Licht des Sonnenaufgangs, begann der schiere Kick, mit dem Auto vor sich hinzubrettern, nachzulassen, und ich dachte mir: *Was mache ich hier eigentlich?*

Ich bin kein Cop mehr. Ich bin kein Privatdetektiv. Diese Welt habe ich hinter mir gelassen. Warum fahre ich eine verstopfte Schnellstraße entlang durch Zuckerrohr- und Kie-

fernplantagen, durch rasant wachsende Gebiete mit Wohnanlagen und Industriezonen in einer Reihe von Strandgemeinden an der Pazifikküste im südöstlichen Queensland?

Warum rief ich nicht die Cops an? Sie würden meinen Anruf entgegennehmen. Sie würden mir zuhören. Wahrscheinlich würden sie die ehemalige Krabbenzucht sogar überprüfen. Wahrscheinlich würden sie meine junge Österreicherin finden. Sie würden wissen, was zu tun wäre und wo sie suchen mussten. Sie wären mir gegenüber klar im Vorteil.

Warum also, fragte ich mich, als ich an Caboolture vorbei in Richtung Bald Hills raste, hatte ich beschlossen, den Helden zu spielen?

Ich kannte die Antwort, nur gefiel sie mir nicht. Es war derselbe Grund, aus dem ich die Handys eingeschaltet und ans Ladegerät angeschlossen gelassen hatte. Derselbe Grund, weshalb ich die Beretta behalten hatte, sicher versteckt, wartend.

Ich war zur Waffe zurückgekehrt. Das war mein Leben, mein Kodex, ganz gleich, wie sehr ich mich bemühte, es hinter mir zu lassen.

Und tief in meinem Herzen wusste ich, dass die Cops an der Gold Coast genau wie alle anderen Cops sein würden.

Sie würden meinen Anruf als lästig empfinden. Er würde Arbeit verheißen. Er würde bedeuten, dass sie sich aus dem Revier schleppen mussten. Das war unbequem. Und vermutlich steckte ohnehin nichts dahinter. So viele Anrufe führten ins Nichts oder, schlimmer noch, zu einem Vorfall häuslicher Gewalt. Vielleicht, so spekulierte ich, wollte ich auch bloß ein Held sein. Eines jedoch wusste ich mit Sicherheit: Ich wollte dafür sorgen, dass Ida in Sicherheit war.

Nur Sie können helfen, hatte sie gesagt.

—

Von der Sunshine Coast zur Gold Coast zu fahren ist denkbar einfach. Man bringt das Auto in Richtung nach unten und bleibt auf der breiten Schnellstraße.

Nachdem ich durch Brisbane gefahren war – oder die Stadt vielmehr auf der achtspurigen Außenringautobahn umfahren hatte –, wurde der Verkehr noch stärker. Die Gold Coast liegt nur fünfundvierzig Fahrminuten von Brisbane entfernt und viele Leute pendeln. Obwohl die Geschwindigkeitsbegrenzung auf diesem Abschnitt der Schnellstraße sechzig Meilen pro Stunde beziehungsweise hundert Stundenkilometer beträgt, in einigen Teilbereichen auch hundertzehn, scheinen sich die meisten Fahrer irgendwo in Deutschland zu wähnen, wo man hemmungslos über die Autobahn bolzen darf. Die Durchschnittsgeschwindigkeit schien bei mindestens hundertvierzig Sachen zu liegen. Ich bin kein großer Fan von Strafzetteln wegen Geschwindigkeitsübertretung, und ich zählte unterwegs drei Radarfallen, daher hielt ich mich ans Limit. Bei diesem Tempo konnte ich im Innenspiegel beobachten, wie die schnellen Fahrer zwischen den Spuren hin und her schnitten und dann, als sie an mir vorbeirasten, über die drei Fahrbahnen scherten.

Nachdem ich die Stadt Logan hinter mir hatte, die – wahrscheinlich ungerechtfertigterweise – für ihre Bevölkerung von Proleten bekannt ist, kroch mein Auto hinter einem blauen Holden her, der aussah, als käme er gerade von einer Hochzeit. An den Rändern der Fenster befestigte Girlanden und Ballons schmückten ihn. Durch das Heckfenster starrten mich drei Mädchen im Teenageralter an. Mit drei weiteren Mädchen vorne war der Wagen gerammelt voll. Ein P-Aufkleber wies darauf hin, dass die Karre von einem Lenker oder einer Lenkerin mit provisorischem Führerschein gesteuert wurde. Als ich überholte, bemerkte ich auf den Seitenflächen Worte in großer, schnörkeliger Handschrift.

SCHULE AUS, besagte eine der Mitteilungen. AUF ZU DEN SCHOOLIES, verkündete eine andere, und zu guter Letzt dort, wo noch ein Plätzchen frei geblieben war: JUHU!

Das Mädchen am Lenkrad umklammerte das Steuer mit äußerster Konzentration. Alle Fenster waren oben, und drinnen konnte ich die fünf anderen Mädchen erkennen, die einen Song mitsangen, der wohl laut über die Soundanlage des Autos dröhnen musste.

Die fünf jungen Frauen winkten mir zu und johlten, die Fahrerin jedoch löste den Blick nicht von der Straße und behielt den Fuß so auf dem Gaspedal, dass sie mit exakt einhundert Stundenkilometern dahinglitt.

Die sogenannten Schoolies-Wochen sind ein alljährlich stattfindendes Sauf- und Fickfest, bei dem Halbwüchsige, die gerade die Highschool abgeschlossen haben, größtenteils um die siebzehn Jahre alt, über die Gold Coast herfallen, um eine lange, schier endlose Party am Strand und in den Kneipen zu feiern. Die Feierlichkeiten gelten als berüchtigt, verhasst von Eltern und verehrt von Kids im ganzen Land. Zwischen zwanzig- und vierzigtausend Teenager wie die sechs Mädchen in dem Auto mit den hochgekurbelten Fenstern, die ausgelassen einen Song aus dem Radio mitgrölten, würden demnächst am Strand eintreffen.

Genau wie ich.

Als ich sie überholte, fragte ich mich, wie lange ihre Unschuld anhalten würde.

—

Ich fuhr von der Autobahn ab und visierte vorsichtig *Sea World* an, einen der zahlreichen, Disneylandähnlichen Freizeitparks. Davor hatte ich bereits Dreamworld und Movie World passiert, und Wet'n'Wild, einen Wasserpark.

Ich wusste, dass Sea World nicht einmal in der Nähe des Naturschutzgebiets von Coombabah Lake lag. Wie üblich hatte ich mich gewaltig verfranst. Unklugerweise hatte ich das Navigationssystem ausgeschaltet. Ich hasse es nämlich aufrichtig, wenn eine freundliche Computerstimme, die einen besseren Orientierungssinn besitzt als ich, mit mir spricht. Widerwillig schaltete ich das Ding wieder ein.

»Wenn möglich bitte wenden«, teilte mir das System hilfreich mit.

Scharen von Kids und Eltern verteilten sich vor dem Eingang zu Sea World. Sie lachten, hielten Plüschspielzeug und aßen Eiscreme oder Hotdogs oder Burger. Leere Ausflugsbusse warteten. Ein weiterer Parkplatz strotzte vor leeren Autos, die in der Sonne brieten. Hinter mir befand sich ein Wald aus Teebäumen, der sich zum Strand hin öffnete. Ich konnte das Rauschen der Wellen auf der anderen Seite des struppigen grünen Dickichts hören. Beim nächstbesten Kreisverkehr wendete ich und fuhr in die Richtung zurück, aus der ich gekommen war. Zu meiner Linken befand sich ein Sheraton Mirage mit fünf Sternen, zu meiner Rechten das *Versace-Hotel*, das weltweit Einzige, wie ich mich zu erinnern meinte. Protzige Autos, falsche Busen und strahlende Zähne schillerten von beiden Seiten der Straße auf mich ein. Ich fuhr weiter. Allmählich begann ich zu bedauern, dass ich Ida geraten hatte, hierherzureisen.

Ich kehrte auf die Autobahn zurück und hielt mich rechts. Überall ragten hohe, glänzende Wohnanlagen auf. Glitzernde blaue Kanäle wanden sich dazwischen hindurch. Das Sonnenlicht strahlte von den Wasserwegen auf die Fassaden und gleißte von den Fenstern wie von Spiegeln. Definitiv ein Ort für Sonnenbrillen.

Etwa zwanzig Minuten lang reiste ich den Weg zurück, den ich bereits gekommen war, und folgte einer vierspurigen Schnellstraße, die sich am Wasser entlangschlängelte, zurück ins Landesinnere und in Richtung Brisbane. Isosceles hatte meine Fahrt mitverfolgt und, entsetzt von meinem bisherigen Vorankommen, beschlossen, mich anzurufen, um mir über die Freisprecheinrichtung den Weg zu weisen. Ich hatte ihn in einem Ohr, die ausdruckslose Stimme des Navigationssystems im anderen. Wenigstens lieferte er mir zusätzlich Kommentare über die Landschaft.

»Hast du gewusst, dass *Coombabah* in der Sprache der örtlichen Aborigines ›Ort der Kobrawürmer‹ heißt?«

»Nein. Hab' ich nicht gewusst.«

»Weißt du, was ein Kobrawurm ist, Darian?«, fragte er. Laut Navigationssystem hatte ich noch mindestens zehn Minuten, bis ich mein Ziel erreichen würde, Zeit, die mit seinen eigentümlichen Fragen und meinen ahnungslosen Erwiderungen gefüllt werden würde.

»Nein. Weiß ich nicht.«

»Kleine Holzbohrer, Käfer. Anscheinend gelten sie aufgeweicht in Wasser als Delikatesse. Ist das nicht interessant?«

Nein, nicht wirklich. »Faszinierend«, erwiderte ich.

»Sei nicht herablassend, Darian, das ist kein gutes Benehmen.«

»Entschuldigung«, erwiderte ich.

»Angenommen«, gab er zurück. »Bieg an der nächsten Ampel rechts ab, mach eine Wende, und bieg dann an der nächsten Straße nach links.« Ich tat, wie mir geheißen, schaltete das Navigationssystem aus und ließ mich ganz von Isosceles leiten.

»Ich sage dir, wann du ranfahren musst. Das Signal von ihrem Telefon stammt von einer Stelle ungefähr einhundertundfünfundvierzig Meter von der Straße entfernt, mitten im Busch. Ist es da unten heiß und trocken? Dann könnten dort Schlangen sein.«

Die Straße erwies sich als schmal, und zu beiden Seiten ragte ein Wald aus trockenem, struppigem Gestrüpp auf. Es fiel schwer zu glauben, dass sich in der Nähe ein See befinden sollte. Schilder für Touristen wiesen auf Buschwanderungen und darauf hin, welche Tiere und Vögel man unter Umständen auf diesen Wanderungen beobachten könnte. Ich stieg aus dem Auto und sah mich um.

Wo genau Johnston seinen Wagen geparkt haben konnte, musste ich erst noch herausfinden, jedenfalls fehlte sowohl von ihm selbst als auch von seinem Auto jede Spur. Vorläufig wollte ich mir nicht den Kopf über den verschwundenen Polizisten zerbrechen, sondern mich darauf konzentrieren, Ida zu finden. Immerhin hielt ich nach wie vor für ungewiss, ob zwischen den zweien eine Verbindung bestand.

Allmählich fing ich an, mich wie die Schreibtischidioten zu fühlen und aufzuführen, wenn jemand als vermisst gemeldet wird: *Keine Sorge, wird schon wieder auftauchen.*

Nun, die Wahrscheinlichkeit, dass ein Beamter verschwand, weil er der Meldung eines vermissten Mädchens nachging, war tatsächlich ziemlich gering, redete ich mir ein. Viel eher fiel Johnstons Verschwinden zufällig damit zusammen, vielleicht, weil er sich hatte volllaufen lassen oder weil er mit einer neuen Flamme abgehauen war.

Damit ignorierte ich meine eigene erste Grundregel für Ermittlungen: So etwas wie Zufall gibt es nicht.

Ich sah mich einem tiefen Geflecht von Kasuarien und Niaulibäumen, wildem Gras und einheimischen Büschen gegenüber. Ich kann mit der Wildnis nicht viel anfangen; obwohl ich auf einer kleinen Farm aufgewachsen bin, sind mir Bürgersteige und Straßen entschieden lieber.

Als ich niedrige Äste beiseiteschob und den Wald betrat, hörte und fühlte ich sumpfigen Untergrund – der Ort erwies sich als feucht vor Salzwasser, das vom nahen See herübersickerte, den Meeresarme und Flüsse nährten, die allesamt in den Pazifik mündeten, der sich, wie mir Isosceles zuverlässig versicherte, nur wenige Kilometer entfernt befand. Unterbrochene Sonnenstrahlen sprenkelten die Baumstämme. Der Baldachin war ziemlich dicht und wogte träge hin und her, während der Wind zart durch die Blätter strich.

Isosceles führte mich. Ich stieg über umgestürzte Stämme hinweg, versank in Pfützen abgestandenen Sumpfwassers und überquerte salzige Flecke trockenen Untergrunds, bis er schließlich sagte: »Da.«

Wieder sah ich mich um. Ich stand etwa zehn Zentimeter tief in trübem, schwarzem Wasser, das aus der Erde aufstieg. Niaulibäume, krumm und knorrig wie alte Männer, erstreckten sich vor mir, so weit das Auge reichte. Auch größere Eukalypten ragten aus dem Boden hoch und undurchdringlich in den Himmel empor. Es war düster und dumpfig. Keine Schlangen, dafür Unmengen von Moskitos.

»Ich seh' hier außer Bäumen nur noch mehr Bäume«, beschrieb ich meine Umgebung.

»Ich kann dich nur bis auf einen Radius von ungefähr sechs Metern hinführen. Ihr Telefon ist ganz in der Nähe.«

Als ich so etwas zuletzt gemacht hatte, war ich auf den Schädel eines Mädchens gestoßen, dem das Gesicht gefehlt hatte. Der Kopf hatte in einem Baum über mir gehangen. Instinktiv schaute ich auf und sah etliche Äste und Blätter. Nichts Menschliches weit und breit.

Ich schloss die Augen und versuchte, im Schatten einer jungen Frau aus Österreich hier zu sein. Oder als Mörder. Oder als jemand, der besagte junge Frau entführt hatte. Darin bestand ein Teil meines Problems. Ich wusste nicht, nach wem oder was ich eigentlich suchte. Was mochte mit ihr geschehen sein?

Vergiss das Telefon, sagte ich mir. *Such nach der Person.*

Ich trat einen Schritt zurück und konzentrierte mich auf die Form der Büsche, auf den Verlauf des Untergrunds. Das Muster der Natur ist vielleicht genauso chaotisch oder strukturiert wie das Muster des Lebens eines Menschen, aber ich wollte sehen, ob das, was sich rings um mich erstreckte, irgendwelche Anzeichen einer Störung erkennen ließ. Ich hielt Ausschau nach Vertiefungen von Fußabdrücken, nach abgebrochenen Zweigen und Ästen, nach irgendetwas im unberührten Gewirr des Buschlands, das mir vielleicht eine Richtung wies, der ich folgen konnte. Auf den Straßen einer Stadt oder im Haus eines Opfers gestaltete sich das so viel einfacher, vor allem, wenn man einen potenziellen Verdächtigen hatte. Trotzdem versuchte ich weiter, mich in die Umgebung zu fügen und ein Gespür für die Linien und Formen rings um mich zu bekommen, ein Gespür für die Linien und Formen der Bäume und des Grases.

Nach gefühlten zwei Jahrzehnten fiel mir ein Bereich auf, wo das hohe Gras etwas geplättet geworden zu sein schien. Ich ging hinüber und begann, es selbst zu plätten, weil ich hoffte, irgendetwas auf der Spur zu sein.

Was auch zutraf.

Ich war auf ein Fleckchen harte, feste, trockene Erde getreten. Durch den dichten Wildwuchs rings um mich hatte ich zunächst nicht bemerkt, dass es sich um eine kleine Erhebung handelte, hinter der ein weitläufiger, von Mangrovenbäumen durchsetzter Sumpf folgte, der dunkel unter Wurzeln und überhängenden Ranken verlief. In vereinzelten Pfützen spiegelte sich funkelnd, was an Sonnenlicht von oben durch den Baldachin drang. Der Sumpf erstreckte sich von mir weg, bis er in der näheren Entfernung von einer schwarzen Wand aus Bäumen verschluckt wurde. Auf dem Boden dieser Erhebung lag ein rosa Mobiltelefon der Marke Nokia.

Allerdings erregte nicht das Telefon meine Aufmerksamkeit. Das taten die Leichen zweier nackter Mädchen. Ihre dicht unter der Wasseroberfläche treibenden Haare wogten träge als ein verfilztes Gewirr umher. Sie erinnerten mich an Millais' Gemälde mit dem Titel *Ophelia* oder, aus neuerer Zeit, an Nick Caves Videoclip, in dem Kylie Minogue tot mit dem Gesicht nach oben in einem kleinen Tümpel treibt. Sowohl in dem Video als auch in dem Gemälde aus den Achtzehnhundertfünfzigern wirkt die Frau völlig ausgeglichen, als wären ihr Tod und die Umgebung der idyllischen Weide und des seichten Flusses in Einklang miteinander.

Nicht so bei diesen zwei jungen Frauen. Beide hatten den Mund zu einem erstarrten Schrei des Grauens aufgerissen, und ihre Augen quollen hervor, als flehten sie mich stumm an, ihrem Leiden ein Ende zu bereiten. Ich habe schon viele Leichen gesehen, und keine davon hatte friedlich gewirkt, nicht einmal die meines Vaters, der sich in einem schäbigen Hotelzimmer in Bangkok zu Tode gefickt und gesoffen hatte. Ganz gleich, wie viele man sieht, ganz gleich, wie gewappnet man zu sein glaubt – und ich war es in dem Moment überhaupt nicht –, sie wirken immer schrill in ihrem Grauen, das jedes Mal die Fähigkeit besitzt, sich in einen zu bohren und sich festzusetzen wie mit Widerhaken, um einen nicht mehr loszulassen.

Die Frauen schienen sehr jung zu sein, um die achtzehn oder neunzehn Jahre alt, vielleicht auch etwas älter. Es gab keine offensichtlichen Anzeichen darauf, wie sie gestorben waren, doch von einem Aspekt war ich überzeugt: Es war Mord gewesen.

Ich sah keine Schussverletzungen, keine augenscheinlichen Blutergüsse, wenngleich es sich von dort, wo ich stand, schwer erkennen ließ. Auch keine Spuren von Blut, andererseits wäre es von der sanften Dünung der Gezeiten wohl längst weggeschwemmt worden. Die Arme hielten sie ausgestreckt, als wollten sie um Hilfe flehen oder umarmt werden. Ich konnte nicht erkennen, ob sie Vertiefungen an den Handgelenken aufwiesen, was ein Hinweis darauf gewesen wäre, dass sie gefesselt gewesen waren.

Da sind so viele Leichen.

Was hatte Ida damit gemeint? Gab es noch weitere Tote? In diesem wässrigen Grab? Woanders?

Eine Leiche unter Wasser verwest mit der halben Geschwindigkeit eines Körpers, der im Trockenen zurückgelassen wird. Diese Mädchen sahen aus, als wären sie in den vergangenen achtundvierzig Stunden getötet worden, was bedeutete, dass mich Idas verzweifelter Anruf zu einem kritischen Zeitpunkt nahe ihrem Tod erreicht hatte.

—

Ich war hier heruntergefahren, um ein vermisstes Mädchen zu finden. Idas Äußerung über »so viele Leichen« hatte ich ignoriert. Ich hatte versucht, sie aus den Gedanken zu verdrängen. Keine Ahnung, womit ich gerechnet hatte, aber *darauf* war ich nicht vorbereitet gewesen. Nun hatte ich einen Doppelmord entdeckt, aber keine Spur von dem Mädchen, nach dem ich eigentlich suchte. Wenigstens hatte ich Idas Telefon. Ich steckte es in meine Gesäßtasche und rief Isosceles an.

»Keine Ida, aber ich habe ihr Handy gefunden …«

»Hervorragende Arbeit.«

»… und die Leichen von zwei Mädchen.«

»Oh.«

»Nicht Ida. Kannst du ihre eingehenden und ausgehenden Anrufe zurückverfolgen?«

»Schon erledigt. Ich habe sie dir per E-Mail geschickt, aber Darian, ich weiß nicht, ob das ihr Haupttelefon ist. Du hast es ihr für den speziellen Zweck gegeben, sich in einem Notfall zu melden, und du hast es mit genug Guthaben aufgeladen, damit es bei minimaler Verwendung für eine ganze Weile reicht. Sie hat es definitiv nicht annähernd so intensiv verwendet, wie eine junge Frau in ihrem Alter normalerweise auf ein solches Gerät zugreifen würde. Und es ist auf deinen Namen mit deiner Anschrift registriert, was bedeutet, ich konnte ihre Adresse noch nicht aufspüren. Wie ist ihr Nachname?«

Gute Frage. Ich hatte keine Ahnung.

»Sie war bloß Ida aus Wien«, antwortete ich. Mir war durchaus bewusst, wie lahm sich das anhörte.

»Überaus hilfreich«, gab Isosceles zurück. »*Kanonen rechts, Kanonen links, Kanonen im Rücken, gewärtig des Winks; verdoppelt jetzt Salv' um Salve kracht, rückwärts, rückwärts wogt die Schlacht, und wen es aus dem Sattel schoss, den Reiter zertritt sein eigen Ross*«, fügte er peppig hinzu, womit er eines seiner Lieblingsgedichte über den verhängnisvollen Angriff der leichten Brigade während des Krimkriegs zitierte, eine seiner Leidenschaften, um nicht zu sagen Besessenheiten.

Ich erwiderte nichts darauf, fasste es aber so auf, dass er die Suche nach Idas Identität ungeachtet des erheblichen Hindernisses, nicht einmal ihren Namen zu kennen, fortsetzen würde.

»Bleibst du dort unten? Dann wirst du online sein müssen; ich kann das für dich einrichten, aber ich brauche einen Aufenthaltsort, eine Adresse, ein Plätzchen, wo du schlafen und morgens aufstehen wirst, damit wir kommunizieren können.«

So weit hatte ich nicht vorausgedacht. Ich hatte nicht geplant gehabt, länger als den Tag an der Gold Coast zu bleiben. Held, der ich war, hatte ich mir eingebildet, ich könnte hier eintreffen, Ida innerhalb weniger Stunden aufspüren und vor Mitternacht zurück in meinem Haus am Noosa River sein.

»Kein Problem. Ich gebe dir Bescheid, sobald ich eine Unterkunft habe. Ich schicke dir per E-Mail ein Foto der Gesichter der Mädchen. Könnte dabei helfen, sie zu identifizieren.«

Als ich mich hinabbeugte und Bilder der toten, im Wasser treibenden Mädchen schoss, schlich mir ein Gedanke durch den Kopf: Hatte Johnston dasselbe gesehen? Bevor er verschwand?

Hatte ich ihn unbeabsichtigt zu einem Zeitpunkt, als sich der Mörder noch in der Nähe aufhielt, zu ihrem feuchten Grab geschickt? *So etwas wie Zufall gibt es nicht.*

Ich fürchtete, dass ich genau das getan hatte.

—

An der Gold Coast gibt es sieben größere Polizeireviere. »Größer« steht dabei für zwei- oder dreigeschossige Bunker, jeweils voll mit Cops, jeder ein Lagerhaus aus Beton. An der Gold Coast steht man auf groß. Es ist eine sensationsheischende, extrovertierte Gegend. Im Oktober werden die Straßen gesperrt, um ein Indy-Car-Rennen zu veranstalten. Es gibt hier Pferderennen, bei denen es um Millionen Dollar geht. Das erste Kasino in Queensland wurde hier gebaut. Dino De Laurentiis, der überlebensgroße Filmproduzent, errichtete hier Australiens erstes Filmstudio. Das höchste Wohngebäude der südlichen Hemisphäre befindet sich hier direkt am Strand. Der Strand ist groß. Die Wellen sind groß. Die Surfer sind groß. Der Drogenhandel und das Geschäft mit Sex sind groß. Und wenngleich ich es zu dem Zeitpunkt noch nicht wusste, ist auch die Bildungsbranche hier groß. Es gibt mehr als vierzig Einrichtungen, die höhere Bildung der einen oder anderen Art verkaufen. Zwei bedeutende Universitäten. Eine davon hat über fünfzehntausend Studenten. Die andere wurde von einem Wirtschaftsverbrecher errichtet, der es zum Milliardär gebracht und mehrere Jahre im Knast verbracht hatte, weil er Millionen von seinen Anlegern unterschlagen hatte. Die Universität ist immer noch nach ihm benannt. Hier kennt man keine Scham. Ich fand, die Jungs in den sieben Bunkern könnten sich der zwei Mädchen, die unter mir trieben, mehr als mühelos annehmen.

Womit ich mich irrte.

Ich erwartete, dass die Jungs in den Bunkern angesichts des gewaltigen Aufkommens an Verbrechen entlang der Gold Coast mit – wenngleich testosterongeladener – Professionalität auf die im Wasser treibenden Leichen und den Tatort reagieren würden.

Auch damit irrte ich mich.

Ich wusste, dass die Jungs in den sieben Bunkern einige der aggressivsten und gewalttätigsten Gangster des Landes weggesperrt hatten. Ich wusste, dass sie tough waren. Ich war an einem der Gerichte vorbeigefahren. Sah aus wie ein Industriekomplex. Ich wusste, dass die Cops hier unten aus anderem Holz geschnitzt waren und sich von den Jungs auf dem Hügel von Noosa an der Sunshine Coast unterschieden. Dort oben haben sie es mit japanischen Touristen und bekifften reichen Kids zu tun. Mit Wichten, die Gras züchten und betrunken Auto fahren. Tourismusverbrechen. Hier unten an der Gold Coast geht's richtig hardcore zu. 1954 war die Gegend noch verschlafen und entspannt. Heute gleicht sie einem Inferno aus der Hölle. Die Wellen branden dessen ungeachtet weiter gegen den Strand, und die Korken knallen weiter; immerhin ist es ein Spielplatz für Touristen. Aber nicht weit unter der Oberfläche brodelt es gewaltig. Tritt man vom Strand zurück, kann man es fühlen, hören, sehen. Die Bullen decken den Bedarf mehr als beflissen. Sie sind bekannt dafür, Mädchen im Teenageralter mit ihren Kanonen einzuschüchtern. Gegen ein bisschen Polizeigewalt haben sie nichts einzuwenden.

Ich hatte die Wahl: Ich konnte entweder vom Tatort verschwinden und es jemand anderem überlassen, ihn zu finden, oder ich konnte ihn melden und die endlosen Fragen über mich ergehen lassen, wie und weshalb ich inmitten von wildem Buschland rein zufällig über zwei im Wasser treibende Leichen gestolpert war. Cops können nicht aus ihrer Haut; sie lieben es, Verbindungen herzustellen, vor allem Verbindungen zwischen einem Leichnam und der Person, die ihn entdeckt. Ist so etwas wie ein Standardmechanismus: Person findet Tote, dieselbe Person muss verantwortlich sein. Es ist das automatische Herstellen einer Verbindung, bei der Logik und gesunder Menschenverstand übergangen werden. Meldet man etwas, lädt man förmlich dazu ein, genau unter die Lupe genommen zu werden und unter Verdacht zu geraten.

Ich hatte eine Aufgabe zu erfüllen, nämlich eine junge Frau namens Ida zu finden. Wenn ich den Doppelmord meldete, würde ich unweigerlich in die Ermittlungen verstrickt werden. *Was haben Sie dort gemacht? Wie konnten Sie die Leichen bloß zufällig finden? Sind Sie nicht der ehemalige Bulle, der gerüchteweise über ein Dutzend Leute umgebracht hat, gute wie böse? Sind Sie nicht der ehemalige Bulle, der oben an der Sunshine Coast um die tausend Gesetze gebrochen hat, als dort ein Serienmörder frei herumgelaufen ist? Der ehemalige Bulle, der drei Polizeikollegen tätlich angegriffen hat? Was machen Sie hier so weit südlich von dort, wo Sie leben?*

Und wie sähen die Antworten darauf aus? *Ich bin auf der Suche nach einer jungen Frau namens Ida aus Österreich, die mich mit einer anschaulichen und höchstwahrscheinlich überdimensionierten Beschreibung von Leichen angerufen hat …*

Und was hatte *sie* eigentlich an diesen Ort geführt? In welcher Rolle war *sie* darin verstrickt? Als unschuldige Beobachterin, die versehentlich in die Finsternis gestolpert war – das hoffte ich zumindest. Aber vielleicht war sie gar nicht so unschuldig. Vielleicht zeichnete sie in irgendeiner Weise für die Toten verantwortlich.

Ich wollte Ida zwar beschützen, aber ich war nicht einmal wirklich sicher, *wen* ich damit beschützen wollte.

Und nun, da Marias Kollege von demselben Ort verschwunden war, würde der Argwohn all dieser Cops hochgradig verstärkt sein, und diese Cops standen auf aggressives

Verhalten. Unlängst wurde ein junger Bursche, Vater eines Kindes, an der Gold Coast wegen Erregung öffentlichen Ärgernisses verhaftet, was bedeutet, dass er wahrscheinlich in eine Seitengasse gepisst oder zu laut gebrüllt hat. Er wurde in eines der Polizeireviere geschleift und von Uniformierten aufgemischt – die haargenau wussten, dass von den Überwachungskameras alles aufgezeichnet wurde. Als Erwiderung auf die Frage seitens der Presse, nachdem das Video an die Öffentlichkeit gelangt war, ob ein solches Verhalten denn angemessen sei, antwortete der Polizeichef von Queensland: »Selbstverständlich.«

Ich konnte den Stress, die unausweichliche Verzögerung und den Frust echt nicht gebrauchen.

Aber …

Ich hatte ihnen in die Augen gesehen. Ich hätte schon damals vor vielen Jahren als blutiger Anfänger nicht hinschauen sollen, als Eric mich auf unserem Weg in die dunkle Gasse gewarnt hatte. Selbst all die Jahre später hatte ich es immer noch nicht gelernt. Ich hätte den Blick abwenden sollen, sobald ich die im Wasser treibenden Leichen bemerkt hatte. Ich hätte keinen Kontakt herstellen dürfen.

Aber das hatte ich getan, und ich würde dafür bezahlen.

Ich meldete den Mord.

6

Die Sonnenbrillentruppe

In jedem Land gibt es eine eigene, dreistellige Notrufnummer. Bei uns lautet sie *000*. Man gelangt dadurch in eine Anrufzentrale, wo das Wesen des Notfalls definiert wird. Handelt es sich *wirklich* um einen Notfall, oder versucht bloß jemand, zu einem Termin im Krankenhaus zu gelangen, ohne ein Taxi bezahlen zu müssen? Das ist Phase eins. Phase zwei: Wo genau liegt der Notfall vor? Man hat schließlich nicht etwa in der Nähe angerufen. Die Person, mit der man redet, könnte sich Tausende Kilometer entfernt befinden. Australien ist ein großes Land, so groß wie die USA, allerdings mit nur sechs Bundesstaaten auf dem Festland. Aber wenigstens telefoniert man nicht mit Neu-Delhi. Phase drei sieht so aus, dass die Zentrale jemanden losschickt und man in der Leitung bleiben soll, bis die Beamten eintreffen. In einem weitläufigen Land mit vergleichsweise wenigen Menschen, dafür mit jeder Menge abgeschiedenen Gemeinden, einem Land, in dem regelmäßig Buschfeuer und schreckliche Überschwemmungen wüten, ist das ein gutes System.

Ich nutzte es nicht.

»Morddezernat«, meldete sich die Stimme am anderen Ende. Null Enthusiasmus. Mitarbeiter von Bestattungsinstituten klingen interessierter.

Ich hatte sämtliche Direktdurchwahlen zu allen Morddezernaten im ganzen Land. In den Jahren des Dienstes hatten sie sich unauslöschlich in mein Gedächtnis eingebrannt. In Queensland gab es nur ein Morddezernat, nämlich das in Brisbane.

»Ich habe zwei Leichen. Ich brauche ein Team hier. Ich bin an der Gold Coast im Coombabah Naturschutzgebiet.«

»Wer ist da?« Mein Gesprächspartner klang, als wäre er auf Beruhigungsmitteln.

»Mein Name ist Darian Richards. Ich bin ehemaliger Mordermittler aus Melbourne.«

»Zwei Leichen?« Ebenso gut hätte er mir meine Pizzabestellung zur Kontrolle vorlesen können.

»Coombabah Naturschutzgebiet. Gold Coast. Zwei Leichen. Weiblich. Erst unlängst gestorben. In den letzten achtundvierzig Stunden.«

»Bleiben Sie dran.« Sogar die Einsatztruppe für Nutztiere hätte sich vermutlich interessierter angehört. Aber ich redete mit einem Ermittler. In Morddezernaten gibt es keine Rezeptionisten, und sofern es einen Kurs darüber gibt, wie man mit der Öffentlichkeit spricht, glaube ich kaum, dass ihn jemals jemand absolviert. Jedenfalls hätte ihn dieser Kerl mit Sicherheit nicht bestanden.

Ich wartete. Dabei ließ ich den im Wasser treibenden, toten Mädchen den Rücken zugedreht. Ich konnte ihre Blicke auf mir spüren. *Lasst mich in Ruhe. Ich mach' ja schon, ich melde es gerade, es wird ein Team kommen, das Ermittlungen anstellen und den Widerling finden wird, der verantwortlich ist. Ich bin im Ruhestand. Ich mache das nicht mehr.*

Ich glaube nicht, dass sie mir zuhörten.

»Haben Sie *000* gewählt?«, fragte die Stimme.

»Nein. Ich habe direkt angerufen.«

»Woher haben Sie diese Nummer?«

»Ich habe früher selbst im Morddezernat gearbeitet. In Melbourne. Ziemlich lange Zeit. Haben Sie jemanden losgeschickt?«

Eine ausgedehnte Pause entstand. Darauf folgte: »Bleiben Sie dran.«

Zum ersten Mal hörte ich so etwas wie Emotionen heraus. Und sie klangen nicht gut.

Ich holte tief Luft und begann, zu meinem Auto zurückzugehen. Ich hatte Meldung erstattet. Als Augenzeuge hatte ich nichts gesehen. Und ich musste ein verschwundenes Mädchen finden.

»Wer ist dran?« Eine andere Stimme, ebenfalls männlich. Mehr Autorität, vermischt mit etwas Neugier und Zynismus.

»Mein Name ist Darian Richards. Sie haben zwei Leichen in einem seichten Wassergrab im Naturschutzgebiet von Coombabah.« Mittlerweile war ich aus dem Busch zurückgekehrt und stand neben meinem Wagen an der Straße. Ich sah mich um und erspähte in der Ferne einen Hundezwinger.

»In der Nähe des Hundezwingers.« Mit Wegbeschreibungen war ich aufsehenerregend schlecht. »In der Nähe eines Zauns. Auf der linken Seite.«

Ich hörte, wie sich hinter mir ein Auto näherte. Es fuhr verdammt schnell. Noch bevor ich mich umdrehte, wusste ich, dass es sich um die Polizei handelte.

»Keine Bewegung! Hände dorthin, wo wir sie sehen können!«, brüllten die Beamten.

—

Jetzt kommt eine überaus wichtige Regel in der Welt der Polizeiarbeit. Sie ist vor allem in Gebieten relevant, die noch in jüngerer Vergangenheit als provinziell gegolten haben. Wenn ein Bulle eine Waffe auf einen richtet, hebt man langsam die Arme und tut, was er sagt, unabhängig davon, was er sagt oder wie sehr man den Eindruck hat, man wäre irgendwie in eine Folge von *Polizeibericht* teleportiert worden.

»Es wird bald jemand da sein«, kündigte die Stimme am anderen Ende der Leitung an.

»Sind schon hier«, erwiderte ich, legte auf und streckte beide Arme weit von mir, damit die Polizisten sicher sein konnten, ich würde keine Uzi aus der Gesäßtasche ziehen und sie niedermähen.

Sie erwiesen sich als Uniformierte, beide stämmige, geschniegelte Kerle mit Panoramasonnenbrillen, durch die sie wohl glaubten, noch bedrohlicher zu wirken.

»Wie heißen Sie, Kumpel?«, wollte einer der beiden wissen. Polizisten in Queensland tragen seit den Neunzigern Namensschilder, seit sie zu einem *Dienst* statt zu einer *Truppe* wurden. Auf seinem Namensschild stand Connor.

—

Nie mit Bullen reden. Das ist eine Grundregel der Interaktion zwischen Zivilisten und der Polizei. Auch wenn sie ständig ignoriert wird. Von Cops, die gerne Dinge hören und der Meinung sind, sie hätten das Recht, einen alles zu fragen und Antworten auf ihre Fragen zu erhalten. Und von Zivilisten, weil die Menschen größtenteils unschuldig sind, keine Verbrechen begangen haben und den Behördenvertretern versichern möchten, dass sie anständige, aufrechte Bürger sind. Vergessen Sie es. Cops denken das Gegenteil. Sie halten alle Zivilisten irgendeines Vergehens für schuldig, und in Wirklichkeit sind wir das natürlich auch.

Wenn eine Person schwafelt, glaubt ein Polizist, derjenige möchte etwas überspielen; die Person ist entweder nervös, weil sie schuldig ist, oder plapperhaft, weil sie schuldig ist. Schweigt eine Person, glaubt ein Polizist, derjenige hätte etwas zu verbergen und das Schweigen sei die Bestätigung der Schuld.

Der Nachteil daran, nicht mit Cops zu reden, ist, dass es ihnen den Nerv raubt. Sie erwarten, dass Zivilisten drauflosplappern, da blühen sie förmlich auf. Stille macht sie wahnsinnig. Stille bettelt geradezu darum, gefüllt zu werden, und nur die Wackersten von uns können ihnen in der Hinsicht die Stirn bieten, ohne in irgendeiner Form die Kontrolle zu verlieren.

Ungeachtet dessen muss man in Queensland per Gesetz seinen Namen und seine Anschrift nennen. Und sonst nichts.

»Darian Richards. Ich wohne in der Poinciana Avenue, Tewantin.«

»Haben Sie einen Mord gemeldet?«, fragte der andere Bulle, dessen Name Larkin lautete.

Ich antwortete nicht.

»Ist das Ihr Wagen?«, erkundigte sich Connor und zeigte auf meinen Studebaker.

Ich blieb stumm.

»Wie haben Sie die Leiche gefunden?«

Ich überlegte, wie viele Fragen sie mir wohl stellen würden, bevor sie begriffen, dass ich nicht antworten würde.

»Ich will einen Ausweis von Ihnen sehen.«

Ich rührte mich nicht. Vier Fragen, keine Antworten; ungefähr an der Stelle wurde die Geduld eines Polizisten schwer auf die Probe gestellt. Als Nächstes wird demselben Polizisten klar, dass die Person, die er befragt, ihre gesetzlichen

Rechte ausübt und nur die grundlegendsten Informationen bereitstellt. Oder er entscheidet, dass er einen Klugscheißer vor sich hat, dem der Schädel mit Gewalt zurechtgerückt werden muss. Die meisten Bullen tendieren zu Letzterem. Diese beiden Helden bildeten dabei keine Ausnahme, was ich schade fand, da ich eigentlich keine weiteren Gliedmaßen von Polizeibeamten brechen wollte. Solches Verhalten macht sie richtig stinkig, und ich konnte gut ohne den Ärger auskommen, der auf so etwas folgt.

Allerdings lag es nicht in meiner Hand, sondern in ihrer.

»Wir reden mit Ihnen, Kumpel«, merkte Larkin an.

Ich hörte, wie sich rasant noch ein Streifenwagen näherte. Weitere Uniformierte. Auch Mordermittler fahren schnell, aber nicht so irre wie diese Helden. Mordermittler verstehen etwas von Geduld. Im Gegensatz zu diesen Uniformträgern haben sie schon eine Menge toter Menschen gesehen. Ein guter Mordermittler geht langsam vor und lässt alles auf sich wirken. Ein weniger guter Mordermittler hingegen rast wie ein Speedjunkie zu einem Tatort, wo die Präsenz des Mörders ein bloßer Tropfen in einer Geschichte ist, die Tage oder vielleicht Wochen vor dem eigentlichen Vorfall angedauert hat.

Larkin und Connor schauten zurück und sahen, wie der zweite Streifenwagen eintraf, einer der neuen Art für Autobahnpatrouillen mit grellrosa Streifen und Karo-Aufklebern; Logos, die zu gesittetem Fahren mahnten, zierten die Türen, und vom Dach ragten mehrere Antennen empor, die mich an *Mein Onkel vom Mars* erinnerten. Der Wagen kam mit quietschenden Reifen zum Stehen, und zwei Kerle stiegen aus. So unwahrscheinlich es klingen mag, sie erwiesen sich als noch durchtrainierter als die ersten zwei. Und wieder Panoramasonnenbrillen. Die wurden wohl zum Abschluss der Polizeiakademie verteilt. Noch mehr Bizepse, noch mehr angespannte Muskeln, noch mehr Testosterongesinnung.

Es fühlte sich an, als hätten wir uns alle zu einem morgendlichen Workout mit anschließendem Sprint am Strand versammelt.

Ich beschloss, mein Schweigegelübde zu brechen, wandte mich an die muskelbepackten Helden und sagte: »Es sind zwei Leichen.« Damit drehte ich mich um und deutete in den Busch. »Da lang. Ungefähr hundertfünfzig Meter.«

»Zeigen Sie es uns«, forderte mich Connor auf.

Ich führte sie hinein wie ein vorausgehender Fährtensucher, bahnte mir einen Weg durch den Busch in Richtung des feuchten Grabs.

Ein paar Mal verliefen wir uns, was die Bullen aufzuregen schien; ich glaube, sie dachten wohl, ich täte das absichtlich. Ich hätte Isosceles anrufen und ihn bitten können, mir den Weg zu weisen, aber ich wollte den Cops auf keinen Fall weitere Hinweise darauf geben, wer ich war oder mit wem ich in Verbindung stand. So stapften wir schweigend vor uns hin. Die Jungs hörten sich wie ein Bombardement mit amerikanischen Mörsern als, als sie mit ihren schweren schwarzen Stiefeln und breiten Schultern durch das Dickicht brachen und dabei Äste von Bäumen abrissen. Als wir unser Ziel schließlich erreichten, trat ich beiseite und ließ sie auf die Mädchen hinabblicken. Die Leichen der jungen Frauen hatten sich ein kleines bisschen bewegt. Die Strömung unter der Wasseroberfläche hatte sie verschoben wie auf einer Leine aufgehängte Wäsche.

Ich wartete, während sich bei den Uniformträgern Bestürzung einstellte, und beobachtete, wie sie so taten, als wären sie daran gewöhnt, Tote zu sehen. Ihre Aufmerksamkeit würde sich mit den unausweichlichen Fragen – und dem ebenso unausweichlichen Argwohn – wieder auf mich richten, doch dafür war ich gewappnet.

»Wie haben Sie die zwei gefunden?«, fragte mich einer der Cops aus dem zweiten Streifenwagen. Er war der Größte und am härtesten Wirkende von allen. Sein Name lautete Keevers, und er stellte die Frage mit einer unüberhörbar negativen Einstellung.

Ich erwiderte nichts. Starrte ihn nur an.

»Unsere Fragen beantwortet der Arsch auch nicht«, meldete sich Connor zu Wort.

Keevers nahm keine Notiz von Connor. Stattdessen bohrte sich sein Blick noch eindringlicher in den meinen. Aus einer jener spontanen Eingebungen heraus beschloss er, mich zum Feind zu stempeln, und er trat auf mich zu. Normalerweise hätte ich ihn niedergeschlagen und den Rest der Typen gleich dazu, aber ich musste nichts beweisen. Vielmehr musste ich zusehen, dass ich weiterkam. Sie konnten mich ruhig einschüchtern, so viel sie wollten, solange ich mich möglichst bald wieder der Aufgabe widmen konnte, Ida zu finden.

»Sie halten sich wohl für verdammt schlau, was?«, raunte er und starrte mich aus solcher Nähe an, dass ich den Big Mac in seinem Atem riechen konnte.

Wieder schwieg ich und begegnete lediglich seinem Blick.

Er und die anderen drei wollten mich wirklich aus tiefstem Herzen vermöbeln. Nur konnten sie das nicht. Die Situation fiel nicht in ihre Zuständigkeit. Hätten sie mich an den Straßenrand fahren lassen und hätte ich mich dann so benommen, sie hätten es getan, aber hier ging es um Mord, und schon bald würden diese vier Jungs den Tatort – und mich –

Ermittlern übergeben, Leuten mit mehr Macht, Leuten, die ihnen das Leben schwer machen konnten.

Ich konnte ihre Feindseligkeit spüren. Einer von ihnen bedachte mich mit einem Blick, der besagte, dass er mich für einen erbärmlichen Abklatsch eines Menschen hielt, während die anderen jene simple, elementare Wut ausstrahlten, die vor Testosteron strotzte und verständlicherweise eine unkontrollierbare emotionale Reaktion auf die toten Mädchen war. Diese Männer hatten Mord noch nicht erlebt, verstanden ihn nicht und fühlten sich davon auf eine urtümliche Weise geradezu beleidigt. Dass es sich bei den Opfern um hübsche junge Frauen handelte, half auch nicht gerade. Diese Empfindungen schlugen rasch in ein Gefühl der Machtlosigkeit um. Sie konnten nur dastehen und hinstarren. Und Informationen aus mir herausholen. Irgendetwas – wenn ich redete, würde sich die Leere füllen, und sie könnten wenigstens denken: *Wir tun etwas, wir machen unsere Arbeit, wir reagieren.* Mein Schweigen verstärkte ihr Gefühl der Untätigkeit immens, und das wiederum empfanden sie als zutiefst beleidigend.

Es gab nicht viel, was ich dagegen tun konnte. Mit jedem verstreichenden Moment verschlimmerte ich die Situation, allerdings hatte ich nicht vor, mit dem Plaudern zu beginnen, um die Lage zu entschärfen. Es war schlimm genug, dass ich mich ihnen – und schon bald der örtlichen Ermittlungsabteilung – ausgeliefert hatte. Sie würden mich in einen ihrer Bunker mitnehmen und mich bearbeiten, um Antworten und Informationen zu erhalten. Ich musste das Prozedere nicht noch strapazieren, indem ich Antworten auf Fragen lieferte, über die man grübeln würde, bevor man sie erneut stellte, noch einmal überdachte und wieder stellte, bis die gesetzlich zulässige Zeit, mich festzuhalten, abgelaufen wäre. Die zwei toten Mädchen waren tragisch, aber ich hatte meine Pflicht erfüllt und sie gemeldet.

»Einer von uns ist gestern Nacht in dieser Gegend verschwunden. Sie wissen nicht zufällig auch darüber etwas, hm? Denn so wie ich das sehe, machen Sie mir den Eindruck, als wüssten Sie etwas.«

Einen Moment lang schien es, als würde er zuschlagen, dann jedoch behielt sein Hirn die Oberhand, und er trat einen Schritt zurück. Vielleicht lag es auch am entfernten Klang einer weiteren Polizeisirene, die sich uns näherte.

—

Man fuhr mich zu dem Bunker in Southport. Ich wurde durch den Seiteneingang und Metalltüren hineingebracht, mit einem Fahrstuhl in den ersten Stock geführt und in einen kleinen Verhörraum gesetzt, der den Charme einer öffentlichen Toilette ausstrahlte. Man forderte mich auf, zu warten. Ich hatte Isosceles bereits angerufen und ihm mitgeteilt, dass ich mich in den Händen der örtlichen Polizeibehörde befand – was für uns beide keine Überraschung darstellte – und dass ich mich irgendwann in den nächsten Jahren melden würde, wenn man sich dazu herablieẞe, mich gehen zu lassen. Ich hielt mir vor Augen, dass es etwas Gutes sei, seine öffentliche Pflicht zu erfüllen, lehnte mich auf dem harten Stuhl zurück, legte die Füße auf den Tisch, verschränkte die Arme vor der Brust und summte »Don't Think Twice, It's All Right« von Bob Dylan vor mich hin. Überraschenderweise kam ich nicht einmal bis zum Refrain, bevor sich die Tür öffnete und ein Mann eintrat, der eine schwarze Anzughose und ein weißes, ordentlich in die Hose gestecktes Hemd mit offenem Kragen trug.

Er lächelte, als wären wir Brüder, und schritt mit ausgestrecktem Arm auf mich zu.

»Darian Richards. Wir sind uns schon mal begegnet. Bei einer Tagung in Hobart. Wahrscheinlich erinnern Sie sich nicht an mich. Dane Harper«, stellte er sich vor. Verschwunden waren die Drohungen und Einschüchterungsversuche. Mit einem Schlag verkörperte ich ein Mitglied einer glücklichen Familie. Wir schüttelten uns die Hände. Ich erinnerte mich tatsächlich nicht an ihn, ging jedoch davon aus, dass er die Ermittlungsabteilung leitete.

»Wir haben es mit einer unangenehmen Situation zu tun«, erklärte er, als er mir gegenüber Platz nahm. »Und es wäre ziemlich dumm von mir, Sie nicht um Ihre Hilfe zu bitten.«

Seit ich mich vom Dienst verabschiedet hatte, war ich nicht daran gewöhnt, von Cops mit Respekt behandelt zu werden, und eigentlich hatte ich nicht das Gefühl, nun damit anfangen zu wollen. Wer wusste, wohin das führen konnte? Jedenfalls zu nichts Gutem, davon war ich überzeugt.

Er wollte nicht nett sein, er wollte sein Gebiet abstecken. Das Morddezernat aus Brisbane würde bald eintreffen und die Ermittlungen übernehmen. Cops wie Dane Harper lieben Publicity. Sie lieben es, ihr Foto in der Zeitung neben einem Bericht darüber zu sehen, wie sie einen großen Fall geknackt haben, was jedoch durch die Jungs aus Brisbane unmöglich für ihn werden würde. Wenn Dane hingegen mich wie einen Schatten für sich arbeiten ließe, könnte es ihm vielleicht gelingen, den Fall vor dem Morddezernat zu lösen. Nur hatte ich nicht vor, hilfreich zu sein.

Ich lächelte bloß. Es lag mir auf der Zunge, ihn zu fragen, ob er auch eine Panoramasonnenbrille besaß, aber ich beschloss, mir die Bemerkung zu verkneifen und weiter zu schweigen.

»Zwei tote Mädchen, ein verschwundener Polizeibeamter und eine mögliche Verbindung dazwischen. Und dazu noch Sie«, sagte er.

Ich lächelte stumm weiter und erwiderte nichts.

»Ich bin nicht sicher, wie das alles zusammenpasst. Noch nicht. Es wäre wirklich hilfreich, wenn Sie mich aufklären könnten.«

Er wartete darauf, dass ich zu reden anfing. Als ich es nicht tat, fuhr er fort: »Einer meiner Polizeibeamten, Johnston Connelly, ist verschwunden, nachdem er einen Anruf von Ihrer Kollegin Maria aus Noosa erhalten hatte. Sie hat uns mitgeteilt, dass Sie bei ihr wegen eines Mädchens angerufen hätten, das in irgendwelchen Schwierigkeiten steckt. Maria hat uns erzählt, dass sie Johnston gefragt hätte, ob er so nett sein könnte, sich den Ort anzusehen, wo dieses Mädchen laut Ihnen Kontakt zu Ihnen aufgenommen hat. Denselben Ort, an dem wir nun zwei tote Mädchen haben.«

Er wartete. Ich schwieg.

»Lassen Sie mich Ihnen eine Frage stellen: Die junge Frau, die Sie angerufen hat, die junge Frau, nach der Johnston sehen sollte – ist sie eine der Toten, die heute gefunden worden sind?«

»Nein«, antwortete ich.

»Was können Sie mir über diese junge Frau sagen? Wie heißt sie zum Anfang?«

»Bin ich verhaftet?«, fragte ich.

»Nein, natürlich nicht«, erwiderte er, als wäre allein die Vorstellung schlimmer als Hochverrat.

Ich stand auf und verließ den Raum. Seine Reaktion bekam

ich zwar nicht mit, aber ich kann mir nicht vorstellen, dass sie besonders positiv war.

—

Dane stand immer noch. Es war eine instinktive Reaktion; jedes Mal, wenn sich jemand, der älter oder wichtiger war, von einem Stuhl erhob, tat er es demjenigen gleich. Das hatten ihm seine Eltern eingebläut. Respekt vor Älteren. Respekt vor Menschen, die mehr wissen als man selbst.

Als Darian vom Tisch im Verhörzimmer aufgestanden war, hatte Dane dasselbe getan. Womit hatte er gerechnet? Mit einem Klopfen auf den Rücken? Mit einem Händeschütteln? Jedenfalls hatte er nicht das erwartet, was er bekam: einfach stehen gelassen zu werden. Der Typ rang sich nicht einmal ein »Auf Wiedersehen«, ein Nicken oder sonst irgendeine Form der Verabschiedung ab. Erhob sich nur vom Stuhl, drehte sich um und ging aus dem Raum.

Ließ Dane einfach stehen, der sich dämlich vorkam.

Gedemütigt. Und wütend.

Er beobachtete, wie Darian ging, und er schämte sich. Dane hatte dem Mann die Hand in Freundschaft und Achtung entgegengestreckt, und was bekam er zurück? Spott, Geringschätzung. Darian hatte ihn links liegen gelassen, hatte sein aufrichtiges Hilfeangebot ausgeschlagen, war davonspaziert, hatte ihm den Rücken zugekehrt – ohne auch nur ein Lächeln, ein Dankeschön oder irgendein Anzeichen von Respekt für ihn zu erübrigen.

Dane hatte sich Darians Vortrag in Hobart angehört, hatte ihm Achtung erwiesen, hatte dem großen Mordermittler gelauscht, wie er das Publikum über *seine Art* der Ermittlungsarbeit aufgeklärt hatte, aber Darian hatte sich nicht an ihn erinnert, obwohl Dane danach zu ihm gegangen war und bekundet hatte, wie sehr ihm der Vortrag gefallen habe.

Er würde es ihm zeigen. Er würde dafür sorgen, dass sich Darian Richards an ihn erinnerte. Er würde dafür sorgen, dass ihn Darian respektierte.

7

Blond Richard und Jimi Hendrix

Ich stand vor der Festung des Polizeireviers und überprüfte die Anrufe auf meinem Handy.

Während ich in Gewahrsam gewesen war, hatte ich es vibrieren gespürt. Jemand hatte mich angerufen; hoffentlich Isosceles und zweifellos meine von mir verhinderte Reisegefährtin Maria. Der erste ihrer wütenden, unbeantworteten Anrufe war eingegangen, als ich mich auf der Autobahn befunden hatte, kurz nach Sonnenaufgang. Ich hatte es mir erspart, ihre Nachrichten abzuhören, da ich ohnehin wusste, was sie beinhalten würden. Seither hatte sie mich ungefähr einmal jede halbe Stunde angerufen, ohne jede Frage, um mich dafür zur Schnecke zu machen, dass ich vor ihrem Eintreffen bei mir aufgebrochen war. Ich wollte keinen Partner, und ich hasse es, auf jemandes Beifahrersitz zu hocken. Ich hegte die Hoffnung, Ida gefunden und aus der Gegend weggeschafft zu haben, bevor mich Maria aufspüren würde.

»Haben wir schon ihren Nachnamen?«, fragte ich Isosceles. Seit ich aus dem Ruhestand zurückgekommen war, um Winston Promise zu finden, wusste ich, dass ich eingerostet war, aber dieses kleine Abenteuer hatte ich durch meine anfängliche Vorgehensweise des Typs »erst handeln, dann Fragen stellen« bereits schwerwiegend beeinträchtigt.

»Nein, aber ich habe Grund zu der Vermutung, dass sie Universitätsstudentin ist, und ich habe eine Adresse.«

Brillant. Ein Fortschritt.

»Ich habe ihre Textnachrichten durchforstet – bin mir dabei wie ein Voyeur vorgekommen, wie ich hinzufügen möchte – und habe eine SMS gefunden, in der sie eine Freundin namens Fiona zu sich einlädt, um sich zusammen *The Biggest Loser* anzusehen.«

»Wie viele Kontakte hat sie?«

»Zweiunddreißig.«

Das ergab zweiunddreißig Anrufe, die ich tätigen würde, falls ich dort, wo sie wohnte, keinen direkten Hinweis auf ihren Verbleib fände. Unter Umständen würde sie sich auch zu Hause befinden und im Bett liegen. Wohlbehalten.

Allerdings hielt ich das nicht für sehr wahrscheinlich.

»Weißt du, an welcher Universität sie studiert?«

»Noch nicht. Sie hat nur einmal erwähnt, dass sie spät dran zu einer Vorlesung ist.«

—

Ich rief mir ein Taxi. Eine halbe Stunde später befand ich mich wieder bei meinem Auto. Den Eingang zum Naturschutzgebiet von Coombabah hatte man mit gelben Absperrbändern der Polizei abgeriegelt, ein Notfallteam bereitete sich gerade darauf vor, mit der Arbeit loszulegen. Der Van des Gerichtsmediziners parkte neben dem roten Studebaker, eingekeilt zwischen einem Fahrzeug der Forensik und einem von ungefähr sechs weiteren Streifenwagen.

Niemand sprach mit mir, aber ein paar der Uniformierten beobachteten aufmerksam, wie ich zu meinem Auto ging, einstieg und davonfuhr.

Etwa hundert Meter weiter rollte ich an den Straßenrand. Der Hundezwinger befand sich zu meiner Rechten, der Wald auf der anderen Seite. Als ich mein Handy hervorkramte, hörte ich aus dem Tierasyl ein Heulen und Kläffen. Entlaufene Hunde, heimatlose Hunde, Hunde in Käfigen, hinter Gittern, Hunde, die entweder gerettet oder demnächst eingeschläfert werden würden.

»Ja?«, meldete sich die Stimme am anderen Ende der Leitung.

»Darian Richards hier.«

»Echt wahr? Bist du in der Stadt?«

»Ja. Ich brauche einen Platz zum Schlafen für eine Nacht. Vielleicht auch für zwei Nächte. Ein Motelzimmer.«

»Wir haben die Schoolies-Wochen.«

»Richtig. Deshalb rufe ich auch dich an, statt zu jedem Hotel und Motel zu fahren und dort zu erfahren, was ich ohnehin schon weiß.« Wenn die Teenager an die Gold Coast pilgern, um das Schulende mit einer ausgelassenen Mischung aus Tanzen, Ficken, Saufen und Kiffen zu feiern, ist jedes Hotelzimmer schon Monate im Voraus ausgebucht. So ist es nun mal an der Gold Coast. Wenn es nicht die Schoolies-Wochen sind, dann das Indy-Rennen, das Musikfestival Big Day Out oder eine der wöchentlichen Ausstellungen im gewaltigen Konferenzzentrum neben dem Kasino.

»Gib mir 'ne Stunde. Willst du im Laden vorbeikommen?«

»Eigentlich nicht.« Blond Richard besaß und betrieb ein Schallplatten-Antiquariat in Strandnähe in Surfers Paradise.

»Doch, willst du. Ich hab' 'n Exemplar von Neil Youngs Rückkoppelungsscheibe – komm rüber und hör's dir an.«

»Das will ich nicht hören.« Das Album hieß *Arc* und bestand beinah zur Gänze aus Lautsprecherrückkoppelungen. Nicht unbedingt sein größtes Hit-Album.

»Von wo rufst du an?«

»Aus dem Coombabah-Naturschutzgebiet.«

»Gruselige Gegend. Da drin war mal 'ne Krabbenzucht. Du bist grade mal fünfzehn Minuten entfernt. Komm rüber, und hör dir guten Rock 'n' Roll an.«

»Vielleicht später. Ich muss noch wohin.«

»Selbst schuld. Ich schick dir 'ne SMS mit Namen und Adresse vom Hotel, sobald ich 'n Zimmer für dich aufgetrieben hab'. Meerblick wird's wahrscheinlich keinen bieten.«

—

Vor zwanzig Jahren war Blond Richard Bassist einer Band aus Melbourne gewesen, an die sich längst niemand mehr erinnert. Sie kamen nie über Auftritte in Kneipen auf der Mornington-Halbinsel hinaus. Außerdem war er gewalttätig in einer der Persergangs aktiv und schlug gelegentlich nach Mitternacht auf einem Parkplatz in den Vororten den einen oder anderen Schädel ein. Er fuhr eine Harley und wurde immer irrtümlich für einen Biker gehalten. Die Menschen hatten Angst vor ihm, und er genoss den Ruf, den er hatte. Er war ein harter Kerl und musste regelmäßig zur Ordnung gerufen werden. Bei einer Größe von deutlich über eins achtzig besaß er so helle Haut und Haare, dass man ihn beinah für einen Albino halten konnte. Er trug die langen, zottigen Strähnen zu einem Knoten zusammengebunden und war mit Tätowierungen übersät. Blond Richard sah wie Johnny Winter aus, der fantastische Blues-Gitarrist aus Texas. Und er wirkte auch ungefähr so dünn wie Johnny Winter. Aber im Gegensatz zu dem Blues-Gitarristen, bei dem man fürchten musste, schon ein Windstoß könnte ihn in der Mitte knicken, war Blond Richard rundum muskulös und drahtig. Manchmal wurde er der ›Messertänzer‹ genannt, denn er konnte eine Silbermünze auf der Nasenspitze balancieren, während er sich hinlegte, und dann die Messerspitze auf der Münze so in Rotation versetzen, dass sie sich wie eine Balletttänzerin drehte und drehte, und kurz, bevor der Schwung ausging und das Messer fallen konnte, packte er es mit der Hand. Hat sich noch nie dabei geschnitten. Gehört wohl zu der Art von Tricks, die Albino-Muskelprotze abziehen können.

Vor zehn Jahren war er irrtümlich als Hauptverdächtiger im Fall der Tötung eines achtjährigen Jungen, seines Neffen, in die Schusslinie geraten. Einige meiner Mordermittler hatten eine Antipathie gegen ihn entwickelt, und angesichts der Überzeugung, dass er für den Tod verantwortlich sei, verbrachten sie viel Zeit damit, die Beweise zu ignorieren und Indizien gegen ihn zusammenzutragen.

Zu der Zeit hatte er eine Freundin namens Debbie, die behauptete, Jimi Hendrix gevögelt zu haben, als der in London war. Sie sei in sein Hotel eingestiegen und habe ihn verführt, zumindest lautete die Geschichte so. Nachdem sie etwas Zeit darauf verwendet hatte, mich aufzuspüren, brach sie in mein Haus ein und ließ auf meiner Küchenbank einen langen Brief zurück, der in allen Einzelheiten auf die Unschuld ihres Lovers und den fingierten Fall des Morddezernats einging. Keine Ahnung, warum sie dachte, ich würde den Wisch lesen, aber ich tat es. Ich nahm sie wegen Einbruchs hoch, danach machte ich meine zwei Ermittler dafür zur Sau, dass sie faul waren und einen Unschuldigen linken wollten. Blond Richard verkörperte definitiv keinen Anwärter auf den Vater des Jahres, aber er ist nie ein Mörder gewesen.

Ich glaubte die Geschichte über Debbie und Jimi Hendrix nicht, aber nachdem Blond Richard entlastet war, erhielt ich ein Exemplar von seiner LP *Electric Ladyland*, signiert von der unsterblichen Legende höchstpersönlich. Man stelle sich vor.

Es war schlicht und einfach nur gerecht so, aber ich schätze, Blond Richard dachte, es verdiente Anerkennung. Außerdem brachte er deutlich zum Ausdruck, dass er, sollte ich je Hilfe brauchen, egal wobei, zur Stelle sein würde, um sie mir zu liefern. Er blieb mit mir in Verbindung, schrieb mir gelegentlich eine E-Mail, eine SMS oder sogar eine Weihnachtskarte, um mich wissen zu lassen, wo er sich herumtrieb und dass die Schuld seiner Dankbarkeit nach wie vor bestünde und das immer so bleiben würde. Vor ein paar Jahren erfuhr ich, dass er an die Gold Coast übergesiedelt war, jeden Vormittag surfen ging und den besten Schallplattenladen für Rockmusik im ganzen Land besaß. Er hatte mir eine Mitteilung geschickt, die besagte, dass er sich um mich kümmern würde, sollte ich je in der Gegend sein.

Dabei dürfte er wohl kaum im Sinn gehabt haben, dass ich ihn mitten in den Schoolies-Wochen bitten würde, ein Hotelzimmer für mich aufzutreiben. Das zu bewerkstelligen würde wahrscheinlich schwieriger werden, als einem Kerl den Schädel einzuschlagen.

Ich bog auf die Schnellstraße und fuhr in Richtung der Adresse los, die Isosceles mir genannt hatte.

8

Der Freund

Ich habe nie die Universität besucht. Der Gedanke kam mir nicht, und ich habe in dem Alter bereits gearbeitet. Trotzdem weiß ich flüchtig über das Leben von Universitätsstudenten Bescheid. Ich bin mal mit einer Psychologiestudentin gegangen, und ich bin bei einigen Universitäten gewesen, um Zeugen zu befragen. Mir ist ungefähr bekannt, wie Studenten aussehen, was sie tun, wie sie arbeiten und was von ihnen erwartet wird. Jede Menge Saufgelage und Partys sowie hohe Stresspegel, wenn eine Arbeit fällig wird – und auch ein gewisses Maß an Armut ist Bestandteil des Pakets. Sie müssen nicht nur ein gewaltiges Darlehen aufnehmen und es der Regierung dafür zurückzahlen, dass man ihnen Bildung angedeihen lässt, Universitätsstudenten sind grundsätzlich arm. Sie gehen Teilzeitjobs nach, um die Miete zu bezahlen und den Tank des Autos zu füllen, wenn sie denn eines besitzen. Auch in ein paar Studentenwohnheimen und -wohnungen bin ich schon gewesen. Durch alle zieht sich ein gemeinsames Muster: Der Kühlschrank ist, abgesehen von ein paar Tiefkühlprodukten und billigem Wodka, stets leer; es gibt kaum Möbel; der Boden liegt unter einem Saustall begraben, und niemand hat seit der letzten Inspektion durch den Vermieter geputzt.

Ich bemühe mich zwar redlich, mich nie von Vorurteilen

beeinflussen zu lassen, aber ich war definitiv überrascht, als ich den mit weichem Teppichboden ausgelegten Flur hinabging. Eigentlich war ich schon überrascht, als ich an der Adresse eintraf, die Isosceles mir per SMS geschickt hatte.

Auf dem Weg zu den Marrakesh Apartments hatte ich einen Faserzementklotz in einer Barackenstraße erwartet. Stattdessen starrte ich ein zwanziggeschossiges, modernes Luxusgebäude hinauf. An der Fassade prangten auf dem Schild, das mit den Wochentarifen, Kabelfernsehen, hausinternem Filmangebot, Swimmingpool und Wellnesscenter warb, sogar vier Sterne. Es gab drei Trakte mit Wohnungen in einem üppig-grünen Garten mit dichtem Gras, Goldfruchtpalmen, Frangipani-Bäumen und penibel gepflegten Bougainvilleas. Rasensprenger bewässerten sanft die Flora, und junge Männer und Frauen schlenderten in knappen Bikinis und Surfershorts durch dieses Paradies. Die Anlage befand sich einen Block vom Strand entfernt, zwei Blocks von der Hauptstraße, die sich durch alle Kleinstädte und Gemeinden der Gold Coast wand.

Davor war ich über breite Flüsse gefahren, auf deren Oberfläche die Sonne glitzerte, während Boote und Jachten auf dem Wasser tänzelten. Kiefern säumten die Straße, als ich mich durch Southport und über eine Brücke schlängelte, die zu einem schmalen Landstrich namens ›The Spit‹ führte, vorbei am Hauptstrand und hinein nach Surfers Paradise, wo die Straße eng wurde und hohe, imposante Bauten aus Beton und Glas vom Rand des Wassers aufragten. Fünf-Sterne-Anlagen neben alten Absteigen aus den Zwanzigern. Schickimicki-Freiluftbars neben alten Touristenfallen wie einem Wachsfigurenkabinett und einem Minigolfplatz samt Modelldinosauriern.

Ich bog von der Hauptstraße ab und fuhr in Richtung

Strand. Der erwies sich als weitläufig, und die Brandung rollte auf den goldenen Sand herein. Unzählige Cafés, Bars, Kneipen und Einkaufszentren, wo sich Straßenkünstler und Teenager tummelten, gelegentlich auch Familien, die einen sonnigen Ausflug unternahmen. Hinzu kamen ganze Busladungen voll asiatischer Touristen. Die Gegend strotzte vor Leben. Ein Ort, der den Eindruck vermittelte, als würde er nie schlafen. Uniformierte Polizisten zeigten großzügig Präsenz und schienen hervorragende Arbeit dabei zu leisten, den Touristen den Weg zur nächsten öffentlichen Toilettenanlage zu weisen. Wie alle örtlichen Bullen, die ich bis dahin zu sehen bekommen hatte, waren sie aufgepumpt und trugen diese Panoramasonnenbrillen, die sie offenbar geschenkt bekamen. Irgendwie sahen sie aus, als gehörten sie alle einem Einsatzkommando des Marinekorps auf Urlaub an.

Ich fuhr weiter meine Kurven auf der schmalen, von Bäumen gesäumten Küstenstraße den Strand entlang und bog ab, als Surfers Paradise in die nächste Gemeinde überging, Broadbeach. Aus der Ferne konnte ich von dort die weißen Gebäude sehen, aus denen sich die Anlage der Marrakesh Apartments zusammensetzte.

—

Ich stand am Eingang und versuchte, mich an dem Ort zu orientieren.

Idas Apartment lag im neunten Stock. Es erwies sich als modern, mit schlichter, aber teuer wirkender Einrichtung. Die Wände waren nicht ganz weiß gestrichen, eher in der Farbe abgestorbener Korallen, und sie wurden ziemlich ausschließlich von massengefertigten Bildern mit Palmen und jungen Frauen in Bikinis beherrscht. Auf der gegenüberliegenden Seite des Raums stand ein Schreibtisch neben einer Doppeltür aus Glas, die auf einen Balkon hinausführte.

Alles sah normal aus. Keine Anzeichen einer Notsituation, keine umgekippten Möbel, nicht einmal Unordnung in irgendeiner Form. Hätte ein Werbeplakat für Ikea sein können.

Ich trat ein und schloss die Tür hinter mir.

Die Beretta hatte ich in ihrem Schuhkarton gelassen, den ich unter dem Vordersitz meines Autos verwahrte. Die Wohnung schien verwaist zu sein. Ich war leise eingedrungen und hatte in der Zeit, die ich an der Tür stand, keinerlei Bewegung wahrgenommen.

Ich begann, den Ort zu durchsuchen.

Das Apartment bestand aus zwei Schlafzimmern, einem großen, offenen Wohnbereich mit Küchennische sowie einem Balkon mit Blick auf den Swimmingpool, die Gärten unten und das Meer. Den Sandstrand konnte man vom neunten Stock aus nicht ganz sehen. Die Wohnung präsentierte sich makellos sauber. Kein Chaos in der Küche oder im Wohnbereich. Die Granitfliesen ließen keinerlei Staub erkennen. Da hatte jemand hervorragende Arbeit beim Putzen geleistet.

Das Schlafzimmer war typisch für das einer jungen Frau – über den Boden verstreute Kleidung, Schränke mit offenen Türen und noch mehr Kleidung in ungleichmäßigen Stapeln, Schminkzeug und ein hastig gemachtes Bett.

Ich sah die Schubladen durch und fand nichts Relevantes. Kehrte zurück in den Wohnbereich. Auf einem Tisch in der Nähe der Türen zum Balkon befanden sich ein Laptop und einige Lehrbücher. Ida studierte Journalismus.

Ich hatte in jeden Raum geschaut. Keine Anzeichen für einen Kampf, keine Anzeichen auf Unordnung.

Der Computer war ausgeschaltet. Ich fuhr ihn hoch. Um

die Wartezeit zu überbrücken, ging ich in den Küchenbereich. Ich wollte nachsehen, welche Lebensmittel es in der Wohnung gab. Ich schaue gern in die Kühlschränke von Leuten; das verrät viel über sie. Idas Kühlschrank war fast leer. Drei Tomaten befanden sich darin. Alt, matschig. Eine halbe Packung Milch, die sich schon beinah in Joghurt verwandelt hatte. Eine ungeöffnete Packung mit vegetarischen Burgern, eine Flasche Wodka im Tiefkühlfach. Das Brot im Schrank wies Schimmel auf, das Ablaufdatum lag eine Woche zurück.

Ich ließ den Blick um mich wandern. Der Computer verlangte ein Kennwort, und ich glaubte nicht, dass es mir gelingen würde, den Weg in den Kopf dieser jungen Frau zu finden, um es zu erraten.

Abgesehen von der Kleidung im Schlafzimmer fand sich der einzige Hinweis auf ihre Persönlichkeit in der Nähe ihres Schreibtischs. Darüber hing ein kleines, gerahmtes Foto, das Ida und einen Mann zeigte. Sie befanden sich am Strand und hatten die Arme umeinandergeschlungen. Beide lachten in die Kamera. Sah aus, als wäre es erst unlängst geschossen worden. Ich ging hinüber und betrachtete es genauer. Ida war groß, fast eins achtzig. Sie hatte schulterlanges blondes Haar und große, untertassenförmige Augen. Sie erinnerte mich an die junge Jane Fonda in *Barbarella*. Hinter dem Lächeln vermeinte ich, eine unterschwellige Verkniffenheit zu erkennen, vielleicht einen Hauch von Argwohn über die Welt im Allgemeinen oder eine Spur Unsicherheit, was den Kerl betraf, mit dem sie zusammen war. Womöglich irrte ich mich auch; ich war schon Monstern gegenübergesessen, die man bei einer flüchtigen Begegnung auf der Straße für einnehmend und großzügig gehalten hätte. Auch der Mann war jung. Glatt rasiert, schwarze, leicht gewellte Haare wie ein sexy Latino.

Sah nach einem schmierigen Kerl aus. Er erinnerte mich an Antonio Banderas. Ich vermutete, dass er aus Italien stammte oder vielleicht von irgendwo in Südamerika kam. Im Unterricht über Völkerprofile hatte ich nie wirklich aufgepasst; für mich waren Menschen entweder gut oder böse, unabhängig von ihrer Herkunft.

Was genau hatte ich über dieses Mädchen erfahren? Nicht viel, wie mir klar wurde, als ich mich setzte und die Aussicht durch die Glastüren bewunderte, die auf den Balkon führten, hinter dem hohe Palmen und schließlich das Meer folgten. Von irgendwo unten hörte ich den Lärm von Kids, die im Swimmingpool planschten.

Ihr Name war Ida. Sie stammte aus Wien, war als Rucksacktouristin durch Australien gereist und hatte sich nun an der Gold Coast niedergelassen. Die Lehrbücher auf dem Schreibtisch verrieten mir, dass sie an einer der Universitäten in der Gegend studierte. Griffith, nicht die andere, die der im Knast einsitzende Milliardär geschaffen und nach sich benannt hatte. Entweder Ida oder ihre Eltern waren wohlhabend genug, um sich eine Studentenunterkunft dieses Levels leisten zu können.

Ihren Nachnamen kannte ich immer noch nicht. Ich rief den Mann im Glasturm an.

»Haben Sie dich gehauen?«, erkundigte er sich.

»Nein, es ist mir gelungen, dieses spezielle Vergnügen zu vermeiden«, gab ich zurück »Ich muss alles über dieses Mädchen wissen. Angefangen bei ihrem Namen.«

»Ida Färber. Sie ist neunzehn, geboren in Wien. Sie hat einen Bruder namens Stefan, der in Boston Jura studiert. Sie mag Johnny Cash, ihr Lieblingsfilm ist *Vom Winde verweht*. Bin ich ein Genie?«

»Ja, du bist ein Genie. Wie bist du an diese Informationen gekommen?«

»Die meisten ihrer Nachrichten sind an einen gewissen Estefan gerichtet.«

Der Name war mir bei einem Blick auf ihr Handy bereits aufgefallen. Isosceles fuhr fort: »Also habe ich seine Nummer genommen, den Namen im Vertrag dafür überprüft und ihn auf Facebook entdeckt.«

Während er redete, scrollte ich durch die Nachrichten auf ihrem Handy.

»Hast du gewusst, dass sie 428 Freunde auf Facebook hat? Das ist ziemlich viel, findest du nicht? Ich habe drei. Irgendwie fühle ich mich schrecklich einsam. Vielleicht schicke ich heute Nachmittag an tausend willkürliche Leute Freundschaftsanfragen. Was meinst du dazu, Darian?«

Estefan und Ida hatten viel Zeit damit verbracht, miteinander zu kommunizieren. Größtenteils banaler Kram, aber an dem Dienstag, als sie verschwand, hatte sie ihm geschrieben:

tut mir wirklich, wirklich leid

Estefan hatte darauf nicht geantwortet.

Ich schaute zu dem gerahmten Foto an der Wand auf. »Kannst du rausfinden, wie er aussieht?«

»Selbstverständlich. Ich bin gerade auf seiner Seite. Kein Bursche, der viel zu sagen hat. Er hat nur sechsundvierzig Freunde. Sein Name ist Estefan Marquez. Er studiert an der Griffith University, genau wie sie.«

»Kannst du mir ein Foto von ihm schicken? Jetzt gleich?«

»Kann ich, aber es wäre ein Versäumnis von mir, nicht darauf hinzuweisen, dass du selbst tun kannst, was ich gerade mache. Dein Mobiltelefontarif ermöglicht es dir, Facebook aufzurufen, Darian. Andererseits will ich wahrscheinlich doch lieber nicht ein paar Stunden warten, während du herauszufinden versuchst, wie man das bewerkstelligt, also lass es uns auf die altmodische Weise tun. Ruf deine Nachrichten ab. Ich habe es dir gerade geschickt.«

Ich tat, wie mir geheißen. Und erblickte denselben Typ wie an der Wand, die Arme um Ida geschlungen.

»Ob du ihn vielleicht anrufen solltest?«, schlug Isosceles vor. »Ich bin gerade dabei, ihn aufzuspüren.«

»Wo steckt er? Ich statte ihm einen persönlichen Besuch ab.«

—

Idas Computer war ein Laptop, ein MacBook Pro. Ich beschloss, den Rechner mitzunehmen. Vielleicht würde Isosceles in der Lage sein, den Zugangscode zu knacken, auch wenn er sich über tausendfünfhundert Kilometer entfernt befand. So oder so, ich wollte das Gerät nicht zurücklassen. Ich wusste, dass es Geheimnisse enthalten würde, die sich als entscheidend für meinen Versuch erweisen konnten, aus der jungen Frau schlau zu werden und sie anschließend zu finden.

Als ich den Computer ergriff, entdeckte ich darunter zwei Dinge, als wäre der Laptop bewusst so platziert worden, dass er sie versteckte. Das Erste war eine handgeschriebene Liste von Namen. Ungefähr zwanzig. Allesamt junge Frauen. Bei jeder das Alter und die Handynummer in derselben Zeile wie der Name. Neben fünf Namen befanden sich Häkchen; was immer die Liste bedeuten mochte, die Häkchen schienen darauf hinzuweisen, dass irgendetwas erledigt worden war.

Das Zweite, was ich sah, war Blut.

—

Als Kind war ich ziemlich unordentlich. Jede Woche forderte mich meine Mutter brüllend auf, mein Zimmer aufzuräumen, und ich gehorchte, indem ich meine Kleidung unten in Schubladen und Schränke stopfte. Papier und Bücher häufte ich so übereinander, dass es nach einem ordentlichen Stapel aussah. Und sonstigen Krempel, von Comicheften bis hin zu Schuhen, ließ ich unter meiner Bettdecke verschwinden. Wer immer in Idas Apartment sauber gemacht hatte, war dabei einer ähnlichen Vorgehensweise gefolgt. Aufgeräumt und geputzt war nur das worden, was man sehen konnte. Allerdings hatte man den Bereich der Glastischplatte unter dem Laptop vergessen. Ich starrte auf einen blutigen Handabdruck, verschmiert, als wäre die Hand über die Tischoberfläche gezogen worden.

Für gewöhnlich würde man Meldung erstatten, wenn man einen potenziellen Tatort wie diesen entdeckt, er würde abgeriegelt, die Nachbarn würden befragt, vom Blut würde eine Probe genommen und analysiert, es würden Fingerabdrücke genommen, und die Indizien würden nach und nach die Liste der Verdächtigen einschränken und ein mögliches Opfer identifizieren. Ich hatte nichts dergleichen vor. Ich würde keine Meldung erstatten. Damit würde ich mir schlichtweg zu viele Aggressionen einhandeln und höchstwahrscheinlich auch ein Plätzchen in einer Gefängniszelle. Falls die Cops je herausfänden, dass ich hier gewesen war und es versäumt hatte, ihnen zu berichten, dass anscheinend ein Verbrechen verübt worden war, würden sie mich vermutlich jagen. Nur würde ich mich bis dahin längst vom Acker gemacht haben.

Ich würde auch nicht an Türen klopfen und die Nachbarn fragen, was sie gesehen oder gehört hatten. Die Neuigkeit über Ermittlungsarbeit dieser Art würde nämlich ebenfalls direkt zu mir führen. Ich musste mir die Bullen vom Leib halten und ihnen einige Schritte voraus bleiben. Bisher gelang mir beides recht gut, wenngleich ich auf jedem Schritt des Weges gegen ein paar Gesetze verstieß.

Ich nahm Fotos aus der Wohnung mit, krallte mir den Laptop, schoss Bilder von dem verschmierten Handabdruck. Er erwies sich als trocken, sonst hätte ich versucht, ihn abzupausen, um herauszufinden, ob wir daraus irgendwie eine Identität ableiten konnten – wie, wusste ich nicht, aber ich hätte Isosceles fragen können.

Stattdessen schlich ich mich lautlos zur Tür hinaus und machte mich auf den Weg.

9

Impuls

Anfangs log er. Das war nicht ungewöhnlich, ich erwartete es geradezu von ihm. Dann jedoch, als ich ihm unablässig weitere Fragen über die Mädchen stellte, unscheinbare Fragen, die auf seinen dämlichen Antworten basierten, wurde klar – auch ihm, nicht nur mir –, dass es keinen Sinn mehr hatte. Ich wusste es, er wusste es, und mit jeder dummen Antwort auf meine Fragen schaufelte er sich ein tieferes und tieferes Loch, bis es schlichtweg einfacher wurde, zu gestehen und mir alles zu erzählen. Und dann, wie immer, eine Entschuldigung hinzuzufügen.

Carlos hatte Scheiße gebaut. Seine Entschuldigung war bedeutungslos. Statt die zwei Mädchen wie üblich sicher und wohlbehalten zu mir zu bringen, hatte er sie missbraucht. Das war seine erste Dummheit gewesen. Dann war er in Panik geraten, weil er wusste, dass er gegen die Regeln verstoßen hatte, also hatte er sie aufgeschlitzt. Sie umgebracht. Das war seine zweite Dummheit gewesen. Danach hatte sich seine Panik zusätzlich gesteigert, weil er wusste, dass die Mädchen verschifft werden sollten, deshalb hatte er sie hinten in seinen Van gepfercht und ihre Leichen in einem Sumpf im Naturschutzgebiet von Coombabah abgeladen. Das war seine letzte Dummheit gewesen. Nein, eigentlich doch nicht: Die letzte Dummheit hatte darin bestanden, mich zu belügen, und die erste darin, mich nicht anzurufen, mich nicht zu fragen, wie die Sache zu regeln sei.

Und er hatte Ida in die Sache hineingezogen. Schon wieder.

Das war sein vierter Fehler gewesen – ihr zu viel zu erzählen. Sein Blutsverbrechen preiszugeben. Jetzt ist sie auf der Flucht, und keiner von uns weiß, wie wir sie finden können. Und dann die absolut bescheuertste, größte Dummheit von allen: Er murkst einen Bullen ab.

Die dämliche Ida, der man erst gar nie, nie, nie hätte vertrauen dürfen, ruft einen Freund von sich an, und dann taucht wenige Stunden später irgendwie ein Cop auf. Wer ist dieser Freund, den sie angerufen hat? Bevor sie Carlos entkommen ist, konnte er sie noch ein wenig zum Reden bringen.

Ein *wenig*.

Hätte ich es getan, sie hätte *eine Menge* geredet.

So etwas macht die Liebe aus einem. Dabei habe ich ihm noch gesagt, er soll auf seine Gefühle aufpassen und sich nicht auf ein Mädchen einlassen, das er am Ende vielleicht mögen würde. Er hat es gar *Liebe* genannt. Um Himmels willen. Dafür ist nun wirklich keine Zeit.

Bevor Ida weggerannt ist, als Carlos unachtsam war, hat sie ihm etwas erzählt, und zwar, dass ihr Freund so etwas wie ein Retter sei, der sie vergangenes Jahr davor bewahrt habe, umgebracht zu werden, und dass er ein hammermäßiger Bulle oder Exbulle sei. Spitze – inzwischen treibt er sich wahrscheinlich auch in der Gegend rum und sucht nach ihr.

Sein Name ist Darian.

Das brauchen wir echt nicht, zumal ohnehin schon die Cops überall suchen, um den Mörder zweier junger Frauen und eines anderen Cops zu finden. Leichen sorgen immer für

Scherereien. Carlos ist ein Idiot, auch wenn er mein Bruder ist; man lässt keine Leichen so zurück, dass sie von den Bullen entdeckt werden können. Noch haben sie die Leiche des Bullen nicht gefunden, aber das werden sie. Die werden nicht mal lange dafür brauchen. Woher ich das weiß? Weil Carlos ein Idiot ist.

Er glaubt, er sei immer noch in Brasilien und könne sich aufführen, als wäre er nach wie vor in der Gang, der Held der Straßen, der ohne Furcht leben kann. Dort kann man ohne Weiteres jemanden umbringen, ohne dafür bestraft zu werden. Man nimmt ein Leben und wird nicht geschnappt, oder falls doch, dann bezahlt man einfach jemanden oder droht mit weiterer Gewalt, und damit hat es sich. Dort kann man machen, was man will; Carlos hat schon viele Menschen getötet, darunter Polizisten, und er ist immer damit davongekommen. Er denkt, die Möglichkeit, sich so zu verhalten, wäre mit ihm nach Australien geflogen. Ihm sind seine Handlungen schlichtweg egal; er hat keinen besorgten Eindruck gemacht, als ich ihn angeschrien habe. Er hat bloß mit den Schultern gezuckt, gelächelt und gemeint, es täte ihm leid, und selbst das hat nicht so geklungen, als ob er es ernst meinte. Es hatte sich eher angehört wie: *Was weiß ich denn schon?*

Das macht ihn gefährlich. Die meisten Menschen in seiner Lage hätten Angst und würden sich verstecken; er hingegen wird damit prahlen, sich besaufen und dann mit dem Gedanken spielen, es noch zu steigern. Vielleicht macht er sich sogar auf, um nach weiteren Mädchen zu suchen, die er vögeln und aufschlitzen kann, entweder nur so zum Spaß oder vielleicht, um mich zu ärgern. Als wolle er mir sagen, dass *er* derjenige sei, der wirklich weiß, wie es auf der Welt läuft, nicht ich; dass er derjenige sei, der den Durchblick hat, nicht ich.

Ein kleines bisschen Angst kann durchaus hilfreich sein. Dadurch bleibt man konzentriert. Ich *habe* ein wenig Angst, wenn auch nicht besonders viel. Ich weiß, dass alles gut wird, aber ich weiß auch, dass ich selbstgefällig und dumm werden könnte, wodurch ich ein leichtes Ziel für die Polizei würde.

Meine Pläne sind jedenfalls total im Arsch. Es ist eine Katastrophe. Und alles nur, weil Carlos nicht nachgedacht und aus einem Impuls heraus gehandelt hat. Oder vielmehr erst aus Panik heraus, dann aus einem Impuls.

10

Aschanti

Die Gold Coast war ursprünglich eine Reihe von Stränden entlang eines atemberaubenden Küstenstreifens und fand ihr Herz im Jahr 1925, als eine Kneipe namens Surfers Paradise an der Straße gegenüber dem Strand eröffnete. Bier, Wellen und die goldene Sonne. Einer der ersten Strandwohnblocks des Landes wurde errichtet, und quasi über Nacht wurde der Ort ein Magnet für Touristen und Surfer an der Ostküste. In den Vierzigerjahren beschlossen Projektentwickler, auf einen neuen Namen für das gesamte Gebiet zu drängen, und die Gold Coast war geboren, umfasste sämtliche Ortschaften von der Nordspitze bis zur Grenze mit New South Wales. Als ich die breite Straße entlangfuhr, die jene flache, monotone, mit KFC-Filialen, Minigolfanlagen, Sexshops und kleinen Geschäften gesprenkelte Landschaft durchzog, fand ich es nicht überraschend, dass sich die Ortskerne nicht durch einen Park, ein Rathaus oder einen öffentlichen Platz definierten, sondern durch ein Einkaufszentrum. Geld regiert nun mal die Welt, obwohl ich bei vielen der Menschen, die durch die Straßen gingen oder auf einen Bus warteten, keineswegs den Eindruck hatte, dass sie wohlhabend aussahen.

Die Vierzigerjahre waren eine Zeit, in der es mit dem britischen Weltreich rapide bergab ging, eine Zeit, in der sich allmählich der amerikanische Einfluss, der mit MacArthur und dem Pazifikkrieg anfing, in der australischen Landschaft ausbreitete. Es hätte hier beginnen können, an der Gold Coast.

Zu der Zeit um Neunzehnhundertvierzig gab es im Empire eine andere Gold Coast. Mir war diese Tatsache völlig unbekannt gewesen, ohne dass ich das Wissen je vermisst hätte, bis Isosceles, der mich bei meinen Reisen gern mit Fakten zweifelhafter Bedeutsamkeit überhäuft, spontan beschloss, mir Geschichtsunterricht zu verpassen, während ich mich auf der vierspurigen Autobahn der Gold Coast einer Ortschaft namens Miami näherte, die sich stolz mit einem riesigen Schild am Straßenrand ankündigte.

»Die andere Gold Coast lag in Westafrika, Darian. Ich vermute mal, du weißt nicht, weshalb sie so hieß, aber ich denke, du kannst es erahnen. Jedenfalls ging die Bezeichnung nicht auf den Sonnenschein zurück.«

»Auf Gold, das Edelmetall?«, fragte ich, während ich im Innenspiegel das Panorama hinter mir betrachtete und darauf wartete, dass die Ampel grün wurde. Der Ort sah tatsächlich wie eine Miniaturausgabe von Miami in Florida aus.

»In der Tat, dieses Gold – aber davor hieß jene Gold Coast anders, nämlich das Aschanti-Reich. Hast du gewusst, dass die Aschanti eines der kultiviertesten Völker in Afrika waren?«

Ich erwiderte nichts. Ich hätte Bob Dylans *Together Through Life* auf volle Lautstärke drehen können, doch das hätte nichts geändert – Isosceles hätte trotzdem weitergeschwafelt.

»Die Engländer mussten vier – ich wiederhole, Darian, vier – große Kriege gegen die Aschanti austragen, bevor es ihnen gelang, sie zu besiegen oder vielmehr in die Unterwerfung zu knüppeln. Interessanterweise haben Aschanti ihre Sklavenmädchen oft geheiratet. Eine faszinierende Tatsache, nicht wahr?«

Nicht für mich, denn ich hörte nicht wirklich zu.

»Manche hielten es für klug, das eigene Sklavenmädchen zu heiraten, weil so ein etwaiges Erbe direkt an die Kinder fließen konnte, ohne sich Gedanken über die Familie der Ehefrau machen zu müssen. Zumal Sklavenmädchen keine Familie hatten, die zählte. Mit dieser Begründung blicken die modernen Aschanti auf ihre Sklaverei als eine menschliche Form davon zurück. Was meinst du dazu, Darian? Ich bin nicht sicher, ob ich das so akzeptieren kann.«

»Nein, du hast recht«, sagte ich, ohne nachzudenken.

»Du hast gar nicht zugehört, oder?«

Ich fuhr weiter.

—

Estefan lebte in einer der Gemeinden nahe der Grenze – Burleigh Heads. Unlängst war die Ortschaft zum besten Strand Australiens gekürt worden, und ich konnte nachvollziehen, weshalb. Eine atemberaubende Landzunge ragte ins Wasser hinein, das für Dutzende Surfer mit tollen Wellen heranrollte und gegen einen weitläufigen, langen Strand brandete, den Schraubenbäume und Kiefern säumten. Die Aussicht war allumfassend, episch. In der Ferne, verschleiert vom salzigen Dunst der Brandung, zeichneten sich die Glastempel der Wohnblocks und hoch aufragenden Hotels ab.

Ein Großteil der Gold Coast schien in den letzten zwanzig Jahren gebaut worden zu sein, obwohl man hin und wieder durchaus auf eine Ausnahme stößt: ein sagenhaft heruntergekommenes Haus auf Holzpfählen oder ein Retro-Laden aus den Fünfzigern, versteckt zwischen Palmen und wild wuchernden, tropischen Gärten, eingekeilt zwischen mehrere Millionen Dollar teuren Häusern und einem der gefühlt tausend Motels, an denen ich vorbeigekommen war und die alle schon von Weitem anzeigten, dass sie restlos belegt waren, weil die Kids während der Schoolies-Wochen die gesamte Gegend überschwemmten.

Isosceles hatte das Haus, zu dem ich fuhr, auf Google Earth herausgesucht, daher wusste ich, was ich zu erwarten hatte: einen Ort, den die Zeit vergessen zu haben schien. Als ich bei Burleigh, wo aus dem dichten Buschwerk riesige schwarze Felsbrocken ragten, die sich bekannterweise bei monsunartigem Wetter lösten und ins Meer hinabstürzten, in die schmale Straße bog, wunderte ich mich darüber, wie man die Millionärszeile in derselben Straße unmittelbar neben den Müllhaldenstreifen pflanzen konnte. Es war, als hätten die Projektentwickler diesen kleinen Abschnitt hügeliger Landschaft schlichtweg übersehen. Bäume ragten hoch über die Straße auf, und ich kroch langsam dahin, suchte nach der richtigen Hausnummer – es fühlte sich an, als wäre ich in einen afrikanischen Dschungel geraten. Die Geräusche der nahe gelegenen Schnellstraße wurden von der dichten Stille des Waldes verschluckt.

Nummer achtzehn erwies sich als das letzte Haus in der Straße. Die Fahrbahn endete in einer Sackgasse vor dem Gebäude. Als ich ausstieg, musste ich daran denken, was Isosceles mir über die Vergangenheit des Ortes erzählt hatte. Das Haus war von den Dreißigerjahren bis in die Sechzigerjahre ein illegales Bordell gewesen, danach eine Pension für Kriegsveteranen, bis es ein Landschaftsplaner in die Finger bekam, einige Renovierungsarbeiten daran vornahm, im Zuge dessen pleiteging und es Zimmer für Zimmer vermietete. Es sah aus, als wäre es irgendwann in den Sechzigerjahren des letzten Jahrhunderts frisch gestrichen worden, also erst unlängst im Vergleich zu einigen der Queenslander – kleinen Häuschen, die auf dicken, weiß bemalten Hartholzpfählen hoch über dem Boden thronen – oben an der Sunshine Coast. Es handelte sich um ein Holzgebäude mit einer breiten, beinah zusammengebrochenen Veranda, die vorne und entlang der Seiten verlief. Ich erklomm die Holztreppe zur Eingangstür, die sich als abgesperrt erwies. Mein Blick wanderte zurück hinunter in den Vorhof. Das Gras schien erst kürzlich gemäht worden zu sein, und obwohl der Ort wie eine Müllhalde aussah, wurde er offensichtlich gewartet.

Ich klopfte an die Tür, die, wie mir auffiel, aus extrem solidem Hartholz bestand. Eine neuere Ergänzung.

Aus dem Inneren drang nur Stille.

Ich klopfte erneut. Weitere Stille. Wenn sich Estefan nicht selbst drinnen aufhielt, dann laut Isosceles' Verfolgung des Signals zumindest sein Handy. Ich stieg die Treppe zurück hinunter und ging um die Seite herum in den Hinterhof, der sich als gewaltiger, wuchernder Dschungel aus Gras und Palmen entpuppte und an den Nationalpark grenzte. Dahinter ragte die Landspitze etwa hundert Meter hoch steil empor, dunkel und bedrückend. Keines der Fenster entlang der Seite stand offen. Ich entschied mich für die Hintertür, da sie mir wahrscheinlich den geringsten Widerstand entgegensetzen würde. Sie gab unter meinem Gewicht mühelos nach, und innerhalb weniger Augenblicke befand ich mich im Inneren.

Es war mein zweiter Einbruch binnen weniger Stunden. Was mich nicht weiter kratzte. Immerhin musste ich eine junge Frau finden.

—

Da war Blut – ich konnte es riechen. Kaum war ich durch die Tür getreten, schlug er mir entgegen – ein subtiler Mief von Verwesungssüße, der den Ort durchtränkte. Beinah blieb er unter dem Gestank von Bleichmittel verborgen, aber er lässt sich nicht einfach verschleiern. Es ist der Geruch des Todes, und er frisst sich fest.

Ich stand in der Küche, einem kleinen Hinterzimmer, unrenoviert, mit grauer Farbe an den Hartholzwänden. Die Dielenbretter präsentierten sich abgewetzt von den Füßen Tausender Menschen, die im Verlauf der Jahre über ihn gegangen waren. Die Küche erwies sich als sauber; kein Müll auf dem Boden, kein ekliges schmutziges Geschirr, das sich im Spülbecken stapelte. Dennoch haftete dem Raum etwas Verwahrlostes an. Dies war kein Ort, an dem Estefan oder sonst jemand eine Alaskabombe oder Ratatouille gekocht hätte – vielmehr schien es sich um einen reinen »Zum Mitnehmen«-Haushalt zu handeln, in dem das Essen woanders gekauft wurde; zuletzt gekocht dürfte in dem Raum vielleicht zur Wende des letzten Jahrzehnts worden sein.

Als ich durch die Küche in den langen Korridor ging, der sich durch die Mitte des Gebäudes erstreckte, dachte ich wieder über die verschwundene Österreicherin Ida nach. Sie war hübsch, wohlhabend, an ein Leben in einer schmucken Wohnung eines protzigen Hochhauses mit all seinen coolen Annehmlichkeiten gewöhnt. Ich vermutete, wenn wir herausfänden, was für ein Auto sie fuhr, würde es ein BMW oder ein Saab sein. Dieser Ort, angeblich das Zuhause ihres Freundes, kam völlig unpassend rüber. Ich konnte mir nicht vorstellen, dass ein solches Mädchen Interesse an einer solchen Umgebung zeigen könnte, es sei denn vielleicht für soziologische Forschungszwecke. Das Haus war schlicht und ergreifend ein Dreckloch. Die Dielenbretter knarzten, als ich den Korridor entlangging. Trotz der sengend heißen, orangefarbenen Sonne, die durch die Fenster hereinbrannte, herrschte eine düstere, muffige Atmosphäre mit einem überwältigenden Beigeschmack von Verwahrlosung. Es erinnerte an das Haus in der Plantagenszene von Coppolas *Apocalypse Now* oder an Miss Havishams unheimlichen Schuppen in *Große Erwartungen*. Das Gebäude atmete den Tod, und Ida, wer immer sie in Wirklichkeit sein mochte, schien mir vielmehr das Leben zu atmen.

Und wer war dieser Estefan eigentlich? Lebte er wirklich hier? Allmählich fing ich an zu bezweifeln, ob das überhaupt irgendjemand tat. Gedanklich merkte ich mir vor, den Inhalt des Kühlschranks zu überprüfen, bevor ich ginge, aber als ich einen Raum nach dem anderen in dem Gang passierte, in dem die Türen zu beiden Seiten offen standen, wurde aus dem Ort immer weniger ein Haus zum Wohnen, dafür mehr und mehr eine Reihe von Zellen. Jedes Zimmer glich dem anderen: ein Einzelbett, keine Laken oder Decken, ein kleiner Nachttisch. Insgesamt gab es sechs solche Räume. Bei zwei Betten fehlten die Matratzen. Nie ein gutes Zeichen.

Als ich die Seite des Hauses entlanggegangen war, hatte ich von außen nicht sonderlich darauf geachtet, aber jedes der Fenster wies weiß lackierte Metallgitter auf, um zu verhindern, dass Eindringlinge hereingelangen konnten. Oder um zu verhindern, dass jemand ausbrechen konnte.

Ich drehte mich um und betrachtete die Türgriffe; alle mit ausgeklügelten Riegelschlössern ausgestattet. Der Großteil des Hauses war alt und klapprig – für die Schlösser galt das nicht. Aus diesen Räumen konnte niemand raus, der nicht rausgelassen wurde.

Das Zimmer vorne links unterschied sich von allen anderen. Zum einen war es größer, zum anderen sah es bewohnt aus. Hier, so vermutete ich, schlief der unauffindbare Estefan. Ich ging hinein.

Ein Doppelbett, ungemacht, als hätte kürzlich jemand darin gepennt. Die Kissen auf beiden Seiten waren benutzt worden, das Laken auf dem Bett war zu beiden Seiten von denjenigen zurückgeschoben worden, die daraus aufgestanden waren. Zwei Personen. Estefan und Ida? Der Raum wirkte etwas angenehmer als die anderen. Er besaß ein großes Erkerfenster, das hinaus auf den Vorhof und die schmale Sackgasse wies, die den Hügel herunter zum Haus führte. Wenigstens gab es in diesem Zimmer Vorhänge und keine Gitterstäbe. Allerdings hatte man die Ziegelsteinwände mit einem schäbigen Grau ausgemalt, und die Holzwand, die sich aus vertikalen Latten zusammensetzte, sah spartanisch und ziemlich traurig aus. Ich konnte mir einfach nicht vorstellen, dass sich eine junge Frau, glücklich und pulsierend vor Leben, wie ich mir Ida ausmalte, an einem solchen Ort wohlfühlen könnte. Tatsächlich konnte ich mir nicht vorstellen, dass überhaupt irgendjemand in diesem Haus schlafen wollen würde, es sei denn, derjenige wäre so richtig am Boden angekommen oder unternähme eine wirklich intensive Edgar-Allan-Poe-Forschungsreise.

Ich schaute in die Kommode und in die Einbauschränke. Gewöhnliche Herrenbekleidung. Levi's, Converse, Nike. Ich sah mich nach einem Schreibtisch um – immerhin sollte der Typ angeblich Student sein. Es gab keinen. Vielleicht lernte er ja im Wohnzimmer, das sich hinten neben der Küche befand. An häuslichen Annehmlichkeiten schien es nicht viel zu bieten, nur eine Couch und einen Flachbildfernseher.

Ich kehrte zurück in den Flur.

Mehr und mehr fühlte ich mich wie an einem Ort, an dem man Menschen einsperrte, nicht wie an einem Ort zum Lernen und Feiern, was ich eigentlich erwartet hatte. Das Haus strotzte vor Funktionalität; sechs kleine Zimmer, alle gleich eingerichtet, Einzelbetten, Gitterstäbe vor den Fenstern, Riegelschlösser an den Türen. Fehlende Matratzen. Das war ein Gefängnis. Und der Geruch von Blut haftete daran trotz irgendjemandes Bemühungen, ihn zu beseitigen.

Ich dachte an Isosceles' Geplapper während meiner Fahrt auf der Autobahn und an seine Geschichte über die Aschanti und Sklaverei zurück.

Schließlich holte ich Idas Telefon aus der Gesäßtasche hervor und sah mir ihre jüngsten Textnachrichten an Estefan an. Ich rief seine Nummer auf und wählte.

Gleich darauf hörte ich sein Telefon aus dem Schlafzimmer klingeln, in dem ich gerade gewesen war.

Als ich hineinging und das Handy unter dem Bettüberwurf entdeckte, meldete sich die Mailbox. Ich wollte die Stimme des Kerls hören.

Ich bin kein Experte für Stimmerkennung, aber mir schien, dass es sich um denselben Mann handelte, der mir in den frühen Stunden dieses Morgens gesagt hatte, Ida sei ein »totes Mädchen, singt«.

—

»Das ist der Typ«, teilte ich Isosceles mit. »Dieser Estefan. Ich will, dass wir unsere gesamten Ressourcen auf ihn konzentrieren. Kannst du das für mich tun?«

Immerhin arbeitete er offiziell für eine mit üppigen finanziellen Mitteln ausgestattete Behörde der US-Regierung und war kein Einzelkämpfer, der sich in einem knallroten Studebaker auf den Straßen der Gold Coast herumtrieb.

»Natürlich, Darian«, antwortete er. »Musst du das wirklich fragen? Was brauchst du abgesehen von persönlichen Informationen, so ich welche auftreiben kann? Möchtest du Überwachung haben?«

»Ja.« Ich war nicht sicher, wann Estefan zurückkommen würde; einerseits fühlte sich der Ort irgendwie aufgegeben an, andererseits hatte er sein Telefon und seine Kleidung hiergelassen. Er hatte auf Idas Handy mit mir gesprochen. Demnach wusste er, wer ich war, und würde wahrscheinlich davon ausgehen, dass ich kommen würde, um nach ihr zu suchen.

Aber er schien überheblich zu sein. Er hatte sich nicht die Mühe gemacht, den Akku aus Idas Handy zu entfernen, und das Gerät war – von ihm? – unmittelbar dort zurückgelassen worden, wo die toten Mädchen im Wasser getrieben hatten. Wollte er mich damit herausfordern? Oder war er vielleicht bloß dämlich? Nicht allzu viele Mörder – sofern er darunter fiel – sind so schlau, wie sie denken.

Jedenfalls hoffte ich, er würde hierher zurückkommen. Schließlich konnte er nicht wissen, dass ich ihm schon so nahe gekommen war. Und wenn er zurückkäme, könnte ich mich dank Isosceles' Überwachungskameras, die auf Vorder- und Hintereingang gerichtet sein und in dem Moment ansprechen würden, wenn eine dieser Türen geöffnet wurde, rasch auf ihn stürzen.

Isosceles hatte im ganzen Land Elektronikfanatiker als Freunde, die sich darauf spezialisiert hatten, Menschen auszuspionieren. Sie bildeten eine Gemeinschaft von Computerfreaks, die sich gegenseitig Gefallen taten. Dabei wurden weder Fragen gestellt, noch wechselte Geld die Hände.

»Ich schicke dir eine Liste seiner gesamten Kontakte, Details über sein Fahrzeug und was immer von den Daten seiner Einschreibung an der Universität nützlich sein könnte.«

»Kommst du an seine Kreditkartendaten ran?«, fragte ich.

»Bin gerade dabei. Selbstverständlich gebe ich dir Bescheid, wenn er auf einen Geldautomaten zugreift oder seine Kreditkarte in irgendeiner Weise benutzt. Irgendwann muss ihm der Sprit ausgehen, Darian. Dann spüren wir ihn auf.«

Es sei denn, er bezahlte bar. Allerdings glaubte ich das nicht. Irgendetwas an diesem Kerl vermittelte mir das Gefühl, dass er keine Angst kannte.

Einen flüchtigen Moment lang spielte ich mit dem Gedanken, meinen alten Kumpel Dane Harper anzurufen und all diese Informationen an ihn weiterzugeben. Etwas, worin Cops wirklich gut sind, ist, ein Gebiet mit Fotos eines Gesuchten zu überschwemmen. Doch die Idee hielt sich lediglich für wenige Augenblicke.

Nur Sie können helfen, hatte Ida gesagt.

Ich rief nicht an.

11

Das Spinnennetz (I)

Ich hatte nicht viel, womit ich arbeiten konnte: zwei tote Mädchen, einige verschwundene Leute und ein paar leere Zimmer.

Ich stand auf dem vorderen Balkon des Hauses und dachte über die zellenartigen Räume nach. Früher einmal musste es sich um Separees für Prostituierte und ihre Freier gehandelt haben, damals in den dunklen Tagen, bevor Bordelle legalisiert wurden. Dieser Ort, der am Ende einer Sackgasse unter hoch aufragenden Felsen im Schatten eines Waldes lag, war eigens für den Zweck gebaut worden, nicht entdeckt zu werden. Der nächstgelegene Nachbar befand sich um die Ecke den Hang hinauf, fernab des Kommens und Gehens hier.

Ich hatte das Gebäude durchstöbert und nichts gefunden, was es mit Ida in Verbindung brachte, geschweige denn mit Estefan – abgesehen von seinem Mobiltelefon. Noch gelang es mir nicht, die Teile zusammenzusetzen, aber irgendwie gehörten die zwei toten jungen Frauen, die im Naturschutzgebiet von Coombabah unter der Wasseroberfläche getrieben hatten, und dieses Haus zusammen. Der Geruch von Blut … fehlende Matratzen …

Entweder wurde das Gebäude wieder als Bordell benutzt oder, was ich für wahrscheinlicher hielt, als eine Art Kerker für Menschen. Mir gingen die Aschanti nicht aus dem Sinn;

hatte es etwas mit Sklavenhandel zu tun? Hier unten an der sonnigen Gold Coast? Fand ich unwahrscheinlich. Musste ich es wirklich in Erfahrung bringen, oder konnte ich mich darauf beschränken, Ida zu finden, mich zu vergewissern, dass es ihr gut ging, und von hier zu verschwinden?

Allmählich wurde ich ein wenig ärgerlich auf sie. Ich war nicht ohne Grund aus dem Polizeidienst ausgeschieden, und so hatte ich mir meinen neuen Lebenswandel nicht vorgestellt. Mir ging der Gedanke durch den Kopf, nach Hause zu fahren und die Sache zu vergessen. Sollte sie den ganzen Mist doch selbst bereinigen.

Dann erinnerte ich mich an den verschmierten Handabdruck unter ihrem Laptop und an den Geruch von Blut, der nach wie vor an dem Haus mit den Zellen haftete. Vielleicht suchte ich gar nicht mehr nach einer verschwundenen jungen Frau. Vielleicht suchte ich in Wirklichkeit nach ihrem Mörder.

Ich rief in Österreich an.

»*Hallo?*«, meldete sich eine Frau am anderen Ende der Leitung.

»Sprechen Sie Englisch?«, fragte ich.

»Ja«, antwortete sie zurückhaltend. Vermutlich wird man nicht allzu oft mitten in der Nacht mit einer solchen Begrüßung angerufen. Isosceles hatte mir die Daten von Idas Eltern per SMS geschickt. Bei jedem Vermisstenfall ist das Erste, worauf man sich konzentriert, der Personenkreis derer, die der oder dem Vermissten am nächsten stehen. Ich hatte mein Augenmerk zuerst auf den Freund gerichtet. Nun schien es an der Zeit zu sein, den Kreis nach außen zu verbreitern.

Die Frau klang nervös. »Wer ist da?«, wollte sie wissen.

»Tut mir leid, dass ich Sie so spät nachts anrufe, Mrs Färber. Mein Name ist Darian Richards. Ihre Tochter Ida ist verschwunden. Ich versuche gerade, sie zu finden.«

Leuten mitzuteilen, dass ihr Kind oder ein geliebter Mensch ermordet wurde, geht heftig an die Nieren. Man kann ihnen nichts bieten. Man versetzt ihnen einen Schlag mitten ins Gesicht. Das und der Blick in die Augen eines Opfers sind die grauenhaftesten Bestandteile des Jobs. Das Leid und die Qualen, die man weitergibt, scheinen einen zu begleiten; man überbringt nie die Nachricht eines Todes, ohne anschließend vom Gefühl heimgesucht zu werden, selbst ein Komplize bei dem Verbrechen zu sein. Um damit zurechtzukommen, gelobt man, Vergeltung zu üben.

Leuten mitzuteilen, dass ihr Kind oder ein geliebter Mensch vermisst wird, ist im Vergleich dazu ein Spaziergang im Park. Es besteht noch Hoffnung, und man ist an dem Fall dran, sucht nach der Person. Und als Unterstützung hat man die zuversichtlich stimmenden Statistiken – die meisten Vermissten tauchen ja wieder auf.

Allerdings hat auch das seinen Preis – man wird nämlich zur einzigen Hoffnung der Angehörigen. Was alles andere als eine willkommene Bürde ist. Auf eigene Faust zu ermitteln, ist so schon schwierig genug; alle fünf Minuten aufgelöste Eltern am Telefon zu haben, die Neuigkeiten wollen, gestaltet es umso zermürbender.

»Was meinen Sie damit, sie ist verschwunden?«, sagte Idas Mutter. »Ich habe erst unlängst mit ihr geredet. Wo ist sie?« In ihrer Stimme schwang ein Anflug von Hysterie mit.

»Was hat sie gesagt, als sie zuletzt mit ihr gesprochen haben?«, fragte ich.

»Wer sind Sie?«

»Ich war früher Ermittler bei der Polizei. Ich habe Ihre

Tochter letztes Jahr kennengelernt. Sie hat mich gestern angerufen und erwähnt, dass sie vielleicht in irgendwelchen Schwierigkeiten stecken könnte. Ich muss alles erfahren, was Sie mir über ihr Leben hier an der Gold Coast sagen können. Über ihren Bekanntenkreis, ihren Freund, wo sie sich aufhalten könnte …«

»Freund? Sie hat keinen Freund.«

Natürlich würde das die Mutter als Letzte erfahren.

»Haben Sie Ida je von einem Estefan reden hören?«

»Nein. Hören Sie, ich weiß nicht, wer Sie sind oder was das soll, aber ich will jetzt mit meiner Tochter sprechen.«

Ich ging alles noch einmal durch. Langsam. Dabei bemühte ich mich, die Frau nicht so sehr zu verstören, dass sie den nächsten Flug an die Gold Coast nehmen und mir auf Schritt und Tritt folgen würde. Ich erklärte ihr, wer ich war und dass ich bestens dafür gerüstet sei, Ida zu finden. Keine Polizei, noch keine Vermisstenanzeige erstatten, forderte ich sie auf. Das würde nicht helfen.

Tatsächlich konnte es der jungen Ida vielleicht eher eine Menge Kummer bescheren, fürchtete ich – behielt es jedoch für mich. Ich musste erst mal herausfinden, wie ihre Rolle bei den Morden genau aussah. Natürlich hoffte ich nach wie vor, dass sie eine unschuldige Beobachterin verkörperte, aber das konnte ich nicht wissen, und na ja – Menschen sind seltsam.

Ich erzählte Mrs Färber nichts von dem Blut in der Wohnung ihrer Tochter. Es würde nichts bringen, wenn sie fürchtete, Ida könnte vielleicht tot sein, solange nicht feststand, dass sie es war.

Schließlich fing sie an, mir von ihrer Tochter zu berichten. Die Worte sprudelten eindringlich, überstürzt und ungeordnet aus ihr hervor: Ida liebte die Gold Coast, besuchte unheimlich gern die Universität, hatte keinen Freund, unternahm mit Vorliebe kleine Touristenausflüge ins Hinterland und die Küste hinauf, hatte eine Menge Bekannte, aber keine besondere beste Freundin.

Das klang entschieden zu gewöhnlich und sehr stark nach einer oberflächlichen Darstellung.

»Hat sie Ihnen gegenüber je irgendeinen speziellen Ort erwähnt?«, erkundigte ich mich. Falls Ida irgendwo untergetaucht war, hatte sie das Versteck unter Umständen mal ihrer Mutter genannt. »Vielleicht eine der Ortschaften im Hinterland?«

Wie an der Sunshine Coast ist auch das Hinterland der Gold Coast übersät mit idyllischen kleinen Touristenstädtchen voller Kunstgalerien, Cafés und Antiquitätenläden. Gute Plätze, um sich zu verstecken.

»Oh«, machte sie, als wäre ihr unverhofft etwas eingefallen.

Mein Puls beschleunigte sich jäh. Ich konnte spüren, wie es heranbrandete: Gleich würde ich eine Spur erhalten.

»*Das Spinnennetz*«, sagte sie.

»Was ist das? Können Sie mir etwas Genaueres darüber erzählen?«

»Ich fürchte nein«, erwiderte sie. »Ich weiß nicht, was für ein Ort das ist, aber sie hat mir erzählt, sie könnte ihn nie vergessen und dass er sich ihr ins Gedächtnis gebrannt hätte, nachdem sie dort gewesen war.«

Eine Pause entstand. Nach einer kurzen Weile fügte sie hinzu: »Ich bin nicht sicher, ob es ein guter Ort war.«

Das Spinnennetz; ich hatte keinen Schimmer, was das sein mochte, aber ich würde Blond Richard fragen, ob der Name ihm etwas sagte.

»Können Sie mir Idas Handynummer hier in Australien geben?«, bat ich die Mutter. Sie nannte sie mir, und ich schrieb sie mit einem Stift auf meinem Handrücken mit. Zumindest das war eine wertvolle Spur. Bisher waren wir Ida blindlings über Facebook und die Kontakte auf dem Telefon gefolgt, das ich ihr vor einem Jahr gegeben hatte und das sie nur sporadisch zu benutzen schien. Ich wollte Isosceles darauf ansetzen, das Signal ihres Haupthandys zu orten. Wenn ich Glück hätte, würde mich das geradewegs zu ihr führen.

Außerdem schickte mir Mrs Färber in einer Textnachricht Idas Bankkontonummer, die aufzuspüren Isosceles Mühe gehabt hatte. Es handelte sich um ein österreichisches Konto, mit dem jedoch eine Visa-Karte verknüpft war. Damit hatte ich zwei hervorragende Spuren; den Aufenthaltsort einer Person herauszufinden ist ja grundsätzlich einfach – es sei denn, die Person verzichtet auf die Verwendung moderner Technologie. Dann kann es sich als unmöglich erweisen.

Ich versicherte Idas Mutter, dass ich mich regelmäßig melden würde, dann wollte ich auflegen.

»Bitte finden Sie mein Baby«, flehte sie mich an und brach in ein gequältes Weinen aus, das ich nur allzu gut von den vielen Malen kannte, die ich solche Gespräche schon geführt hatte.

»Versprechen Sie mir … versprechen Sie mir, dass Sie mein Baby finden.«

Nein, ich gebe keine Versprechen mehr ab.

»Ich halte Sie auf dem Laufenden. Ich bin sicher, es geht ihr gut«, log ich, bevor ich mich endgültig verabschiedete.

—

»Ihr Telefon ist offline«, sagte Isosceles. »*Nada*. Das letzte Signal kam heute Vormittag aus der Cavill Avenue in Surfers

Paradise. Um zehn Uhr fünfundzwanzig. Um zehn Uhr einundzwanzig heute Vormittag wurde auf einen Geldautomaten zugegriffen, ebenfalls in der Cavill Avenue. Fünfhundert Dollar wurden abgehoben.«

An diesem Vormittag? Um zehn Uhr einundzwanzig? Ungefähr achtzehn Stunden, nachdem sie die Notfalltaste gedrückt und mich angerufen hatte.

Dafür gab es drei mögliche Erklärungen. Erstens: Ihre Kreditkarte war von der Person benutzt worden, die für ihr Verschwinden verantwortlich war. Zweitens: Sie hatte die Karte selbst benutzt, allerdings unter Zwang durch die Person, die für ihr Verschwinden verantwortlich war. Drittens: Sie hatte die Karte selbst benutzt, und es gab keine andere Person.

Ich bemühte mich, unvoreingenommen zu bleiben, aber die dritte Möglichkeit nagte doch sehr an mir.

Die Cavill Avenue ist die Hauptstraße, die durch den belebten Ortsteil Surfers Paradise verläuft. Der Polizeibunker, in dem ich gewesen war, lag weniger als einen Kilometer von der Stelle entfernt, von der jemand – hoffentlich Ida – ein Signal ausgestrahlt hatte.

»Halt die Überwachung aufrecht«, ersuchte ich Isosceles, ohne zu überlegen.

»Das versteht sich wohl von selbst«, erwiderte er und klang ein wenig beleidigt.

»Tut mir leid, hab' nicht mitgedacht«, entschuldigte ich mich. Natürlich würde er die Überwachung aufrechterhalten; ich war einfach zerstreut. Wenn man sein Telefon auf diese Weise abschaltet, ist der Akku daraus entfernt worden. So etwas tut man dann, wenn man nicht gefunden werden will.

Falls es Ida selbst getan hatte: Warum? Nachdem sie mich

angerufen und um Hilfe gebeten hatte? Natürlich bestand durchaus die Möglichkeit, dass sie tot war und ihr Mörder das Handy an sich genommen und auf ihr Bankkonto zugegriffen hatte. Allerdings hatte ich mit dieser Theorie so meine Probleme: Warum sollte man vor dem Entfernen des Akkus noch das Telefon von jemandem benutzen, den man umgebracht hat? Und warum waren nur fünfhundert Dollar abgehoben worden? Laut Isosceles befand sich auf dem Konto noch ein Guthaben von über tausend Dollar.

Ich überprüfte meine SMS und Nachrichten. Nichts von Maria, was bedeuten konnte, dass sie es aufgegeben hatte – zumindest hoffte ich das, wenngleich ich es für unwahrscheinlich hielt.

Aber Blond Richard hatte mir eine SMS geschickt:

surfers city motel. sag, dass ich dich schicke.

Und zehn Minuten später hatte er mir noch einmal geschrieben:

ist nicht grade luxuriös

12

Ihre Frau ist bereits hier

Luxuriös war es wirklich nicht. Was mich nicht weiter störte. Ich brauchte nur ein Bett in einem Zimmer mit einer Wand für meine Gedanken. Als ich auf der Schnellstraße zurückfuhr, ging die Sonne zu meiner Linken unter, wo ich demnach Westen vermutete. Der Himmel präsentierte sich endlos und pastellblau. Zu meiner Rechten, im Osten, offenbarten sich mir entlang schmaler Straßen, die am Wasser endeten, vereinzelte Blicke auf den Ozean. Im Innenspiegel sah ich dunkle Wolken über einer fernen Gebirgskette. Surfers Paradise lag vor mir. Nachdem ich Miami und Nobby Beach passiert hatte, ragten die Türme von Broadbeach vor mir auf, eine elegante Ansammlung moderner Gebäude direkt am Wasser. Die letzten Strahlen der erschöpften orangen Sonne spiegelten sich in ihnen. Zu meiner Linken befand sich ein Megakomplex namens Pacific Fair, ein riesiges Einkaufszentrum, das aussah, als wäre es von Barbie entworfen und mit Legosteinen gebaut worden, rosa und violett mit sinnlosen Türmchen und Springbrunnen. Nebenan befand sich das Kasino, eines der ersten, die man im Land gebaut hatte. Es erinnerte an einen Bau aus der Sowjetunion der Achtzigerjahre. Bald näherte ich mich Surfers Paradise. Die Schnellstraße verjüngte sich auf zwei Fahrspuren, und links und rechts ragten hohe Hotels auf, die auf der einen Seite zum Fluss, auf der anderen zum Meer wiesen.

Ich verirrte mich, weil ich, obwohl mir Isosceles Anweisungen erteilte, in die falsche Straße abbog. Ich konnte kaum glauben, wie viele junge Leute, etliche davon in Bikinis und Surfershorts, die Straßen verstopften. Surfers Paradise pulsierte vor Leben und Action. Die Kids, die zu den Schoolies-Wochen kamen, trugen alle ein Namensschild an einem Umhängeband um den Hals. Vermutlich wollten sie sich so von den Betrügern und Halsabschneidern abgrenzen, die sich hier herumtrieben, um aus ihrer Jugend und ihrem Sex Profit zu schlagen.

Nachdem ich mich durch eine Reihe schmaler Einbahnstraßen gequält hatte, gelang es mir endlich, vor das *Surfers City Motel* zu rollen. Es handelte sich um ein viergeschossiges, helles Ziegelsteinhaus, L-förmig, wodurch alle Zimmer, von denen jedes einen Balkon besaß, zueinander wiesen. Erinnerte mich an *Das Fenster zum Hof*. Als ich aus dem Auto stieg, schaute ich hoch und sah, dass auf den meisten Balkonen Teenager tranken. Einige tanzten auch und rauchten. Handtücher und nasse Kleidung hingen über den weißen Metallgeländern, und von der Straße aus konnte man eine unstimmige Mischung aus Rock, Hip-Hop und Rap hören. Hinter mir lag der Strand, und entlang der Straße neben dem Haupteingang des Hotels reihten sich Geschäfte, Cafés und Fast-Food-Restaurants. Auf der anderen Straßenseite befand sich ein leerer Parkplatz, der gerade einen gigantischen Bungee-Sprungturm beherbergte. Eine lange Schlange von Teenagern wartete davor, um sich dort einen Adrenalinkick zu holen.

Das Motel sah aus, als wäre es in den Sechzigerjahren in dem Versuch errichtet worden, eine Art Las-Vegas-Flair zu vermitteln. Es hatte schon bessere Tage erlebt.

Die Wahrscheinlichkeit von Schlaf während der Nacht hielt ich für gering.

Ich ging hinein.

—

So sehr ich Isosceles liebe, er ist mit einer entsetzlichen Charakterschwäche geschlagen: Er kann nicht lügen. Das verschlimmert sich, wenn diejenige, die ihm eine Frage stellt, eine wunderschöne junge Frau ist. Noch schlimmer wird es, wenn selbige Frau zufällig beeindruckende Brüste hat und wenn sie, um seine kindliche Unbeholfenheit wissend, wie Raquel Welch mit den Wimpern klimpert, als wolle sie sagen: *Jetzt nimm mich schon, ich komm' gleich ins Schwärmen, du sexy Geek, du.*

Diese Charakterschwäche ist verbreitet unter Geeks, die mehr Zeit in der binären oder digitalen Welt als mit Menschen verbringen. Isosceles wagt sich selten aus seiner Wohnung im obersten Stockwerk eines der höchsten Glastürme von Melbourne, wo er sich Raquel-Welch-Fantasien hingibt und Sex mit Edelnutten hat – die ziemlich verwirrt sein müssen, wenn sie für die mit ihm vorgesehenen sechsundzwanzig Minuten seinen eigenartigen Raum mit den vom Boden zur Decke reichenden Fenstern mit Blick auf die Stadt betreten. Geschlechtsverkehr erfordert sechsundzwanzig Minuten, nicht mehr und nicht weniger – zumindest laut irgendwelchen fragwürdigen Forschungsergebnissen, auf die Isosceles in seiner Zeit an der Universität gestoßen ist. Durch seine Unfähigkeit zu lügen wäre er ein hoffnungsloser Fall als Mordermittler oder eigentlich als Ermittler jeglicher Art. Tatsächlich wäre er dadurch heutzutage wohl kaum in der Lage, irgendeinen Job länger zu behalten, ausgenommen vielleicht dem eines Briefträgers. Und natürlich den Job, für den er sich am besten eignet: Computerfreak, Analyst, Auswerter digitaler Informationen.

Normalerweise stört mich diese Unzulänglichkeit seines Charakters nicht. Weil sie nämlich selten irgendwelche Auswirkungen auf mich hat. Wenn aber doch, dann geht es mir mächtig auf die Nerven, und ich wünsche mir, er wäre wie der Rest von uns und könnte jemandem, ganz gleich wie hübsch oder sexy, in die Augen schauen und so mühelos eine Unwahrheit von sich geben, wie er atmete.

»Ihre Frau ist bereits im Zimmer«, ließ mich das rattengesichtige Wiesel an der Rezeption des Surfers City Motels wissen.

Meine Frau?

»Blond Richard hat nichts von einem Doppelzimmer gesagt«, fügte er rasch hinzu. Seine Unterlippe zitterte ein wenig, als hätte er Angst. Blond Richard genoss nun mal einen gewissen Ruf. »Ich hab' keine Doppelzimmer mehr frei. Sind alle von den Kids belegt, die für die Schoolies-Wochen da sind. Überhaupt sind alle Zimmer von den Schoolies-Kids belegt. Der Laden hier ist seit Monaten ausgebucht. Haben Sie eine Ahnung, wie schwierig es war, um diese Zeit ein Zimmer in einem randvoll ausgebuchten Hotel freizubekommen?«

Ich wollte nur nach oben und hallo zu meiner Frau sagen. Eine Sekunde lang malte ich mir aus, dass mir Blond Richard eine Professionelle geschickt hatte, doch ich wusste es besser.

»Ich musste die Kids bestechen. Um sie aus dem Zimmer zu kriegen. Und sie überlegen trotzdem, ob sie sich nicht bei den Bullen beschweren sollen. Zum Glück werden die Bullen sie in die Wüste schicken, aber stellen Sie sich vor, wir wären hier in Griechenland, Kumpel. In Griechenland haben sie eine Touristenpolizei, und die Typen haben dort echt was zu sagen, verstehen Sie?«

Ich beugte mich über den Schalter und sah ihm unverwandt in die Augen.

»Geben Sie mir den Schlüssel. Und halten Sie die Klappe. Sagen Sie mir nur noch, wo der Aufzug ist.«

Es gab keinen Aufzug. Er reichte mir den Schlüssel, hob einen zittrigen Finger und zeigte hinter mich. Lächelnd löste ich mich von der polierten Holztheke und dem Ständer mit Touristenbroschüren, die für Minigolf, Sea World, Wet'n'Wild, Movie World und hundert andere örtliche Vergnügungen warben, und steuerte auf die Treppe zu.

Einige Mädchen im Teenageralter und angesäuselt wirkende Jungs lungerten in der Lobby herum; sie beobachteten mich, als ich mein Handy hervorholte. Warum wirken und gebärden sich Teenagermädchen immer so viel reifer als ihre männlichen Pendants?

Auf dem Weg nach oben rief ich Isosceles an. »Hast du Maria gesagt, wo ich übernachte?«, fragte ich ihn. Ich hatte ihm die Daten übermittelt, sobald ich sie erhalten hatte.

»Ja«, antwortete er.

»Ist dir nicht in den Sinn gekommen, dass ich vielleicht versuche, sie zu meiden?«

»Doch«, erwiderte er.

Ich gab es auf. »Sie hat als meine Frau eingecheckt«, sagte ich.

»Ja«, gab er zurück. »Das war meine Idee.«

—

Maria hatte bereits begonnen, eine Karte der Gold Coast und Zettel mit den grundlegenden Fakten wie »Johnston hier zuletzt gesehen« und »Tote Mädchen hier gefunden« an die Wand zu hängen. Sie saß barfuß in einer blauen Jeans und einem weißen T-Shirt am Ende eines der beiden Einzelbetten. Die Haare hatte sie sich zu einem Pferdeschwanz zusammengebunden. Sie sah wie ein jugendliches Mädchen aus, das vielleicht Aschanti-Geschichte an einer der Universitäten hier studierte.

»Hi«, begrüßte sie mich mit einem gezwungenen Lächeln. »Ich dachte mir, wir könnten mit dieser Wandsache anfangen, die du machst.«

Als ich Winston Promise gejagt hatte, den Serienmörder an der Sunshine Coast, hatte ich meine Wand zu Hause mit einer Karte der Gegend bedeckt und Flugblätter, Broschüren und Touristeninformationen jeder Art, die ich finden konnte, darauf angebracht, um ein Gesamtbild der Umgebung zu schaffen – einer Umgebung, in der dieser Mörder jungen Mädchen aufgelauert hatte. Das hatte dabei geholfen, eine Collage seines Lebens zu erstellen, und es hatte außerdem dabei geholfen, die Geschichte seiner Verbrechen zu einem klaren Muster zu formen. Ich konnte einen Schritt zurücktreten und betrachten, wo er gewesen war, wo er sich die Opfer geholt hatte – das hatte mir eine Vorstellung von dem geisterhaften Leben vermittelt, dem ich nachspürte, um ihn zu vernichten. Dasselbe hatte ich nun erneut mit den spärlichen Informationen vor, über die ich verfügte, und zwar in der Hoffnung, diesen verstreuten Einzelteilen durch räumliche und zeitliche Ordnung Leben einzuhauchen. Maria hatte bei der Jagd nach Promise mit mir zusammengearbeitet und oft in meinem Haus so an die Wand gestarrt, als hätte sie sich im gefährlichen Geist des Killers verirrt. Dorthin mussten wir.

Es war ein schrecklicher, ein dunkler Ort, an dem Dämonen und Albträume hausten. Mir war es gelungen, ihn hinter mir zu lassen. Ich war nicht sicher, ob Maria es auch geschafft hatte.

13

Das Mädchen mit den Kaleidoskopaugen

Ich hatte auf ihn gewartet. Damals lag ich mit einem AK47 unter der Decke im Bett. Ich war zwölf. Die Knarre hatte ich mir von einem meiner Freunde geborgt. Jeder hatte ein AK47. Mein Freund hatte nicht angeboten, mir zu zeigen, wie man es benutzte. Jeder in der Favela wusste, wie man ein AK47 bedient.

Carlos war sechzehn und gerade bei *Amigos dos Amigos* aufgenommen worden, der Gang, die unsere Favela beherrschte. Als Bestandteil des Aufnahmerituals musste jedes Mitglied einen Treueeid leisten. Der durch Blut erfolgte. Je dicker das Blut, desto stärker der Eid. Unsere Eltern waren beide schon vor vielen Jahren erschossen worden, daher konnte Carlos nicht sie töten.

Ich verkörperte das einzige Ziel.

Er würde spätnachts, wenn ich schlief, in mein Zimmer kommen. Schlafend konnte ich getötet werden. Er hätte mir die Kehle aufgeschlitzt. In letzter Zeit hatten die Bosse der Gang angefangen, einen Beweis für die Treuemorde einzufordern. Am beliebtesten waren abgetrennte Köpfe. Carlos liebte mich, aber sein Überleben auf der Straße war ihm wichtiger. Das ist es für jeden. Ich würde ihn töten, wenn ich dadurch leben könnte.

Das nennt sich Überleben.

In Australien ist das anders. Australier kapieren das nicht. Ebenso wenig die Londoner oder die Italiener, die in der Bucht von Neapel leben. Die Sudanesen verstehen es.

Um drei Uhr – vielleicht war es auch vier, jedenfalls herrschte noch Dunkelheit, es war lange vor Sonnenaufgang – hörte ich seine Schritte. Carlos ist zierlich. Klein, dünn, knochig, dennoch athletisch. Er hätte Tänzer werden können, ist drahtig und bewegt sich wie eine Wolke.

Damals öffnete er die Tür und trat ein. In der Hand hatte er ein Tranchiermesser aus der Küche. Ich hatte es zuvor an dem Abend benutzt, um ein Hühnchen zu zerlegen, das mir unser Nachbar geschenkt hatte. Carlos hatte sich nicht mal die Mühe gemacht, das Messer zu säubern. Er kam auf mich zu. Ich hatte den Vorteil, dass sich meine Augen längst an die Dunkelheit im Zimmer gewöhnt hatten. Als er an mein Bett trat, richtete ich den Lauf der Waffe auf seine Brust.

»Nicht«, sagte ich.

»Was?«, fragte er und heuchelte Unschuld.

»Versuch nicht, mich umzubringen, weil wenn du noch einen Schritt näher kommst, drücke ich ab und erschieß' dich. Das Ding ist geladen. Ich hab's mir von Miguel geborgt. Und ich weiß, wie man damit umgeht.«

Ich hörte ein tröpfelndes Geräusch und erkannte, dass er sich gerade in die Hose pisste. Harte Jungs sind nicht mehr so hart, wenn eine Kanone auf ihre Brust gerichtet ist.

»Ich wollte gar nichts tun«, behauptete er.

»Lügner. Geh nach nebenan. Bring Papa Gabriel um. Er ist alt. Er wird's gar nicht merken.«

»Aber …«, setzte Carlos zum Widerspruch an.

»Sag ihnen, er war wie ein Vater für dich. Sag ihnen, dass sich Papa Gabriel um uns gekümmert, uns ernährt und uns beschützt hat, nachdem unsere Eltern erschossen worden sind. Sag ihnen, dass uns Papa Gabriel erst heute Abend ein frisch geschlachtetes Huhn zum Essen gegeben hat, statt es selbst zu essen. Sag ihnen, du hast geweint, als du ihm den Kopf abgeschnitten hast.«

—

Um auf den Straßen von Rio zu überleben, muss man als Kind einer Gang beitreten. Aber einer Gang beizutreten bedeutet, dass man sterben wird. Letzten Endes. Ich hatte Pläne, Träume. Ich hätte ein gutes Gangmitglied werden können. Manchmal glaube ich sogar, ich hätte ein guter Anführer einer Gang werden können. Viele Jungen sind schwach. Als ich in Australien eintraf und mit meinem Geschäft anfing, wusste ich, dass ich Hilfe brauchte. Den Jungs aus der Gegend konnte ich nicht trauen, also nahm ich Kontakt mit Carlos auf und sagte ihm, er solle herkommen. Ich sagte ihm, ich würde seine Reise bezahlen und für ihn sorgen, sobald er da wäre. Ich sagte ihm, ich hätte ihn an einer Universität an der Gold Coast eingeschrieben und dass er einen neuen Namen hätte, Estefan Marquez. Estefan lebte in Rio; er war achtzehn und sehr klug. Er hatte sich für ein Austauschprogramm von der Universidade do Estado do Rio de Janeiro zur Griffith University beworben. Estefan studierte Ingenieurwesen. Ich gab Carlos seine Adresse und forderte ihn auf, den Rest zu erledigen.

Eines Nachmittags kam Estefan nach Hause in die Wohnung seiner Eltern, wo er lebte, und fand sie beide tot auf dem Küchenboden vor. Carlos hatte sie auf den Boden gelegt und ihre Handgelenke gefesselt. Er hat mir erzählt, dass sie ihn angefleht und angeboten haben, ihm fünfzehntausend amerikanische Dollar zu geben. Er hat mir gestanden, dass er in Versuchung geraten war, darauf einzugehen, aber er hatte gewusst, dass ich wütend werden würde, wenn er nicht täte, was ich ihm aufgetragen hatte. Also schlitzte er ihnen die Kehlen auf und sah im Wohnzimmer fern, während er auf die Rückkehr des Sohnes wartete.

Estefan kam nicht allein. Er hatte seine Freundin dabei. Auch sie studierte Ingenieurwesen und war anscheinend traurig darüber, dass sie Estefan für den Rest des Jahres an Australien verlieren würde. Carlos hat mir erzählt, dass die zwei völlig ausgeflippt sind, als sie seine in Blut getränkten Eltern sahen. Carlos hat mir erzählt, dass der ganze Küchenboden voll mit klebrigem Blut war. Er hat gesagt, es sei einfach gewesen, sie zu fesseln. Sie haben ihm nämlich geglaubt, als er ihnen vorgelogen hat, er würde ihnen nicht dasselbe antun wie den Eltern. Er hat gesagt, sie hätten ihm geglaubt, als er behauptet hat, er hätte das Töten satt, weil es eine ziemliche Sauerei gäbe, wenn man einem Menschen die Kehle durchschneidet, und er es deshalb lieber nicht noch mal tun wollte.

Carlos hatte nicht viel Zeit, denn er hatte organisiert, dass ein Freund von der Polizei gegen fünf Uhr nachmittags vorbeikommen würde, um dabei zu helfen, die Leichen zu säubern und anschließend in den Hügeln zu entsorgen. Dennoch war er so freundlich, mich anzurufen und zu fragen, was ich mit der Freundin anstellen wollte. Da er über mein Geschäft Bescheid wusste, dachte er, ich könnte sie vielleicht verkaufen oder sonst irgendwie gebrauchen. Ich war beeindruckt. Das zeugte von vorausschauendem Denken. Es zeugte davon, dass Carlos wie ich dachte. Man sieht eine Person, die einen Wert darstellt, und betrachtet sie als Wirtschaftsgut.

In dem Fall jedoch wollte ich die Scherereien nicht. Er holte Estefans Laptop, rief Skype auf, zeigte mir, wie sie aussah, und wollte wissen, was ich von ihr hielte. Ich hatte zu der Zeit gerade geschlafen und war ziemlich verärgert darüber, dass er mich geweckt hatte. Allerdings war sie tatsächlich sehr schön, die junge Frau, die Ingenieurwesen studierte. Es schien eine Schande zu sein, sie auch töten zu müssen. Andererseits stand sie im Weg und hatte keinen richtigen Nutzen. Natürlich hätte ich sie verkaufen können. Ich hätte ohne Weiteres zehntausend für sie bekommen. Sie besaß sehr dichtes, schwarzes Haar und einen hellbraunen Körper. Ich forderte Carlos auf, ihr die Kleider auszuziehen, damit ich sie nackt sehen konnte. Obwohl ich da schon wusste, dass ich sie wahrscheinlich nicht verkaufen würde. Er tat es, und sie hatte einen wunderschönen Körper mit großen Brüsten, größer als meine. Einen Moment lang empfand ich Eifersucht und wollte, dass sie starb, weil sie hübscher war als ich. Aber so empfinde ich oft. Es ist dumm und gefährlich, kommt gutem Geschäftssinn in die Quere. Zum Glück erkenne ich es, wenn es einsetzt. Einfacher wäre es, würde ich mit jungen Männern statt mit jungen Frauen handeln, nur gibt es dafür keinen ausreichenden Markt. Man kann zwar ein wenig Geld damit machen, Jungen zu verkaufen, aber nicht annähernd so viel wie mit dem Verkauf von Mädchen. Außerdem ist es mit einer Art Stigma behaftet, Jungen an Männer zu verscherbeln. Einige meiner Kollegen rümpfen darüber die Nase.

Also lehnte ich dankend ab, beendete die Verbindung und vergewisserte mich, dass sonst alles in Ordnung war. Was zutraf. Er war gut.

Carlos hat mir erzählt, dass er Estefan zuerst umgebracht hat, weil er Sex mit der jungen Frau haben wollte, allerdings war sie dermaßen hysterisch, dass es sich als unmöglich erwies. Er hat gesagt, er hätte sogar schon damit angefangen gehabt, sie zu ficken, aber sie hat geweint und geschrien und ihn angefleht. Keine Ahnung, worum. Jedenfalls ist er von ihr runtergestiegen und hat auch ihr die Kehle aufgeschlitzt.

Vor alldem jedoch hat er sich vor Estefan gesetzt und ihn über seinen Wechsel zur Griffith University an die Gold Coast ausgefragt. Über alles. Estefan zeigte sich sehr auskunftsfreudig. Dann sagte Carlos zu ihm: »Du bist ich.« Aber Estefan verstand nicht, was er damit meinte, also entschied Carlos, es ihm zu erklären, obwohl das nicht notwendig gewesen wäre. Was juckte es einen Toten?

Carlos teilte Estefan mit, dass er mit seinen Ausweisen, seinem Reisepass und seinen Briefen von der Universität an der Gold Coast seinen Platz einnehmen würde. Er musste nach Australien, um bei seiner Schwester zu leben, aber das konnte er nicht wegen seines Vorstrafenregisters als Gangmitglied. Die australischen Behörden würden ihn nicht ins Land lassen.

Carlos hat mir erzählt, Estefan hätte das für eine überaus clevere Idee gehalten. Er muss wohl versucht haben, Carlos zu beeindrucken, vielleicht, weil er dachte, die Dinge würden einfacher für ihn, wenn er sich nett und respektvoll gäbe.

Carlos' Freund von der Polizei traf um sechs ein. Gab dem Verkehr die Schuld. Danach kam Carlos der Gedanke, er hätte seinem Freund vielleicht die heiße Braut überlassen sollen, statt ihm fünfhundert Dollar zu bezahlen, aber ich weiß nicht recht. Ich finde, es war so besser, wie er es gemacht hat.

Von da an stand er unter meiner Kontrolle.

—

Um diese Krise zu überstehen, muss ich ruhig bleiben. Das ist einfach. Ich habe schon Schlimmeres überlebt.

»Hi, hier Starlight.«

»Hallo, meine Beste, ich hatte nicht damit gerechnet, von Ihnen zu hören. Sie verschicken sie doch erst nächste Woche, richtig? Oder ist heute mein Glückstag? Bekomme ich sie früher als erwartet?«

»Es gibt eine kleine Panne.«

Am anderen Ende der Leitung herrschte Stille. Ich ließ die Neuigkeit auf ihn wirken. Das waren für uns beide unbekannte Gefilde. Er hatte eingewilligt, mir eine Menge Geld für die junge Frau zu bezahlen, die nun irgendwo am anderen Ende der Gold Coast im Wasser trieb, weil Carlos seine dummen sexuellen Triebe nicht im Griff hatte. Wir hatten schon das eine oder andere Geschäft miteinander abgewickelt, dieser Mann und ich. Davor hatte ich ihm bereits drei andere Mädchen verkauft. Damit war er zwar nicht mein bester Kunde, aber ein Stammkunde, und er bezahlte immer pünktlich. Und worum es mir vor allem anderen ging, war mein Ruf. Es ist ein kleines, elitäres Geschäft. Ich weite es zwar mit neuen Kunden aus, aber das geht langsam vonstatten – ungefähr im Ausmaß von einem neuen Käufer alle paar Monate. Mundpropaganda ist das A und O. Ich musste äußerst vorsichtig sein und meinen Namen als zuverlässige, sichere Lieferantin der schönsten jungen Frauen schützen.

Aber ich blieb ruhig. Ich schwitzte nicht oder so. Immerhin musste auch er seinen Ruf schützen. Wenn man einmal mit dem Teufel tanzt, ist man fürs Leben gezeichnet. Ich könnte ihn so mühelos vernichten, diesen verheirateten, sechsundvierzigjährigen Mann, der in Suva lebte, Besitzer einer internationalen Hotelkette.

Diesen Tanz mit seinen uns unbekannten Schritten würden wir gemeinsam bewältigen müssen. Ich fuhr fort: »Die Lieferung ist zerstört worden.«

»Oh«, war alles, was er darauf erwiderte. Ich fragte mich, ob er sich erkundigen würde, was aus dem Mädchen geworden sei. Unsere Kommunikationsleitungen waren zwar gesichert, aber im Cyberspace kann einen jeder reden hören.

»Sie wird natürlich ersetzt. Es wird eine geringfügige Lieferverzögerung geben, und selbstverständlich wird Ihnen die Qualität vor dem Versand versichert.«

»Gut«, erwiderte er äußerst langsam. Ich konnte förmlich hören, wie sich seine geistigen Rädchen klickend drehten. Er war von dem Moment an in seine Prinzessin verliebt gewesen, als ich sie ihm gezeigt hatte. So ist es bei allen. Bestimmt hatte er sich Fantasien darüber hingegeben, was er mit ihr machen würde. Wahrscheinlich hatte er ihr sogar schon einen Namen gegeben. Für ihn war sie wie ein Haustier. Ein Hündchen oder ein Kätzchen auf dem Weg von der Zoohandlung zu ihm nach Hause. Ein Ersatz und eine Verzögerung würden für ihn schwer zu ertragen sein.

Andererseits: Was hatte er schon für eine Wahl? »Ich kann Ihnen versichern, und darauf haben Sie mein Wort, dass der Ersatz von überragender Qualität sein wird.«

»Natürlich, Starlight. Würde ich denn je an Ihnen zweifeln?«

»Ich setze mich mit Ihnen in Verbindung.«

»In Ordnung. Wir hören uns dann.« Und damit meldete er sich ab. Brachte nicht einmal Mitleid für das Mädchen zum Ausdruck, das er gekauft hatte. Ein perfekter Stammkunde.

Ich führe gern eine Erledigungsliste. Das mache ich auf meinem iPad. So behalte ich den Kopf frei, bleibe konzentriert und kann nachts ruhig schlafen, ohne mich wegen der Ereignisse des nächsten Tages sorgen und stressen zu müssen.

Ich hakte den Punkt »Käufer anrufen und Situation erklären« ab. Puh. Um ehrlich zu sein, war ich deswegen ziemlich nervös gewesen. Hätte auch wirklich übel ausgehen können. Aber ich werde tun, was ich versprochen habe – ich finde ein echt erstklassiges Mädchen für ihn. Ihre Schönheit wird ihn überwältigen.

Nächster Punkt auf der Liste …

Carlos.

Was soll ich wegen ihm unternehmen? Was *kann* ich wegen ihm unternehmen? Eigentlich gar nichts. Er ist auf der Flucht, aber ich muss vorausdenken. Wird man ihn fassen?

Was passiert, wenn die Bullen ihren toten Kollegen finden? Wird Carlos ausflippen? Und falls man ihn schnappt, wird er ihnen alles über mich erzählen?

Natürlich wird er das. Und die Gefahr muss ich entschärfen. Wollen wir mal hoffen, dass er mich anruft und um Verzeihung bittet – die ich ihm gewähren werde; dass er mich anfleht, hierher in Sicherheit kommen zu dürfen – was ich ihm erlauben werde. Und dann ist er zurück in meiner Welt. Wo ich ihn wieder kontrollieren kann.

14

Partner

Die meisten Menschen mag ich nicht, außerdem teile ich nicht gern. Maria war eine umwerfende Schönheit, und die meisten Männer würden sich geifernd auf die Chance stürzen, eine Nacht in einem Motelzimmer mit ihr zu verbringen. Ich nicht. Ich wollte sie draußen haben.

Was unmöglich sein würde. Aus praktischer Sicht konnte sie nirgendwohin, und auf persönlicher Ebene wusste ich, dass sie nie und nimmer gehen würde. Sie wusste, dass ich einige Fortschritte erzielt haben würde – wenngleich ich selbst noch nicht so genau wusste, welche –, und sie würde bleiben, um ihren Kollegen Johnston zu finden.

Darin lag der Hund begraben. Wir hatten gegenläufige Interessen. Ich war hinter Ida her, die ihr am Arsch vorbeiging, und sie war hinter Johnston her, der mir am Arsch vorbeiging. Oder eigentlich nicht wirklich; irgendwie lag mir schon etwas an ihm, aber ich wusste, um ihn würde man sich kümmern. Um Cops kümmert man sich immer. Um Menschen wie Ida nicht.

Eine Interessensspaltung dieser Art ist keine gute Grundlage für eine solide Partnerschaft.

»Ich mache das allein«, verkündete ich.

Und darauf erwiderte sie etwas, das mich aus der Haut fahren ließ. Ob sie es bewusst sagte oder ob es ihr versehentlich herausgerutscht war, kratzte mich dabei wenig: »Das kannst du nicht.«

Ich erwiderte nichts, starrte sie nur an, als sie fortfuhr. »Du glaubst vielleicht, du könntest es, aber hier unten laufen die Dinge anders. Überhaupt nicht wie an der Sunshine Coast. Die Cops hier sind gewitzt und rabiat. Wenn sie Wind davon bekommen, dass du parallel zu ihrer Untersuchung auf eigene Faust ermittelst, fahren sie gegen dich alle Geschütze auf, die sie zusammenkratzen können, und glaub mir, Darian, das werden sie. Du kannst sie nicht mit derselben Geringschätzigkeit behandeln, wie du es bei meinen Leuten getan hast.«

»Dann pass mal auf«, gab ich zurück und bereute sofort das Machogehabe, das in meiner Erwiderung mitschwang.

»Diesmal brauchst du wirklich eine Insiderin. Du brauchst *mich*.«

Als ich zuletzt jemanden *gebraucht* hatte, war ich noch ein Kind gewesen, aber ich ersparte mir die Mühe, ihr das zu sagen.

»Die Bullen hier sind an Verbrechen – an schwere Verbrechen – gewöhnt. Sie können brutal sein, aber sie erzielen auch Ergebnisse. Sie sind gut. Wenn du mich mit dir zusammenarbeiten lässt, kommst du an Insiderinformationen über ihre Ermittlungen ran. Das dürfte hilfreich für dich sein.«

Nach einer kurzen Pause fügte sie hinzu: »Du willst dieses verschwundene Mädchen finden, Ida. Wenn es dir nicht gelingt, hast du versagt. Persönlich. Ich will Johnston finden. Wenn es mir nicht gelingt, habe ich versagt. Auf dieselbe Weise. Und dann sind da noch die zwei toten Mädchen, die du entdeckt hast. Ganz gleich, was du dir einreden willst, ich weiß, dass du davor nicht einfach weglaufen kannst. Hast du ihnen in die Augen gesehen, Darian? Haben sie so zu dir gesprochen wie die anderen toten Opfer, die du zu rächen versprochen hast? Haben sie schon angefangen, dich heimzusuchen?«

Obwohl ich sie am liebsten geschlagen hätte, fühlte ich mich unwillkürlich beeindruckt: Vor mir hatte ich eine völlig andere Person als die noch unerfahrene, verängstigte Polizistin mit den großen Augen, die ich bei meiner Jagd auf Winston Promise vor einem Jahr benutzt hatte.

Natürlich hatte sie recht. Wenngleich ich keineswegs vorhatte, ihr das anzuvertrauen. Stattdessen drehte ich mich um, betrachtete die Wand und sagte: »Fangen wir damit an, die Teile hinzuzufügen, die ich heute gefunden habe. Wir beginnen mit Idas Freund, einem Kerl namens Estefan.«

Sie lächelte nicht, sie nickte nicht, ließ sich in keiner Weise anmerken, dass sie eine Schlacht gewonnen hatte. Maria erhob sich nur vom Bett und ergriff eine rote Reißzwecke.

»Wer ist er, und wo wohnt er?«

—

Eine Stunde später hatten wir die Wand um alles ergänzt, was ich wusste – wo Ida wohnte, wo Estefan wohnte, wen sie angerufen hatte, wo die beiden die Universität besuchten. Eine Reihe roter Reißzwecken verteilte sich über die Landschaft der Gold Coast, von Coombabah im Norden bis hinunter nach Burleigh in der Nähe der Grenze.

Johnston hatte den Rang eines Senior Constable. Er hatte die Ausbildung zur selben Zeit wie Maria abgeschlossen. Obwohl sie es nicht aussprach, beschlich mich der Eindruck, dass sie eine Zeit lang ein Pärchen gewesen sein könnten. Er hatte den Anruf von Maria entgegengenommen und nach

Dienstschluss auf der Heimfahrt einen Umweg eingeschlagen. Ins Naturschutzgebiet von Coombabah zu dem Ort, den sie ihm genannt hatte, den ich ihr genannt hatte, den Isosceles mir genannt hatte – zu dem Ort, von dem Ida ihren panischen, verzweifelten Anruf abgesetzt und gesagt hatte, da wären so viele Leichen.

Johnston war nie zu Hause angekommen und ging nicht ans Telefon. Seine Frau hatte im Revier angerufen, wo man wie üblich reagiert hatte, wenn ein Cop verschwand: Man hatte alles stehen und liegen gelassen und sich auf die Suche nach ihm begeben. Nach dem Zugriff auf seine Telefonaufzeichnungen hatte man Maria mitten in der Nacht angerufen. Sie hatte ihnen von Coombabah erzählt, und als ein Streifenwagen rausgefahren war, hatte man nur ein leeres Fahrzeug ohne Polizeibeamten vorgefunden. Laut Maria hatte es keinerlei Spuren von Blut oder Anzeichen von einem Kampf gegeben. Es war, als wäre er in eine andere Dimension gebeamt worden.

War auch er über die toten Mädchen gestolpert?

Die im Übrigen erst noch identifiziert werden mussten.

Die örtliche Polizei hatte Maria wegen Ida befragt, deren Anruf all das ausgelöst hatte. Maria hatte ihnen gesagt, sie wüsste nichts, und sie sollten doch mich fragen.

Das hatten sie getan – nur hatten sie keine Antworten bekommen.

—

Maria hatte ihren Laptop ausgepackt, ihn mit dem Internet verbunden und Skype aufgerufen. Sie war gut vorbereitet gekommen. Laptop, Ladegerät, Drucker, Scanner. Mir fiel auf, dass sie sogar eine kleine Übernachtungstasche dabeihatte. Sie stand offen, weshalb ich sehen konnte, dass sie Kleidung eingepackt hatte. Damit übertrumpfte sie locker, was ich mitgebracht hatte, nämlich gar nichts. Sie hingegen hatte wahrscheinlich sogar einen Pyjama und eine Zahnbürste dabei.

Ich trat einen Schritt zurück zwischen die zwei Einzelbetten und starrte an die Wand, die von Informationen übersät war, die wir auf mehrere Landkarten der Gegend gekritzelt und geheftet hatten. Die Doppeltür auf den kleinen Balkon hatten wir geöffnet. Dadurch konnte ich zu den anderen Balkonen und Zimmern des Motels hinübersehen – alle präsentierten sich hell erleuchtet, und in den meisten rekelten sich Teenager auf dem Boden oder lungerten auf den Balkonen. Wir schienen die Einzigen zu sein, die sich nicht Sex und Alkohol widmeten. Ein buntes Gemisch von Klängen dröhnte über die L-förmige Fassade des Motels – Kanye West, Cold Chisel, Led Zeppelin, Lana Del Rey und unzählige andere, die mir nichts sagten. Es mochte Nacht sein, doch da wir uns im Herzen von Surfers Paradise befanden, herrschte reichlich Helligkeit von Neonleuchtreklame, Straßenlaternen und Scheinwerfern der unten im Verkehrsgewirr gefangenen Autos. Der Bungee-Sprungturm war mittlerweile ebenfalls beleuchtet, und gelegentlich drangen die Schreie der Kids zu uns, die sich durch die Luft in Richtung des Schotterbodens hinabstürzten, bevor sie in letzter Minute zurück nach oben federten. Musik, Gelächter und Gebrüll stiegen von der Straße unter uns auf. Ich bin zwar noch nie in Rio gewesen, aber so stelle ich mir vor, dass es sich dort während des Karnevals anhören und anfühlen muss.

»Dieser Estefan ist, davon gehe ich aus, ein Betrüger«, hörte ich Isosceles sagen.

Ich ließ den Blick auf das Wandtableau gerichtet und fragte: »Inwiefern?«

»Laut Aufzeichnungen der Telefongesellschaft und der Universität ist sein Name Estefan Reale aus Rio; er ist im August mit einem Studentenvisum nach Australien gekommen, um drei Jahre an der Gold Coast zu studieren. Wenige Tage vor seiner Ankunft in Australien sind seine Mutter, sein Vater und seine Freundin verschwunden.«

Weitere Vermisste. Diesmal in Südamerika, um das Bild noch verworrener zu gestalten.

»Sie werden immer noch vermisst. Trotzdem steigt Estefan ins Flugzeug, trifft an der Gold Coast ein und postet auf seiner Facebook-Seite, als wäre nichts geschehen. Obwohl man auf Facebook eine jähe Veränderung feststellen kann. Wo wir früher einen Estefan Reale hatten, der gern Gabriel García Márquez und Roberto Bolaño las und sich mit Shakespeares Sonetten befasste, haben wir jetzt einen Estefan Reale, der sein Profilbild in ein Foto von Pelé, dem Fußballhelden, geändert hat und nur noch über Sport, Gangster und derbe Witze über Drogen postet. Dieser neue Estefan, oder vielleicht sollte ich sagen, der ›wiedergeborene‹ Estefan, hat so ziemlich alle alten Freundschaften gekündigt und sich einen völlig neuen Freundeskreis mit Gangmitgliedern aus einer Favela in Rio und natürlich mit neuen Freunden von der Gold Coast aufgebaut. Irgendwie fühle ich mich wie Gabriel John Utterson.«

»*Wie wer?*«, fragten Maria und ich gleichzeitig.

»Der Mann, der gegen Dr Jekyll ermittelt und auf dessen Alter Ego Mr Hyde gestoßen ist.«

Ich warf Maria einen Blick zu, der besagte: *Das macht er immer, gewöhn dich besser dran.*

»Dieser Estefan hat eine Schwester, die der alte Estefan nicht hatte. Sie lebt auch an der Gold Coast. Ich habe mir ihre Facebook-Seite angesehen, Darian, und ich glaube, sie ist diejenige, der du einen Besuch abstatten solltest.«

15

Stöbern in einer Stadt der Elternangst

Die Straßen quellen über vor jungen Frauen.

Acht Gläschen eisgekühlter Wodka, und ich schwebe förmlich über die Straßen von Surfers Paradise. Der Bürgersteig kommt mir wie eine Wolke vor. Sieh sich nur einer all die heißen Gören an. Ich bin hübscher. Es fällt ihnen auf, sie sehen mich. Ich kann fühlen, wie sie mich beobachten, wenn ich an ihnen vorbeigehe.

Das habe ich vorher noch nie gemacht. Ich habe es immer Carlos überlassen. Aber ich werde es genießen.

Zwei Mädchen muss ich finden, von der Straße pflücken, mit nach Hause nehmen und verkaufen.

Wir haben die Schoolies-Wochen; es ist riskant, zwei junge Frauen einfach so zu entführen. Wird stärker auffallen als sonst. Weil es Australierinnen sein werden, im Gegensatz zu der breiten Palette internationaler Mädchen an der Universität. Das sind Mädchen mit Reisepässen, fernab der Heimat, mit Eltern in einem anderen Land.

.Chinesinnen sind mir am liebsten. Ihre Eltern leben in Angst und Ungewissheit. Da sie inmitten der Kulturrevolution oder in deren Schatten aufgewachsen sind, fürchten sie sich vor Behörden, vor dem Westen – sie mögen ihn nicht und verstehen ihn nicht. Zwar schicken sie ihre Kinder in den Westen, damit sie die ihrer Meinung nach beste Ausbildung erhalten, trotzdem fürchten sie ihn und seine dunklen Einflüsse.

Wie mich.

Diese Angst erzeugt eine Barriere für sie im Umgang mit einer verschwundenen Tochter. Sie sind unsicher, wie sie vorgehen sollen, unsicher, was sie tun sollen, unsicher, ob etwas Verbrecherisches dahintersteckt oder ob vielmehr ihre schlimmsten Albträume wahr geworden sind und ihre Tochter den dunklen Einflüssen des Westens erlegen ist. Unsicher, was das Protokoll vorsieht, sogar unsicher, ob sie einen Reisepass bekommen und das eigene Land verlassen können, um nach ihr zu suchen.

Und wie sollten sie überhaupt suchen? Als Fremde im finsteren Westen, unfähig, die Sprache zu verstehen oder sich zu verständigen.

Diese Leute haben Angst vor der Polizei, denn dort, wo sie leben, kommt die Polizei mitten in der Nacht, um sie an ungewisse, unbekannte Orte zu bringen. Dort, wo sie leben, meidet man die Polizei. Getuschel kann Aufmerksamkeit erregen. Die falsche Einstellung kann einen unerwünschten Besuch provozieren. An solchen Orten besteht die Aufgabe der Polizei darin, die Rechte und Freiheiten des Einzelnen zu beschneiden.

Wenn ich mir meine zwei australischen Mädchen geholt habe, wird es Publicity und eine Suche geben.

Aber wie gesagt, wir haben die Schoolies-Wochen, und die Eltern sind ohnehin schon ängstlich. Sie fürchten sich davor, was ihren Töchtern zustoßen könnte, die sich zügellos an der Gold Coast austoben. Nervös malen sie sich aus, was ihnen alles passieren könnte. Es dürfte also keine große Überraschung für sie werden, wenn sie erfahren, dass ihre Tochter verschwunden ist. Es wird lediglich ihre Befürchtungen bestätigen.

—

Ich habe sie von meinem Balkon aus beobachtet, bin in meinem Gang an ihnen vorbeigeschlendert, habe im Aufzug meines Gebäudes neben ihnen gestanden. So viele junge Frauen; sie sind überall um mich herum.

Ich könnte mir frühmorgens eine schnappen, wenn sie alle betrunken sind – das wäre vielleicht am einfachsten. Niemand wird Verdacht gegen eine Frau schöpfen, die bloß ein klein wenig älter als sie ist. Ihr gesamter Argwohn richtet sich gegen Kerle, ältere Kerle, gefährliche Kerle. Männliche Raubtiere. Und nicht zu vergessen: Es ist alles eine riesige Party, und sie sind alle mit Freunden zusammen. Niemand kommt allein hierher, daher wähnen sie sich alle in Sicherheit. Sie haben nicht die geringste Ahnung, dass ich hier bin. Ein sexy Raubtier – das bin ich. Und ich bin hier direkt unter ihnen. Ich wandle zwischen ihnen, lächle sie an.

Da ist eine junge Frau. Sie ist so betrunken, dass sie schlafwandelt. Allein schlurft sie mit hängendem Kopf vor sich hin, die Haare vor dem Gesicht, und sie hat Mühe, einen Fuß vor den anderen zu setzen.

»Hallo, Liebes. Brauchst du Hilfe?«

Ich kann ihr Gesicht sehen.

»Hä?«, brummt sie mit nach wie vor hängendem Kopf unter den verhüllenden Haaren hervor. Ihr Körper schwankt.

Ich erwidere nichts. Sie ist die Mühe nicht wert. Sehen wir sie uns mal an. Ich lege die Handfläche unter ihr Kinn und hebe den Kopf an. Wie sieht sie aus, diese junge Frau? Scharf? Scharf genug für mich?

Ihre Augen sind glasig. Sie starrt mich an, hat aber keinen Schimmer, was abläuft.

»Hab' mich verlaufen«, murmelt sie.

Vielleicht hält sie mich für ihren Schutzengel. Die gibt es hier unten während der Schoolies-Wochen durchaus; Freiwillige, die Verirrten und Betrunkenen helfen, nach Hause zu finden, sich ein Taxi zu besorgen, in Sicherheit zu bleiben. Das bin ich – bloß eine Freiwillige, die ihre Hilfe anbietet.

Ich sehe mir ihr Gesicht an und trete einen Schritt zurück, um sie zu mustern.

So scharf ist sie nicht. Kantige Züge, breite Kieferpartie.

»Viel Glück«, sage ich und gehe weiter. Ich kann hören, wie sie hinter mir taumelt und weiterschlurft auf ihrem planlosen Weg wer weiß wohin.

Ich biege in die Cavill Avenue ein, den betriebsamen, pulsierenden, angesagten Teil von *Surfers Paradise*. Hierher führen alle Wege in die Diskotheken, hierher kommt man, um gesehen zu werden, hier versammeln sich Jungs und Mädchen, um prahlerisch durch die Gegend zu schlendern. Ich könnte eine von ihnen sein. Aber ich bin diejenige, die am heißesten ist. Ich kann die Blicke der Jungs auf mir spüren. Kleiner Jungs. Idioten. Jungs, die gern mit ihren Geschichten von Männlichkeit beeindrucken, obwohl sie erst noch erwachsen werden müssen. Jungs mit kleinen Gehirnen, aber jeder Menge Ideen. Jungs, die glauben, sie könnten schon mit dem kleinsten Ansatz eines Lächelns und der bescheuertsten Konversation von sich überzeugen. In Zeiten wie diesen überkommt mich beinah Nostalgie, wenn ich an meinen Arrivederci denke, den unbeholfenen Liebhaber, den ich für meine Flucht aus Rio benutzt habe.

Ich hatte schon lange keinen Sex mehr. Das brauche ich

auch nicht. Ich hole mir meinen Kick bei der Arbeit. So wie jetzt gerade, während ich durch die Scharen von Jungs und Mädchen streife, die in langen Schlangen vor den Lokalen warten, in Gruppen über die Bürgersteige spazieren, im Zickzack die Straße überqueren, Freunden auf der anderen Seite zurufen. Ich bin von Tausenden Mädchen umgeben. Sie sind buchstäblich überall um mich herum. Und sie halten mich für eine von ihnen. Bloß eine weitere junge Frau, die an den Schoolies-Wochen teilnimmt. Sie lächeln mich an, als würden wir all das zusammen genießen.

In Wirklichkeit jedoch bin ich der dunkle Hammer, der zwei von ihnen in die Hölle schleudern wird. Immer schön lächeln, Starlight …

Die Erste habe ich gefunden. Sie kommt gerade auf mich zu. Siebzehn, vielleicht auch achtzehn Jahre alt. Lange braune Haare. Rundes, süßes Gesicht, unschuldig. Grübchen. Für Mädchen mit Grübchen kann ich eine Prämie verlangen. Sie bewegt sich in einer Gruppe mit anderen. Im Augenblick halten sie auf den Eingang von Sin City zu. Ich kann sie nicht aus der Gruppe herauslösen, jedenfalls nicht jetzt. Das wäre zu offensichtlich, zu einprägsam und wahrscheinlich schlichtweg unmöglich; diese junge Frau will reingehen und Spaß haben, den Hauch irgendeiner »Sünde« genießen. Sie würde nicht mit mir kommen, nicht jetzt. Das würde sie höchstens, wenn ich gewaltiges Glück hätte und sie in einen Riesenstreit mit ihren Freunden gerät, die darauf warten, hineingelassen zu werden, und wenn sie davonstapft. Allein. Aber wie stehen die Chancen dafür, dass so etwas passiert? Auf Glück darf ich mich nicht verlassen. Das weiß ich. Wenn ich mich auf Glück verließe, würde ich immer noch in der Favela hocken und alte Hühner rupfen, die mir mein Nachbar schenkt.

—

Alle Rausschmeißer kennen mich. Ich flirte regelmäßig mit ihnen, und manchmal drücke ich ihnen eine Hundert-Dollar-Note in die fleischigen Hände. Sie halten mich für eine Edelnutte oder eine junge Puffmutter – die haben ja keine Ahnung. Jedenfalls sehen sie mich und denken unwillkürlich an Sex. Sie sehen mein Geld und denken, ich müsste zwangsläufig dafür ficken.

Spielt keine Rolle. Alles, was zählt, ist, dass ich geradewegs an ihnen und der Schlange vorbei ins Lokal kann.

Um auf mein Mädchen zu warten.

Aber heute Nacht wird es etwas Besonderes. *Sie* wird etwas Besonderes.

Als ich an der Schlange vorbeiziehe, höre ich Rufe aus der Menge. »Warum darf sie vor?« Ich drehe mich um. Mein Blick verhakt sich mit dem einer jungen Frau. Ich lächle sie an. Als wäre sie etwas Besonderes. Sie schaut verwirrt drein. *Lächelt diese heiße Schnitte etwa mich an?*, fragt sie sich. Ich gehe auf sie zu, halte ihren Blick unterwegs gefangen.

Sie ist unglaublich heiß. So wunderschön, und ihr Körper ist beinah perfekt. Schlank, ausladende Hüften, lange Beine, richtig große Titten. Ich bin zwar hübscher, aber sie ist umwerfend. War gute Arbeit von mir, sie zu finden.

»He«, sage ich. »Willst du mitkommen? Ich muss nicht warten. Ich kann direkt reingehen«, ködere ich die junge Frau.

Sie ist verwirrt. *Warum gerade ich?*, denkt sie sich. *Ist diese sexy* Chica *eine Lesbe?*, fragt sie sich. Ihr Angstradar ist eingeschaltet. All die jungen Frauen haben den Angstradar eingeschaltet, aber niemand zerbricht sich den Kopf über eine sexy junge Frau. Der Angstradar spricht höchstens auf alte Kerle oder besoffene, zornige Typen an. Lesben sind eine völlig andere Sache. Die Wege solcher Mädchen kreuzen sich nie mit denen von Lesben. Sie hören von ihnen und fürchten sich auf ungewisse Weise vor ihnen, gleichzeitig jedoch wünschen sie sich insgeheim, mal eine andere Frau zu ficken. Das Verbotene. Junge Frauen wie sie aus der australischen Mittelklasse flirten gern mit dem Unbekannten und mit dem verführerischen Kick eines Tanzes in den Schatten. Allerdings merke ich, wie sie zögert.

»Du, ich bin keine Lesbe, falls du das denkst. Mir stinkt nur diese Warteschlange. Du weißt schon – die ganze Nacht warten, nur um reinzukommen und sich einen Drink zu genehmigen, der fast so viel kostet wie ein Auto. Ich hab' dich zufällig gesehen, und du hast mir instinktiv leidgetan. Nimm deine Freunde ruhig mit.«

Sie sieht mich zwar mit einem Lächeln an, hat sich jedoch noch nicht entschieden. In der Schlange vor ihr und ihren Freunden stehen noch so viele andere; warum habe ich ausgerechnet sie angesprochen? *Warum ich?*, fragt sie sich erneut. Der Fluch jeder scharfen jungen Frau, die hin und her überlegt, ob sie wirklich so scharf und die Aufmerksamkeit anderer wert ist.

Auf mich trifft das nicht zu: Ich bin atemberaubend schön, und ich weiß es.

Für mich sind schon Männer gestorben.

»Ich weiß nicht recht …«, erwidert sie, während ihre Freunde auf sie einreden: »Ach, komm schon, Tina.«

Tina. Wie Tina Turner. Tina, bald wirst du mir gehören. Mir allein. Irgendwie denke ich, dass ich meinen Körper an dir reiben werde, sobald ich dich hinter Schloss und Riegel habe.

Ich beuge mich zu ihr und flüstere ihr ins Ohr.

»Fragst du dich, weshalb ich mir gerade dich ausgesucht habe?«, hauche ich. Sie erwidert nichts, sondern wartet darauf, dass ich die Antwort liefere.

»Weil du das absolut umwerfendste Mädchen in dieser Schlange bist und jemand wie du nicht warten müssen sollte.«

Jetzt lacht sie. Ich habe sie an der Angel. Sie liebt mich, liebt mich aufrichtig.

»Komm mit«, fordere ich sie auf. »Ich kenne den Besitzer, bekomme kostenlose Drinks und bleibe in deiner Nähe. Lass mich dir und deinen Freunden zeigen, wie man an der Gold Coast so richtig Spaß hat.«

Und dann sind wir drinnen.

Bleib dicht bei mir, Prinzessin, und achte nicht auf die Männer. Du kommst heute Nacht mit zu mir.

16

Wonder Woman geht es langsam an

Cops lieben es, Hypothesen aufzustellen. Sie stürzen sich geradezu darauf. Kaum haben sie es mit einem Verbrechen zu tun, vor allem einem Gewaltverbrechen, können sie einfach nicht anders. Sie sehen sich das Opfer an, berücksichtigen ein paar grundlegende Fakten wie den Ort des Verbrechens oder eine offensichtlich verdächtige Verbindung, und schon heißt es: *Ha – erwischt!* Eine Menge Leute werden auf diese Weise aufgrund von zwielichtigen Anklagen vor Gericht gezerrt. Und wenn es infolge der Fakten allmählich anfängt, schiefzugehen, fälschen einige Cops Indizien, um ihre anfänglichen Vermutungen durch Hypothesen zu stützen, die mehr über den jeweiligen Cop aussagen als über das eigentliche Verbrechen.

Hat ein Bulle erst eine Hypothese aufgestellt, widmet er seine gesamte Zeit der Aufgabe, die Fakten so zu verbiegen, dass sie dazu passen. Eine Hypothese ist wie eine Einbahn-Sackgasse, aus der es kein Entrinnen gibt. Es lässt sich kaum beziffern, wie oft ich miterlebt habe, dass ein Cop an einer Hypothese festgehalten hat, obwohl die Tatsachen sie schlicht und ergreifend nicht untermauert haben.

Als ich noch eine Mannschaft unter mir hatte, habe ich meine Ermittler immer dazu ermahnt, sich vor solchen Verhaltensweisen zu hüten. Das zeugt von Faulheit und mangelhafter Einstellung. Wie bei Mordermittlern, die beinah die Schallgeschwindigkeit durchbrechen, um zu einem Tatort zu gelangen, setzt dieser Impuls so rasant ein, dass Beweise, Feinheiten und entscheidende Informationen auf der Strecke bleiben oder schlichtweg ignoriert werden.

Mir hingegen wurde beigebracht, es langsam anzugehen, sich Zeit zu lassen, zu untersuchen, zu beobachten und nie Schlussfolgerungen zu ziehen, bevor sie einem förmlich mitten ins Gesicht springen und keine Alternative mehr zulassen. All das strömte wie eine Flutwelle zurück zu mir, als ich Maria lauschte.

Nachdem uns Isosceles von einer jungen Frau namens Starlight erzählt hatte, sprang sie vom Bett auf und begann, im Zimmer auf und ab und sogar bis auf den Balkon zu laufen, während sie sich in eine Hypothese hineinredete, die ihrer eigenen Weltanschauung und ihren Erfahrungen entsprang.

»Vor ein paar Jahren ist hier ein dickes Ding abgelaufen; Drogen aus Südamerika, die per Post direkt an Adressen in Queensland verschickt wurden … Was, wenn dieser Estefan und seine Schwester in etwas Ähnliches verstrickt sind und die Mädchen zufällig entdeckt haben, was sie treiben? Das passt zusammen: Rio, die Gold Coast, dieser Estefan … Die Mädchen könnten Zeuginnen gewesen sein.«

Ich spielte mit dem Gedanken, sie eine Idiotin zu nennen, sie aufzufordern, die Klappe zu halten, sie zu bitten, nach Hause zu fahren und mich die Arbeit allein erledigen zu lassen. Sie war indes verstummt und harrte einer Antwort.

Ich mag Maria; sie ist eine gute Polizistin. Ich war zwar nie mit solchem Enthusiasmus blind für die Wahrheit, andererseits war ich auch ein großer, starker Mann, der seine Fäuste einsetzen konnte, und das machte sehr wohl einen Unterschied aus. Frauen haben es als Polizistinnen schwer. Wir leben in einer sexistischen Welt, und manchmal sind Typen wie ich alles andere als hilfreich.

»Fang mit dem eigentlichen Verbrechen an«, riet ich ihr stattdessen, »und arbeite dich von dort langsam vor.«

Sie starrte mich an. Entweder verstand sie mich nicht, oder ihr war nicht bewusst, dass sie wie Wonder Woman weit über das Ziel hinausgeschossen war.

»Die Ermordung zweier junger Frauen. Was wissen wir darüber? Konzentrier dich nur auf diese eine Frage. Dann gehen wir zusammen einen langsamen Schritt und sehen uns an, wohin er uns vielleicht führt.«

»Also hältst du meine Idee mit den Drogen für dumm?«

Nennen Sie mich ruhig sexistisch, aber sind es nicht wirklich nur Frauen, die selbst die geringste Kritik als einen persönlichen Angriff betrachten?

»Nein. Doch das ist nur eine von ungefähr dreihundert Möglichkeiten, und du hast das Ende ins Visier genommen, ohne richtig über den Anfang nachzudenken.«

»Na schön«, erwiderte sie und holte tief Luft. »Du hast recht. Ich wollte den Fall lösen, ohne dass wir überhaupt den Großteil der Fakten kennen.« Sie drehte sich um und betrachtete die Wand. Auch mein Blick war darauf gerichtet. Ich starrte auf die Touristenbroschüre über die Wunder der Natur im Naturschutzgebiet von Coombabah. Starrte auf ihren Platz auf der Karte. Starrte auf die zwei hastig ausgedruckten Digitalfotos der toten Mädchen, die ich an diesem Morgen aufgenommen hatte, als ich auf sie gestoßen war.

Ursprünglich wollte Wonder Woman ins Auto springen und zur Wohnung von Starlight, Estefans Schwester, rasen, einem Apartment im Q1, dem höchsten Gebäude an der

Gold Coast, mit rund dreihundert Metern das fünfthöchste Gebäude der Welt. Ich hatte es gesehen, während ich den ganzen Tag durch die Gegend gekurvt war; es stach aus der Umgebung hervor wie eine nadelspitze Leuchtfackel.

Zu Maria meinte ich, Starlight könnte noch eine Stunde warten, während wir unsere Informationen zusammentrugen und versuchten, einen Sinn hinter den einzelnen Strängen der Vermissten und Toten zu erkennen. Ich musste erst mal die zerhackten Ereignisse des vergangenen Tages verarbeiten.

»Was wissen wir über diese zwei jungen Frauen?«, fragte ich.

»Nichts«, erwiderte Maria.

»Stimmt nicht«, entgegnete ich. Dann trat ich einen Schritt auf das unscharfe Digitalbild zu. »Sie sind jung, älter als siebzehn oder achtzehn, aber jünger als fünfundzwanzig oder sechsundzwanzig. Was können wir sonst noch sehen?«

»Sie sind beide ziemlich hübsch. Hat das etwas zu bedeuten?«

Ich betrachtete ihre Gesichter. Obwohl sie in Grauen erstarrt waren, die Augen auf das Letzte gerichtet, das sie je gesehen hatten – einen Mörder, der das Leben aus ihnen herauspresste –, konnte man die Mädchen nur als verblüffend attraktiv bezeichnen. Beide besaßen unterschwellige Supermodel-Qualitäten, volle lange Haare, große Augen, sinnliche Lippen, kurvenreiche Körper. Hatte das etwas zu bedeuten?

»Ja, ich glaube schon«, antwortete ich. Als ich sie zum ersten Mal gesehen hatte, da hatte ich nicht so sehr auf diesen Umstand geachtet, nun jedoch, als ich die toten Frauen betrachtete, wurde es eklatant offensichtlich, ein Punkt, den es festzuhalten und zu berücksichtigen galt.

»Mir wird irgendwie unheimlich dabei, sie so anzustarren«, gestand Maria.

Ich konnte gut nachvollziehen, was sie meinte. Es *war* unheimlich, tote Menschen lange und eindringlich wie ein Voyeur anzustarren. Je länger man es tat, desto mehr nisteten sie sich in einem ein und suchten einen in Träumen heim.

Ich sah auf die Uhr. Es war kurz vor acht.

»Es ist fast zwölf Stunden her, seit die Bullen sie gefunden haben, und man kennt immer noch nicht ihre Identität.« Ich drehte mich zu Maria um. »Es sei denn, wir werden nicht auf dem Laufenden gehalten. Wie nah bist du an den Ermittlungen dran?«

»Johnstons Partner hat gesagt, er würde mir Bescheid geben, sobald es etwas Neues gibt.«

»Das klingt lahm; wir müssen sie beschatten. Ruf ihn mal an und erinnere ihn an sein Versprechen.«

Sie tat es. Gleichzeitig rief ich Isosceles an, entfernte mich von Maria und trat auf den Balkon.

»Irgendwelche Entwicklungen?«, erkundigte er sich.

»Kannst du eine Möglichkeit finden, die offiziellen Ermittlungen anzuzapfen? Vielleicht, indem du dich beim Leiter der Ermittlungsabteilung reinhackst, Dane Harper?«

»Mit beträchtlichen Schwierigkeiten. Aber ist das nicht das, was die wunderschöne Maria bietet: Zugang?«

»Vielleicht. Ist bloß irgendwie unzuverlässig.«

»Redest du von mir?«, hörte ich, schaute zurück ins Zimmer und sah Maria, die ihren Anruf bereits beendet hatte und mich anstarrte.

»Unzuverlässig?« Sie schaute beleidigt drein.

Partner.

»Nicht *du*, sondern die Informationsquelle«, beschwichtigte ich.

Sie hob ihr Telefon an und sagte: »Die kennen die Identitäten der Mädchen immer noch nicht.« Sie verkündete es in einem Tonfall, als wolle sie in Wirklichkeit sagen: *Leck mich*.

»Sieh zu, was du tun kannst«, bat ich Isosceles und legte auf.

»Was sagt uns das?«, fragte ich Maria.

Sie verengte die Augen zu Schlitzen, nicht als Reaktion auf die Frage, sondern als Reaktion darauf, dass ich sie wie ein Schulkind behandelt hatte.

Partner.

So etwas kann schon mal vorkommen, wenn sich jemand wie ein Schulkind aufführt.

»Es sagt uns, dass sie langsam arbeiten.«

»Hör auf, dich wie eine Idiotin zu benehmen, sonst werfe ich dich vom Balkon in den Pool.« Obwohl sie wahrscheinlich gar nicht reingepasst hätte, denn dort unten drängten sich die Körper so dicht im Wasser, dass es wie eine Schoolies-Version einer römischen Orgie anmutete.

»Du bist so ein blöder Arsch!«, warf sie mir knurrend vor und trat ein paar Schritte auf mich zu. »Es ist deine Schuld, dass wir überhaupt erst hier sind, und jetzt behandelst du mich wie eine Idiotin. Hör auf damit. Das kann ich nicht leiden. Klar?« Sie war wütend und hatte Mühe, genug Atem durch Mund und Nase in die Lunge zu bekommen. Ich dachte daran zurück, wie wir uns verirrt hatten und durch das weite Ödland der struppigen Wüste in den nördlichen Gefilden des Noosa River gefahren waren. Damals war sie so wütend geworden, dass ich sie am liebsten an Ort und Stelle gefickt hätte.

Das musste ich im Griff behalten. Immerhin war Maria mit meinem besten – und so ziemlich einzigen – Freund zusammen. Meine Moralvorstellungen mögen mitunter fraglich sein, aber in dieser Hinsicht würde ich Casey nie betrügen.

Und allgemein kommt es nicht gut, den eigenen Partner zu vögeln.

»Dass die Bullen langsam dabei arbeiten, die Identitäten festzustellen, sagt uns etwas über die Bullen. Was sagt es uns über die *Mädchen?*« Es schien mir am besten zu sein, ihren Ärger einfach zu ignorieren und sich auf die anstehende Aufgabe zu konzentrieren.

Einer der Gründe, warum ich Maria aufrichtig mag, und zugleich einer der Gründe, warum ich weiß, dass sie mal eine tolle Polizistin wird, sobald sie ein wenig Erfahrung gesammelt hat, ist, dass sie sich im Nu von persönlichen Emotionen abnabeln kann.

»Sie sind nicht aus der Gegend«, sagte sie.

»Genau. Für sie liegen keine hiesigen Vermisstenanzeigen vor. Deine frühere Vermutung, dass sie Universitätsstudentinnen sind, dürfte wahrscheinlich zutreffen.«

»Das bedeutet also, es gibt ein Muster.«

»Ja«, pflichtete ich ihr bei und betrachtete nunmehr die Fotos von Ida und Estefan. »Mit Ausnahme von Johnston, der ein Bulle ist, den wir in die Gleichung eingebracht haben, stammen alle Beteiligten von irgendwo anders.«

Ich zeigte mit dem Finger auf das Foto von Estefan.

»Normalerweise laden Mörder ihre Leichen an einem Ort ab, mit dem sie vertraut sind. Diese jungen Frauen wurden in einem Nationalpark unter freiem Himmel entsorgt. Der Killer hat sich nicht die Mühe gemacht, sie zu verstecken.« Ich dachte laut nach. »Was darauf zurückzuführen sein muss, dass es nicht sein Hauptanliegen ist. Das Töten, meine ich. Es sei denn, er will uns herausfordern. Es sei denn, er ist im Begriff, einen regelrechten Amoklauf zu entfesseln, und das war sein Eröffnungsschuss.«

»Von ihm zu Hause zu der Stelle, wo die Leichen gefunden worden sind, ist es ein weiter Weg«, merkte Maria an. Sie zeichnete mit dem Finger eine Linie von Burleigh hinauf nach Coombabah. Maria hatte recht – die Linie erstreckte sich fast von einem Ende der Gold Coast zum anderen. Auf diese Entfernung gab es eine Menge Autos, Polizisten, Verkehrsampeln und Plätze, wo man gefasst werden konnte.

Maria hatte ein Bild beider Orte von Google Earth ausgedruckt – Estefans leeres Pensionsgebäude schmiegte sich direkt an einen weiteren Nationalpark. Ein perfektes Entsorgungsgelände direkt vor seiner Haustür.

»Darf ich mal eine Hypothese aufstellen?«, fragte sie.

»Nur zu«, erwiderte ich.

»Die Mädchen haben in der Nähe des Nationalparks gewohnt, der außerdem ziemlich nah an der Griffith University liegt. An der ungefähr zehntausend ausländische Studenten eingeschrieben sind.«

»Unter anderem auch Ida und Estefan.«

Wieder verengte sie die Augen zu Schlitzen. Sie starrte auf eine Karte der Universität, die sich über eine Menge Fläche erstreckte.

»Als du damals beim ersten Mal die Sunshine Coast so dargestellt hast, um die Bewegungen all der toten Mädchen abzubilden, hast du zu mir gemeint, dir sei der Gedanke gekommen, dass es eine hervorragende Gegend für einen Serienmörder sei.«

Das stimmte. Winston Promise hatte sich die weitläufige

Landschaft zunutze gemacht, die sowohl vor betriebsamen Orten als auch vor abgelegenen Plätzchen strotzte und in der sich jede Menge Reisende und Rucksacktouristen herumtrieben, Menschen, die von irgendwo vorbeischauten, entweder für ein Wochenende oder so lange, wie ihr Geld reichte. Die Fluktuation der Bevölkerung und die Topografie der Landschaft mit ihren Gebirgsketten und Flüssen und kleinen Dörfern hatten für ihn ein hervorragendes Operationsgebiet ergeben.

»Findest du nicht, dass es sich mit einer Universität genau gleich verhält? Ist doch ein toller Ort für einen Mörder, um Opfer ins Visier zu nehmen, oder? Vor allem, wenn sie aus dem Ausland stammen. Keine Angehörigen, keine alten Freunde.«

Maria hatte recht, und ganz im Stile optimaler Polizeiarbeit hatte sie ihr Argument nicht als Hypothese vorgetragen, sondern als nüchterne und zutreffende Beobachtung.

17

Prinzessin

Es war nicht so einfach, wie ich gedacht hatte. Sie wollte erst mit ihren Freunden nach Hause gehen, aber nach ein paar weiteren Wodkas gelang es mir, sie davon zu überzeugen, stattdessen mit zu mir zu kommen. Zu dem Zeitpunkt vertraute sie mir und schaute irgendwie zu mir auf, als wäre ich eine große Schwester. Sie schien wirklich beeindruckt davon zu sein, wie ich sie und ihre Freunde in das Lokal gebracht hatte, vorbei an all den anderen, die in der Warteschlange standen. Ebenso beeindruckt war sie davon, wie ich ihnen allen Drinks verschaffte.

Natürlich log ich darüber, wer ich bin. Ich habe ihnen aufgetischt, ich wäre wie sie eine Schoolies-Teilnehmerin, aus Perth. Und als wir nach Hause kamen, lachte und lachte Tina, während sie beobachtete, wie ich meine blonde Perücke abnahm. Sie meinte, sie hätte keine Ahnung gehabt, dass ich brünett sei, und fand, dass ich mit dunklen Haaren hübscher aussähe, obwohl sie blonde Haare an sich liebe. Sie sagte, ich sähe vollkommen anders aus, was ich zwar ohnehin weiß, trotzdem war es schön, es von ihr zu hören. Dadurch fühlte ich mich ein klein wenig sicherer wegen dem Phantombild, das von der Polizei als Steckbrief für mich benutzt werden würde.

Grundsätzlich mache ich mir nicht wirklich Sorgen wegen der Polizei. Sollten je Beamte an meine Tür klopfen und sich nach der verschwundenen Tina erkundigen, behaupte ich einfach, sie wäre hier gewesen und dann gegangen. Und genau das wird schließlich auch passieren. Das Videoüberwachungsmaterial wird meine Geschichte untermauern, sollten sie je dazu kommen, es sich anzusehen – und sollte ich je stark genug in Verdacht dafür geraten. Aber ich glaube, das wird nicht der Fall sein.

Ich habe ihre Tasche durchwühlt. Ihr Name ist Tina MacKenzie, und sie stammt aus einem Ort namens Coffs Harbour. Ich glaube, das ist unten im Süden an der Küste, irgendwo zwischen der Gold Coast und Sydney. Sicher bin ich allerdings nicht; ich bin nicht wirklich viel durch Australien gereist, seit ich aus London hier eingetroffen bin. Ich möchte Uluru besuchen. Angeblich ist es ein verwunschener Ort. Man hat mir erzählt, dass man, wenn man Steine oder Kiesel mitnimmt, die von dem riesigen Monolithen stammen, vom Pech verfolgt wird. Das habe ich von Carlos. Er hat gesagt, dass den Behörden jedes Jahr Tausende Steine und Kiesel von verzweifelten Touristen zurückgeschickt werden, die diese als Andenken mit nach Hause genommen haben. Ich mag verwunschene Orte. Wir haben in Brasilien jede Menge davon, und eines Tages, wenn ich reich bin, werde ich sie alle besuchen. Dann werde ich ein Gefolge von Leuten haben, die wie Sklaven sind, die mich tragen und umsorgen werden, die mir Gläser mit Champagner bringen und tun, was immer ich will, wann immer ich es ihnen befehle.

Tina hat ihr Handy in ihrer Handtasche gelassen, was äußerst praktisch ist, denn in ein paar Tagen schicke ich ihrer Mama eine SMS und teile ihr mit, dass sie sich keine Sorgen zu machen braucht, dass es mir gut geht und ich einen richtig coolen Typen namens Daniel kennengelernt habe. Tina ist auch auf Facebook, und so wie ich führt sie gern Listen. Ich habe die Liste ihrer Kennwörter in ihrer Brieftasche entdeckt und mich mit ihrem Konto bei Facebook angemeldet.

Später heute Nacht oder vielleicht gegen ein Uhr morgens wird Tina posten, dass sie im Sin City ziemlich betrunken geworden und alleine gegangen, aber draußen auf der überfüllten Straße in einen sexy Burschen namens Daniel gelaufen ist. Ich denke, ich werde Daniel aus Hobart kommen lassen. Jedenfalls wird sie posten, dass sie mit Daniel nach Hause gegangen ist und sich vielleicht gerade verliebt.

In ein paar Tagen packe ich ihr Handy ein und schicke es hinunter nach Hobart. Ich werde mir eine willkürliche Adresse heraussuchen, wo es ewig herumliegen und sein kleines Signal aussenden wird, und sollte die Polizei je nach Tina suchen, wird man glauben, sie wäre mit Daniel nach Tasmanien ausgerissen, um ein neues Leben zu beginnen.

Aber vorerst klebe ich ihr den Mund zu, damit sie nicht schreien kann, und ich fessle ihre Arme und Beine an die Bettpfosten, bevor ich sie in den Schlaf schicke. In einen langen, tiefen, ausgiebigen Schlaf. Mein kleines Prinzesschen im Schlafzimmer. Später ziehe ich ihr sämtliche Kleider aus und öle ihren wunderschönen Körper ein, damit er hübsch glänzt. Danach lege ich mich neben sie, um ihre Haut zu spüren. Ihr Körper sieht nett aus – nicht so schön wie meiner, trotzdem recht hübsch.

Aber das kommt später. Zuerst muss ich noch ein Mädchen finden. Eine arbeitsreiche Nacht für eine viel beschäftigte junge Frau.

18

Die Hochzeit des Teufels

Q1 steht für »Queensland Nummer eins«, eine für die Bescheidenheit der Gold Coast typische Vorgehensweise bei der Benennung des höchsten Gebäudes in der südlichen Hemisphäre. Für kurze Zeit handelte es sich sogar um das höchste Wohngebäude der Welt, doch diese Ehre gebührt mittlerweile Dubai. Das Q1 ist der Olympiafackel nachempfunden, dünn und anmutig, wenn man auf Wolkenkratzer steht. Es beherrscht die Skyline auf eine Weise, die einem entgegenposaunt: »Leg dich besser nicht mit mir an.« Würden sich ringsum weitere hohe Gebäude befinden wie in New York, würde es nicht so fehl am Platz wirken.

Es galt als teuer. Wir wussten nicht, womit sich Starlight den Lebensunterhalt verdiente; Isosceles hatte Mühe, mehr über sie herauszufinden. Das verursachte ihm solches Kopfzerbrechen, dass er unmöglich seine Standardfrage stellen konnte, wenn er anrief: *Bin ich ein Genie?* Oder, was noch häufiger vorkam, seinen Eröffnungssatz von sich zu geben: *Ich bin ein Genie.*

Ich konnte mir zwar nicht vorstellen, wie eine junge Frau, die in einem Millionen-Dollar-Apartment im teuersten Gebäude an der Gold Coast wohnte, eine Studentin sein sollte, aber wenn man nach Idas schickem Apartment mit Swimmingpool am Strand ging, irrte ich mich vielleicht.

Allerdings glaubte ich das nicht.

Bislang wussten wir über Starlight nur, dass sie Estefans Schwester war. Was bedeutete, dass sie aus Rio stammte. Nicht viel als Ausgangsbasis, wenn man einen Besuch vorhat und Antworten auf Fragen sucht, die selbst auf dünnen Sachdaten beruhen. Fragen wie: Wer waren diese toten Mädchen? Worin bestand Idas Rolle bei alldem? Und was war aus dem verschwundenen Johnston geworden?

Starlight klang nach einem Künstlernamen oder etwas, das ein Callgirl verwenden würde. Wie dem auch sein mochte, es war die Art von Namen, die eine Person zur Tarnung benutzt, als Fassade, als Mittel, um dem Rest der Welt ein erfundenes Image zu präsentieren.

Wir fuhren den Strandboulevard entlang. Ausnahmsweise brauchte ich keine Wegbeschreibung. Das Gebäude war so hoch, dass man es schlichtweg nicht übersehen konnte. Ich brauchte nur mit dem Wagen darauf zuzuhalten und zu fahren. Neben uns rauschte die Brandung an den Strand. Der wurde von einer Reihe hoher Laternen hell erleuchtet, Scheinwerfern der Art, wie sie in Footballstadien für spätabendliche Spiele eingesetzt werden. Die Lichter sorgten für ein seltsames Aussehen des Strandes – sie tauchten den Sand in ein gespenstisches Weiß, das sich bis hinaus auf die ersten Ränge der Wellen erstreckte. Dann erst verblasste das Licht, etwa achtzig Meter vom Rand des Wassers entfernt. Dahinter befand sich die Dünung des Pazifiks, vollkommen schwarz, abgesehen von winzigen weißen Pünktchen, bei denen es sich wohl um Fischerboote draußen am Horizont handeln musste.

Aus irgendeinem irrwitzigen Grund hatte ich Marias Idee zugestimmt, in meinem roten Studebaker statt in ihrem langweiligen Toyota zu fahren. Wir krochen im Schneckentempo dahin, da es auf dem Boulevard von Teenagern wimmelte, die betrunken johlten und feierten, aus den Cafés und Bars strömten, die Straßen zumüllten und zum Strand hinunterbrandeten. Ich vermutete, die riesigen weißen Lichter stellten eine clevere Möglichkeit dar, dafür zu sorgen, dass keiner von ihnen besoffen ins Meer hechtete. Mich beschlich der Eindruck, dass die Rettungsschwimmer nachts nützlicher wären als tagsüber.

Bei der Bruderschaft der Teenager erwies sich der Studebaker als großer Hit. Wir erhielten eine Menge Kommentare von Jungs und Mädels, keiner davon besonders clever oder wiederholenswert. Ich wurde als cooler Typ, als »Toolie« – ein alter Kerl, der eine Schoolie-Teilnehmerin ficken will –, als Autofreak und noch einige andere Dinge bezeichnet. Manchmal – eigentlich meistens, wenn man in einem Fall ermittelt – ist Anonymität eine bessere Vorgehensweise.

Die Entdeckung zweier toter Mädchen in einem Wald wenige Kilometer entfernt hatte keinerlei Auswirkung auf die Tausenden Kids rings um uns gehabt. Normalerweise schafft so etwas eine Atmosphäre der Angst. Für ihre Eltern hätte es das auch zweifellos getan, wo immer die sich aufhalten mochten. Aber nicht auf den Straßen und Bürgersteigen und auf der Strandpromenade, nicht bei den Schoolies-Kids. Diese jungen Leute fühlten sich unbesiegbar, gemacht aus Stahl und Muskeln, und nichts bereitete ihnen Sorgen. Was daran lag, dass sie eine Masse bildeten. Sie waren in Gruppen hergekommen und blieben in Gruppen zusammen, was ihnen ein Gefühl von Sicherheit vermittelte. Wenn jemand daraus ausbrach – und natürlich kam das vor, denn bei den Schoolies ging es um individuelles Wachstum durch die Übergangsriten –, verhielt es sich anders. Aber die Menge bot Trost und Beruhigung und, wie ich nicht umhinkonnte zu denken, ein gefährlich *falsches* Gefühl von Sicherheit.

Ich schaute zu Maria auf dem Beifahrersitz hinüber. Sie starrte hinaus zu den Scharen der Teenager. Ich fragte mich, ob sie hierhergekommen war, als sie die Schule abgeschlossen hatte, was nicht allzu lange zurückliegen konnte. Sie war noch unter dreißig. Im Augenblick wallte ihr Haar offen herab. Kein Pferdeschwanz. Das Fenster hatte sie heruntergekurbelt, vermutlich, um all die idiotische Musik hereinzulassen. Wie üblich trug sie ein weißes T-Shirt und eine blaue Jeans. Sie sah heiß aus. Sie sah wie ein Model aus.

Reiß dich am Riemen, ermahnte ich mich. *Bleib konzentriert, Darian.*

Als hätte Casey meine Gedanken gelesen, rief er in dem Moment an. Ich schaltete ihn auf Lautsprecher.

»He, Großer, ist mein Mädchen bei dir?«

»Ich bin hier«, meldete sich Maria zu Wort und erkannte, dass sie ihr Handy auf Vibrationsalarm eingestellt hatte.

»Wo ist das verfluchte Fladenbrot, Schatz? Ich kann's nicht finden, und ich bin am Verhungern.«

—

Leichter Regen setzte ein, als wir wenige Minuten später vor unser Ziel rollten. Teenager strömten aus dem Gebäude. Maria hatte mir erzählt, dass der Q1-Wolkenkratzer als der angesagteste Ort zum Übernachten während der Schoolies-Wochen galt, obwohl die Wohnungseigentümergemeinschaft regelmäßig darüber ausflippte und diese Art von Gästen in den megaschicken Apartments zu verhindern versuchte.

Nebel wehte vom Meer herein. Er verband sich mit dem

Regen und kräuselte sich wie kleine Wirbelwinde in der Neonbeleuchtung. Die Luftfeuchtigkeit war enorm. Es musste mindestens fünfundzwanzig Grad gehabt haben, sogar um diese Zeit nachts.

Wir betraten das Gebäude.

—

Als ich auf den Sicherheitsmonitor neben der Eingangstür meiner Wohnung schaute, sah ich Ärger. Unten im Foyer befanden sich ein Mann und eine Frau, die raufkommen wollten, um mit Estefan zu reden.

Und mit mir.

Der Mann war groß, ziemlich gutaussehend und geschätzt Mitte vierzig. Er trug ein schwarzes T-Shirt und schwarze Jeans. Und er war ein Cop. Ich wusste es.

Neben ihm stand ein Mädchen, oder vielleicht sollte ich eher sagen eine Frau. Sie war älter als ich, aber noch unter dreißig. Und sie war heiß. Auch sie war Polizistin.

Sie erkundigten sich, ob sie heraufkommen dürften.

Den Kerl wollte ich ficken – das war mein erster Gedanke. Mein zweiter Gedanke war, dass ich ihm die Kehle aufschlitzen und dabei zusehen wollte, wie er verblutete und starb.

Die Frau konnte ich verkaufen.

»Kommen Sie rauf«, sagte ich und drückte den Knopf, um sie durch die verglasten Sicherheitstüren zu lassen.

—

»Hallo«, grüßte der Mann. »Mein Name ist Darian Richards, und das ist Maria Chastain. Sind Sie Starlight?«

Darian. Er ist hier.

Sie standen an meiner Tür im mit weichem Teppich ausgelegten Korridor. War ich nervös?

Nein. Eher amüsiert. Tatsächlich regelrecht entzückt. Es lag über ein Jahr zurück, seit ich mich zuletzt in einer Falle befunden hatte, und diese Situation war weit von einer Falle entfernt. Das würde vielmehr unterhaltsam werden.

»Ja, ich bin Starlight. Was wollen Sie?«, fragte ich.

»Dürfen wir reinkommen?«, fragte die Frau.

»Hängt davon ab, was Sie wollen. Normalerweise lasse ich nicht einfach Fremde in meine Wohnung, und ich bin sicher, Sie tun das auch nicht.«

Ich schwang die Tür hin und her, wie ich es als Kind immer mit der Wippe am Strand gemacht hatte.

—

Oft heißt es, der Unterschied zwischen einer Person von besonderem polizeilichem Interesse und einer verdächtigen Person bestünde darin, dass die eine Person in kriminelle Verhaltensweisen verstrickt sein *könnte* und es die andere Person höchstwahrscheinlich ist; der wahre Unterschied ist, dass man entweder etwas gegen sie in der Hand hat oder nicht. Starlight verkörperte daher nicht mehr als eine Person von besonderem Interesse. Sie war jung, Anfang zwanzig, vielleicht einundzwanzig oder zweiundzwanzig, jünger als Maria. Außerdem war sie außerordentlich schön, und sie wusste es; die Frau strahlte Selbstvertrauen und Verspieltheit aus. Sie hielt die Tür zu ihrer Wohnung fest, ließ uns nicht hinein, lächelte uns an. Ihr Blick wechselte dabei zwischen Maria und mir hin und her. Sie besaß dichtes, langes, dunkelbraunes Haar und eine dunkle, fast goldene Haut. Ihre tiefblauen Augen funkelten vor Esprit und verschmitzter Freude. Sie benahm sich wie eine Zehnjährige im Körper einer reifen Frau mit dem verschlagenen Verstand eines UN-Diplomaten. Die Eingangstür verbarg sie zwar halb, aber sie hatte sich so hingestellt, das wir sehen konnten, was sie trug, nämlich einen sehr knappen Bikini.

Einen Bikini um zehn Uhr abends. Entweder wollte sie in einem der Pools der Wohnanlage schwimmen gehen, oder sie hatte entschieden, uns mit ihrem Körper abzulenken. Ich war nicht sicher, was zutraf. Interessierte mich auch nicht weiter. Alles an ihr warnte vor Gefahr. Ich war in ihrem Alter nervös und unsicher gewesen, schüchtern und verlegen, beflissen, es jedem recht zu machen und unbeholfen. Nahezu jeder in dem Alter, den ich kennengelernt habe, ist mehr oder weniger so. Jedenfalls strahlen Menschen in diesem Alter nicht das überragende Selbstvertrauen dieser jungen Frau aus.

Die Einzigen, die ich je kennengelernt habe und die in diesem Alter schon dermaßen selbstsicher wirkten, waren Psychopathen, die keine Empathie besaßen und restlos von ihrem Genie überzeugt waren. Vielleicht hatte ich ein behütetes Leben geführt, wenn auch innerhalb der Grenzen von Mord und Zerstörung. Vielleicht gab es an dieser Stelle des zweiten Jahrzehnts des neuen Jahrtausends schlichtweg Menschen in ihrem Alter, denen alles egal zu sein schien und die sich keinerlei Gefühl von Besorgnis anmerken ließen.

»Wir möchten nur gerne reinkommen und Ihnen ein paar Fragen über ein Mädchen namens Ida Färber stellen. Kennen Sie Ida?«

Normalerweise kommt bei einer unangekündigten Befragung wie dieser wenig heraus. Jedenfalls nicht der Volltreffer, den beispielsweise das Geständnis eines Verbrechers darstellt. Was wir jedoch zu erlangen hofften, waren Erkenntnisse – Starlight verkörperte die einzige Person, die nicht verschwunden war. Zwar würde sie uns nicht die Wahrheit sagen, aber wahrscheinlich würden wir ein Gespür dafür bekommen, was sie vertuschte oder worüber sie log.

Sie sah mir unverwandt in die Augen und erwiderte: »Selbstverständlich. Estefans Freundin. Kommen Sie mal besser rein.«

Damit wich sie einen Schritt zurück und hielt die Tür auf. Wir traten auf einen weiß gefliesten Boden in ein protziges Apartment mit einer Panoramaaussicht auf das dunkle Meer. Als ich an ihr vorbeiging, beugte sie sich vor, und ich konnte sie riechen, einen Hauch von Zitronengras und Zimt von unter ihrem Hals und um ihre Schulterblätter. Ihr Körper glänzte, als hätte sie ihn mit Öl eingerieben, und mir fiel auf, dass sie Lippenstift trug – was man wohl eher nicht tut, wenn man vorhat, in einem Pool schwimmen zu gehen. Hellrosa Lippenstift. Und sie flüsterte mir zu: »Wie war noch mal Ihr Name?«

Als wäre es ein Geheimnis nur zwischen ihr und mir.

Ich hielt inne und starrte sie an. Sah ihr eindringlich direkt in die Augen. Dabei brauchte ich mich nicht daran zu erinnern, den Blick nicht nach unten über ihren Körper gleiten zu lassen.

»Darian. Darian Richards.«

»Cooler Name, Darian«, meinte sie lächelnd. Ihr Körper befand sich mir ein klein wenig zu nahe. Aus dem Augenwinkel sah ich Maria, die dieses Spielchen durchaus mitbekam. Sie war mittlerweile in die Wohnung getreten, ich jedoch hatte es noch kaum durch die Tür geschafft.

Ich trat näher auf Starlight zu, drang so in ihren persönlichen Raum ein wie sie in meinen. Sie benutzte ihre Sexualität, um mich zu entwaffnen. Ich wollte es mit ihr aufnehmen und die Latte höherlegen.

»Danke«, sagte ich.

Starlight wich nicht zurück, wie es die meisten Menschen getan hätten. Sie rührte sich nicht. Begegnete meinem Blick. Sie schien das Spiel zu genießen.

»Aber nicht so cool wie Starlight«, gab ich zurück, berührte sie am Arm knapp unterhalb der Schulter und drückte ihn zart, als wolle ich einen Annäherungsversuch unternehmen.

Den Blick ließ ich dabei auf ihre Augen gerichtet.

Sie lächelte ungerührt weiter.

Von hinter mir hörte ich ein Geräusch, das von Beunruhigung zeugte: Maria, die sich zweifellos sorgte, dass ich die Verdächtige gleich im Türrahmen ficken könnte. Ich würde ihr meine Absicht später erklären. Im Augenblick drehte sich alles um die junge Frau im Bikini.

»Zeigen Sie mir den Weg hinein?«, fragte ich.

—

Ich weiß nicht, ob sie von mir erwarteten, dass ich lügen und so tun würde, als hätte ich nie von Ida gehört. Vielleicht schon. Bei Darian bin ich mir nicht so sicher. Er ist schlau, *zu* schlau. Die Frau ist jung und noch am Lernen, das merke ich. Er nicht. Zwar ist er auch noch nicht so alt, vielleicht fünfundvierzig oder sechsundvierzig, aber er hat schon einiges erlebt. *Sei vorsichtig*, warne ich mich. Ida hat gesagt, er wäre ein Retter, er wäre brillant, einer der besten Ermittler des Landes. Wir werden sehen.

Vor langer Zeit habe ich gelernt, dass die Wahrheit wie eine Landschaft aus Feldern und Hügeln und Bäumen ist, eine große Landschaft, gefüllt mit allen Elementen der Geschichte. Und wenn einem ein Polizeibeamter oder sonst jemand eine Frage stellt, dann schaut man am besten auf jene Landschaft und fühlt sich dort zu Hause. Man sollte immer innerhalb der Grenzen der Wahrheit bleiben. Nur manchmal löscht man vielleicht einfach einen Baum oder einen Hügel, ein Stück Information. Das ist kein aktives, aggressives Lügen, es ist ein Adaptieren der Wahrheit, ein Formen ihrer Landschaft, sodass sie zur Geschichte passt. Auf diese Weise wirkt man nicht so, als würde man lügen, weil man es auch nicht tut, jedenfalls nicht richtig. Man unterlässt es bloß, über die Hügel und Bäume zu reden. Vielleicht sind sie für immer weg, vielleicht auch nur für ein Weilchen hinter dichtem Nebel verborgen.

»Ich habe Ida schon einige Tage nicht mehr gesehen«, sagte ich. »Geht es ihr gut?«

»Was wissen Sie über sie?«, wollte die junge Frau namens Maria wissen. Bekleidet mit einer Jeans und einem weißen T-Shirt. Guter Körper. Hübsch. Definitiv Polizistin. Nur Bullen beantworten eine Frage mit einer Gegenfrage.

»Ich glaube, bevor wir fortfahren, sollte ich mich erkundigen, wer Sie eigentlich sind. Gehören Sie zur Polizei?« Auf *diese* Frage antworten Cops nie mit einer Gegenfrage.

»Ich schon«, erwiderte die Frau.

»Und Sie?« Ich drehte mich Darian zu. Er war durch und durch ein Cop.

»Ich bin nichts«, behauptete er. »Ich bin nur auf der Suche nach Ida.«

»Sie sind nichts? Ist das wirklich wahr, Darian?«, fragte ich mit dem Wissen, dass er einen erfahrenen Ermittler und Manipulator verkörperte.

—

Starlight ging durch das Zimmer zu einer der riesigen weißen Couches. Ich bin zwar kein Experte für Möbel, aber das Teil und alles andere in der Wohnung sahen aus, als hätten sie jeweils ein paar Millionen gekostet. Sie nahm darauf Platz, schlug die Beine übereinander, beugte sich vor und starrte mich an. Ich konnte fühlen, wie Maria innerlich angesichts der von dieser jungen Frau benutzten Körpersprache kochte. Sie nahm mir bereits die sinnliche Konfrontation an der Tür krumm, zweifellos entgeistert von etwas, das sie für ausgesprochen unpassendes Verhalten hielt. Die Balkontüren standen offen. Von draußen wehte eine heiße Brise herein. Von weit unten hörten wir das Rauschen der Brandung.

»Ich suche nach meinem Bruder. Estefan. Ida ist seine Freundin, und ich habe echt Angst, dass sie ihm etwas angetan haben könnte. Er ist verschwunden. Können Sie mir helfen, ihn zu finden?«, fragte Starlight.

»Wann ist er verschwunden?«, hakte ich nach.

»Gestern Vormittag.«

»War er da mit Ida zusammen?«

»Ich weiß es nicht. Ich glaube, sie könnten sich gestritten und sich vielleicht getrennt haben.«

»Worüber haben sie gestritten?«, bohrte ich weiter.

»Das weiß ich auch nicht. Wieso suchen Sie nach Ida? Sind Sie ihr Bruder?«

»Nein«, entgegnete ich. »Dann lassen Sie uns Ihnen mal helfen, Estefan zu finden; erzählen Sie uns von ihm. Was macht er so?«

»Er ist Student. An der Uni. Er studiert Ingenieurwesen.«

»Wo wohnt er?«

»Unten in Burleigh in einem verrückten alten Haus, das früher mal ein Bordell war.« Erst lächelte sie mich an, dann drehte sie sich langsam Maria zu. »Die Wände dünsten geradezu Sex aus.«

»Was für einen Wagen fährt er?«, erkundigte sich Maria.

»Keine Ahnung, irgendeinen Toyota, ein weißes Auto.«

»Kennen Sie zufällig das Kennzeichen?«

»Nein.«

»Erzählen Sie mir von Ida«, forderte ich sie auf.

»Was über sie?«

»Wann sind Sie ihr zum ersten Mal begegnet? Und Estefan – wie hat er sie kennengelernt?« Zwei Fragen auf einmal; nicht die beste Vorgehensweise beim Verhören einer Person. Scheiße, war ich eingerostet. Diese Art von mühsamer Ermittlungsarbeit hatte ich schon ewig nicht mehr regelmäßig gemacht. Meine letzten Jahre im Dienst hatte ich in gehobener Position verbracht; ich hatte meinen Mannschaften befohlen, das zu tun, was ich gerade tat. Vielleicht sollte ich anfangen, den Verkehr zu regeln, um mich wieder mit den Grundlagen vertraut zu machen.

—

Ich erzählte ihnen also eine richtig nette Geschichte darüber, dass mein Bruder und Ida wie verwandte Seelen aus weit entfernten Ländern wären, allein an der Gold Coast an der Universität, umgeben von all den Menschen, die hier aufgewachsen waren und Englisch sprachen, und dass es schwer für die beiden gewesen sei, weil das auf sie nicht zutraf. Manchmal, so behauptete ich, hätten sie schwer mit den Vorlesungen und Arbeiten zu kämpfen, weil sie nicht verstanden, was die Vortragenden sagten oder von ihnen wollten. Und das hätte sie irgendwie zusammengebracht. Eine Zeit lang wären sie richtig ineinander verliebt gewesen, regelmäßig bei Surfers Paradise zum Strand hinuntergegangen, um zu schwimmen, und mein Bruder hätte Ida beigebracht, wie man bodysurft. Alles Blödsinn, aber es klang gut. Es klang wie eine perfekte kleine Liebesgeschichte.

Ich bin nicht sicher, ob sie es mir abgekauft haben. Die Frau vielleicht schon. Darian nicht. War mir egal. Es hörte sich romantisch an. Ich mag solche Geschichten.

—

Wir bekamen eine Lügengeschichte über ihren Bruder und darüber zu hören, dass er Ida wegen ihrer gemeinsamen Verlegenheit, nicht perfekt Englisch an einer fremden Universität zu sprechen, kennen- und lieben gelernt hätte. Ich kannte Ida nicht gut, aber sie sprach fast besser Englisch als ich. Doch es lag nicht nur daran; Starlight erzählte es wie eine Gutenachtgeschichte. Ihre Augen vermittelten dabei Dramatik und Schmerzlichkeit. Die Frau war gut, trotzdem hatte sie noch einiges zu lernen.

Und wenn sie uns wegen dieser grundlegenden Tatsache belog, stand für mich fest, dass sie mehr zu erzählen wusste. Nur würde ich mit ihr so, in dieser Umgebung nicht weiterkommen. Nicht mit Wonder Woman an der Seite. Ich würde es allein tun müssen. Unter völlig anderen Umständen.

—

Vergangenes Jahr hatte ich ein Mädchen namens Angie. In Wirklichkeit hieß sie Rose. Angie war der Name, den sie als Hostess benutzte. So sah unsere Beziehung aus – ich bezahlte sie, und wir vögelten. Allerdings war es für mich mehr. Es wuchs bis zu einem Punkt, an dem ich dachte, dass ich zum ersten Mal überhaupt jemanden lieben und eine richtige Beziehung eingehen könnte. Während ich beim Morddezernat war, hätte sich das nie entwickeln können, aber in meinem neuen Leben am Noosa River konnte es dafür eine Chance geben, wenn ich wollte. Was an Chancen zwischen uns beiden bestanden haben mochte, zerstörte ich, als ich sie in Winston Promises Schusslinie brachte und sie dadurch um ein Haar enthauptet worden wäre. Seither habe ich sie nicht mehr gesehen – ich habe mich von ihr ferngehalten, aber ich weiß, dass sie noch in der Gegend lebt. Vielleicht bringe ich eines Tages den Mut auf, mich bei ihr zu melden. Auch Rose war Studentin an der Universität, oben an der Sunshine Coast. Literaturstudium. Als ich in Starlights Apartment saß und fühlte, wie der Nebel und die heiße Luft durch die offenen Türen hereintrieben, das Meer tief unten hörte, lauschte, wie die Frau uns zum Narren zu halten versuchte, und darüber nachdachte, wie ich sie bezirzen würde, fiel mir ein Gedicht ein, das mir Rose einmal vorgelesen hatte.

Es hieß *Die Hochzeit des Teufels* und wurde zufällig von einem längst verstorbenen, heute völlig unbekannten, aber zu seiner Zeit berühmten brasilianischen Autor verfasst. Es erzählte die Geschichte des Teufels, der eine Braut wollte, eine junge Frau, aber um das zu erreichen, musste er sein übliches Verhalten und Erscheinungsbild aufgeben. Er musste in einen anderen Mantel schlüpfen, in diesem Fall in eine menschliche Gestalt. Alles Böse musste er ablegen, sonst würde er nicht bekommen, wohinter er her war – keine Frau würde ihn heiraten. Hörner, Schwanz, Hufe und üble Einstellung: Alles musste weg. Nachdem er das erfolgreich erledigt hatte, begann er, das Land zu durchstreifen, bis er die Schönheit fand, die er haben wollte. Sie verliebte sich in einen Mann, den sie für einen Menschen hielt. Nicht für den Teufel. Was er einsetzte, war mehr als eine Täuschung – es war eine Verwandlung.

Da er nun mal der Teufel war, hatte er keinerlei Gewissensbisse bei dem, was er tat. Ich war nicht ganz sicher, ob es mir genauso leichtfiel, in den Mantel einer anderen Persönlichkeit zu schlüpfen. Ebenso wenig war ich sicher, ob Ida sich letztlich als der Mühe wert erweisen würde.

—

Die grundlegende Methode eines Verhörs besteht darin, einer Person Fragen zu stellen, deren Antworten man bereits kennt, und zu versuchen, die Person dazu zu bringen, über eine Lüge zu stolpern. Sobald die erste Lüge auftaucht, geht's los, dann hat man den Fuß in der Tür. Es ist ein regelrechtes Katz-und-Maus-Spiel. Das tat Maria – sie stellte einfache Fragen, die uns nicht weiterbringen würden.

Es gibt noch andere Techniken. Am populärsten ist Gewalt. Mir wurde jene Technik von einem erfahrenen Veteranen namens Aldous beigebracht. Sie funktionierte nicht, jedenfalls nicht für mich, und ganz sicher würde sie bei dieser jungen Frau keine Wirkung erzielen. Aber es gab noch eine weitere Möglichkeit.

Bewunderung.

19

Das vertrackte Spiel

»Was hast du mit ihr vorgehabt? Bist du irre? Du willst eine Frau ficken, die kaum zwanzig Jahre alt *und* eine Verdächtige ist!« Wir befanden uns draußen auf der Straße und gingen gerade dorthin, wo ich den Studebaker vor dem Wohngebäude geparkt hatte.

Oben hatte es keine Möglichkeit gegeben, Maria meine Taktik zu erklären, und ich hatte gewusst, dass sie so oder so skeptisch diesbezüglich sein würde, also hatte ich nicht lange überlegt, sondern es einfach getan. Ich hatte Starlight gefragt, ob sie mich auf den Balkon führen würde; ich wollte die Aussicht sehen, hatte ich behauptet.

»Sicher«, erwiderte sie darauf, stand auf und ging hinüber zu den offenen Türen. »Kommen Sie heraus, sehen Sie sich um. Es ist zwar dunkel, aber nach ein paar Minuten passen sich Ihre Augen an, und Sie sehen das Wogen des Meeres.«

Ich stand auf und gesellte mich zu ihr, ließ Maria völlig baff auf der Couch, wo sie sich wohl fragte, ob ich vollkommen den Verstand verloren hatte.

Siebzig Stockwerke über dem Erdboden standen wir am Geländer. Selten war ich in einer solchen Höhe gewesen. Ich beugte mich zu ihr.

»Das ist alles Quatsch. Ich hab' mich von ihr dazu breitschlagen lassen«, sagte ich und deutete unauffällig zu Maria.

»Jeden Tag verschwinden Leute. Passiert andauernd. Ida geht's bestens. Genau wie Ihrem Bruder.« Wieder deutete ich zu Maria. »Sie flippt echt aus. Ist echt lästig. Ich will bloß 'ne schöne Zeit haben.«

»Kein Ding«, erwiderte sie verwirrt.

In der Regel habe ich das Ende einer Unterhaltung mit einer Person schon erreicht, bevor ich überhaupt anfange – ich habe den Verlauf bereits vorausgeahnt und weiß, wie und was sie tun wird. Diese Kunst vervollkommnet man, wenn man Jahr für Jahr Verdächtige befragt und verhört, vorwiegend kaltherzige Psychopathen, die nur an sich selbst und daran denken, wie mächtig clever sie sind. Ich richte mein Augenmerk auf die Schwäche oder Stärke der Person, stelle daneben die Umstände, unter denen sich die Person mit mir befindet, und wende dann entweder Schmeichelei, Drohung oder Verständnis und Mitgefühl an. Bewunderung habe ich noch nicht besonders oft als Werkzeug eingesetzt. Sie kann nämlich mit Bomben und Granaten nach hinten losgehen. Ich habe festgestellt, dass sie am besten bei eitlen Frauen funktioniert, die allein im Leben sind und sich auf ihren Körper und ihr Gesicht verlassen, um das zu erreichen, was sie wollen. Oder beim umgekehrten Fall, der schlichten Frau, die unsicher wegen ihres Äußeren ist und sich für hässlich hält. Bei Letzteren klappt es bedauerlicherweise weniger gut, denn man kann nur bis zu einem gewissen Grad gehen, bevor sie angesichts ihrer negativen Überzeugung, dass sie wirklich zu nichts nütze, nicht hübsch, sondern hässlich sind, an einem zu zweifeln beginnen – wie soll sich da je ein Kerl für sie interessieren? Gar nicht, also muss es ein Trick sein.

Je sexyer und hübscher die Frau ist, desto einfacher ist es, mit dem Feuer ihres Egos zu spielen. Solche Frauen fühlen sich dadurch behaglich, in vertrauten Gefilden, denn so wogen sie durchs Leben. Ich bin nicht sicher, welche der beiden Kategorien trauriger ist. Eigentlich ist es mir auch egal – mir geht es nur darum, sie dazu zu bringen, mir zu verraten, was ich wissen will.

Ich sagte Dinge, die ich unmöglich je hätte sagen können, wenn ich sie ernst gemeint hätte. Vermutlich hat es im Verlauf der Jahre schon Gelegenheiten gegeben, bei denen ich solche Dinge zu Frauen sagen wollte, nur hat es mir immer am Mumm oder vielleicht am Engagement gefehlt, um die Worte tatsächlich auszusprechen.

Jedenfalls sagte ich zu Starlight, sie sei wunderschön. Ich gab ihr das Gefühl, wichtig zu sein, als wäre sie plötzlich zum Mittelpunkt meiner Welt geworden. Ich gab ihr das Gefühl, als hätte ich soeben festgestellt, dass ich durch ihre Präsenz und Schönheit um sie rotierte wie ein Planet um seinen Stern. Ich fragte sie, ob wir uns vielleicht später in der Nacht noch einmal treffen könnten.

Maria beobachtete mich durchs Fenster, als wäre sie die strengkonservative Aktivistin Mary Whitehouse und der nicht minder konservative Politiker Fred Nile in Personalunion mit einem Ausdruck fassungsloser Missbilligung im Gesicht.

Nichts davon hätte auch nur die geringste Auswirkung auf diese rund zwanzigjährige Schönheit im Bikini gehabt, wäre da nicht der Umstand gewesen, dass zwei junge Frauen ermordet worden und drei Menschen verschwunden waren. Nichts davon hätte auch nur die geringste Auswirkung auf sie gehabt – sie hätte mir nicht einmal weiter zugehört –, wäre sie nicht irgendwie darin verstrickt gewesen.

Sie wollte mich kontrollieren, und ich wollte, dass sie glaubte, sie könnte es. Ehrlich gesagt war das nicht schwer.

Sie war daran gewöhnt, Kerle wie mich mit Sex und Lust zu kontrollieren.

Am Ende erwiderte sie nichts, wandte sich nur ab und richtete den Blick auf das dunkle Meer.

Ich berührte sie. Legte meine Hand knapp unterhalb der Schulter auf ihren Arm. Nah, wirklich nah bei ihren Brüsten. Sie rührte sich nicht. Sagte kein Wort. Starrte nur weiter hinaus aufs Meer.

»Hier ist meine Nummer«, sagte ich. »Schreiben Sie mir eine SMS. Darüber würde ich mich freuen«, fügte ich hinzu.

»Vielleicht«, erwiderte sie. »Vielleicht auch nicht.«

Sobald ich gegangen wäre, würde sie mich googeln und herausfinden, wer ich war. Dann würde sie entweder die Flucht ergreifen, und wir würden eine Spur verlieren – oder sie würde von der Möglichkeit fasziniert sein, mich auszutricksen. Ich setzte meine Hoffnungen auf Letzteres. Ich hatte eine junge Frau vor mir, die gern Spielchen spielte und glaubte, sie wäre gut darin; das war sie auch … aber ich war besser.

—

»Du bist widerlich«, warf mir Maria vor, als wir vor dem Q1-Gebäude standen. »Ich kann echt nicht glauben, was ich gerade gesehen habe. Was stimmt bloß nicht mit dir?«

»Sie hat weitere Informationen, die sie nicht rausrücken wird, solange du dabei bist.«

»Also willst du sie vögeln, um sie zu bekommen?«

Vergangenes Jahr hatten Maria und ich gewissermaßen als Team zusammengearbeitet, weil ich sie gebraucht hatte. Ich hatte einen Insider bei der örtlichen Polizei gebraucht, um zu erfahren, wie es mit den offiziellen Ermittlungen gegen den Serienmörder voranging. Damals hatte ich mir an Informationen herausgepickt, was ich von ihr bekam, um es bei meiner eigenen Jagd zu verwenden. Maria war nützlich gewesen; und ich hatte sie benutzt.

Diesmal verhielt es sich anders. Meine Aufgabe bestand darin, eine junge Frau zu finden. Allerdings hatte die Suche durch zwei tote Mädchen und einen verschwundenen Cop eine viel breitere Schneise geschlagen, als es jene schlichte Absicht ursprünglich hatte erahnen lassen. Vielleicht würde ich herausfinden, wer diesen Mädchen das Leben geraubt hatte – das hoffte ich aufrichtig –, gleichzeitig jedoch hielt ich mir vor Augen, dass ich nicht wieder in das Spiel eingestiegen war. Ich wollte hier unten nicht die Ein-Mann-Armee der Polizei spielen, denn das betrachtete ich nicht als notwendig.

Daher war Maria im Grunde genommen unnötig.

»He, pass mal auf: Ich brauche dich nicht, und ehrlich gesagt brauchst du mich ebenso wenig. Finde du deinen verschwundenen Bullenkumpel, und ich finde mein verschwundenes Mädchen. Zu Hause in Noosa können wir uns dann bei einem Drink darüber austauschen«, meinte ich und überquerte die Straße zu meinem geparkten Studebaker.

Ich stieg ein und fuhr davon.

Die Straße präsentierte sich immer noch überfüllt von Autos und Kids. Es war, als führe man an einem Samstagabend die Chapel Street in Melbourne entlang: Verkehrskollaps durch Partyzeit. Maria lief den Bürgersteig entlang und überholte mich mühelos. Ich fühlte mich selbst wie ein Teenager, der frisch von seinem ersten Streit mit der Liebsten über eine nichtige Kleinigkeit davonrannte. Ich bog in die erste Straße, die eine Möglichkeit dazu bot, damit ich nicht mehr sehen musste, wie Maria vor mir herlief.

Dort erwies es sich als noch schlimmer. Die Straße glich

einem Parkplatz. Bars und Kneipen strotzten vor Neonlicht und dröhnender Musik. Falls es überhaupt möglich war, schienen sich noch mehr Kids auf der Straße herumzutreiben und zu tanzen, zu kotzen, gelangweilt dreinzuschauen. Einige versuchten, nicht vorhandene Taxis herbeizuwinken.

Die Beifahrertür öffnete sich, und Maria stieg ein.

»Du bist falsch abgebogen. So kommst du nicht zurück ins Hotel«, erklärte sie mir.

Schweigend fuhr ich weiter. Ich konnte sie ja nicht einfach aus dem Auto werfen.

»Vielleicht bin ich vorhin ein bisschen hart mit dir umgesprungen«, meinte sie. War gelogen, trotzdem wusste ich das Friedensangebot zu schätzen.

»Vielleicht hätte ich dir von meiner Taktik erzählen sollen, bevor ich sie angewendet habe«, gab ich zurück. Auch das war gelogen.

Ich brauchte sie wirklich nicht, aber ich war bereit, mich mit ihr abzufinden. Zumindest redete ich mir das ein.

—

In dem Gedicht von der Hochzeit des Teufels fängt der Teufel schließlich wieder an, zum Normalzustand zurückzukehren. Es ist einige Zeit vergangen, während der er mit seiner neuen Identität gelebt und so getan hat, als wäre er etwas, das er nicht war.

Es funktionierte nicht. Jedenfalls nicht ganz. Alles, was er zurückerlangen konnte, waren seine Hörner.

Er hatte sich für immer verwandelt.

20

Arrivederci

Ich sah Menschen sterben – am Strand, auf den Straßen, in den Slums, überall. Rings um mich starben Menschen. Wenn ich abends zu Bett ging, träumte ich von Springbrunnen voll Blut. Oft weinte ich im Schlaf, aber meine Eltern kamen nie, um mich zu trösten. Sie waren tot.

Ich hatte einen Namen, aber in meinen Träumen änderte er sich in Starlight. Ich hatte einen Traum: Ich wollte nach London und Modedesignerin werden. Ich würde reich und berühmt sein, und alle Männer und alle Frauen würden mich beneiden. Die Menschen würden über mich reden. Frauen würden wie ich aussehen wollen, und Männer würden mich ficken wollen.

Ich hatte also Träume, aber ich war keine Träumerin. Ich war nicht wie jene Leute, die nur rumsitzen und sich Dinge wünschen. Ich wusste, dass ich gewisse Handlungen vollziehen musste, um dorthin zu gelangen, wo ich hinwollte. Handeln. Das entspricht meinem Naturell: Ich handle. *Ich* habe die Kontrolle. Niemand sonst. Niemand tut etwas für einen. Nur man selbst.

Wie also gelangt eine junge Frau aus den Slums von Rio nach London? Wie wird ein Mädchen berühmt, das träumt, während es den Klängen von Gangs und armen Leuten lauscht?

Man setzt ein, was man hat.

Und ich erzähle jetzt mal, was ich hatte: einen Körper und ein Gesicht, für die Männer sterben würden. Das wusste ich schon, als ich noch ganz klein war. Ich bin immer beliebt gewesen, und Männer wollten mich schon immer haben. Alte Männer, junge Männer, Gangmitglieder, harte Kerle und Idioten. Wohin ich auch ging, folgten mir die Blicke von Männern. Auch von Frauen. Sie dachten sich dabei: *Ich will aussehen wie sie.* Und die Kerle dachten sich dabei: *Ich will sie ficken*. Ich hätte dort bleiben können, hätte das Mädchen eines Ganganführers werden und vielleicht eine Favela mit kontrollieren können. Aber meine Träume waren größer. So groß wie ein gewaltiger Stern, der sein gleißendes Licht durch die gesamte Galaxie entsendet.

Der Strand der Copacabana strotzte vor hübschen jungen Frauen, trotzdem folgten alle Blicke mir.

Ich lebte damals oben in den Hügeln, weit vom Meer entfernt. Der Strand war mein Zielgebiet. Ich wusste, dass sich dort die wohlhabenden Leute herumtrieben, in den großen Hotels übernachteten, in den teuren Restaurants aßen und mit ihren American-Express-Karten Geld ausgaben. Touristen, Menschen, die herkamen, große Summen verzockten und anschließend wieder abreisten.

Die meisten Bewohner aus der Favela gingen nie an den Strand. Sie fürchteten sich davor. Sie fanden, er sei nicht für sie bestimmt. Ich nicht. Ich ging jeden Tag hin. Suchend, mich zur Schau stellend, wartend.

Entweder lief ich zu Fuß, oder ich nahm den Bus. Es war ein ziemlich weiter Weg. Dabei ließ ich immer den Kopf gesenkt, um nicht gesehen zu werden. Mädchen wie ich wurden regelmäßig aufgegabelt und verschwanden dann spurlos.

Erst, wenn ich den Strand erreichte, hob ich den Kopf und zog meine Bluse und meine Jeans aus. Erst dann war es an der Zeit, gesehen zu werden, wahrgenommen zu werden.

Ich wollte, dass mich ein reicher Kerl entdeckte, und ich wusste, es würde geschehen. Ich hatte mir sämtliche Mädchen am Strand angesehen und wusste, ich war die Beste. Ich bin keineswegs eingebildet oder so. Man merkt es einfach daran, wie viele Leute einen anstarren, einen mit Blicken verfolgen. Immer wieder beobachtete ich die anderen jungen Frauen. Sie waren hübsch, einige sogar richtig umwerfend, trotzdem war ich der Star unter ihnen.

Der Strand war lang und überlaufen, *richtig* überlaufen, deshalb trieb ich mich für gewöhnlich in der Nähe der Fünf-Sterne-Hotels herum. Die boten alle spezielle Bereiche für ihre reichen Gäste, und ich stolzierte dort herum, als gehörte mir die Gegend.

Es funktionierte. Das wusste ich schon im Voraus. Denn ich war wunderschön. In einer Welt des Ruins und Verfalls, einer Welt des Blutes, einer Welt, in der es keine Hoffnung gab, besaß ich eine Waffe, die mir helfen würde, zu überleben und meinen Traum zu verwirklichen. Meine Schönheit. Das war meine Waffe.

»He, du.«

So sprach er mich an. Tja, das bekam ich ständig zu hören, jeden Tag. *He, du, komm doch mal hier rüber. He, du, willst du ficken? He, du.* Billige Worte, die einen nicht weiterbrachten. Ich brauchte ein »He, du« von einem Kerl mit Geld und einem tiefen Verlangen, einem Kerl, der mit »He, du« einen wesentlich längeren Zeitraum als einen Nachmittag an der Copacabana meinte.

Diesmal kam das »He, du« von einem Mann, der sich am

Swimmingpool des Sofitel fläzte. Einem alten Kerl, dem graue Haare wie Rasierklingen gleichermaßen von Brust und Rücken abstanden, erstere bronzebraun eingeölt. Ein Lächeln gebleichter Zähne, die schwarzen, langen Haare mit Gel zurückgeklatscht und zu einem Pferdeschwanz zusammengebunden. Er lud mich ein, mich zu ihm zu setzen, und bot mir einen Drink an; später fragte er, ob ich mit ihm essen wolle.

Er würde sich in mich verlieben. Daraus würde mehr als bloß ein Fick werden.

Und so kam es auch. Er verliebte sich in mich. Na ja, eigentlich nicht wirklich. Seine *Lust* verliebte sich in meinen *Körper*. Was genau dem entsprach, was ich wollte. Er besaß eine schwarze American-Express-Karte und einen Reisepass.

Ich besaß große, volle Brüste. Einen schlanken, braunen Körper. Goldene Haare und ein herzliches Lächeln voller Liebe, Lust, Sex und Verlockung. Er hieß Arrivederci, was auf Italienisch »Lebewohl« bedeutet, nur würde er nirgendwohin gehen. Nicht ohne mich.

Worin besteht die Kunst der Verführung? Ich will es mal verraten. Es geht darum, zu lächeln und die Beine breit zu machen. Es geht darum, ihm den Rücken zu kraulen und jeden Morgen, wenn er aufwacht, seinen Schwanz zu lutschen. Es geht darum, dabei von anderen Dingen zu träumen. Und zu lächeln, während man es tut. Es geht darum, zu lügen. Zu täuschen. Sich vom eigenen Körper zu lösen. Sollen seine feuchten Hände ruhig den Busen kneten. Einfach seufzen und stöhnen. Sollen seine rauen Finger ruhig in der Vagina herumfuhrwerken. Einfach seufzen und stöhnen. Soll sein stoppeliges Gesicht ruhig kratzen, während er einem die Zunge in den Mund steckt. Einfach seufzen und stöhnen. Seufzen und stöhnen, als käme es von Herzen. Schwierigkeiten dabei, sich das vorzustellen? Das übersteht man so: Man tut einfach so, als wäre er Johnny Depp.

Ich seufzte und stöhnte für meinen Arrivederci wie eine gute, großzügige Geliebte. So sorgte ich dafür, dass er mich nicht nur wollte, sondern *brauchte*. Darin war ich ziemlich gut. Am Nachmittag unserer ersten Begegnung nahm er mich vom Strand mit und rammelte mich in seinem Hotelzimmer mit Blick auf den Strand wie ein wilder Stier. Er öffnete sogar die Balkontüren, und ich konnte dem Geräusch der Wellen lauschen. Arrivederci konnte nicht genug von mir bekommen, was gut war, denn ich wollte in jener Nacht nicht in den Slum zurückkehren. Ich wollte in seinem Bett mit den weißen Laken schlafen, das Geräusch der Brandung hören und die Härte seines Körpers spüren.

Arrivederci besaß einen EU-Reisepass. Er stammte aus Neapel. Und er war ein Gangster. Ich stellte mir vor, dass die Gangster in Neapel charmant waren, ganz anders als die Gangster der Straßen, Strände und Slums von Rio. Die waren bloß schießwütige Jungs auf Koks.

Manchmal setzte Arrivederci eine so dunkle Sonnenbrille auf, dass ich seine Augen nicht mehr sehen konnte, und verabschiedete sich zu »Meetings«. Mich ließ er dann nackt in seinem Zimmer mit Blick auf den Strand zurück. Bei solchen Gelegenheiten fasste ich in den Nachttisch, holte seinen Reisepass hervor, blätterte die Seiten durch und malte mir aus, dass ich eines Tages – bald – auch einen Reisepass besitzen würde.

Tja, was soll ich sagen? So kam es auch. Ich erhielt einen Reisepass und ein einfaches Ticket nach Neapel.

Italien. Teil der Europäischen Union. Ich wusste alles darüber. Ist man erst drin, kann man ohne Visum Grenzen überqueren. Ist man erst in Neapel, könnte man ebenso gut in London sein.

Zum letzten Mal blies ich Arrivederci den Schwanz in einem schäbigen, dreckigen Zimmer mit Blick auf die Bucht von Neapel. Nachdem er gekommen war, schlief er ein. Mittlerweile kannte ich seine Routinen. Er schlief also, und ich rannte davon, den Reisepass in der hinteren Tasche meiner Jeans, zehntausend Euro in der vorderen. Ich stieg in einen Bus, einen Bus, den zu erwischen ich mich freute. Dann lehnte ich mich zurück und beobachtete, wie ich erst durch Italien, dann durch Frankreich und schließlich durch einen langen Tunnel reiste. Nach London.

Mit zehntausend Euro kommt man ziemlich weit. Zehntausend Euro entsprechen zehntausendzweihundertsechsundneunzig amerikanischen Dollars. Oder achttausendzweihundertdreiundneunzig britischen Pfund. Zehntausend Euro sind einundachtzigtausendsechshundertneunundneunzig chinesische Yuan. Und für mich bedeuteten sie: Aufnahme an einer Modeschule, warme Kleidung, Zahlung einer Kaution für eine kleine Wohnung in Earls Court sowie eine Monatsmiete im Voraus und sechs Monate Englischunterricht. Aber ich wusste, das Geld würde nicht ewig reichen. Deshalb musste ich mir einen Job bei *Sainsbury's* besorgen. Das ist eine Supermarktkette. Starlight, die Kassiererin. Klingt irgendwie nicht richtig, oder? Starlight, die angehende Modedesignerin, die Frau, nach der sich alle Köpfe an der Copacabana umdrehten, als Kassiererin in einem Supermarkt, wo sie von dämlichen Kunden angestarrt und lüstern vom Marktleiter angeglotzt wird, der noch kaum aus dem Teenageralter raus ist und Pickel im Gesicht hat.

Ich hielt zwei Schichten durch, danach trat ich einen neuen

Job als Callgirl an. Ich stellte Fotos von meinem wunderschönen nackten Körper ins Internet und besorgte mir ein anderes Telefon, das ausschließlich dem Zweck diente, diskrete Leistungen für männliche Kunden in deren Londoner Hotels mit drei Sternen oder mehr zu erbringen.

Arrivederci war ein klobiger Liebhaber gewesen. Das hatte mich nicht gestört. Er war ein linkischer Liebhaber gewesen. Auch das hatte mich nicht gestört. Um bei der Wahrheit zu bleiben, hatte ich eigentlich nie eine andere Art von Liebhaber gehabt. Und würde ich wohl auch nie haben. Arrivederci aß mit Vorliebe Kalamata-Oliven, die er in grobkörnigen Senf tunkte. Beim Küssen hatte sein Atem danach gestunken. Wenn er gelächelt hatte, musste ich auf die winzigen, zwischen seinen Zähnen verkeilten Senfkörner starren. Am liebsten hätte ich sie dann herausgepult, was ich jedoch nie getan habe. Ich konnte mich zwar dazu überwinden, ihm einen zu blasen, aber ihn herauszuputzen – nein. Als ich ihn in seiner schäbigen kleinen Wohnung mit Blick auf die Bucht von Neapel zurückließ, schwor ich mir, dass ich nie wieder eine Olive essen oder Senf auf mein Essen schmieren würde.

Ich hatte mein Leben von Grund auf geändert. Es war beängstigend, und um ehrlich zu sein, hatte ich manchmal nicht mehr damit gerechnet, dass es möglich sein würde. Viele Male wollte ich mich zu Hause in der Favela in meinem Bett in eine Decke wickeln und so tun, als wäre mein verheerendes Leben toll und bedürfe keiner Veränderung. Aber man stelle sich vor, ich wäre dort geblieben. Wäre ich inzwischen tot? Vermutlich. Wäre ich mit einem weiteren Kind von einem weiteren namenlosen Stecher einer weiteren Nacht schwanger, die ich nur durch Alkohol, Drogen und Sex überleben konnte? Höchstwahrscheinlich. Wäre ich hier, im siebzigsten

Stockwerk eines der höchsten Gebäude der Welt, und würde ich dieses erstaunliche Leben führen? Nein.

Immer positiv denken. Das neue Leben umarmen, das einen erwartet, das alte aus dem Gedächtnis streichen. So bin ich hierhergelangt, und das sage ich den Mädchen auch immer. Manchmal erzähle ich ihnen meine Geschichte, zumindest Teile davon, als Beispiel dafür, warum Veränderungen so gut sind. Ich habe eine wirklich gute Verbindung zu den Mädchen. Ich verstehe sie und weiß, was sie durchmachen. Wenn sie mir zum ersten Mal begegnen, halten sie mich für ein Monster, aber nachdem wir ein wenig Zeit miteinander verbracht haben, erkennen sie, dass ich in Wirklichkeit gar nicht so übel bin.

Was denkt Darian wohl von mir? Ich schätze, das werden wir noch herausfinden. Ich bin mir nicht so sicher, ob ich ihn kontrollieren kann. Vielleicht aber doch. Und falls nicht, wäre es das erste Mal.

21

Officer tot

Eine vermisste Person zu finden ist mühsam, und eine Erfolgsgarantie gibt es nicht. Etliche Stunden gehen dabei ins Land, die letzten Bewegungen nachzuvollziehen, Zeugen zu befragen, eingehende und ausgehende Anrufe zu überprüfen. Genau diese Art von Sorgfalt brauchte ich in Idas Fall. Ich brauchte eine Mannschaft. Mitten an der Gold Coast war ich zwar auf mich allein gestellt, aber ich hatte Kontakte – oder wenigstens *einen* Kontakt. Ich musste jemanden an Bord holen, der bereit sein würde, mitzuhelfen. Vom Auto aus rief ich Blond Richard an und fragte ihn, ob er hungrig sei. Ich sagte ihm, dass ich ihn zum Essen einladen wolle. Bei einer gepflegten Mahlzeit bringt man jemanden immer am leichtesten dazu, einer Sache zuzustimmen.

»Der älteste Laden an der Gold Coast?«, fragte er nach. »Scheiße, Mann, kannst du mir nicht ausnahmsweise mal ’ne einfache Frage stellen?«

»Es muss doch irgendein altes Burger-Lokal oder etwas am Strand geben, das schon seit den Fünfzigerjahren da ist«, meinte ich, während ich fuhr.

»Ne, ist alles abgerissen worden. Außer den Häusern. Alte Häuser gibt’s massenhaft.«

Ich esse gern in alten Lokalen – Lokalen, die etabliert sind, die es schon ewig gibt. Mir gefällt die Vorstellung, dass die Küche seit Generationen in der Hand einer Familie ist, dass die Gerichte, die ich esse, seit über fünfzig Jahren auf demselben Herd gekocht werden. Außerdem mag ich den Geruch und das Flair alter Restaurants. Betritt man den Waiters Club in Melbourne, spürt man auf Anhieb, dass schon ewig Menschen über dieselben Stufen steigen – das Lokal besteht seit 1947. Ich war am Verhungern, hatte seit zwanzig Stunden nichts mehr gegessen, es war spät, und ich brauchte ein paar zusätzliche Muskeln an dem Fall; Isosceles war bereit für die Überwachung von Starlights Telefonleitungen, von Estefans Haus und von Idas Apartment – um zu überprüfen, ob irgendwelche Leute kamen und gingen oder ob irgendeine Form von Telekommunikation stattfand. Estefans und Idas Wohnungen schienen zwar mausetot zu sein, aber es lohnt sich immer, gründlich zu sein. Starlights Zuhause hingegen würde sich als Offenbarung erweisen, davon war ich überzeugt.

»Was ist mit dem Thai-Restaurant da?«, schlug Maria vor, als wir an einem Thai-Restaurant vorbeifuhren.

»Was ist mit dem indischen Lokal? Sieht gut aus«, fand sie, als wir an einem indischen Lokal vorbeifuhren.

»Heilige Scheiße, Bruder, weißt du, was das älteste Restaurant an der Gold Coast ist? Dracula's. Ist einer dieser verrückten Läden, wo man gleichzeitig 'ne Show geboten bekommt.«

Daran war ich bereits vorbeigekommen. Es handelte sich um die Nachbildung eines transsilvanischen Schlosses neben dem Kasino. Meiner Ansicht nach ziemlich bezeichnend für die Gold Coast.

»Was ist mit dem Thai-Restaurant? Das sieht besser aus als das andere, an dem wir gerade vorbeigekommen sind«, meldete sich Maria zu Wort. Ich fuhr weiter. Es sah aus wie ein Freizeitpark mit Lichterketten und Wasserfällen.

»He, jetzt hab ich's, Mann. Wir treffen uns unten im Spit, ganz am Ende der Straße, wo's nicht mehr weitergeht, wenn man nicht gerade ins Meer fahren will.«

»Was ist das Spit?«, hakte ich nach.

»Liegt hinter Sea World, kannst du gar nicht verfehlen«, gab Blond Richard zurück.

»Ich sage dir den Weg an. Ich weiß, wo es ist«, bot Maria an, die vielleicht schlechteste Navigatorin der modernen Geschichte. Ich wusste ohnehin ungefähr, wohin ich musste; Sea World hatte ich passiert, als ich mich an jenem Morgen auf dem Weg zum Naturschutzgebiet von Coombabah hoffnungslos verirrt hatte.

Es endete damit, dass wir uns Pizza zum Mitnehmen kauften, die wir auf den zwei Einzelbetten im Motel sitzend aßen.

—

»Bist du Caseys Alte?«, fragte Blond Richard, als er durch die Tür unseres Motelzimmers hereinkam, in dem es vor Landkarten, Notizen und Fotos strotzte wie in einer Einsatzzentrale.

Maria reagierte sichtlich verärgert. Angesichts ihres Alters glaube ich kaum, dass sie je zuvor als Caseys oder sonst jemandes »Alte« bezeichnet worden ist.

»Du kennst ihn?«, fragte sie und griff nach der Pizza Napoletana.

»Jeder kennt Casey. Und die heißesten Feger hat er auch schon immer gehabt«, fügte er hinzu, bevor er sich ein Stück Pizza Hawaii vom Tablett auf meinem Bett schnappte.

»Aber«, fuhr er fort und stopfte sich die Pizza in den Mund, »du musst die absolut heißeste Schnitte sein, bei der er je gelandet ist. Erinnere mich daran, ihn anzurufen und zu beglückwünschen. Wie lange bist du schon Bulle?«, erkundigte er sich, während er sich zwei weitere Stücke nahm. Mich beschlich das Gefühl, dass drei große Pizzas vielleicht nicht reichen würden. Wenngleich ich kein großer Esser bin, schienen Wonder Woman und Blond Richard einen schier endlosen Appetit zu besitzen.

Maria erwiderte nichts. Stattdessen musterte sie Blond Richard von oben bis unten. Daran war er gewöhnt.

Als Kind war Blond Richard kein ausgeprägter Bücherwurm gewesen, allerdings hatte er einen Roman von Ray Bradbury namens *Der illustrierte Mann* gelesen. Darin geht es um einen Mann, der vollkommen von Tätowierungen übersät ist, von denen jede eine andere Geschichte erzählt, die zum Leben erwacht. Blond Richard hatte kein besonderes Leben, bevor er als der Messertänzer bekannt wurde; er war gelangweilt, frustriert, schüchtern und sozial unbeholfen. Und ungeachtet all dessen war er zornig. Also bedeckte er wie die Figur in dem Buch von Ray Bradbury seinen gesamten Körper mit Tätowierungen, jede davon eine Parabel aus dem einzigen anderen Buch, das er je gelesen hatte, Sunzis *Die Kunst des Krieges*.

Mittlerweile war es nach Mitternacht. Der Partylärm rings um uns hatte sich allerdings höchstens verstärkt. Der Bungee-Sprungturm hatte längst geschlossen, doch das Gebrüll von den Straßen draußen und das Getöse der Musik aus jedem der Zimmer des mehrgeschossigen Motels hallte lauter als je zuvor durch die Nacht. Trotzdem ließen wir die Balkontüren offen, um zu verhindern, dass es unerträglich stickig im Zimmer wurde. Draußen herrschte windstille Schwüle. Überall um uns herum ertönten Sirenen. Polizei und Krankenwagen.

Nah und in weiter Ferne, unterwegs in alle Richtungen. Ich habe weder tagsüber noch nachts je so viele Polizeisirenen gehört, außer, als ich mal in New York war.

—

»Ich brauche Hilfe«, gestand ich.

»Soll ich jemanden abstechen?«, bot Blond Richard beflissen an. Ich schenkte es mir, Marias Reaktion darauf zu überprüfen.

»Nein. Danke.« Ich reichte ihm drei Zettel. Darauf standen sämtliche Namen, Telefonnummern und Adressen von Idas Handy und ihrer Facebook-Seite sowie dieselben Informationen von Estefans Telefon und Facebook-Seite. Außerdem zeigte ich ihm die Liste der Namen, die ich in Idas Wohnung unter ihrem Laptop versteckt gefunden hatte.

»Das ist 'ne verflucht lange Liste, Darian«, merkte Blond Richard an.

»Deshalb haben wir dich gebeten, herzukommen«, warf Maria ein und nahm sich das letzte Stück der Pizza Hawaii.

»Soll ich diese Leute alle anrufen? Und dann was? Sie fragen, wann sie diese verschwundene Schnecke zuletzt gesehen haben?«

»Nein«, sagte ich zu ihm. »Ich möchte, dass du sie besuchst und von Angesicht zu Angesicht fragst.«

Blond Richard verspeiste zwei weitere Pizzastücke, ohne etwas zu erwidern, blickte die Liste nur auf und ab, als dächte er insgeheim darüber nach, welche alten Platten er für seine Sammlung kaufen sollte.

»Isosceles geht gerade die Facebook-Seiten und SMS der Personen durch, die Ida am nächsten zu stehen scheinen, aber lass mich dir eines sagen: zu neunundneunzig Prozent wird ein Fall wie dieser ausschließlich durch etwas gelöst, das einem jemand erzählt.«

»Das ist 'ne verflucht lange Liste, Darian. Und Kumpel, die Leute da verteilen sich über die ganze verdammte Gold Coast, von einem Ende zum anderen und sogar hinaus ins verfickte Hinterland. Ich schätze, da werd' ich Hilfe für brauchen.«

»Keine Biker«, schloss ich sofort aus. Zwei Gangs beherrschten die Gold Coast: die Bandidos und die Finks. Sie betrieben sämtliche Nachtklubs, alle Tätowierstudios und auch einige andere Geschäfte. In letzter Zeit kamen sie in der Presse eher schlecht weg. Eigentlich sogar *sehr* schlecht, zumal sie dazu übergegangen waren, an öffentlichen Orten wie beispielsweise in Einkaufszentren aufeinander zu schießen. Die Bandidos und die Finks hatten nebeneinander mit einer klaren Grenzlinie existiert, die durch Broadbeach verlief. Jede Gruppe verteidigte ihr Revier auf der jeweiligen Seite der »entmilitarisierten Zone«. Blond Richard trieb sich immer noch lose in den Kreisen dieser Typen herum, obwohl er kein aktives Mitglied des organisierten Verbrechens mehr verkörperte – hoffte ich zumindest.

»Ja«, räumte er ein, »die fallen gern auf.«

»Die Sache hier muss total unter dem Radar bleiben.«

»In Ordnung«, sagte er. »Oh Mann, Kumpel, ist nicht mehr wie in den alten Zeiten, als du der König im siebten Stock warst und all diese Mannschaften nach deiner Pfeife getanzt haben.« Er wandte sich an Maria. »He, wie ist die Telefonnummer von deinem Alten?«, fragte er, als er sein Handy hervorholte.

»Er ist nicht mein ›Alter‹, und er hat ein Geschäft zu führen«, gab sie zurück, als ihr eigenes Handy klingelte.

»Hallo?«, meldete sie sich. Und dann brach der Tornado über uns herein.

—

Ein ermordeter Cop entlockt der Polizei dieselbe Art von Reaktion wie ein ermordeter Präsident dem Volk von Amerika. Alles erstarrt in einem Moment der Fassungslosigkeit und Ungläubigkeit. Danach, sobald das nachlässt, ist nichts mehr wichtiger, als den Polizistenmörder zu fassen. Und jeder, der etwas weiß, das hilfreich dabei sein könnte, den Täter zu schnappen, wird zu einer Zielperson mit höchster Priorität, die es ins Revier zu holen und auszuquetschen gilt, um an Informationen zu gelangen.

In diesem Fall war das ich.

22

Die Tanzkarte

Sie hatte mit Albträumen gerechnet, doch die waren ausgeblieben. Das bereitete ihr mehr Kopfzerbrechen als alles andere. Wie kann man einen Menschen töten und nicht davon heimgesucht werden? Maria hatte Winston Promise erschossen, als er vor ihr flüchten wollte. Dabei hatte sie sich geschworen, falls und wenn sie Promise fanden, dafür zu sorgen, dass er lebend verhaftet würde. Wie so ziemlich jeder im Polizeirevier von Noosa Hill hatte auch Maria gewusst, dass sich um Darian die Gerüchte rankten, er hätte über ein Dutzend Menschen hingerichtet, sowohl Cops als auch Verbrecher. Daher wusste sie, dass Darian den Serienmörder, der Noosa in Angst und Schrecken versetzt hatte, töten wollen würde, und sie war fest entschlossen gewesen, zu verhindern, dass er es täte.

Er hatte es auch nicht getan. Sondern sie.

Hatte sie eine Wahl gehabt? Die Szene spielte sich in ihrem Kopf immer wieder ab wie ein YouTube-Video im Wiederholungsmodus einer Wiedergabeliste, jener letzte Moment, als sich Promise losriss und in den dunklen Wald lospreschte, voll von schmalen Nebenarmen und Bächen, die vor ihm lagen. »Halt!«, hatte sie gerufen, als sie gesehen hatte, wie er rannte.

»Schieß«, hatte Darian sie aufgefordert.

Und das hatte sie getan. Die rote Explosion aus seinem

Rücken, das Blut, das wie hundert Bänder aus einer Piñata anmutete, quälte sie jede Nacht in Zeitlupe ohne Ton. Aber Promise selbst kam nie zu ihr, wenn sie schlief. Er suchte sie nie heim wie die Mordopfer, von denen Darian gesprochen hatte, wie die sechs toten Mädchen, die sich Promise geholt hatte. Er hatte damals angefangen, sich auch in ihre Träume einzuschleichen ... bis sie ihn erschossen hatte. Danach hatte sie erschöpft geschlafen, während Darian ihn in einem feuchten, anderthalb Meter tiefen Loch verscharrt hatte.

Wie kann man einen Menschen töten und nicht im Schlaf davon heimgesucht werden? Auch wenn der Mensch ein Monster verkörpert hatte. Wie, so fragte sie sich, als sie um ein Uhr morgens blindlings unter den Scharen der Teenager in der Karnevalsatmosphäre der Schoolies-Wochen durch die Straßen von Surfers Paradise lief, hatte sie sich dazu manipulieren lassen können, den Abzug zu drücken, obwohl sie fest entschlossen gewesen war, genau das nicht zu tun?

Maria hatte mit niemandem darüber geredet, aber eine Woche danach hatte ihr ausgerechnet Isosceles eine unverhoffte E-Mail über Charles Darwin geschickt. In einem völlig unbekannten Teil von Darwins Schriften, den nur Streber wie Isosceles je lesen würden, schilderte der bedeutende Mann sein Erlebnis beim Besuch des Londoner Zoos, um sich eine Puffotter anzusehen. Darwin wusste, dass er sie hinter einer dicken Glasscheibe betrachten würde, und bereitete sich geistig darauf vor, keinerlei Emotionen zu zeigen, wobei vor allem mit Angst zu rechnen war. Aber als ihm die Puffotter entgegensprang, zuckte Darwin dennoch verängstigt zurück. Später schrieb er darüber: »Mein Wille und meine Vernunft waren machtlos.«

Isosceles ergänzte den Abschnitt um keinen Kommentar,

doch es schien offensichtlich zu sein, was er damit aussagen wollte: Konfrontiert mit der Realität eines flüchtenden Mörders waren Marias Wille und Vernunft so machtlos gewesen wie jene Darwins. Maria hatte getan, wovor ihr bis zu jenem Moment gegraut hatte: Sie hatte einen Mann erschossen.

Vermutlich hatte Isosceles' Absicht darin bestanden, sie zu trösten, sie wissen zu lassen, dass sich unsere Urinstinkte unserer bewussten Kontrolle entziehen. Oder, mit anderen Worten: Sie hatte nicht anders gekonnt. *Warum sich also den Kopf darüber zerbrechen?* Wahrscheinlich sollte das seine Botschaft sein. Falls dem so war, hatte es nicht funktioniert – im Gegenteil, Maria hatte sich nur noch schlechter gefühlt. Wenn in ihr ein Urinstinkt schlummerte, der bewirken konnte, dass sie mordete, wer war sie dann?

Jedenfalls nicht der Mensch, der sie gedacht hatte. Vielleicht mehr wie Darian Richards, ein Einzelgänger mit einem Heldenkomplex, der die Regeln brach und tat, was immer er musste, um zu bekommen, was immer er wollte?

Ordnung verlieh ihrem Leben einen Sinn – jeden Morgen schlüpfte sie in eine Uniform und trat den Dienst als Gesetzeshüterin an. Maria war ehrgeizig. Sie wollte sich durch die Ränge hocharbeiten und Ermittlungsleiterin werden. Aber in Momenten wie diesem, fernab von zu Hause, gefangen im Chaos rund um ihren engen Freund Johnston, der ermordet aufgefunden worden war – *ihretwegen* ermordet –, schien sich all das in Luft aufzulösen. Nach dem Anruf hatte sie hinausgemusst. Sie hatte Darian und Blond Richard zurückgelassen und war losgezogen, um durch die Straßen zu gehen, allein zu sein.

»Es ist nicht deine Schuld«, hatte Chris gesagt, Johnstons Partner. Es war unaufgefordert von ihm gekommen. Was bedeutete, dass es ihm durch den Kopf gegangen sein musste. Was ferner bedeutete, dass er es sehr wohl für ihre Schuld hielt. Sie selbst hielt es für ihre Schuld, sie *wusste* sogar, dass es ihre Schuld war.

Wenn ich nicht gewesen wäre …, ging ihr unablässig durch den Kopf. *Wenn ich ihn nicht angerufen hätte, ihn nicht gebeten hätte, etwas zu überprüfen, das höchstwahrscheinlich nur ein harmloses Verschwinden einer jungen Frau war, eine kleine Gefälligkeit für einen Kollegen aus der Gegend, einen Freund … Wenn ich nicht zum Telefon gegriffen hätte, würde er jetzt zu Hause bei seiner Frau und seinem Kind sitzen.*

Sie hatte ihn auf dem Gewissen – davon war Maria überzeugt. Es hatte keinen Sinn, Darian die Schuld in die Schuhe zu schieben. Die Schuld lag allein bei ihr. Sie hatte es getan. Zuerst der Mörder Promise, jetzt der Polizist, ihr Freund Johnston. Wer genau war sie eigentlich?

—

Man hatte Johnston in einem Graben am Rand des Lake Serenity gefunden. Der See lag auf der anderen Seite des Nationalparks von Coombabah, ziemlich nah der Stelle, wo sich das Meer mit all seinen Zuflüssen und kleinen Inseln ans Festland drängte. Der Lake Serenity gehörte zu den Gegenden, wo man moderne, kostspielige Wohnanlagen errichtete. Ein alter Bursche, der wenige Straßen entfernt wohnte, war durch die Sümpfe gewatet, um nachts zu fischen, als er plötzlich gestolpert war. Zuerst hatte er gedacht, es handle sich um einen Holzklotz, aber als er in der Dunkelheit hinabgegriffen hatte, um ihn beiseitezuschieben und nicht noch einmal darüber zu stolpern, war ihm aufgefallen, dass sich das Hindernis weich und fleischig anfühlte.

Die Stelle lag nur zwei Kilometer von dort entfernt, wo Darian am Morgen des Vortags die toten Mädchen entdeckt hatte.

—

Maria hatte gewusst, dass Darian nicht auf sie warten würde. Noch bevor sie in seine Einfahrt gebogen und gesehen hatte, dass im Haus keine Lichter brannten. Noch bevor sie an die Tür geklopft und auf seinem Balkon gestanden hatte, wo die Geräusche des nahen Flusses und der Brandung von hinter der kleinen Insel auf der anderen Seite des Flusses zu ihr gedrungen waren, während sie gewartet hatte. Noch bevor sie durch ein Fenster in seine Garage geklettert war und festgestellt hatte, dass eines seiner Autos fehlte. Schon vor all dem hatte sie es gewusst. Er war ohne sie zur Gold Coast aufgebrochen. Bestimmt lag es daran, dass er es vorzog, allein zu arbeiten, redete sie sich ein. Doch tief in ihrem Herzen wurde sie das Gefühl nicht los, wieder mal das Mauerblümchen zu sein, das als letzter Name auf der Tanzkarte auftauchte. Das Mädchen, das keinen Begleiter für den Abschlussball an der Schule finden konnte, das einzige Mädchen in der Klasse, das noch keinen Freund hatte, das Mädchen, das bei Einladungen zu Partys regelmäßig übersehen wurde, das Mädchen, das immer außen vor blieb.

Auch bei der Arbeit lief es nach demselben Muster. Ewig stand sie am Rand und konnte nur beobachten, wie sich die anderen um einen Schreibtisch drängten, Witze rissen und sich über Erlebnisse im Dienst austauschten. Ihr Leben zu Hause mit Casey, ihrem Geliebten, war toll, aber Maria sehnte sich nach mehr. Sie wusste, dass sie attraktiv war, obwohl sie es nie zugeben würde und sich trotzdem unentwegt den

Kopf über ihre Figur, ihr Haar, ihren Teint, ihre Zähne und im Grunde genommen über alles zerbrach. Darum ging es nicht. Es ging um Respekt und darum, von mehr als nur einem Mann gewollt zu werden.

Vielleicht war es selbstsüchtig, eitel, ein hochmütiges Verlangen. Es spielte keine Rolle; sie fühlte sich immer wie diejenige, die man links liegen ließ. Außer bei Casey, ihrem Wirbelwind von einem Lover, der sie wie eine Göttin umgarnte, hatte sie sich nur einmal gewollt und begehrt gefühlt. Für kurze Zeit. Damals an der Polizeiakademie in Melbourne, wo sie zusammen mit all den Anfängern des Jahrgangs die Grundlagen erlernt hatte. Ein junger Bursche dort hielt sie für faszinierend, klug, begabt und zudem wunderschön. Er zeigte sich geradezu überwältigt von ihrer Intelligenz und der Mühelosigkeit, mit der sie die Prüfungen bestand. Wenn sie ihn ihr Haar streicheln ließ, während sie beisammenlagen, meinte er zu ihr, sie würde es weit bringen, bis ganz nach oben, und sie könne bei der Polizei werden, was immer sie wollte. Sein Name war Johnston Connelly.

Sehnte sie sich nach Buße, weil sie für den Tod von nicht nur einem Mann, sondern gleich zwei Männern verantwortlich zeichnete? Maria wusste es nicht, und als sie ziellos durch die schmalen Straßen wanderte, ohne auf die Musik und das Gedränge der Leute zu achten, interessierte es sie auch nicht. Sie würde die Person finden, die ihren Kollegen abgeschlachtet, ihm die Kehle von einem Ohr zum anderen aufgeschlitzt und seinen Kopf zurückgeklappt hatte wie den einer Marionette. Diesmal würde sie dafür sorgen, dass der Gerechtigkeit Genüge getan wurde. Gerechtigkeit auf ihre Weise, auf die richtige Weise, wie sie das Gesetz vorsah.

Nicht auf Darians Weise.

Diesmal würde sie klüger sein. Immerhin hatte sie von Darian gelernt. Diesmal wusste sie schon von Anfang an, dass sie es langsam angehen und sich durch die Umstände vorarbeiten musste, um zum Endpunkt zu gelangen. Sie würde bereit für ihn sein.

Ihr Telefon klingelte. Es war Darian.

»Wo bist du?«, fragte er.

»Unterwegs. Spazieren.«

»Komm zurück«, forderte er sie auf. »Den Luxus, Zeit mit Reue zu verbringen, können wir uns nicht leisten.«

Ohne eine Erwiderung legte Maria auf. Nach einigen Augenblicken, während denen heißer Zorn durch sie brandete, machte sie kehrt und steuerte zurück zum Motel.

23

Showtime

Es gibt viel sensationshaschende Presse über Zwangsprostitution und die Entführung armer, unschuldiger Mädchen von den Straßen, die dann in Ketten gelegt und mit Heroin oder Schlimmerem vollgepumpt werden, damit sie sich in willenlose Zombies verwandeln, bevor sie an fette, reiche Europäer oder indische Milliardäre verschachert werden. Das ist alles so klischeeüberfrachtet. Ich meine, klar, bei einigen läuft es wahrscheinlich schon so ab, aber für die meisten von uns, die mit dem Typ von Mädchen handeln, die wir verkaufen, ist es im Grunde genommen ein ziemlich gewöhnliches Geschäft. Natürlich muss ich die Mädchen sichern, damit sie nicht wegrennen, aber ich bin wirklich nett und freundlich zu ihnen. Ich kümmere mich um sie, als wären sie meine Schwestern. Ich sage ihnen, dass man sie dort, wo sie hinkommen werden, wie Prinzessinnen behandeln wird. Sie glauben mir nicht, jedenfalls nicht alle, aber es stimmt. Bei meiner Arbeitsweise erhalte ich gerne Rückmeldungen über meine Mädchen und weiß daher, wie es ihnen ergeht. Hinzu kommt, dass ich ziemlich wählerisch in der Frage bin, wer die Mädchen bekommt. Habe ich mit einem Käufer vorher noch keine Geschäfte gemacht, vergewissere ich mich, dass er über die nötigen Mittel verfügt, um sich gut um sie zu kümmern. Man kann sie nicht einfach in ein beliebiges Haus verkaufen. Außerdem bin ich auch bei meiner Ware sehr wählerisch. Es ist wie bei jedem Lieferanten; wenn die Ware nicht beste Qualität aufweist, fällt das auf einen zurück. Was schlecht fürs Geschäft ist.

Nicht, dass es eine Rolle spielen würde, aber ich ziehe es vor, dass mich meine Mädchen mit einer positiven Einstellung verlassen. Ich will, dass sie sich geradezu auf ihr neues Zuhause freuen. Ich will, dass sie über die gute Seite nachdenken: Sie werden mit einem Mann zusammenleben, der sie so sehr vergöttert, dass er tatsächlich Geld für sie bezahlt hat. Ich meine, ist das zu fassen? Dass ein Kerl eine Menge Geld für einen bezahlt? Warum sollte ein solcher Mann sich nicht um einen kümmern und einen wie eine Prinzessin behandeln? Warum sollte man das nicht für den Rest seines Lebens wollen?

—

»Überleg dir mal die Alternative, Tina. Du heiratest jung, wahrscheinlich irgendeinen Loser, der dich vielleicht später mal betrügt, du bekommst ein Baby, verlierst deine gesamte Unabhängigkeit. Was ich dir biete, ist ein Geschenk. Eine Luxusfahrt durch den Rest deines Lebens.«

Tina hört mir nicht wirklich zu. Wie alle Mädchen kann sie es einfach nicht einsehen. Sie weint viel. Ich bin mit Pfannkuchen, die ich eigens für sie gebacken habe, in ihr Zimmer gekommen, Essen für die Seele, aber sie will nicht davon probieren.

»Bitte«, ist alles, was sie zwischen den Tränen hervorpresst.

Bitte lass mich laufen. Ja, ja, hab' ich alles schon gehört, Tina. Ehrlich, Schätzchen, komm drüber weg. Ich bin mit einem Friedensangebot hier und lege mich mächtig für den Versuch ins Zeug, dir zu helfen.

»Bitte«, jammert sie schon wieder.

Manchmal spüre ich, wie Wut in mir hochkocht, und dann würde ich die Mädchen am liebsten schlagen, aber ich tue es nie. Im vergangenen Jahr habe ich mich ein wenig mit Meditation beschäftigt, und ich kann diesen Drang kontrollieren. Tief einatmen, Starlight, und ganz langsam wieder ausatmen. Das beruhigt einen, ermöglicht es einem, sich zu konzentrieren.

Ist jetzt klar geworden, was ich mit all den klischeehaften Darstellungen von bösen Sklavenhändlern meine? So ist es einfach nicht wirklich, nicht im echten Leben.

»Pass auf, Tina, ich möchte wirklich, dass du darüber nachdenkst, was ich dir sage. Du bist ein wunderschönes Mädchen und hast eine strahlende Zukunft vor dir …«

»Bitte, lass mich einfach gehen. Ich will nach Hause.«

»Es mag nicht die Zukunft sein, die du geplant hast, aber glaub mir, sie wird sogar viel besser sein. Du wirst reich sein und mit Geschenken überhäuft werden.«

»Bitte, meine Eltern werden dich bezahlen. Sie zahlen dir, was immer du haben willst.«

Ich könnte ihren Text für sie schreiben. Das sagen mir alle Mädchen.

»Na schön. Pass auf, wir treffen eine Abmachung, ja?«

Da hört sie zu weinen auf. Sie setzt sich auf und sieht mich mit einer gewissen Erwartungshaltung an, als wäre ich endlich zur Besinnung gekommen. Sie denkt, dass sie vielleicht von hier wegkann.

»Wenn es dir nach einem oder vielleicht zwei Tagen nicht gefällt, dann kannst du nach Hause. Solange du niemandem etwas verrätst. Wenn du jemandem etwas erzählst, ist die Abmachung geplatzt. Wie hört sich das an?«

Sie nickt. Sie glaubt mir. Das tun sie immer. Sie klammern sich verbissen an selbst das kleinste Quäntchen Hoffnung. Ich liebe es, ihnen Hoffnung zu geben. Das ist ein entscheidender Faktor.

—

Am Anfang habe ich mir das nicht angetan. Da habe ich sie mit Xanax ruhiggestellt, sie den Kerlen vorgeführt und sie verkauft – sie waren dabei kaum bei Bewusstsein. Erst, wenn sie an ihrem Ziel eintrafen, wurde ihnen klar, dass sie verkauft worden waren, außer Landes oder in einen anderen Bundesstaat Australiens. Dann flippten sie aus und flehten ihre neuen Besitzer an, sie gehen zu lassen, bla, bla, bla.

Das ging so weit, dass die Männer bisweilen Schwierigkeiten mit ihnen hatten. Statt mit ihrem neuen Prinzesschen einfach spielen und es mit Geschenken überhäufen zu können, hatten sie es mit einem hoffnungslosen Fall zu tun. Ein paar jener Mädchen aus den frühen Tagen wurden umgebracht. Sie verursachten einfach zu viel Ärger. Das war meine Schuld. Ich nehme es auf meine Kappe. Damals hatte ich das Konzept noch nicht richtig durchdacht.

Nach einigen Beschwerden und Anfragen von Käufern, ob ich nicht irgendetwas tun könnte, um die Emotionsausbrüche bei der Ankunft zu vermeiden, beschloss ich daher, den gesamten Ablauf zu ändern.

Inzwischen sage ich ihnen von Anfang an, was Sache ist, genau wie eben bei Tina. Ich erkläre ihnen, dass sie ein neues Leben beginnen und in ein neues Zuhause kommen. Ich bin sogar so offen und ehrlich zu ihnen, dass ich ihnen verrate, wo sie landen werden. Tina beispielsweise habe ich mitgeteilt, dass sie künftig in Suva leben wird.

Natürlich hängt das ganz davon ab, ob der Käufer sie mag. Im Augenblick haben wir es mit einer verkorksten Situation zu tun, weil ein Mädchen, das bereits verkauft war, durch ein anderes ersetzt werden muss. Aber ich bin mir ziemlich sicher, dass ihm Tina gefallen wird. Und wenn nicht, ist das auch in Ordnung, weil ich trotzdem ein feines Zuhause für sie finden werde. Ich muss mich einfach darauf konzentrieren, die zwei toten Mädchen durch Tina und eine andere junge Frau zu ersetzen. Die andere hätte ich inzwischen längst, wenn mich diese Unterbrechung durch Darian nicht ein wenig aus dem Konzept gebracht hätte. Ich habe über ihn recherchiert. Er ist cool. Darian ist der ehemalige Bulle, der letztes Jahr wegen der Sache mit dem Serienmörder oben im Gebiet von Noosa in den Schlagzeilen war. Zum Glück hatte ich Tina ein paar Valium gegeben, um sie ins Reich der Träume zu schicken, bevor Darian und diese sexy Tusse angetrabt sind. Inzwischen ist Tina ausgeschlafen. Es waren nur ein paar Stunden, aber sie ist bei klarem Verstand, und die Tränen trocknen ein wenig, was gut ist, weil ich möchte, dass sie bei der Vorführung superheiß aussieht.

Hoffentlich benimmt sie sich vor ihrem neuen Besitzer anständig.

—

Tina dachte sich: *Was soll die Scheiße?*

Warum finde ich mich damit ab, dass mir eine Tussi sagt, was ich zu tun habe? Die hat schwer einen an der Waffel, und ich verpisse mich von hier.

Mittlerweile ließ die Wirkung des Beruhigungsmittels allmählich nach, und sie fing an, ihre Lage klarer zu begreifen.

Diese Irre von einer Frau will mich an irgendeinen Kerl in Fidschi verschachern? Das ist blanker Wahnsinn. Ich muss hier raus. Ich bin im Q1, um Himmels willen, nicht in irgendeinem Hochsicherheitsgefängnis. Ich kann die Geräusche vom Strand hören, den Lärm der Autos unten und manchmal sogar das schallende Lachen von jungen Leuten. Das ist echt so was von irre. Ich werde von irgendeiner Psychoschlampe gefangen gehalten. Nichts wie weg von hier.

Bereitwillig stieg sie aus dem Bett. Beobachtete, wie Starlight die Fesseln an ihren Hand- und Fußgelenken löste. Sie schmerzten ziemlich. Tina lauschte, wie Starlight sie aufforderte, ins Badezimmer zu gehen, zu duschen, sich abzutrocknen und sich anschließend den Körper mit Öl einzureiben.

Um dann nackt herauszukommen, »glänzend und wunderschön für deinen neuen Mann«. *Von wegen.* Der Anflug von Rebellion hatte als flüchtiger Gedanke begonnen, als waghalsiges Eingeständnis sich selbst gegenüber, dass es ihr vielleicht gelingen könnte, sich zur Wehr zu setzen. Als sie unter der Dusche stand und die Wärme des Wassers auf sich herabprasseln fühlte, wurde sie verwegener und verwegener. Als ob sie Befehle von irgendeiner dahergelaufenen *Chica* entgegennehmen würde, die höchstens ein, zwei Jahre älter als sie war. *Drauf geschissen.*

Tina war achtzehn Jahre alt und hatte ihr Zuhause, die Stadt Coffs Harbour an der Küste, bis vor zwei Tagen noch nie verlassen. Sie hatte in Coffs einen festen Freund, den sie heiraten wollte. Er hieß Aaron und hatte gerade eine Lehre bei einem Baumeister begonnen. Mit einundzwanzig wollte sie ihr erstes Kind haben. Alle hielten sie deswegen für verrückt und meinten, sie ließe sich das Leben entgehen, indem sie so jung heiratete und eine Familie gründete. Darauf erwiderte sie stets lächelnd: »Aber genau das will ich. Alles andere kann warten.« Sie war zwar nicht sicher, was »alles andere« sein sollte, aber die Floskel schien ihren Zweck zu erfüllen, wenn sie ihre Pläne ihren Freundinnen gegenüber rechtfertigte. Eigentlich hatte sie sich davor gefürchtet, für die Schoolies-Wochen an die Gold Coast zu reisen, gleichzeitig jedoch hatte sie es als unglaublich aufregend empfunden. Es bedeutete das Ende der Schule, es bedeutete eine Woche ohne ihre Eltern, eine Woche des Feierns mit den Mädels, Besuche in coolen Klubs statt in den schäbigen Kneipen zu Hause, Lachen und Tratschen über das Abschlussjahr und die Lehrer und darüber, wen sie am meisten hassten.

Mädelswoche auf Steroiden.

Ohne ihre Freundinnen hätte sie es nie gewagt. Sie waren alle zusammen in den Greyhound-Bus gestiegen und hatten die lange nächtliche Fahrt über die Autobahn angetreten. Es hatte sich als Riesenspaß erwiesen, der ein echtes Gefühl von Freiheit und Unbeschwertheit vermittelte. Sie hatte ihre besten Freundinnen dabei, und sie übernachteten alle in einem Motelapartment in Runaway Bay. Es würde die letzte Woche sein, die sie zusammen als Team verbrachten, als Clique, als Gruppe, die gemeinsam die Schule hinter sich gebracht hatte – bevor sie sich voneinander trennten und ihre jeweiligen Wege durch das Leben beschreiten würden. Eine Zeit, die sie nie vergessen würden.

Tina stieg aus der Dusche, trocknete sich ab und zog ihre Kleidung wieder an. Zeit, diesem Miststück zu zeigen, was für Frauen aus Coffs Harbour kamen.

—

»Was soll das werden?«, fragte ich.

Tina war bekleidet mit denselben Sachen aus dem Badezimmer gekommen, mit denen sie hineingegangen war. Dabei hatte ich sie aufgefordert, nackt herauszukommen. Ich hatte ihr gesagt, dass ich ihren wunderschönen Körper eingeölt und glänzend sehen wollte. Ich hatte ihr gesagt, dass wir sie ihrem neuen Besitzer vorführen wollen. Ich hatte ihr gesagt, dass ich auf sie warten würde. Ich hatte ihr Respekt entgegengebracht und ihr erlaubt, es allein zu tun.

»Ich bleibe nicht hier«, erwiderte Tina. Sie war am Eingang zum Wohnzimmer stehen geblieben, wo ich sie auf einer der Couches erwartet hatte. Auf derselben, auf der Mister Darian erst vor wenigen Stunden gesessen hatte. Ich hatte meinen Laptop auf dem Glastisch vorbereitet und dem Käufer mitgeteilt, dass seine neue Prinzessin bald für ihn zu sehen sein würde. Ihm gegenüber hatte ich behauptet, sie wäre schon ganz aufgeregt.

Die Schuld konnte ich nur bei mir selbst suchen. Bei all der Hast, einen Ersatz zu finden, hatte ich vergessen, welche Phasen die Mädchen durchlaufen. Ich hatte mir wohl vorgemacht, dass Tina bereits gefügig sein würde, obwohl sie in Wirklichkeit noch in der Phase steckte, in der sie versuchen muss, sich zur Wehr zu setzen und zu fliehen, mich anzubetteln und mit mir zu verhandeln. All das dauert in der Regel eine Woche, manchmal auch zwei.

Trotzdem war ich vorbereitet. Nur für alle Fälle.

»Tina, darüber haben wir doch geredet. Du kannst nichts tun, Schätzchen. Bitte mach die Sache nicht unangenehm oder schwierig.«

»Du bist wahnsinnig. Ich verschwinde jetzt.«

Und damit durchquerte sie den Raum, steuerte auf die Tür

zu. Tja, Tina konnte nicht wissen, dass die Tür verriegelt war und somit keine Fluchtmöglichkeit bot, aber ich musste unbedingt die Kontrolle übernehmen.

»Tina«, sagte ich scharf, um mir ihre Aufmerksamkeit zu sichern.

Ohne stehen zu bleiben, schaute sie in meine Richtung. Dann hielt sie jäh inne.

Ich richtete meinen Revolver auf sie. Eine richtig große, langläufige Waffe. Es ist eine *Smith & Wesson* Tanaka mit einem über fünfzehn Zentimeter langen Lauf. Ich benutze sie bei speziellen Gelegenheiten wie dieser. Mit der auf Tinas Herz gerichteten Waffe in der Hand stand ich auf.

Noch vor einer Sekunde war sie voll Kampfgeist und Zorn gewesen. Als sie auf das Ende des Laufs starrte, erschlaffte ihre Körperhaltung. So ist es immer. Die Mädchen hören immer auf, Heldinnen sein zu wollen, wenn eine Kanone auf sie gerichtet ist. Sie hören sogar auf, auch nur daran zu denken, Heldinnen spielen zu wollen, wenn ich ihnen zeige, weshalb die Waffe meiner Wahl eine Tanaka ist.

»Warum hast du es so weit kommen lassen, du dumme Pute?«

»Bitte …«, war alles, was sie hervorbrachte.

»Halt's Maul, Tina. Zieh sofort deine scheiß Fetzen aus.«

Sie tat, wie ihr geheißen. Ich wollte nicht wütend werden, aber ich konnte spüren, wie es in mir hochkochte. Ich versuchte, mehrmals tief durchzuatmen, doch es half nicht.

»Schneller, du verficktes Miststück.«

Sie begann zu schluchzen. Tränen und Rotz liefen ihr übers Gesicht.

»Leg dich auf den Boden, du kleine Fotze.«

Sie tat, wie ihr geheißen.

»Spreiz die Beine.«

»Wa...«

Um ein Haar hätte ich ihr mit dem Ende des Laufs seitlich gegen den Kopf geschlagen. Ich kauerte mich so über sie, dass sie sich nicht bewegen konnte, und packte sie mit der rechten Hand um den Hals. Wie eine Klaue setzte ich die Hand ein, richtig hart und fest, wie es mir zu Hause als Kind beigebracht worden war, wie es manche Kerle bei mir gemacht hatten, wenn sie mich erwürgen wollten, während sie mich fickten. Hart und voller Muskelkraft, damit sie dachte, sie würde sterben.

»Rühr dich bloß nicht«, presste ich zwischen zusammengebissenen Zähnen hervor. Ich war wirklich wütend. Ich wollte ihr wehtun.

»Spür das mal«, sagte ich, als ich den Lauf der Waffe in ihre Vagina schob. Ganz hinein.

»Kannst du dir vorstellen, Tina, wie es sich anfühlen würde, wenn ich den Abzug drücke?«

Sie antwortete mir nicht. Das tun die Mädchen nie.

Mittlerweile hatte Tina Angst, aber ich musste die *totale* Kontrolle über sie erlangen. Dafür gab es noch mehr zu tun. Ich brauchte ein Mädchen, das mir gehorchen würde. Ein Mädchen, das dachte, es könnte einfach davonspazieren, ein Mädchen, das überhaupt *dachte*, konnte ich nicht gebrauchen.

Ich schob den Lauf des Revolvers noch tiefer hinein und beugte mich dicht zu ihrem Gesicht hinab.

»Bist du noch Jungfrau, Tina?«

»Nein«, antwortete sie so leise, dass ich sie kaum hören konnte. Sie weinte heftig. Auch das tun die Mädchen immer. Es ist ziemlich einfach, zwischen einem Ja und einem Nein zu unterscheiden – die Körpersprache einer Person verrät es einem.

»Dann weißt du doch, wie man fickt, oder?«, sagte ich, doch sie wusste natürlich nicht, wovon ich redete. Ich denke, sie hat sich vielleicht zu sehr davor gefürchtet, erwürgt zu werden, obwohl ich gar nicht sicher bin, ob ich das könnte. Vielleicht schon. Es erfordert recht starken Druck, um einen Menschen zu erwürgen, und obwohl ich ziemlich stark bin und mich mit einigen Kampfsportarten beschäftigt habe, bin ich nicht sicher, ob ich diese Fähigkeit besitze.

»Fick sie, Tina. Fick die Kanone«, befahl ich, presste den Lauf weiter hinein und zog ihn dann ein Stück heraus. Sie schaute zwar entsetzt drein, tat aber, wozu ich sie aufgefordert hatte; sie bewegte den Arsch, als triebe sie es mit einem Kerl. Ich habe diese Waffe speziell deshalb ausgewählt, weil sie die perfekte Länge und Breite aufweist. Obwohl die Leute von *Smith & Wesson* wohl kaum je gedacht hätten, dass sie als furchterregender Dildo verwendet werden könnte.

Ich weiß, wie sich das anfühlt. Etwas an dem harten Metall des Laufs lässt einen echt ausflippen. Aber ich kann jedem versichern, noch schlimmer ist das Wissen, dass sich am Ende des Laufs ein Loch befindet, aus dem nicht die Wichse eines Kerls herausspritzt, sondern eine Kugel, die einem die Eingeweide zerfetzen würde, die Scheidenwände und alles andere dort unten. Man fragt sich, ob man daran sofort sterben würde oder nicht – man malt sich aus, dass es nicht so wäre, obwohl ich glaube, wenn man es wissenschaftlich betrachtet, dann wäre man wahrscheinlich sehr wohl sofort tot. Immerhin würde die Kugel mit einer solchen Geschwindigkeit und Kraft herausschnellen, dass sie einen mit Sicherheit schlagartig in Stücke reißen würde. Man denkt daran, wie grauenhaft perfekt die Vagina für den Lauf einer Schusswaffe geeignet ist, und man überlegt auch, ob die Kugel, nachdem sie jenen Teil durchschlagen hat, geradewegs weiter durch den restlichen Körper fliegen und durch die Schädeldecke austreten würde.

Ich weiß es nicht. Eines Tages würde ich gern ein Experiment durchführen und herausfinden, was wirklich passiert. Ich habe den Abzug noch nie gedrückt, wenn ich das mache, und müsste ich es tun, würde ich eine Luftpistole mit einer Kugel aus Eis verwenden. Von dieser ungewöhnlichen Methode hat mir irgendein schräger Psycho in der Favela erzählt, als ich dreizehn war. Er hat gesagt, das käme in einem Buch mit dem Titel *Tausendundeine Nacht* vor.

Eine Vergewaltigung mit dem Lauf einer Schusswaffe ist eine ziemlich gute Garantie dafür, jedwede Rebellion zu beenden. Ich tat es etwa fünf Minuten lang und würgte Tina gleichzeitig. Am Ende lag sie still und irgendwie leblos da. Genau, wie ich sie haben wollte.

Ich stieg von ihr runter und hielt ihr den Revolver vors Gesicht.

»Bist du jetzt bereit zu tun, was ich dir sage?«, fragte ich.

Sie nickte.

»Gut. Das ist wirklich gut, Tina. Denn wir sind spät dran. Wir müssen dich zum Lächeln bringen. Du sollst einen guten Eindruck hinterlassen. Das kannst du doch für mich tun, oder, Tina?«

Abermals nickte sie. Gut. Es funktionierte. Jetzt würde sie tun, was ich ihr befahl. So endet es immer. Später würde ich ihr Pfannkuchen machen und ihr sagen, wie heiß sie doch wäre, was für ein gutes Leben sie führen würde, dass sie sich vor Veränderung nicht fürchten müsse, dass sich die Pläne eines Menschen binnen eines Lidschlags ändern können und dass man sich mit solchen Dingen abfinden und das Beste daraus machen müsse.

Aber bevor ich das tue, will ich den Retter sehen. Darian. Ich werde die kleine Tina ihrem neuen Besitzer vorführen, mich davon überzeugen, dass er zufrieden mit ihr ist, sie dann für eine ordentliche Mütze voll Schlaf zurück ins Bett stecken und den Helden zu mir einladen.

Ich werde ihn im Schlafzimmer vögeln, unmittelbar neben dem Raum, in dem die kleine Tina schlummern wird.

24

In den Nächten lodert es

Es war fast vier Uhr morgens. Ich hatte nicht geschlafen, allerdings nicht wegen der von draußen hereindringenden Geräusche – dem Lärm der Autos unten auf dem Boulevard und dem endlosen Strom von Teenagern, die allesamt in betrunkenen, lautstarken Gruppen heimwärts torkelten, dem schrillen Kreischen von Sirenen und den Songs, die aus jedem Motelzimmer über, unter und rings um uns dröhnten –, sondern weil ich nicht daran gewöhnt war, mit einem anderen Menschen im selben Raum zu schlafen. Maria war vor ungefähr zwei Stunden eingedöst, wohl aufgrund einer Mischung aus Erschöpfung, weil sie so lange auf den Beinen gewesen war, und Kummer und Leid, nachdem man ihr mitgeteilt hatte, dass man ihren Kollegen mit beinah abgeschnittenem Kopf gefunden hatte. Sie fühlte sich dafür verantwortlich. Genau wie ich. Sie empfand Schuldgefühle, die sich um ihren innersten Kern schlangen und zudrückten, bis es schmerzte. Traf bei mir nicht zu. Ich bin nicht gut im Umgang mit Schuldgefühlen.

Fast vierundzwanzig Stunden waren vergangen, seit Maria mich angerufen und mir mitgeteilt hatte, dass Johnston verschwunden war. Fast zwanzig Stunden, seit ich an der Gold Coast eingetroffen war. Achtzehn Stunden, seit ich die zwei toten Mädchen entdeckt hatte. Sechzehn Stunden, seit ich in

Idas Apartment auf irgendjemandes Blut gestoßen war. Drei Stunden, seit wir erfahren hatten, dass Constable Johnston Connelly offiziell als Mordopfer galt.

Die Cops, vor allem mein alter Kumpel Dane Harper, würden nach mir suchen. Zum Glück parkte der rote Studebaker in einer sicheren Tiefgarage ein Stück vom Motel entfernt. Im Gegensatz zu Isosceles, der jederzeit auf das Handy einer Person zugreifen und sie so aufspüren konnte, würden die Cops einen Gerichtsbeschluss beantragen, die offiziellen Kanäle durchlaufen müssen. Sie wussten nicht, wo ich mich aufhielt, und würden noch mindestens einen weiteren Tag lang keine Möglichkeit haben, mich zu orten. So oder so konnte ich vom Radar verschwinden, wenn es sein musste.

Der Mord an einem Polizisten ist echt harter Tobak, und vor zwei Jahren hätte ich alles in meiner Macht Stehende getan, um den Killer zu fassen. Nun enthielt ich der Polizei wichtige Informationen vor: das Blut, das ich in Idas Apartment gefunden hatte; was ich in dem Haus in Burleigh gesehen hatte; und die Identität von Idas Freund Estefan.

Aber ich würde keine Verbindung mit den Bullen aufnehmen. Stattdessen würde ich mich im Hintergrund halten und die Suche beenden. Auf meine Weise.

Mein Blick wanderte hinüber zu Maria im anderen Bett. Sofern ihr ihre Träume zu schaffen machten, zeigte es sich nicht; sie wirkte gelassen und ruhig, als schwebe sie auf einem Bett von Flüstertönen. Ich habe schon mit Frauen geschlafen, die schnarchen, mit Frauen, die sich im Schlaf hin und her wälzen und werfen, mit Frauen, die während augenscheinlicher Albträume mit den Zähnen knirschen und die Gesichter angesichts der finsteren Phantome verziehen, die aus schwarzen Winkeln ihren Schlummer heimsuchen. Maria hingegen schlief sanft und leise, als wären die Seelenqualen des vergangenen Tages bereits verebbt und in einem leichten, weit entfernten Dunst aufgegangen.

Mittlerweile war Stille eingekehrt. Gegen drei Uhr morgens war die Kakofonie der Teenager nach und nach leiser geworden. Gegen drei Uhr dreißig waren die letzten Klänge von Kanye West rechts unseres Zimmers und von Michael Franti links davon verstummt. Sogar auf der Straße unter uns herrschte Ruhe. Seit zwei Uhr dreißig hatte ich keine Sirene mehr gehört.

Es lag über ein Jahr zurück, dass ich zuletzt den Körper einer Frau an meinem gespürt hatte.

Ich verdrängte den Gedanken, verkniff mir einen weiteren Blick zu Maria und stieg aus dem Bett. Ich schaltete die Nachttischlampe ein und richtete sie auf die Wand, die sich übersät von der Geschichte, der Geografie und den Figuren meines Marsches auf dem Weg zum Finden eines verschwundenen Mädchens präsentierte. Mittlerweile war daraus eine Reise in den Tod dreier anderer Menschen geworden.

Isosceles hatte uns die Namen der zwei Mädchen geschickt, die ich im Wasser gefunden hatte. Hannah Wendt, zwanzig Jahre alt, aus Norwegen. Eine internationale Studentin, die Ingenieurwesen an der Griffith University belegt hatte; sie lebte auf dem Campus in einem der drei Studentenwohnheime dort. Allegra Michaels, neunzehn, aus Italien, eine internationale Studentin, die Journalismus an derselben Uni belegt hatte. Ich hatte ihre Namen erkannt – sie standen auf der Liste, die ich unter Idas Laptop gefunden hatte.

Eindringlich starrte ich auf ihre Facebook-Seiten, wechselte zwischen jener Hannahs und jener Allegras hin und her. Die Nachricht von ihrem Tod sickerte allmählich durch; erste

Freunde begannen, durch Postings ihrem Kummer Ausdruck zu verleihen. Ihre Leben entfalteten sich nach und nach vor mir, und ich wünschte, sie täten es nicht. Ich versuchte auch, den Blick vom Bildschirm abzuwenden, nur gelang es mir nicht.

Hannah lief eigentlich gerne Ski und hatte gepostet, wie ironisch sie es angesichts dessen fand, dass sie an der sonnigen Gold Coast lebte. Freunde hatten ihr vorgeschlagen, Surfen zu lernen, und sie hatte den Rat lachend aufgegriffen. Sie hatte einen festen Freund namens Ethan. Kennengelernt hatte sie ihn in einer örtlichen Kneipe namens *Swingin' Safari*, wo er als Barkeeper arbeitete, der sich auf Martinis spezialisiert hatte. Eine Menge der Einträge entboten ihm Trost.

Ich klickte auf Ethans Seite. Wie meine zwei toten Mädchen und so viele andere desselben Alters hatte er seine Seite nicht geschützt. Sie präsentierte sich vollkommen offen für alle. Seine Freunde hatten über Nacht Mitteilungen gepostet, in denen sie Ungläubigkeit, Entsetzen und Mitgefühl Ausdruck verliehen; ich scrollte daran vorbei zu früheren Einträgen, zu den Mitteilungen, die Ethan an Hannah gesendet hatte. Er hatte sie gefragt, warum sie nicht bei ihm aufgetaucht war.

Wo steckte sie? Ging es ihr gut? Und dann eine Mitteilung an alle seine Freunde: Hatte irgendjemand Hannah gesehen?

Laut ihrem Freund war sie seit über einer Woche verschwunden, trotzdem postete sie noch selbst auf Facebook. Gewöhnliche Einträge über den Strand und darüber, wie putzig dieses Hündchen doch sei, begleitet von einem Foto.

Sowohl Hannah als auch Allegra hatten bis zu der Nacht, in der ich den Anruf von Ida erhalten hatte, neue Einträge veröffentlicht. *So viele Leichen. Nur Sie können helfen.*

Wir hatten ihre Namen der Liste hinzugefügt, die ich Blond Richard gegeben hatte. Um sechs an diesem Morgen würde er beginnen, an Türen zu klopfen. Nicht viele würden um diese Zeit schon wach sein, aber so würde er sich auf jeden Fall ihre Aufmerksamkeit sichern. Der langsame, Sorgfalt erfordernde Vorgang, jeden der Kontakte auf der Liste zu fragen, was er über Ida und Estefan wusste, wann er sie zuletzt gesehen hatte und an welchen Orten sie untergetaucht sein könnten, würde hoffentlich eine Spur ergeben.

Gleichzeitig würden nunmehr die Bullen nach mir suchen. Natürlich würden sie die forensischen Untersuchungen an der Leiche und am Fundort vornehmen, aber all das hatte mit einem Anruf bei mir begonnen, und das wussten sie. Ich verkörperte ihre fette Spur. Oberste Priorität für sie würde haben, mich dazu zu bringen, zu reden und ihnen alles zu erzählen, was ich wusste – und das war inzwischen eine ganze Menge. Allerdings wussten sie nicht, wo ich mich aufhielt, und ich würde versuchen, es dabei zu belassen, bis ich selbst Ida fände.

Auch Maria würden sie drangsalieren – und wenngleich sie zweifellos nicht wussten, dass sie und ich uns ein Motelzimmer keine hundert Meter von einem ihrer Bunker entfernt teilten, würden sie schon bald bei ihr anrufen, um in Erfahrung zu bringen, wie sie mich finden könnten.

Bevor Maria in tiefen Schlaf gestürzt war, hatte sie mir noch gesagt, dass sie von ihr nichts bekommen würden. Allerdings unter der Voraussetzung, dass ich sie zu Johnstons Witwe, einer jungen Frau namens Cathy, begleitete, um ihr unseren Respekt zu zollen. Wider besseren Wissens hatte ich eingewilligt.

—

Mein Telefon summte, als eine SMS eintraf.

willst du rüberkommen?

Die Nachricht stammte von Starlight. Ich zog mich an und ließ Maria schlafend zurück.

25

Ich bin das Gesetz

Im Flur des dritten Stockwerks des Motels herrschte Stille. Der Teppichboden fühlte sich durchtränkt von Alkohol an, als ich über ihn auf die Treppe zuhielt. An der obersten Stufe befand sich ein Junge im Teenageralter. Ich drängte ihn zur Seite, und er fiel auf den Boden. Beinah konnte ich den Schmatzlaut hören, als er in den nassen Teppich sank. Falls er mit dem Gesicht nach unten zu liegen käme, könnte er entweder an einer Alkoholvergiftung sterben oder ertrinken.

Ich ging hinunter ins Foyer, wenn man es denn so bezeichnen wollte. Die Rezeption besetzte diesmal ein anderer Kerl. Er sah mich mit einem einigermaßen dämlichen Gesichtsausdruck an. Wahrscheinlich fragte er sich, warum ich um diese Zeit frühmorgens aufbrach. Oder vielleicht hielt er mich für einen Toolie, der loswollte, um ein zugedröhntes, auf den Straßen zurückgebliebenes Mädchen abzuschleppen. Während der Schoolies-Wochen galten die Toolies als berüchtigt; ich hatte schon ein paar schmierige alte Kerle gesehen, die sich an Straßenecken herumdrückten und Mädchen im Teenageralter lüstern hinterherlechzten. Typen ohne jedes Schamgefühl.

Vor dem Eingang des Motels konnte ich das Q1-Gebäude sehen. Es war kein weiter Fußmarsch; keine Ahnung, weshalb wir am vergangenen Abend mit dem Auto gefahren waren. Ich überquerte die Straße und bog in eine schmale Gasse. Abgesehen von einigen Müllmännern, die Bierdosen und sonstigen Müll von den Feierlichkeiten beseitigten, präsentierte sich die Gegend verwaist. In wenigen Stunden würde der Ort wieder vor Massen strotzen, die bereit waren, sich in die Kneipen zu drängen, sobald sie die Türen öffneten.

Ich erreichte den Boulevard, der das Meer entlang verlief. Der Q1-Wolkenkratzer ragte zu meiner Rechten auf. Ich folgte dem breiten Bürgersteig den Strand entlang. Bald würde die Morgendämmerung einsetzen. Die Strahlen der Sonne brannten bereits hinter dem Horizont hervor und warfen ihren Schimmer über das Wasser. Kids lungerten wie kaputte Puppen im Sand herum.

Ich konnte die fröhlichen Bilder von Hannah und Allegra nicht aus dem Kopf bekommen; ihre glücklichen Geschichten über das Leben an der Gold Coast, so weit weg von zu Hause; die Fotos von ihnen mit ihren Freunden. Im letzten Eintrag, den ich gelesen hatte, bevor ich mich abmeldete und Maria schlafend allein im Zimmer zurückließ, ging es um die Begräbnisse. Es war eine Diskussion darüber entflammt, ob sie hier stattfinden sollten, wo sie ihre letzten Lebensjahre verbracht hatten und wo sie ermordet worden waren, oder in ihren Heimatstädten in Norwegen und Italien. Ich hielt es für eine bedeutungslose Debatte. Die Mädchen waren tot. Alles, was noch zu tun blieb, war, ihren Mörder zu finden.

Eigentlich hatte ich nicht vorgehabt, mehr zu unternehmen, als ein verschwundenes Mädchen zu finden. Darin bestand meine Aufgabe. Nur verwandelte es sich schleichend in etwas anderes. Ich konnte das vertraute Rumoren der Wut und Entschlossenheit in mir spüren, den innigen Wunsch, den Mörder zu finden und persönlich hinzurichten.

Ist nicht unbedingt mein bester Charakterzug.

—

Ich besuche keine Beerdigungen mehr. Meine erste fand statt, als ich acht Jahre alt war. Damals war eine Tante gestorben. Ihr Name war Dora, obwohl es auch Doreen gewesen sein könnte. Sie war die Schwester meines Vaters. Ich glaube nicht, dass er sie besonders gemocht hat, trotzdem schleppte er mich zu ihrem Begräbnis mit. Wir fuhren an den drei deprimierenden Bergen vorbei, Disappointment, Despair und Misery – *Enttäuschung, Verzweiflung* und *Elend* –, dann über den Western Highway hinauf zu einer Ortschaft namens Ararat, wo er mich in eine alte, heiße und stickige Kirche aus Blaustein führte.

In der Gegend wüteten Buschbrände. Die Feuer zogen von den Grampians heran, einer nahen Gebirgskette, und ich kann mich noch daran erinnern, dass der Geruch brennender Eukalypten in der Luft hing.

Menschen, bei denen es sich wohl um Verwandte handelte, tätschelten mir den Kopf, während sie dabei abwechselnd schluchzten und sich Tränen abwischten. Mein Dad zeigte keinerlei Emotionen, aber er ließ mich aufstehen und die Kirchenlieder mitsingen. Danach fuhr er mit mir in einer langen Kolonne billiger Autos, alle mit eingeschalteten Scheinwerfern, die gelegentlich die braune Düsternis des Rauchs der Buschbrände an den Rändern der Ortschaft durchbrachen, zu einem Friedhof, wo meine Tante zur letzten Ruhe gebettet wurde. Damals fragte ich meinen Vater, ob seine Schwester in den Himmel kommen würde, und er meinte, den gäbe es nicht.

Die letzte Beerdigung, an der ich teilgenommen hatte, war die eines Bullen, der angeblich in Ausübung seiner Pflicht erschossen worden war. Senior Sergeant Aldous O'Reilly erhielt von seinen Kollegen in Melbourne eine Heldengedenkfeier. Aldous war sein Leben lang Polizist gewesen. Er war in Northcote stationiert, tief in den knorrigen Vierteln der Innenstadt, und er galt als Mann, der höchsten Respekt genoss. Alte Schule. Jungen Cops teilte man mit, die Arbeit unter Aldous wäre wie ein Aufenthalt an der Polizeiuniversität, wenn es denn eine solche Einrichtung gegeben hätte. Von Aldous lernte man mehr, als einem eine Heerschar von Lehrern in einem Jahrzehnt beibringen konnte. Für mich klang das unwiderstehlich. Ich reichte ein Gesuch um Versetzung nach Northcote ein.

Aldous gehörte tatsächlich der alten Schule an, und wie. Der alten Schule, die das Gesetz unter unverhohlener Missachtung des eigentlichen Gesetzes in die eigene Hand nahm, und er kostete seinen Legendenstatus gegenüber jungen Cops wie mir voll aus. Aldous scheute keine Mühe, um uns zu zeigen, wie es gemacht wurde.

»Komm her, Junge«, sagte er an meinem zweiten Tag zu mir. Er führte mich durch einen dunklen Korridor hinaus auf den Hof hinter dem Revier, wo im späten 19. Jahrhundert ein paar Betonzellen gebaut worden waren. In einer davon befand sich ein verängstigt wirkender Junge. Er war vielleicht achtzehn. Aldous schloss die schwere Maschendrahttür auf, ging hinein und bedeutete mir, ihm zu folgen.

»Das ist Dennis«, erklärte mir Aldous. Der Junge drückte sich in den hintersten Winkel.

»Dennis bricht gern in anderer Leute Häuser ein, nicht wahr, Dennis?«

Der Junge erwiderte nichts. Er hatte unübersehbar eine Heidenangst.

»Dennis und ich, wir haben in der Vergangenheit schon über die Unzulänglichkeiten seines Verhaltens gesprochen. Haben wir doch, Dennis, oder?«

Immer noch schwieg der Junge, aber sein Blick schwenkte jäh von dem alternden, bedrohlichen Bullen zu mir.

Hilfe!, schrie sein Gesichtsausdruck.

Aber was sollte ich tun? Ich war dort, um zu lernen. Um zu beobachten, zuzuhören und zu lernen. Besser als ein Jahrzehnt mit Polizeilehrern.

»Aber Dennis scheint nicht hören zu wollen. Stimmt's, Dennis?«

Aldous trat einen Schritt auf den Jungen zu und ballte die Faust zu einem gebündelten Paket aus Muskeln und Knochen. Es war noch früh am Morgen, und das Sonnenlicht warf erst einen matten Lichtschein in die Zelle, der die nackten Füße des Jungen erfasste.

»Das Ziel der heutigen Übung, Darian, besteht darin, sich etwas einfallen zu lassen, um den jungen Dennis zum Zuhören zu bringen.« Er drehte sich mir zu. »Du bist doch ein kluger, ehrgeiziger junger Bursche. Hast du irgendwelche Ideen?«

Die Atmosphäre wurde ziemlich angespannt. Der Junge fing an, sich zu krümmen, da er wusste, dass ihm bald wehgetan werden würde. Jedes sichtliche, innere Zusammenzucken von Dennis wurde von einem entsprechenden Schnauben, Anspannen der Muskeln und Zähneknirschen von Aldous begleitet.

Ich wusste nichts zu sagen. Stattdessen begann ich zu schwitzen. Falls dies eine Lektion sein sollte, genoss ich sie nicht, und ich wusste, dass ich mit Sicherheit durchfallen würde.

»Also ich schon«, verriet Aldous. »Ich hab 'ne Idee. Sie nennt sich: Schlagen wir dieser kleinen Fotze den Schädel ein, um rauszufinden, ob wir die dicke Mauer der Dummheit durchbrechen und seinem zerkochten Hirn die Botschaft einbläuen können. Was meinst du, Richards? Hältst du das für 'ne gute Idee?«

Der junge Bursche fing an zu wimmern. Er war ein Wiederholungstäter. Wahrscheinlich war er in etwa dreißig Häuser in der Gegend eingestiegen. Er würde es im Leben zu nichts anderem als Gefängniszellen mit gelegentlichen Urlauben in der Welt ohne Gitterstäbe bringen, wo er gleich wieder ein Fenster einschlagen oder eine Tür aufbrechen würde, um einen Fernseher oder etwas ähnlich Triviales zu stehlen, bevor man ihn fassen und wieder nach Hause in seine echte Welt der Inhaftierung schicken würde. Dennis verkörperte einen Loser ohne Hoffnung, dennoch fand ich nicht, dass er es verdiente, von einem Cop misshandelt zu werden, der es besser wusste.

»Ich bin nicht sicher, Sir«, antwortete ich.

Ebenso gut hätte ich ihm sagen können, ich hätte seine Schwester zum Frühstück und seine Mutter zum Mittagessen gefickt.

»Nicht sicher? Ich schon, Richards, ich schon. Weil bei Abschaum wie dem hier sonst nichts funktioniert. Die geben einen Scheißdreck auf uns, auf normale Menschen. Sie spielen nach ihren eigenen Regeln, ihnen ist alles egal. Hab' ich nicht recht, Dennis? Deshalb müssen wir sie hin und wieder daran erinnern, dass es auf der Welt nun mal nicht so läuft. Hast du schon mal versucht, mit Abschaum wie diesem vernünftig zu reden? Vergiss es. Ich hab's versucht. Stimmt doch, du kleiner Pisser, oder? Und hast du auf mich gehört? Nein, hast du natürlich nicht. Also, was bleibt dann noch, Richards? Sag es mir. Was bleibt noch?«

Was sollte ich darauf erwidern? Ich schwieg.

»Schlag ihm den Schädel ein«, befahl Aldous.

»Was?«

»Du hast mich schon verstanden.«

»Das kann ich nicht tun.«

»Doch, kannst du. Geh rüber zu dem kleinen Wichser, schnapp dir seinen verfluchten Schädel, und ramm ihn gegen die Mauer. So fest du kannst.«

»Das verstößt gegen das Gesetz, Sir.«

»Leg dich bloß nicht mit mir an, Junge. Du willst Polizist sein? Dann tu, was ich sage. Ich bin das Gesetz.«

—

Es gibt einen psychologischen Test, der irgendwann in den Siebzigern verboten wurde. Man nennt ihn das Milgram-Experiment. Dabei setzt sich eine Versuchsperson an eine Maschine mit einer Reihe von Schaltern, nummeriert von eins bis zehn. Über der Maschine ist ein Bildschirm, der Videomaterial aus dem Raum nebenan zeigt, wo ein Schauspieler an einen Stuhl gefesselt ist. Der Versuchsleiter, der das Experiment beaufsichtigt, stellt dem Schauspieler eine Reihe von Fragen. Bei einer falschen Antwort weist der Versuchsleiter die Versuchsperson an der Maschine an, einen der Schalter zu betätigen. Jeder Schalter steht für eine bestimmte Stromstärke. Eins bedeutet Schmerz. Zehn bedeutet Tod. Die an der Maschine sitzende Versuchsperson weiß, dass die Zehn einen tödlichen Stromschlag verheißt. Ebenso weiß sie, dass jede Erhöhung der Stromstärke mehr Schmerz für die Person auf der anderen Seite der Trennwand bedeutet.

Der Ablauf sieht vor, dass der Schauspieler absichtlich falsch antwortet, und der Versuchsleiter fordert die unglückselige Person an den Schaltern auf, die entsprechende Strafe zu verhängen. Je näher es auf die Zehn zugeht, desto aufgewühlter wird die Versuchsperson, da sie ja weiß, dass sie der anderen Person Schmerzen verursacht. Zwecks theatralischem Effekt wird noch allerlei Geschrei hinzugefügt. Wenn die Person an den Schaltern zu protestieren beginnt, besteht die Aufgabe des Versuchsleiters darin, zu schreien und zu brüllen, mit allen Mitteln einzuschüchtern, damit die Versuchsperson letztlich auf die Zehn drückt und, soweit sie weiß, dadurch die Person nebenan tötet.

Das Experiment war ein durchschlagender Erfolg. So ziemlich jeder debattierte, heulte, weinte und verfluchte den Versuchsleiter und wehrte sich verzweifelt dagegen, die Zehn zu drücken und den Tod eines anderen Menschen zu verursachen, weil dieser Fragen falsch beantwortete.

Aber die meisten Probanden taten es trotzdem.

Als ich mit Aldous, der mir wütend bedeutete, dem Jungen den Schädel einzuschlagen, in der Zelle stand, dachte ich an jenes Experiment. Ich wusste davon, weil ich für kurze Zeit mit einem Mädchen namens Jacinta gegangen war, einer Psychologiestudentin an der La Trobe University. Eines Abends war sie erschüttert und entsetzt nach Hause gekommen, weil sie bei einem Experiment im Unterricht an jenem Nachmittag dem Versuchsleiter gehorcht und einem anderen Studenten extreme Schmerzen zugefügt hatte.

Ich tröstete sie zwar, aber das Wissen, dass es in ihr steckte, blieb ihr ewig erhalten.

»Tu es, verdammt noch mal!«, befahl Aldous.

Und ich tat es. Ich trat über den harten Betonboden, packte den Jungen an den Haaren und rammte die Seite seines Schädels gegen die Mauer. Blut sickerte unter seinen Strähnen hervor, und er erschlaffte unter mir, brach zu meinen Füßen zusammen.

»Guter Junge«, lobte Aldous zufrieden.

Wie ich mich dabei fühlte? Toll. Damit gehörte ich zur Gang. War ein harter Kerl. Ein Mann, dem man vertrauen konnte. Ich hatte eine Prüfung bestanden, eine Lektion gelernt, war einer von ihnen.

Viele Jahre später jedoch bot ich Aldous die Stirn. Er war der Erste, den ich umbrachte, und seine Beerdigung war die letzte, zu der ich je ging.

—

Es war kurz nach fünf Uhr morgens, und ich stand vor dem Q1-Gebäude. Ich drückte den Klingelknopf für Starlights Apartment.

Die Eingangstür öffnete sich sofort.

26

Das Ende der Welt

Carlos versank in Selbstmitleid. Er hatte die Nacht in verschiedenen Kneipen verbracht, Bier und Tequila getrunken, Poolbillard gespielt und die jungen Frauen beäugt, die ihre Schoolies-Wochen feierten. Eigentlich wollte er in einer Kneipe bleiben, bis sie schlösse, was im Morgengrauen gewesen wäre, doch aus einem Impuls heraus hatte er beschlossen, einem Mädchen zu folgen, einer Blondine, die ein enges gelbes Kleid mit viel Beinfreiheit trug. Er hatte sie angestarrt und sich in sie verliebt. Carlos wollte hingehen und mit ihr reden, wusste jedoch, dass er fürchterlich lallen würde. Was keinen coolen Eindruck vermittelt hätte.

Als sie aufstand, um zu gehen, tat er es ihr gleich. Impulsiv. So war er nun mal – er handelte aus Eingebungen heraus.

Carlos folgte ihr aus dem Lokal. Sie war allein, was ungewöhnlich war. Die meisten Schoolies-Mädchen traten in Rudeln auf wie die Gangs zu Hause in der Favela. Er war so sturzbetrunken, dass er leicht gegen einen Tisch stieß, als er hinter der Blondine im gelben Kleid hereilte. Die Kerle an dem Tisch brüllten ihn an, als ihre Biere zu Boden fielen. Mittlerweile stieg die Blondine die Stufen hinab, die aus dem Lokal führten, und betrat die Straßen, die sich gerammelt voll mit Kids präsentieren würden. Carlos musste beinah rennen, um zu ihr aufzuschließen.

Draußen erwies es sich als heiß, und alles drehte sich. Er hatte eine Menge in sich hineingeschüttet und lief in Schlangenlinien, als er versuchte, mit der Blondine im gelben Kleid Schritt zu halten. Während er ihr folgte, hielt er den Blick auf ihr Hinterteil gerichtet, auf die Stelle, wo das Kleid endete und die nackten Beine begannen. Sie legte ein forsches Tempo vor, als sie durch das Einkaufszentrum marschierte. Carlos war schlecht von zu viel Bier und zu wenig Tequila. Hin und wieder stieß er mit jemandem zusammen, doch er verlor nie das Gleichgewicht, ging nie zu Boden. Ihr entschwindender, in Gelb gehüllter Körper glich für ihn einem Leuchtfeuer. *Konzentrier dich auf sie, bleib dicht hinter ihr und weich nicht vom Weg ab.* Obwohl er im Gehen schwankte, blieb sein Blick starr und scharf.

Während er sie in der Kneipe angestarrt hatte, waren seine Gedanken um die Mädchen im Haus gekreist. Immer wieder ging ihm der Moment durch den Kopf, in dem er sein Messer zog, ein langes, schmales Steakmesser, und damit ihre Haut durchdrang, sie eine nach der anderen ausbluten ließ. Wie man das machte, hatte er gelernt, als er sechzehn war. Eines der Gangmitglieder hatte es ihm beigebracht. Es war ein Bestandteil des Aufnahmerituals. Es gefiel ihm, das mit seinen Mädchen zu tun – er beobachtete gern, wie die Energie aus ihren Augen abfloss.

Carlos war wütend auf seine Schwester. Sie hatte ihn angebrüllt und ihn einen Idioten genannt. Dann hatte sie begonnen, ihn abzuschalten. Sie hatte ihn aufgefordert, das Haus in Burleigh zu räumen, ihm befohlen, sein Telefon zurückzulassen, ihm aufgetragen, unterzutauchen. Wo? Wie? Es gab keinen Platz zum Schlafen, sämtliche Hotels und Motels waren ausgebucht. Erwartete sie etwa von ihm, dass er am Strand übernachtete? Und dann, gegen drei Uhr morgens, war er zu einem Geldautomaten gegangen, um Bares abzuheben, aber seine Karte wurde abgelehnt. *Alle* seine Karten wurden abgelehnt. Das hatte sie getan. Sie hatte seine Karten besorgt, sie hatte alles für ihn getan, und jetzt, weil sie wütend auf ihn war, hatte sie angefangen, ihn zu bestrafen. Sie hatte ihn abgeschnitten, ihn abgeschaltet. Er musste unabhängig werden. Er musste selbst zuschlagen. Je mehr er darüber nachdachte, dass seine Karten abgelehnt worden waren, desto mehr Wut baute sich in ihm auf. Er starrte weiter auf die junge Frau in Gelb, als sie durch die Scharen der Kids lief und schließlich zielstrebig auf den Boulevard bog, der sich entlang des Strands erstreckte. *Gut*, dachte Carlos. Denn damit entfernte sie sich vom betriebsamsten Teil, steuerte in die Gefilde der Dunkelheit, wo sich weniger Menschen auf den Straßen und Bürgersteigen herumtrieben.

Seine Wut begann, eine Richtung zu finden: Er würde sich die junge Frau im gelben Kleid holen und sie aufschlitzen, sie filetieren. Danach würde er zur riesigen verfickten Wohnung seiner kleiner Schwester dort oben im siebzigsten Stock gehen.

Sein ganzes Leben lang hatte sie ihn herumkommandiert. Von seinen Eltern wusste er nicht mehr viel. Er erinnerte sich noch an die Seite des Gesichts seines Vaters, aus einem Winkel betrachtet. Von tief unten, der Blickwinkel eines Kindes. Das aufschaut. Nur schien sein Vater nie zu ihm nach unten zu schauen. Carlos besaß keinerlei Erinnerung an die Augen seines Vaters. Oder an seinen Mund. Nur an die verzogenen Ränder seiner Lippen. Von tief unten betrachtet. Der alte Kerl war kurz nach der Geburt von Carlos' Schwester gestorben, als Carlos vier oder vielleicht auch fünf gewesen war. Er wusste es nicht mehr. Seine ältesten Erinnerungen beinhalteten ein leeres Haus und ein weinendes Baby. Eigentlich handelte seine allererste Erinnerung von Hunger. Dabei befand er sich nur zufällig in ihrem leeren Haus mit seiner kleinen, weinenden Schwester. Vermutlich hatte sie auch Hunger. Damals war Carlos hinaus auf die Straßen gegangen und hatte Leute um Essen gebeten. Man hatte ihm welches gegeben. Die Favela war ein freundlicher, liebevoller Ort, solange man richtig klein war. Härter wurde es dort erst, wenn man älter wurde.

Carlos wusste nicht, wie seine Eltern gestorben waren. Die Leute behaupteten, es hätte etwas mit den Gangs und all den unablässigen Kämpfen wegen Drogen zu tun gehabt. Vielleicht. Eigentlich juckte es ihn nicht wirklich. Sie waren einfach nicht da. An seine Mutter konnte er sich gar nicht erinnern. Fotos der Eltern gab es nicht, deshalb malte er sich aus, seine Mutter hätte wie Pamela Lee Anderson ausgesehen, die für die Typen, mit denen er aufgewachsen war, als große Heldin galt.

An sich hätte ihm die Führungsrolle zufallen sollen, immerhin war er der Mann. Aber seine kleine Schwester übernahm irgendwann das Kommando und fing an, ihn herumzukommandieren. Sie war clever, und Carlos musste einsehen, dass er ihr würde folgen müssen, wenn er eine Chance darauf haben wollte, der Favela zu entrinnen und in eine neue Welt zu reisen, eine Welt, wo er tun könnte, was er wollte, wo er viel Geld verdienen und ohne Angst leben könnte, eine Welt, wo er tough sein könnte und sich die Menschen an ihn erinnern würden. Sie hatte die Favela schon immer verlassen wollen.

Mittlerweile befand er sich wohlbehalten in dieser neuen

Welt, und Menschen schauten zu ihm auf, Menschen erinnerten sich an ihn – wie es das Mädchen im gelben Kleid gleich tun würde. Wie es die Mädchen taten, die er vor zwei Tagen im Bach hatte davontreiben lassen. Wie es der Bulle getan hatte, der mitten in der Nacht aufgetaucht war und gefragt hatte: »He, wer sind Sie?«. Wie Ida und nun auch wie seine Schwester.

»He, wer sind Sie?«, hatte der Cop gefragt.

»Ich bin Carlos, und für dich bin ich das Ende der Welt.«

—

Das Mädchen im gelben Kleid hatte das Gefühl, von jemandem verfolgt zu werden. Als sie sich weiter und weiter vom Lärm und den Feiern in Surfers Paradise entfernte und auf das Apartment mit Meerblick zuhielt, das sie zusammen mit ihrer besten Freundin gemietet hatte, ungefähr einen Kilometer die Straße hinauf in einem ruhigeren, einsameren Teil des Strandstreifens, hörte sie hinter sich den Takt von Schritten. Langsam und stetig, das Geräusch von jemandem, der einem folgt.

Sie blieb stehen, drehte sich um und schaute zurück. Ein Mann, der diesem lateinamerikanischen Filmstar ähnelte, dem Typen, der in einem der *Zorro*-Filme mitspielte, näherte sich ihr. Sexy. Betrunken. Anzüglich grinsend. War er in derselben Kneipe gewesen, die sie unlängst verlassen hatte? Handelte es sich um denselben Kerl, der sie schon dort angestarrt hatte? Ja, eindeutig.

Sie hieß Margaret und war siebzehn Jahre alt. Margaret lebte in Brisbane und wollte Tierärztin werden, um mit Pferden zu arbeiten. Der Typ kam näher. Sie konnte eine Fahne an ihm riechen.

Er blieb stehen und starrte sie mit einem breiten Grinsen an. Aus der Nähe wirkte er nicht mehr so sexy. Eher furchteinflößend.

»Was willst du?«, fragte Margaret.

»Hi. Ich bin Carlos, und ich bin das Ende der Welt«, antwortete er.

27

Der Skorpion und der Frosch

Sie hatte sich für den Anlass entsprechend gekleidet: eine dünne rosa Baumwollbluse, die ihr kaum bis zu den Beinen reichte. Vier der mittleren Knöpfe waren geschlossen, die restlichen offen. Nichts darunter. Die Bluse wallte und offenbarte viel, aber nicht alles. Der Inbegriff von Verlockung und Flirten in Baumwolle. Unwillkürlich dachte ich an den Dylan-Text über den Kerl, der sich in einem Stripklub abwenden muss, als sich das Mädchen bückt, um seine Schnürsenkel zuzubinden. Ihr Outfit zielte auf maximale Wirkung ab; sie wollte mich dazu bringen, verlegen wegzuschauen, damit ich nicht ihre Brüste oder zwischen ihre Beine sehen könnte, gleichzeitig jedoch wollte sie mich dazu bringen, hinzustarren, damit ich ihre Brüste und zwischen ihre Beine sehen könnte. Sie trug die Aufmachung, um mich taumeln zu lassen, um mich zu entwaffnen, mich zu verzaubern.

»Hi«, begrüßte sie mich an der Tür. »Ich war nicht sicher, ob du kommen würdest.«

»Wieso das?«, fragte ich, als sie die Tür für mich aufhielt, damit ich eintreten konnte. Der Ort sah unverändert aus, fühlte sich aber anders an. Ich hab's grundsätzlich nicht so mit Schwingungen oder dergleichen, aber man merkt es, wenn einem aus einem Zimmer ein unheimliches Odeur entgegenschlägt. Oder vielleicht liegt es an der Person, die sich in dem

Zimmer aufhält. Ich musterte sie eingehender. Sie wirkte betrunken. Ihre Augen kamen mir zu groß und irgendwie umnebelt vor. Sie lächelte, als hätte sie ein Geheimnis.

»Ein Flirt mit dem Teufel«, erwiderte sie.

»Teufel? Bist du das denn?«

»Vielleicht findest du's ja raus«, gab sie zurück.

Dann beugte sie sich zu mir und küsste mich zart auf die Wange. Für wenige Sekunden ließ sie zu, dass ihr Körper gegen den meinen drückte.

»Und was hast du heute Nacht so getrieben?«, erkundigte sie sich, während sie hinüber zum Küchenbereich schlenderte.

»Ich habe nach meinem verschwundenen Mädchen gesucht und die Jagd auf die Person im Auge behalten, die gestern zwei andere Mädchen umgebracht hat.«

»Die zwei jungen Frauen, die man im Nationalpark von Coombabah gefunden hat? Im Wasser treibend?«, hakte sie nach.

»Genau die. Sie haben dieselbe Universität besucht wie dein Bruder. Ich frage mich, ob er sie gekannt hat.«

Sie zuckte mit den Schultern. »Drink?«, fragte sie und hob eine Flasche Wodka an. Sie war fast leer.

»Schwarzen Kaffee«, antwortete ich.

»Trink doch mit mir«, drängte sie, holte zwei Gläser hervor und stellte sie auf die Bank.

»Ich trinke nicht«, klärte ich sie auf.

»Wo bleibt denn da der Spaß?«, blieb sie unbeirrt und schenkte Wodka in beide Gläser.

Ich erwiderte nichts. Stattdessen betrachtete ich aufmerksam den Raum. Die Couch wirkte zerzaust, und der Teppich war seit meinem letzten Besuch bewegt worden. Ich roch so etwas wie blumigen Weihrauchduft. Vielleicht stammte er auch von einem dieser Öle, die man über einer Kerze verbrennt.

»Was ist mit dir?«, fragte ich. »Was hat sich hier in den vergangenen Stunden getan?«

»Nicht viel«, antwortete sie und kam mit den Wodkas auf mich zu. Pur, ohne Eis. Ein weiterer Knopf ihrer Bluse war geöffnet worden. Als sie sich herabbeugte, um mir den Drink zu reichen, präsentierte sie ihre Brüste unübersehbar.

»Irgendetwas von deinem Bruder gehört?«, erkundigte ich mich.

»Nichts. Irgendetwas über deine Ida?«

»Nichts. Noch nicht. Aber ich werde sie heute finden.«

»Wie?«

»Wir spüren sie auf«, erklärte ich. Den Wodka stellte ich auf den Kaffeetisch, wo ich ihn unangetastet ließ. Früher hatte ich gesoffen wie ein Loch, und Wodka war dabei mein Schuss für den Morgen gewesen, noch bevor ich mir die Zähne putzte oder unter die Dusche wankte. Heute mache ich das nicht mehr. Natürlich wusste sie das; es ist nicht wirklich schwer zu erkennen, und sie wollte mich kleinkriegen und dazu bringen, das Zeug hinunterzustürzen. Allerdings hätte ich eher Klapperschlangengift getrunken.

»Wir spüren jeden auf«, behauptete ich.

»Auch meinen Bruder?«

»Ja. Auch ihn.« Das war gelogen, aber das konnte sie nicht wissen.

»Also, mein lieber Darian – ich habe alles über dich gelesen«, sagte sie, als sie sich am anderen Ende der Couch mit dem Drink in den Händen zurücklehnte und die Beine übereinanderschlug.

Es war ein Sharon-Stone-Moment. Mein Stichwort, um

zwischen ihre Schenkel zu spähen und auf ihre herrliche Vulva in all ihrer Pracht zu starren, mich davon magnetisieren und bannen zu lassen. Mit anderen Worten: Sie wollte mich aufgeilen.

Sofern es sie störte, dass ich nicht mitspielte, ließ sie es sich nicht anmerken. Vielleicht lachte sie auch verhalten. Jedenfalls wirkte sie definitiv amüsiert.

Und sie bedeckte sich nicht.

»Erzähl mir, wie es ist, einen Serienmörder zu jagen«, forderte sie mich auf und nippte an ihrem Drink.

»Mühsam«, erwiderte ich. »Aber es ist in Ordnung, wenn es am Schluss dazu kommt, dass man ihm eine Kugel in den Kopf jagen kann, damit man weiß, dass sein Betrieb ein für alle Mal eingestellt ist.«

»Ist es das, was du getan hast? Du hast ihn umgebracht? Ich habe gelesen, dass er noch auf freiem Fuß ist, obwohl keine ähnlichen Morde mehr gemeldet werden.« Plötzlich beugte sie sich vor und wirkte zum ersten Mal aufgeregt, als hätte sie das Spiel, die Strategie vorübergehend vergessen; das Unerwartete schien sie neugierig zu machen.

»Nein, ich habe ihn nicht umgebracht«, entgegnete ich. »Trotzdem gehe ich nicht davon aus, dass er noch einmal ein Verbrechen begehen wird. Hast du was dagegen, wenn ich aufstehe und mir selbst Kaffee mache?«

»Bleib«, kam von ihr, und sie legte mir die Hand auf den Arm. Ließ sie dort ruhen. »Sag mir, was an dieser Ida so wichtig für dich ist. Vielleicht kann ich ja helfen.«

»Sie ist verschwunden«, sagte ich.

»Das gilt für viele junge Frauen. Warum gerade sie? Ihr seid doch nicht verwandt. Ist sie deine Freundin? Oder bist du vielleicht ein Held, eine Art Krieger wie Clint Eastwood?«

»Ja, wie in *Zwei glorreiche Halunken*. Ich bin der Gute, der Böse und der Brutale. Alle drei.«

»Na ja«, meinte sie, »vielleicht der Gute, vielleicht der Böse. Aber nicht der Brutale, Darian. Du siehst nicht brutal aus.«

Verträumter Blick. Fickzeit.

»Das Haus deines Bruders in Burleigh ist ziemlich groß; ich meine, es hat eine ganze Reihe von Schlafzimmern. Wer hat dort mit ihm zusammengewohnt?«

Sie zuckte mit den Schultern.

»Bin nie dort gewesen«, gab sie zurück.

»Aber der Mietvertrag läuft auf deinen Namen. Du bezahlst dafür.«

Sie lehnte sich wieder zurück. »Ist das jetzt ein Verhör?«

»Es sind bloß Fragen, Starlight. Das ist alles. Du hast einen verschwundenen Bruder, ich habe eine verschwundene junge Frau. Erzähl mir von dem Haus.«

»Erzähl du mir vom Zugfahrer«, konterte sie. Es war ein dämlicher Versuch, mir den Wind aus den Segeln zu nehmen. Der Zugfahrer war ein berüchtigter Mädchenentführer in Melbourne. Nach einer Weile hatte er sich gesteigert – zu Entführungen *und* Morden. Mittlerweile war er bei Nummer achtzehn. Er war der Kerl, den ich nie schnappen konnte, einer der Gründe, warum ich beschlossen hatte, um Jahre zu früh aus dem Dienst auszuscheiden.

»Er ist ein übler Kerl. Eines Tages wird ihm das Handwerk gelegt. So ist es immer.«

»Immer?«

»Immer.«

»Von dir?«, hakte sie nach.

»Nicht unbedingt. Ich bin im Ruhestand.«

»Ha!« Sie lachte. »Ruhestand? Nicht aus meiner Sicht.« Sie griff zu meinem Drink hinüber und stürzte ihn in einem Zug hinunter. »Findest du mich heiß?«, wollte sie wissen.

»Zu heiß für mich.«

Ich konzentrierte mich wieder auf das eigentliche Gespräch: »Ich bin nicht mehr bei der Polizei, also verhafte ich auch niemanden mehr. Ich tue nur, was ich tun muss. In diesem Fall ein Mädchen finden. Ich hätte zwar nichts dagegen, auch den Mörder der anderen Mädchen und des Cops zu finden, aber ehrlich gesagt liegt mir das nicht allzu sehr am Herzen. Die Bullen hier unten sind gut und werden das selber regeln. Letzten Endes. Sag mir, wo dein Bruder ist, und sag mir, was du über Ida weißt.«

»Und ich dachte, wir würden Spaß miteinander haben. Du bist langweilig, Darian.«

»Tut mir leid, dich zu enttäuschen, Rosalita.«

Sie hatte sich von der Couch erhoben und steuerte auf die Küche zu, zweifellos, um eine weitere Flasche Wodka zu holen. Mit dem Rücken zu mir blieb sie unvermittelt stehen. Ich hörte sie lachen.

»Also das ist beeindruckend.« Sie drehte sich um und sah mich an. »Diesen Namen habe ich seit langer Zeit nicht mehr gehört.«

»Seit London?«, fragte ich.

»Nein. Aber gut geraten. Vor London.«

Sie öffnete den Rest der Knöpfe ihrer Bluse und ließ sie von ihrem Körper gleiten. Wie sie bestens wusste, war sie umwerfend schön und besaß eine wahrhaft verblüffende Figur. Männer würden für sie in den Krieg ziehen, und ich vermutete, dass es sogar schon einige getan hatten.

»Sag, Darian: Wen möchtest du heute Morgen ficken?

Starlight oder Rosalita? Das ist eine interessante Wahl, denn die beiden sind grundverschieden.«

—

Ich spielte ein gefährliches Spiel. Für verdeckt arbeitende Polizisten ist es legal, Sex als Mittel zur Etablierung ihrer Tarnung einzusetzen. In Großbritannien wurde das unlängst zu einem kleinen Problem, als sich ein Polizist bei einer radikalen Umweltbewegung einschleuste, eine Frau verführte, mit ihr Sex hatte und ein Kind mit ihr zeugte. Natürlich verließ er sowohl sie als auch das Kind, kaum dass die Operation geendet hatte. Ich weiß nicht, wie der Mann danach damit umgegangen ist, aber laut Zeitungsberichten ging es weder der Exfreundin noch dem Kind allzu gut. Es basiert alles auf Verrat, und Verrat hinterlässt tiefe, hässliche Wunden. Die sich auch nicht von der Zeit auslöschen lassen, nur durch Vergeltung.

Ich sorgte mich nicht darum, dass ich Starlight das Herz brechen könnte. Tatsächlich war ich nicht einmal sicher, ob sie eines besaß, das man brechen konnte. Kopfzerbrechen bereitete mir vielmehr die Frage: Wer verführte wen? Ich musste mir vor Augen halten, dass ich hier war, um etwas für die Suche nach Ida und die Jagd nach dem oder den Mördern der Mädchen und Johnstons zu erreichen. Alles stand miteinander in Verbindung, und alles führte zurück zu Starlights Bruder und, wie ich wusste, zu Starlight selbst. Sie hatte mich nicht in ihre Wohnung eingeladen, um sich mit mir den Sonnenaufgang anzusehen und um mich verstohlene Blicke auf ihren nackten Körper werfen zu lassen. Ich war hier, weil ich einen Ermittler verkörperte, und das bedeutete, sie war in die Sache verstrickt. Ich mag vielleicht eitel sein, aber ich gebe mich nicht der Illusion hin, dass ich sexy genug dafür sei, eine Zwanzigjährige zum Schwärmen zu bringen und sagen zu lassen: *Fick mich sofort*.

Dieses Maß an Berechnung und Bereitschaft, den eigenen Körper als Werkzeug einzusetzen, fand ich ungewöhnlich. Ich bin schon in der Gesellschaft von Mördern und Psychopathen gewesen, die List und Tücke benutzen, um einen zu dem Glauben zu verleiten, sie wären ach so schlau oder unschuldig; allerdings war keiner davon so jung gewesen, und nur selten hatten sich Frauen darunter befunden.

Ich musste mich ziemlich zusammenreißen, um mich nicht von ihr fesseln oder betören zu lassen. Die Wahrheit lautete, dass Starlight unglaublich sexy war, und sie bot sich mir an. Ein Teil von mir wollte mit ihr schlafen, sie vögeln; der andere Teil, der Kerl im Dienst, schlug Alarm und versuchte, sich auf die Aufgabe zu konzentrieren, Ida zu finden. Ich war nicht sicher, welcher der beiden die Oberhand erlangen würde.

Schließlich stand ich auf und ging zu ihr. Ich hielt sie an den Armen und sah ihr tief in die Augen. Die Fenster zur Seele? Von wegen; Fenster in eine tote Leere. »Schon mal die Geschichte vom Skorpion und vom Frosch gehört?«, fragte ich.

»Nein. Wie geht die?«

»Sie wird dir gefallen. Der Skorpion ging zum Ufer eines Flusses. Er wollte auf die andere Seite hinüber, nur konnte er nicht schwimmen. Da sah er in der Nähe einen Frosch und sagte: ›Bring mich hinüber.‹ Der Frosch aber lehnte ab. ›Warum nicht?‹, hakte der Skorpion nach. ›Weil du mich stechen und töten wirst‹, antwortete der Frosch. ›Warum sollte ich das tun?‹, gab der Skorpion zu bedenken. ›Das wäre doch dumm.

Wenn ich es täte, würde ich zusammen mit dir untergehen, und ich würde auch sterben.‹ *Klingt sinnvoll*, dachte sich der Frosch und willigte schließlich ein, den Skorpion hinüberzubringen. Der Skorpion kletterte auf seinen Rücken, und es ging los. Auf halbem Weg über den Fluss spürte der Frosch ein schreckliches Stechen, und als er unterzugehen begann, weil er am Gift des Skorpions starb, fragte er: ›Warum? Warum hast du das getan?‹

›Weil ich nun mal so bin‹, gab der Skorpion zurück. Er konnte schlichtweg nicht anders.«

»Das also bin ich?«, fragte Starlight. »Ein Skorpion?«

»Nein«, entgegnete ich. »Der Skorpion bin ich.«

28

Die Klänge der Stille

Das erste Geräusch, das ich hörte, war ein Wimmern aus einem der Zimmer der Wohnung. Das zweite war ein Klicken unmittelbar hinter meinem Ohr.

—

Als ich auf dem Boden des Schlafzimmers lag, spürte, wie seitlich an meinem Kopf Blut austrat, und versuchte, mich zu orientieren, fiel mir etwas ein, das mir ein älterer Feuerwehrmann einmal erzählt hatte. Er hatte gesagt, dass er früher, bevor die Feuerglocken durch computergenerierte Klänge ersetzt worden waren, für den Bruchteil einer Sekunde tatsächlich hören konnte, wie der winzige Hammer zurückzuckte, bevor er anfing, gegen die runde Messingglocke zu trommeln, die ein Feuer signalisierte. Er konnte tief und fest schlafen, trotzdem wachte er eine Winzigkeit vor dem eigentlichen Anschlagen der Glocke auf. Der letzte Laut einer Stille; darauf hätte ich lauschen sollen, bevor ich mich zu spät umdrehte, um den silbrigen Schimmer einer auf meine Stirn herabrasenden Pistole zu sehen.

Wirklich dumm. Ich bin schon angeschossen, mit Messern attackiert, geschlagen, getreten, mit einem Hammer verdroschen und sogar mit einem Taser beschossen worden. Und jedes Mal habe ich mir gelobt, dass ich nächstes Mal wachsamer, aufmerksamer sein und jenen letzten Moment wahrnehmen würde, bevor die Stille endet und der Lärm einer Verletzung in einem und rings um einen explodiert. Ist allerdings nie passiert. Wird es wohl auch nie. Ich bin schlicht und ergreifend dumm, wenn es darum geht, spontane Gewalt vorherzusehen. Zwar bekomme ich schon mit, wie sich Aggressivität im Gesicht eines Kerls aufbaut, ich bin bloß nutzlos, wenn es darum geht, zu erahnen, was sich in der Dunkelheit, in den Schatten abspielt.

Ich lauschte. Das Apartment schien verwaist zu sein; abgesehen vom Wind, der durch die offenen Türen säuselte, konnte ich nur die entfernten Geräusche vom Strand, Rufe und das Gelächter von Familien hören. Ich sah auf meine Armbanduhr. Es war sieben Uhr dreißig morgens. Die Sonne war längst aufgegangen und strahlte durchs Fenster herein. Es fühlte sich heiß an. In Queensland ist es immer heiß.

Ich setzte mich auf und sah mich um. Im Schlafzimmer befand sich, abgesehen von dem dämlichen Kerl auf dem Boden, also mir, keine Menschenseele. Aber wenigstens lebte ich noch.

—

Das erste Geräusch, das ich hörte, klang nach einem Wimmern. Es drang hinter einer Tür hervor und einen Gang herab, stammte von irgendwo tief in der Wohnung. Starlight und ich hatten uns nicht weiter vorgewagt als zu der Tänzelei im Wohnzimmer, wo sie beschlossen hatte, den Einsatz zu erhöhen, indem sie sich auszog. Ein wenig Nacktheit würde, so dachte sie, mich innerlich bestimmt umgarnen und um ihren Körper wickeln, unter ihren Körper befördern. Sie fühlte sich sicher in ihrer Macht.

Das Wimmern war der Klang einer Person in Not. Ich hatte schon vorher gewusst, dass ich es mit jemandem zu tun hatte, der ein geradezu unverschämtes Selbstbewusstsein besaß, aber das überraschte mich dann doch – sie hatte mich tatsächlich in eine Wohnung eingeladen, in der sie eine junge Frau gefangen hielt. Das nennt man Aufschneiderei. Das nennt man einen Ausdruck der Überzeugung, man sei unbesiegbar.

Ich wusste mittlerweile, was vor sich ging: Starlight leitete einen Betrieb, bei dem junge Frauen entführt wurden. Noch nicht durchschaut hatte ich, ob sie alle in ein neues Zuhause verschifft oder umgebracht wurden. Wie dem auch sein mochte, es war an der Zeit, ihr das Handwerk zu legen, dieses bescheuerte Katz-und-Maus-Spiel zu beenden und sie aus dem Bild zu nehmen, auf welche Weise auch immer.

Ich packte Starlight. Einen Moment lang muss sie gedacht haben, ich wäre der Versuchung unterlegen und sie hätte gewonnen. Allerdings nur für einen Moment; ich hielt sie fest, fesselte ihre Hand- und Fußgelenke und trug sie zurück zur Couch. Dann warf ich ihre Bluse über sie und ließ sie zurück, um den Raum zu überprüfen, aus dem das Wimmern drang.

Ich hatte vor, sie in ihrer eigenen Wohnung gefangen zu halten, bis ich den Bruder fände, Estefan. Wenn es sein musste, wollte ich Starlight als Köder verwenden.

Ich hatte mit Gift und Galle von ihr gerechnet, mit Wut. Doch davon fehlte jede Spur. Stattdessen fing sie an, ein Liedchen zu summen. Ich erkannte es nicht und sparte es mir, nach dem Titel zu fragen. Stattdessen ging ich den Flur hinab und überprüfte jedes der Zimmer.

—

Ich hoffte, es würde Ida sein, die ich vorfinden würde.

Sie war es nicht, sondern eine junge Frau, höchstens zwanzig. Halb betäubt, halb wach starrte sie mich ans Bett gefesselt mit einem Ausdruck völliger Hilflosigkeit an. Unter einem dünnen Laken erwies sie sich als nackt. Ihr Körper schimmerte wie nass, als wäre er mit Öl eingerieben worden. Ihre Haut klebte am Laken. Das musste ich also gerochen haben, als ich das Apartment betreten hatte. Die Erinnerung über den Sklavenhandel der Aschanti blitzte erneut durch meinen Kopf.

»Du bist jetzt in Sicherheit«, behauptete ich, als ich mich hinabbeugte, um ihre Fesseln zu lösen.

Ich hörte ein Klicken.

Da war es bereits zu spät; das Geräusch davor hätte ich hören müssen, das Geräusch, das ich auch gehört *hätte*, wenn ich wachsam gewesen wäre.

—

Es war ein Fehler gewesen, mich für ihn auszuziehen. Es ist immer ein Fehler, die Kleider für einen Kerl abzustreifen, der nicht so reagiert, wie man es haben will. Das ist entmachtend, man verliert die Kontrolle. Ich hasse das. Es ist mir schon sehr lange nicht mehr passiert. Auch gefesselt bin ich schon lange nicht mehr gewesen, jedenfalls nicht gegen meinen Willen.

Er legte mich – nein, er *warf* mich – auf die Couch und blickte auf mich herab, als erwarte er, dass ich zu weinen oder zu schreien und zu treten anfangen würde. Drauf geschissen. Ich schloss die Augen und summte mein *Totes Mädchen singt*, eine Weise, die mich immer beruhigt, weil sie mich daran erinnert, dass es, was immer gerade passiert, schlimmer sein könnte. Viel schlimmer.

Nachdem er in Richtung der Schlafzimmer weggegangen war, fing ich an, zu überlegen, was er wohl tun würde. Jedenfalls würde er mich nicht umbringen. Also hatte ich nichts zu befürchten.

Und dann hörte ich, wie sich die Eingangstür öffnete, und Carlos kam herein. Eigentlich wankte er eher herein. Irgendjemandes Blut war über seine Brust und sein Gesicht verspritzt. Ich konnte den Anblick kaum fassen. Was hatte er getan? Nun, es war ziemlich offensichtlich: Er hatte jemanden gefunden, höchstwahrscheinlich eine weitere junge Frau, die er aufgeschlitzt hatte. Zweifellos, um es mir heimzuzahlen. Um mir zu zeigen, wer der Boss ist, um mir gegenüber mit seinem Abenteuer zu prahlen und mich, nach dem Ausdruck in seinen Augen zu urteilen, anschließend ebenfalls aufzuschlitzen. Er war mittlerweile ein größerer Mann. Diesmal würde er sich nicht in die Hose pissen.

Die vergangenen Tage war ich so wütend auf Carlos gewesen, dass ich völlig vergessen hatte, weshalb ich ihn hierhergeholt hatte, weshalb ich ihn liebte, weshalb er einen so tollen Gefährten verkörperte. Er war ein Naturtalent. Carlos warf einen Blick auf mich und sagte kein Wort. Die meisten Kerle hätten etwas Dummes gerufen. Er nicht. Die meisten Kerle wären ausgeflippt, zu mir gerannt, hätten mich losgebunden und zugedeckt. Er nicht. Carlos begriff nur, dass es ein Problem gab, eine Gefahr, die irgendwo im Apartment lauerte, und er begab sich auf die Suche danach. Leise. Er bewegte sich wie ein Schatten. Ich liebte ihn. So clever.

Schließlich hörte ich einen dumpfen Knall, der vermutlich davon rührte, dass Darian zu Boden ging – zumindest hoffte ich das. Und schließlich kam Carlos zurück. Lächelte mich an. Erwartete natürlich Anerkennung von mir, und wer war ich, sie ihm zu verweigern? Außerdem wollte er herausfinden, was er als Nächstes tun sollte.

»Scheiße, bin ich dankbar, dass du gekommen bist und mich gerettet hast, Carlos. Du bist ein Genie.«

Er lächelte. Er hat es gern, wenn man ihm sagt, wie schlau er ist. Das ist genau das Gleiche, wie wenn ich den Mädchen sage, wie heiß sie sind. Sie lieben es, so etwas von mir zu hören. Es geht leicht über die Lippen und kostet nichts, warum also nicht?

»Soll ich ihn umbringen? Wer zum Geier ist er überhaupt? Ist das der Kerl, über den Ida geredet hat? Ich töte ihn – willst du, dass ich das für dich tue?«

Herrgott noch mal, Carlos, dachte ich. *Das Letzte, was ich und du, mein lieber Bruder, brauchen, ist eine weitere Leiche. Schon gar nicht die eines extrem bekannten ehemaligen Mordermittlers mit guten Verbindungen, der wahrscheinlich seiner Partnerin gesagt hat, dass er mich aufsuchen würde. In meiner Wohnung ermordet – was würde das wohl auslösen? Man bringt Leute nicht so mir nichts, dir nichts um, Carlos, so einfach ist das nicht. Jedenfalls nicht in diesem Land.*

Leichen sorgen für Scherereien. Leichen vermeidet man am besten, wann immer es geht. Ich töte nicht, außer, es gibt absolut keinen anderen Ausweg und es besteht absolut keine Chance, dass ich mit der Leiche in Verbindung gebracht werde. Das nennt sich Zurückhaltung, Carlos. Etwas, womit du und deine Impulsivität dringend Bekanntschaft machen müssen. Ohne Zurückhaltung wäre ich nicht hier, wo ich bin.

Erst zwei, dann drei Leichen haben uns in diese Bredouille gebracht. Allerdings führen sie zu Carlos, sind weit genug von mir weg. Carlos wird dafür geradestehen, was er getan hat. Nicht ich. Natürlich stecke ich auch in Schwierigkeiten, keine Frage, aber ich werde da durchkommen, frei wie immer.

»Carlos«, sagte ich, »wir müssen von hier verschwinden. Zumindest für eine Weile.«

»Bis Gras über die Sache gewachsen ist?«, fragte er.

Ich nickte. Mittlerweile band er mich los.

»Es tut mir leid, was ich getan habe«, sagte er. Eine weitere Entschuldigung für das, was er getan hatte, dafür, dass er sein Leben und meines in ein wildes Chaos gestürzt hatte. Und mein Geschäft an die Wand gefahren hatte. *Und lass uns mal nicht vergessen, Carlos: So nebenbei hast du ein paar Menschen umgebracht, nur weil du ficken wolltest.* Ich befragte ihn nicht wegen des Bluts auf seiner Brust und in seinem Gesicht. Später würde ich es ihm abwischen. Vorerst mussten wir weg.

»Wohin gehen wir?«, wollte er wissen.

»Sag: Ist das Spinnennetz noch sicher?«, gab ich zurück.

Er schaute ziemlich bestürzt drein; vielleicht war ihm nicht klar gewesen, dass ich davon wusste.

»Ja«, antwortete er schließlich.

»Dann gehen wir dorthin. Zum Spinnennetz.«

29

Da kommt die Sonne

Ich träumte, dass ich mich in einem Zug befand. Da war ein Mann, er war alt. Er tötete schon seit langer Zeit Menschen, und er befand sich am anderen Ende eines langen Korridors. Bin ich wegversetzt worden, an einen anderen Ort? Vielleicht bin ich in einem Tunnel und jage ihn, den Zugfahrer, den Mörder, den ich nicht aufhalten konnte.

Woher weiß ich, dass er alt ist? Ich weiß doch gar nichts über ihn. Niemand weiß etwas anderes über ihn, als dass er Mädchen entführt, vergewaltigt, foltert und tötet. *Sie* wissen Bescheid, sie wissen alles, aber sie reden nicht, oder falls sie es in Form ihrer Geister versuchen, die mich im Schlaf heimsuchen, höre ich nicht zu.

Immerhin mache ich so etwas nicht mehr.

Ich träumte, dass ich mich unter der Sonne befand. Da war eine junge Frau. Ihre Haut hatte die Farbe eines dämmrigen Himmels, beinah braun mit einem Hauch von Violett. Sie sah aus wie der Himmel nach Sonnenuntergang. Pastelltöne umhüllten ihren Körper, und sie schimmerte. Sie beugte sich über mich. Ich konnte mich nicht bewegen, und sie sagte: »Arrivederci.«

Was, so glaube ich, Lebewohl bedeutet. Wer war sie? Ich weiß es nicht, meine Augen waren geschlossen. Ich berührte die junge Frau mit der blauen Pastellhaut und Augen, die nach Sonnenuntergang hinter dem Horizont versanken.

Ich glaube, es gab eine Sonnenfinsternis, und ich glaube, die junge Frau legte sich auf mich und presste ihren Körper an meinen, und vielleicht haben wir uns geliebt. Ich weiß es nicht.

—

Ich sah auf meine Armbanduhr. Es war neun Uhr morgens. Ich musste erneut zusammengebrochen sein. Ich erinnerte mich nämlich daran, dass es sieben Uhr dreißig gewesen war, als ich zuletzt auf die Uhr gesehen hatte. Ich glaube, da hatte ich dazu angesetzt, mich vom Boden aufzurappeln, und ich hatte mich dabei umgesehen, weil ich herausfinden wollte, ob ich allein war.

Schließlich stand ich auf und rieb mir den Kopf an der Stelle, an der ich bewusstlos geschlagen worden war. *Was bin ich bloß für ein Idiot*, schimpfte ich mich. Mein Kopf schmerzte wie früher nach einem Saufgelage mit drei Flaschen Wodka. Das Schlafzimmer präsentierte sich menschenleer. Die junge Frau, die ich ans Bett gefesselt vorgefunden hatte und der ich so galant versichert hatte, sie wäre jetzt in Sicherheit, war verschwunden. Ich schleppte mich durch den Rest der Wohnung. Das Apartment präsentierte sich noch ziemlich so wie zuvor, als ich Starlight gefesselt und auf die Couch geworfen hatte, um mich auf die Suche nach dem Ursprung des Wimmerns zu begeben. Das Einzige, was mir als fehlend auffiel, war ihr Laptop.

Ich reimte mir zusammen, dass mich ihr Bruder völlig unvorbereitet überrumpelt haben musste. Vielleicht hatte er mich erwartet, vielleicht war es von Anfang an eine Falle gewesen. Vielleicht hatte Starlight auch schlichtweg Glück gehabt, und er war zur rechten Zeit nach Hause gekommen. Wie dem auch sein mochte, er hatte mich für über zwei Stunden aus dem Spiel genommen, und Bruder und Schwester hatten sich zusammen mit der jungen Frau verkrümelt, der ich gesagt hatte, sie wäre in Sicherheit.

Das hatte ich wirklich sagenhaft vergeigt.

Ich überprüfte mein Handy. Isosceles hatte mir eine SMS geschrieben.

gofish

Was bedeutete, dass er eine Spur hatte.

Auch von Maria hatte ich eine SMS.

wo bist du?

Was bedeutete, dass sie wach war.

—

»Maria macht sich Sorgen um dich; sie denkt, du wärst der Tücke unserer Miss Starlight alias Rosalita erlegen, die in nördlicher Richtung unterwegs ist, während wir uns unterhalten.«

»Gut. Behalt sie im Auge, und gib mir Bescheid, wo ihre Reise endet«, bat ich Isosceles. Ich hatte mir eine Tasse Kaffee gemacht und saß auf Starlights Balkon, blickte aus einer Höhe von siebzig Stockwerken aufs Meer hinaus. Ich hatte Maria bereits in einer SMS mitgeteilt, dass ich bald zurück sein würde, und sie gebeten, bei Blond Richard nachzuhaken, wie er mit der Befragung von Idas und Estefans Freunden vorankam und ob die vielleicht irgendetwas darüber wussten, wo sich die eine oder der andere verkrochen haben könnte.

»Ich habe Maria gesagt, sie braucht sich keine Sorgen zu machen«, ließ mich Isosceles wissen.

»Gut«, erwiderte ich, weil mir sonst nichts einfiel.

»Übrigens, ich habe unter Umständen Ida gefunden«, fügte er hinzu.

Isosceles ist chronisch unfähig, einem die wichtigsten Informationen auf Anhieb zu sagen. Für gewöhnlich kommt das erst nach einem Diskurs über Geschichte oder Geografie, der darauf abzielt, zu demonstrieren, wie brillant er ist.

»Wirklich?«, fragte ich. »Das wäre ja richtig hilfreich.« Ich konnte hören, wie sich die eindringlichen Geräusche von Polizeisirenen von irgendwo die Straße hinunter näherten.

»Sei nicht sarkastisch, Darian, das ist kein gutes Benehmen.«

»Natürlich. Entschuldigung. Wo ist sie?«

Zwei Streifenwagen erschienen in der Ferne auf der Strandstraße und steuerten in die Richtung des Q1-Gebäudes. Weitere Sirenen näherten sich von hinter mir, ebenfalls in dieselbe Richtung.

»Ich kann mich zwar nicht dafür verbürgen, dass es sie ist, die ich gefunden habe, sehr wohl jedoch kann ich mich dafür verbürgen, dass ihre Kreditkarte heute Morgen um acht Uhr fünfzehn benutzt worden ist. Für eine Abhebung von zweihundert Dollar.«

»Wo?«, fragte ich, erhob mich vom Stuhl und schaute über den Balkon hinaus. Die vier Streifenwagen waren mit etlichen quietschenden Reifen als nette Versammlung ungefähr hundert Meter entfernt den Boulevard hinunter zum Stehen gekommen; Cops sprangen aus den Fahrzeugen und rannten über den grasbewachsenen Bereich, vorbei an den Schraubenbäumen und Palmen.

»Eine kleine Ortschaft namens Amity. Kennst du sie? Ich kannte sie vorher nicht. Liegt an der Nordspitze von Stradbroke Island. Zufälligerweise, Darian, scheint es so, als könnte Starlight alias Rosalita auch dorthin unterwegs sein.«

Zwei weitere Streifenwagen rasten auf dieselbe Stelle zu. Die erste Gruppe von Bullen war am Strand aufgetaucht, wo sich eine Schar von Leuten eingefunden hatte. Abgesehen davon, dass ich mich siebzig Stockwerke über dem Geschehen befand, konnte ich auch deshalb nicht genau erkennen, was vor sich ging, weil das Dickicht der Bäume zwischen dem Strand und dem Bürgersteig verdeckte, was immer die Polizei dorthin gelockt hatte.

»Isosceles«, sagte ich. »Am Strand neben dem Q1-Gebäude tut sich einiges; kannst du mal in den Polizeifunk reinhorchen und mich darüber aufklären, was sie sich da ansehen?«

»Das tue ich sogar gerade. Eine weitere tote junge Frau, die Kehle genauso aufgeschlitzt wie beim unglückseligen Officer Johnston Connelly. Sie ist vor etwa zehn Minuten gefunden worden; anscheinend hat sie im Gebüsch versteckt gelegen. Ich halte dich auf dem Laufenden, sobald ich mehr erfahre.«

»In Ordnung. Danke«, sagte ich, stieß mich vom Balkongeländer ab und ging zurück hinein.

»Noch eine weitere Information, Darian, die nützlich für dich sein könnte«, fügte er hinzu.

»Ja?«,

»Die Polizei wartet im Motel auf dich. Geh nicht dorthin zurück, es sei denn, du bist bereit, dich in Gewahrsam nehmen zu lassen.«

War ich nicht.

30

Ausweichen

Ich schrieb Maria eine SMS:

im q1

Dann stellte ich mich auf die andere Straßenseite unter die Überdachung einer Bushaltestelle. Die Sirenengeräusche wurden eindringlicher. Die Schoolies-Wochen nahmen allmählich das Flair eines Dracula-Picknicks an. Die Zahl der Leichen wuchs, und die Natur der Morde war schauerlich genug, um selbst die trägsten Klatschblätter hervorzulocken. Eltern im ganzen Land würden ausrasten. Mir waren Kids mit Surfbrettern aufgefallen, die an der Gruppe der verzweifelten Cops am Fundort vorbeigegangen waren, sich davon jedoch nicht länger als ein paar Augenblicke auf dem Weg hinunter zur Brandung ablenken ließen.

Das Motel lag keine fünf Fahrminuten vom Q1-Gebäude entfernt. Der Streifenwagen brauchte weniger als zwei Minuten, um einzutreffen. Zwei Uniformierte sprangen heraus und rannten hinein.

Partner. Schönen Dank auch, Maria, dachte ich, als ich mich von der Bushaltestelle löste, die Straße hinaufschlenderte und im Gehen den Akku aus meinem Mobiltelefon entfernte.

Die Cops würden natürlich Druck auf sie ausgeübt haben. Sie mussten alles in Erfahrung bringen, was zu dieser katastrophalen Abfolge von Ereignissen geführt hatte. Wie hatte das alles angefangen? Das wollten sie wissen. Wollte ich auch.

Wie hatte das alles angefangen? Wie fangen Verbrechen überhaupt an? Der Moment, wenn ein Mensch ermordet wird, beginnt mit einer Spur, die Tage, vielleicht sogar Wochen oder Monate davor angefangen hat. Nichts passiert einfach so, nichts ist willkürlich, nichts ist Zufall. Es ist alles Teil einer Geschichte, die im Nachhinein betrachtet rundum Sinn ergibt. Meine Reise hierher hatte mit dem Anruf von Ida begonnen. *Nur Sie können helfen. Da sind so viele Leichen.* Aber was hatte sie zu jenem Anruf bewogen?

Aufgrund dessen, was ich bislang erfahren hatte, konnte ich es mir denken. Die zwei toten Mädchen – Hannah und Allegra – waren vermutlich von Estefan entführt worden, und zwar für Starlight, die sie anschließend an irgendeinen fetten, hässlichen Käufer in einem schäbigen Dritte-Welt-Haus für sein Vergnügen verkaufen wollte. Der würde sie entweder umbringen oder behalten; das wusste ich noch nicht. Irgendwie hatte es damit geendet, dass Estefan über ihren Leichen stand. Nicht gut für seine Schwester, die jene zwei – vielleicht – ersetzen und dann versuchen musste, den verrückten Bruder in die Schranken zu weisen, der mit dem Geruch von Blut an sich die Gold Coast entlangzuirren schien. Das Mädchen am Strand war auf dieselbe Weise wie Johnston ermordet worden. Brutal und gründlich. Ist nicht einfach. So etwas nennt sich Pissen auf Opfer. Man zeigt es ihnen so richtig. Allein das Aufschlitzen der Kehle ist schon aggressiv genug, aber das Zurückschälen des Kopfes drückt noch dieses zusätzliche Quäntchen Verachtung und Macht aus, bei dem manchen Mördern einer abgeht – für solche Kerle ist das wie ein Orgasmus. Es ist bösartig und grausam – und führt in der

Regel zu einer Häufung ähnlicher Morde. Falls Estefan es getan hatte, war er ein brandgefährlicher Typ. Er würde gewaltsam ausgeschaltet werden müssen. Nicht unbedingt die Art von Mann, mit der die Polizei zurechtkam, nicht einmal die Cops von der Gold Coast. Die hatten schon Schwierigkeiten damit, einige der aggressiveren Biker hinter Gitter zu bringen.

Ein Faktor jedoch bereitete mir Kopfzerbrechen: Johnston. War er einfach als der falsche Mann zur falschen Zeit am falschen Ort aufgekreuzt? Es hätte durchaus so einfach sein können, doch das Problem lag in der Zeitschiene. Idas Anruf hatte mich am Nachmittag erreicht. Etwa um dieselbe Zeit war ihr das Telefon aus der Hand gerissen worden. Spätestens um etwa vier am Nachmittag. So, wie sich Idas Anruf angehört hatte, waren die jungen Frauen zu dem Zeitpunkt bereits mausetot gewesen.

Johnston war erst Stunden später dort aufgetaucht. *Viele* Stunden später. Warum hätte der Mörder dann noch dort sein sollen? Wo lag darin der Sinn? Manche Mörder kehren zu dem Ort zurück, an dem sie ihre Leichen entsorgt haben, um sich daran zu weiden oder weil sie beunruhigt sind …

Vielleicht traf ja das auf ihn zu. Ich hörte auf, weiter darüber zu spekulieren. Dadurch würde ich zu weit von dem weggeraten, was ich wusste. Es schien am besten zu sein, den Punkt vorerst offen zu lassen und ihn langsam einzuengen, wenn mehr Informationen und Beweise ans Licht kamen. Sonst würde ich mir Dinge beim Versuch ausdenken, Informationen in meine Hypothese zu zwängen, und dabei die Möglichkeit ignorieren, dass der rechteckige Baustein nun mal nicht dafür gedacht ist, durch das runde Loch zu passen.

—

Isosceles hatte mir von Starlight erzählt, woher sie kam, wie ihr richtiger Name lautete. Außerdem hatte er mir vom Deep Web erzählt.

Ich hatte schon vor einigen Jahren einmal etwas über das Deep Web und Hidden Wiki gehört, als ich noch Mannschaften von den Büros des Morddezernats in der St Kilda Road in Melbourne aus geleitet hatte.

Wenn wir das Wort »Wiki« hören, denken wir an Wikipedia, das ich als hervorragende Quelle ausgezeichneter Informationen geradezu liebe. Das Hidden Wiki ist eine gewaltige Ansammlung von Websites im Deep Web, auf die man über einen Browser namens Tor zugreift, der ganz auf anonyme Benutzer ausgelegt ist. So etwas verwendet man, wenn man nicht will, dass jemand anhand der IP-Adresse des eigenen Computers herausfindet, wo man wohnt. Perfekt für Terroristen und Pädophile. Bei der Arbeit in meiner Vergangenheit, der Jagd nach Mördern, hatte diese Art von Online-Geheimniskrämerei selten eine Rolle gespielt, deshalb brauchte ich eine geführte Tour von Isosceles.

Er hatte es mir vergangene Nacht gezeigt, nachdem Maria eingeschlafen war, nachdem Blond Richard gegangen war, während die tosende Party der Teenager allmählich verglühte, bevor Starlight mir ihre SMS geschickt hatte.

»Stell dir einen Eisberg vor«, hatte Isosceles gesagt. »Das Deep Web ist fünfhundertmal größer als das Surface Web«, hatte er mir erklärt. »Und mit Surface Web, Darian, meine ich das, wo sich du und ich und die meisten anderen herumtreiben; den Ort von Google und Hotmail und Facebook und Yahoo. Im Surface Web gibt es über eine Milliarde Dokumente; im Deep Web über *fünfhundert Milliarden* Dokumente.«

Ich saß vor meinem Laptop. Er hatte mir Schritt für Schritt

erklärt, wie man Tor herunterlädt, und mittlerweile war ich bereit.

»Das Hidden Wiki ist die Umgebung, in der Starlight arbeitet. Dort stellt sie Mädchen online und verkauft sie. Damit ist sie nicht allein. Es gibt Hunderte Betriebe wie ihren und Dutzende davon allein in Australien. Im Hidden Wiki kann sie nicht gefunden und nicht gesehen werden. Die Ordnungshüter wissen zwar vom Deep Web, aber nur selten verfügen sie über die Fertigkeiten oder Kenntnisse, geschweige denn über das Budget, mein lieber Freund, um solche Leute auszuforschen. Bist du bereit?«, fragte er.

»Bereit«, antwortete ich. Dabei fühlte ich mich beinah, als wäre ich an Bord eines Raumschiffs und im Begriff, in eine andere Galaxie einzudringen.

Was in gewisser Weise auch zutraf.

»Oh«, sagte er noch, als wäre ihm plötzlich etwas eingefallen, bevor wir anfingen. »Nur eine Warnung, Darian. Ich weiß, du hast viele Seiten des Bösen kennengelernt und, so traurig es ist, mehr als die meisten erlebt, wenn es um die Verkommenheit der Menschheit geht, aber was du gleich sehen wirst, ist schlimmer als Dantes ›Inferno‹. Sei gewappnet.«

War ich nicht.

Gehen Sie nicht dorthin, lassen Sie es. Ich mag Menschen nicht besonders – sie langweilen mich. Trotzdem habe ich immer die Überzeugung vertreten, dass die Menschen, die meisten jedenfalls, von Natur aus gut sind. Nachdem ich Isosceles' geführte Tour durch Hidden Wiki hinter mir hatte, war ich mir dessen nicht mehr so sicher. Es ist abgrundtief hässlich. Dorthin geht man für alles von Kinderpornografie bis hin zu Menschenopfern; für Nahkämpfe auf Leben und Tod zwischen Menschen und Tieren. Dort kann man Auftragsmörder anwerben oder Leute, die jemandem schweren Schaden zufügen. Terroristen treiben sich dort herum. Man kann dort Drogen kaufen oder lernen, wie man sie herstellt. Dantes »Inferno« ist ein Werk der Dichtkunst. Das Deep Web ist real. Auf den elektronischen schwarzen Brettern, wo Menschen ihre Erfahrungen beim Durchforsten des Hidden Wiki posten, findet man Schilderungen von Leuten, die über das, was sie gesehen haben, völlig ausgeflippt sind. Man kann sich dort regelrecht verirren. Man klickt sich einfach von Website zu Website; die einzige Möglichkeit, den Überblick über die Reise in die Finsternis zu bewahren, besteht darin, Lesezeichen für Seiten anzulegen, damit man den Weg dorthin zurück findet, von wo man gekommen ist. Ein Typ hat mal auf eine Seite geklickt, die ihn so sehr verstört hat, dass er von ihr flüchten wollte. Ging nicht. Sein Computer hing auf der Seite mit ihrem abscheulichen Bildmaterial fest, als sollte er dafür verhöhnt werden, dass er dort gelandet war. Er musste den Akku aus seinem Laptop entfernen und später die gesamte Festplatte löschen.

Es machte mich wütend und deprimiert, es weckte in mir den Wunsch, nach einer Flasche Wodka zu greifen und sie in mich hineinzuschütten, es ließ in mir den Drang hochsteigen, ein paar Leute in den Boden zu hämmern und zu pulverisieren. Es weckte in mir den Wunsch, Maria festzuhalten, den Gang hinunter zu den Kids zu laufen, die in den Zimmern des Motels feierten, und auch sie festzuhalten, sie in einer Form der Bestätigung des Lebens innig zu umarmen. Ich tat nichts davon. Stattdessen atmete ich tief durch und wartete, bis mich Isosceles weg von diesem Miasma der Abscheulichkeit führte.

Zu Starlights kleinem Shop des Grauens.

All das tat ich, bevor sie mir ihre SMS schickte. *willst du rüberkommen?* Bevor ich in ihrer Wohnung stand und beobachtete, wie sie mich mit ihrem Körper zu verführen versuchte, ihr dabei zusah, wie sie sich auszog, sich mir nackt präsentierte, um mich zu betören und in ihr Netz zu ködern.

Vermutlich verlor ich deshalb die Selbstbeherrschung und gab preis, dass ich ihren wahren Namen kannte, dass ich wusste, wer sie wirklich war, dass sie aus Rio gekommen und nach London geflüchtet war, bevor sie sich letztlich an die Gold Coast begeben hatte. Ich war nur eine Haaresbreite davon entfernt, auch noch zu offenbaren, dass ich über ihr »Geschäft«, den Handel mit jungen Frauen, Bescheid wusste.

Bevor ich jenes Wimmern hörte.

Bevor bei mir die Lichter ausgegangen waren, nachdem mich jemand, wahrscheinlich Estefan, mit einem harten, soliden Gegenstand, wahrscheinlich einer Pistole, niedergeschlagen hatte und ich zu Boden gegangen war. Nachdem ich der gefesselt und geknebelt auf dem Bett liegenden, jungen Frau, die verkauft werden sollte, versichert hatte, dass sie in Sicherheit sei.

Weil ich eingetroffen war.

Um sie zu retten.

Nur du, Darian, nur du.

31

Der Einsame

Der Kunde ist in Ordnung. Ich habe ihn angerufen und ihm mitgeteilt, dass sich die Lieferung um einen Tag verzögern könnte, aber er nimmt das gelassen. Er war gestern Nacht so bezaubert von Tina. Fand, dass sie umwerfend aussieht. Meinte zu ihr, sie würde sehr glücklich werden.

Sie war brav. Hat wirklich auf meine Rüge angesprochen. Sie hat sich sehr gut benommen. Als ich sie aufgefordert habe, sich ihm zu präsentieren, hat sie es getan. Als ich sie aufgefordert habe, ihm einen Kuss zuzuwerfen, hat sie es getan. Als ich sie aufgefordert habe, für ihn zu lächeln und eine Schnute zu ziehen, hat sie es getan. Ich habe sie aufgefordert, ihre Brüste in die Hände zu nehmen und für ihn zu drücken. Auch das hat sie getan. Ohne Tränen. Ohne Trotz. Ohne Klagen. Kein Wunder, dass er gelassen ist. Immerhin bekommt er die perfekte Prinzessin.

Eine Prinzessin, die um ein Haar gerettet worden wäre. Glück gehabt. Jetzt ist sie wieder bei Carlos und mir auf dem Rücksitz unseres Autos, das gerade in Richtung des Spinnennetzes rollt. Dort ist es sicher. Allerdings hinke ich hinter dem Zeitplan her, und mir fehlt immer noch eine junge Frau. Ich muss eine neue finden. Der andere Kunde hat ebenfalls kein Problem mit der Verzögerung, er ist auch cool. Meine Kunden sind sehr entgegenkommend.

Die meisten sind bloß gelangweilt und einsam. Viele arbeiten für Bergbauunternehmen oder Ölgesellschaften, Männer, die mitten im Nirgendwo festsitzen, Tausende Kilometer entfernt von der nächsten Kleinstadt oder überhaupt irgendeiner Gemeinde. Der Bergbauboom ist wirklich gut fürs Geschäft gewesen. Diese Kerle werden an Orte geschickt, wo sie hoffnungslos von der Welt abgeschnitten sind. Man zahlt ihnen einen Haufen Kohle, und sie brauchen dringend eine Frau. Sie wenden sich an mich, und ich verkaufe ihnen eine heiße junge Schnitte, wir arrangieren den Transport, und dann ist sie dort bei ihnen, bis sie ihrer überdrüssig werden und eine neue anfordern. Einer meiner Kunden verbraucht ungefähr alle zwei Monate eine Frau. Er ist ein Stammkunde, und es ist wirklich gut fürs Geschäft, wenn man solche Umsätze mit wiederkehrenden Käufern erzielt. Sobald er mit einer fertig ist, fährt er einfach mit seinem Boot aufs Meer hinaus und wirft sie hinein. Er benutzt dafür eine Mülltonne, daher schöpft nie jemand Verdacht. Ist ein ziemlich gutes Verfahren. Einige meiner Leutchen sind auf Inseln stationiert. Ich habe einen anderen Kunden, der auf der Weihnachtsinsel arbeitet. Er hat irgendetwas mit dem Thema Sicherheit im Zusammenhang mit den Illegalen dort zu tun. Sein Vertrag läuft für mehr als zwei Jahre, und er sagt, es sei der langweiligste Ort auf Erden. Er wird dort so einsam und frustriert. Ich schicke ihm jedes Jahr ein paar Mädchen. Womit wir wieder dabei wären, was ich von Klischees halte. Es sind bloß gewöhnliche Männer, die weit von zu Hause und weit von jedem Ort entfernt leben, an dem sie nachts Spaß haben können. In den Städten habe ich nicht viele Kunden. Jedenfalls nicht hier in Australien. Ich beliefere den Markt in Übersee über Asien und Indien. Dort drüben kann man ein Mädchen mühelos wegsperren und verstecken. In den Städten dort wuseln Millionen von Menschen auf engstem Raum und leben quasi übereinandergestapelt. So bleibt man anonymer. Nicht so in den australischen Städten. Dort fällt man den Leuten tendenziell schon eher auf.

Das Geschäft wird nicht von Dauer sein – ich muss mit einer praktischen Perspektive an die Zukunft denken. In zehn Jahren, vielleicht auch weniger, wenn man bedenkt, wie schnell sich die Dinge weltweit in Hinblick auf den technischen Fortschritt entwickeln, werden meine Mädchen samt und sämtlich durch Sexpuppen oder Roboter ersetzt werden. Ich weiß, das klingt irre, und Carlos hat mich immer ausgelacht, wenn ich ihm davon erzählt habe, aber es stimmt. Wenn man sich im Internet umsieht, findet man einen Sex-Roboter namens Roxxxy, den einer meiner Käufer für nur siebentausend Dollar bekommen könnte. Das ist deutlich weniger, als man mir für meine Frauen bezahlt. Allerdings wirken diese Roboter momentan noch ziemlich linkisch und sehen albern aus. Sie bewegen sich wie ein Spielzeug, und ich habe keine Ahnung, wie sie sich wohl anfühlen. Sie sehen noch aus wie Sexpuppen, die meiner Ansicht nach zu den willkürlichsten, am fürchterlichsten anzuschauenden Dingen gehören, die man je hergestellt hat. Trotzdem verkaufen sie sich. Und man denke nur an *Blade Runner*. Die Frau in dem Film war megaheiß. Ich würde sie ficken. Jetzt wollte ich schon »falls« sagen, dabei muss es nicht »falls«, sondern »sobald« heißen … sobald man also dieses Niveau überragender Modellierung erreicht, bin ich erledigt. Dann ist mein Spiel vorbei. Aber bis dahin werde ich längst steinreich sein und um die Welt segeln.

Pech für meine Mädchen, dass sie zu früh auf die Welt gekommen sind – würden sie erst in zehn Jahren geboren, bräuchte ich sie nicht mehr zu entführen und zu verkaufen. Andererseits wäre ihnen dann die großartige Erfahrung entgangen, die ich ihnen biete, die Erfahrung, eine Prinzessin zu sein und wilde, unerwartete Reisen anzutreten – auch wenn diese Reisen mitunter kurz sind und im Meer enden.

—

Carlos fährt, und ich bin auf dem Beifahrersitz. Tina ist hinten. Sie schläft. Ich habe ihr Xanax gegeben. Sie muss völlig weggetreten sein.

Ich liebe es, vorne zu sitzen und durch die Windschutzscheibe hinauszuschauen. Dabei sieht man Dinge, die man nie wahrnimmt, wenn man selber fährt. Zwischen grünen Koppeln erstrecken sich Zuckerrohrfelder. Das Meer ist in der Nähe. Wir befinden uns in landwirtschaftlichem Gebiet. Sehr wenig Verkehr auf der Straße, und alle Ortschaften, die wir passiert haben, sind klein und sehen traurig aus. Keine Touristen hier draußen. Keine coolen Lokale zum Abhängen. Keine heißen Frauen.

Und mir bleibt Zeit zum Nachdenken. Carlos ist mit dem Fahren vollauf beschäftigt. Seine Gedanken kreisen darum, in Sicherheit zu gelangen. Das ist gut, denn ich will nicht, dass er zu sehr über die Zukunft und darüber grübelt, was passieren könnte. Wenn er das tut, könnte er gefährlich werden.

Es ist keineswegs so, dass er heute Morgen in meine Wohnung gekommen ist, um mir Frühstück zu machen. Ich konnte es in seinen Augen sehen. Er wollte mich umbringen. Er wollte Blutrache. Er wollte mir wehtun, um sich selbst besser zu fühlen angesichts der wirklich dummen Dinge, die er in den vergangenen Tagen getan hat. Ohne mich, die ihm sagt, dass er ein Idiot ist, würde er sich viel besser vorkommen.

Solche Empfindungen verschwinden nicht einfach.

Und durch all das über sein Gesicht und seine Brust verspritzte Blut weiß ich, dass er in einem Blutrausch ist. Er wird nicht aufhören. Und wo wir hinfahren, ist es klein. Dort wird man gesehen, wird man bemerkt. Wir werden eine Weile untertauchen, vom Radar verschwinden müssen.

Eigentlich sollte ich ihn fragen, warum das Blut an ihm klebt. Werde ich aber nicht tun. Er würde mich nur entweder belügen oder sich gleich wieder von mir angegriffen fühlen.

Scheiße, ich hoffe, er ist nicht dabei beobachtet worden, wie er getan hat, was immer es war, wodurch all das Blut auf ihn gespritzt ist. Ich hoffe, er war vorsichtig. Zum Glück gibt es an der Gold Coast kaum Überwachungskameras. Wie ich gelesen habe, wird sich das ändern. Vielleicht ist es an der Zeit, weiterzuziehen. Vielleicht werden sogar an der Universität Überwachungskameras installiert. Das wäre eine Katastrophe. So viel von meiner Arbeit basiert auf der Tatsache, dass wir uns junge Frauen greifen können, ohne dabei gesehen zu werden.

Ich hasse Überwachungskameras. Ich hoffe, Carlos war vorsichtig.

Mit DNA oder Fingerabdrücken können ihn die Bullen nicht festnageln, man könnte ihm nur dann etwas anhängen, wenn er gesehen worden ist. Abgesehen davon fliegt er unter dem Radar. Und das weiß er auch; deshalb ist er so faul und unbekümmert, deshalb denkt er, dass er herumlaufen, Menschen umbringen und ungeschoren damit davonkommen könnte, als wäre er der Herrscher in der verfluchten Favela.

»Wir sind da«, verkündet er.

Ich schaue mich um und sehe, wie die Anlegestelle der Fähre in Sicht gerät.

32

Die andere Frau

»Sie sind diejenige, die Johnston angerufen hat, richtig?«, fragte Cathy.

Das entsprach nicht unbedingt der Einleitung zu einer Unterhaltung, wie Maria sie erwartet hatte, und nun, da die junge Witwe ihr die Frage mit kaum verhohlener Verachtung entgegengeschleudert hatte, ging Maria unwillkürlich durch den Kopf, ob sie der Frau nicht lieber hätte fernbleiben sollen.

Obwohl sie den Cops verraten hatte, wo sich Darian aufhielt, war sie noch eine Weile geblieben, um zu sehen, ob er im Motel auftauchen würde. Was er nicht getan hatte. Sein Telefon hatte er ausgeschaltet. Tot. Er war untergetaucht. »Vom Winde verweht«, wie er es gerne nannte. Er würde auf seine Weise weiterarbeiten, und sie würde wohl erst wieder von ihm hören, wenn er entschieden hätte, wann und wo.

Unterschwellig fragte sie sich, ob sie das Richtige getan hatte. Es war ihr nicht leichtgefallen, ihn fallen zu lassen – obwohl sie es nicht als großen Verrat betrachtete, nicht wirklich. Sie hatte Dane Harper lediglich seine Telefonnummer genannt und ihm offenbart, wo sie übernachteten. Komischerweise kaum hundert Meter vom Polizeirevier in Surfers Paradise entfernt.

Als ihr Darian dann die SMS mit der Botschaft geschickt hatte, dass er im Q1-Gebäude war, hatte sie auch diese Information an Dane weitergegeben. Allerdings war es ein Test gewesen, bei dem sie durchgefallen war. Tja, sollte sich Darian doch zum Teufel scheren. Ihre Loyalität galt nicht ihm. Sie galt der Polizei, dem Abzeichen, der Uniform, Leuten wie Dane, die richtige Polizeibeamte verkörperten, keinen Ehemaligen wie Darian.

Außerdem galt ihre Loyalität heute wie früher auch Johnston. Deshalb war sie zu seinem Haus gefahren, um seiner Witwe, der dreiundzwanzigjährigen Cathy, der sie noch nie begegnet war, ihren Respekt zu zollen.

»Ja«, gestand Maria. »Das war ich.«

Und dann fügte sie hinzu: »Es tut mir leid.«

Sie saßen im Wohnzimmer. Es handelte sich um ein modernes, unlängst gebautes Haus in einer jener seelen- und charakterlosen Siedlungen in einem Vorort namens Arundel. Straßen, die im Kreis verliefen. Keine Bäume. Häuser, die allesamt gleich aussahen. Alles eingeschossige Ziegelsteinbauten mit riesigen Garagen davor, als wäre die Garage wichtiger als die Fassade des Gebäudes.

Die Sorte billiger und angeblich sicherer Wohngebiete, in denen erstmalige Hausbesitzer kaufen.

Die Wände präsentierten sich kahl. Keine Bücher. Die Möbel sahen aus, als wären sie aus einem Katalog von Freedom oder Ikea gekauft worden. Dieses Haus war schon leblos gewesen, bevor Johnston ermordet worden war. Nun wirkte es bloß umso lebloser. Stille herrschte. Cathy weinte nicht. Sie schien wütend zu sein.

»Ja, mir auch«, sagte Cathy.

Einige Sekunden lang dachte Maria daran zurück, wie

Johnston sie kurz nach ihrer ersten Begegnung in Melbourne angelächelt hatte; lächelnd hatte er den Arm ausgestreckt, um ihr die Hand zu schütteln. Er war ein großer, unschuldig wirkender Mann mit langen Wimpern und sanftmütigen, freundlichen Augen gewesen.

»Ich kapier' diese Polizisteneinstellung einfach nicht«, verriet Cathy. »Beschissene Bezahlung, beschissene Arbeitszeiten, beschissener Job. Und es ist verflucht gefährlich. Wer will schon einen Job, bei dem man getötet werden kann? Warum wollen Sie Polizistin sein?«

»Es ist einfach das, was ich schon immer tun wollte«, erwiderte Maria und hörte selbst, wie lahm ihre Antwort klang.

»Ja, das hat er auch gesagt. Er hat sich für unbesiegbar gehalten, wenn er die verdammte Uniform angezogen hat. Dann hat er sich für einen harten Kerl gehalten, für einen richtigen Mann. Er hat gedacht, er könnte alles tun, er sei kugelsicher – alles wegen einer dämlichen, verfickten Uniform, die ihm ohnehin nie richtig gepasst hat.«

»Mir tut Ihr Verlust aufrichtig leid«, sagte Maria und erhob sich. *Zeit, von hier zu verschwinden*, ging ihr durch den Kopf. »Ich sollte gehen.«

Cathy blieb sitzen.

»Was hat es für einen Sinn gehabt?«, fragte sie stattdessen und starrte dabei auf den hellbraunen Teppich.

»Wie bitte?«, hakte Maria nach.

»Sie sollten in der Lage sein, das zu beantworten. Immerhin haben Sie ihn angerufen und ihm gesagt, er soll losziehen und nach irgendeinem verschwundenen Mädchen sehen. Sie sind diejenige, die ihn in den Tod geschickt hat. Warum? Was hat es für einen Sinn gehabt?«

»So ist der Job nun mal«, sagte Maria.

»Machen Sie die Welt sicherer? Holen Sie diese armen Mädchen zurück ins Leben?«

»Ich sollte gehen«, wiederholte Maria.

»Ja. Sollten sie«, gab die Witwe zurück.

—

Als Maria vor Cathys niedrigem Ziegelsteinhaus mit der überdimensionierten Garage stand, inmitten einer in Stille und Bewegungslosigkeit erstarrten Welt, da um acht Uhr dreißig morgens alle zur Arbeit verschwunden zu sein schienen oder zu verängstigt oder zu gelangweilt waren, um herauszukommen – und offen gestanden, warum sollten sie auch, zumal dieser Vorort lebloser und langweiliger als alles war, was Maria je gesehen hatte –, dachte sie über die Frage der anderen Frau nach: »Was hat es für einen Sinn gehabt?«

Maria war nicht danach zumute, die Autotür zu öffnen und einzusteigen. Ihr war nicht danach zumute, etwas anderes zu tun, als auf den Asphalt zu starren, auf dem sie stand und auf den die Sonne schien. Die deprimierend charakterlose Straße, die zu einer anderen, genauso ausdruckslosen und langweiligen Straße an diesem kleinen Ort führte, aus dem alles Leben abgeflossen zu sein schien, hob ihre Stimmung auch nicht gerade.

Normalerweise wurde sie von Entschlossenheit angetrieben. Der Job, die Uniform, das genügte ihr. Polizeibeamtin zu sein bedeutete etwas, gab ihr einen Grund, jeden Morgen aufzustehen. Es war, um eines von Darians Wörtern zu benutzen, *rechtschaffen*. Trotz der Büropolitik, des Sexismus, ihres vertrottelten Bosses Fat Adam und der Kerle, die sie stets blöde angafften. Trotz all der Differenzen und Ärgernisse bestand eine Bruderschaft, der sie angehörte.

Plötzlich schien all das erschüttert worden zu sein – durch die schräge, grässliche, konfrontierende Erfahrung des Gesprächs mit Johnstons Witwe, durch seinen Tod, durch Marias eigene Schuldgefühle. Was würde aus ihr werden? Ihre Mutter lebte allein; Maria besuchte sie nur selten. Sie hatte Albträume darüber, dass sie eines Tages oder Nachts, wahrscheinlicher Nachts, einen Anruf oder eine SMS oder eine dämliche Mitteilung auf Facebook erhalten würde, die ihr mitteilte, dass ihre Mutter gestorben war. Weg ohne einen Abschied, weg ohne ein Verständnis zwischen ihnen – aber welchen Sinn hätte das wieder? Welche Bedeutung? Und welches Verständnis eigentlich? Was brauchten sie denn mehr, als einmal im Jahr oder alle zwei Jahre Hallo zu sagen, Kaffee zu trinken und aufs Meer hinauszustarren? Würde Maria irgendwann in einem Altersheim leben? Würde es jemanden geben, der für sie sorgte; *wollte* sie überhaupt, dass irgendjemand für sie sorgte? Hatte ihr Leben einen Zweck, und spielte es denn eigentlich eine Rolle? Jeden Tag stand sie auf, zog die Uniform an und ging zur Arbeit als Hüterin des Gesetzes. War es das? Lag darin ein Sinn?

Oder vielleicht würde sie wie Johnston in einem Graben enden. Es würde einen Sinn haben. Es würde einen Mörder geben, den es zu fassen galt. Es würde eine Erinnerung geben, eine Gedenktafel, Tränen, zweifellos auch Schuldgefühle und Menschen, die ihrer gedachten. Ein vorzeitiger, gewaltsamer Tod einer jungen Polizistin: Das ergab Sinn. Das verlieh allem eine Bedeutung. *Oder nicht?*, ging Maria durch den Kopf.

Dann klingelte plötzlich ihr Telefon. Casey, ihr Geliebter. Einen flüchtigen Moment lang spielte sie mit dem Gedanken, nicht ranzugehen.

»Hi«, meldete sie sich.

»Hi, Schatz, wo zum Henker steckst du? Ich bin hier! Arch und ich sind gestern Nacht von Blond Richard angerufen worden. Wir sind mit Archs verficktem Speedboot hergefahren. Geil, sag' ich dir, geil. Haben's gleich neben dem *Versace-Hotel* geparkt – oder wie auch immer man bei einem Boot dazu sagt. Ist dieser Schuppen zu fassen? Wir spachteln gerade Burger, Liebling. Und stehen parat, um mitzuhelfen. Liebe dich, Schatz. Lass alles stehen und liegen, komm rüber, und drück deinen Lover ordentlich.«

Maria lachte.

33

Unterwegs

Ich kaufte mir ein neues Handy und lud es mit einem Guthaben von hundert Dollar auf. Dann rief ich Isosceles an und bat ihn, Maria die neue Nummer nicht zu geben.

»Aber was, wenn sie mich danach fragt?«, wollte er wissen und klang aufrichtig überfordert von der Bredouille, in der er sich sah.

»Dann lüg«, schlug ich vor.

Darauf folgte erst Stille und dann: »Na schön.« Als hätte ich ihn ersucht, nackt den Mount Everest hinaufzusprinten.

»Danke«, sagte ich, als wollte ich ihm damit Trost entbieten.

Ich mietete ein Auto, einen billigen, unscheinbaren weißen Holden Commodore. Damit fuhr ich in die Tiefgarage in der Nähe des Motels, stieg aus und ging zum Studebaker hinüber. Ich fasste unter den Vordersitz, wo ich den Schuhkarton mit meiner Kanone darin verwahrte. Nachdem ich mir die Beretta hinten in die Jeans gesteckt hatte, stieg ich wieder in den Commodore. So sehr ich meinen Studebaker mit seiner Gangschaltung, dem Lenkrad auf der linken Seite, der fehlenden Servolenkung, der uralten Klimaanlage und den Fenstern mit Handkurbeln liebe, hin und wieder genieße ich den Kick, ein neues Auto mit all den Knöpfen für die umfangreiche Elektronik und elektrisch verstellbaren Sitzen zu fahren. Und sie haben sogar eingebaute Navigationssysteme für orientierungsgeschädigte Fahrer wie mich. Für einen Kerl wie mich kommt es einem sündigen Vergnügen gleich, einen brandneuen Wagen zu fahren. Der Nachteil ist, dass man dazu neigt, ein wenig zu großzügig auf das Gaspedal zu treten, weil man nicht daran gewöhnt ist, wie seidenweich das Auto darauf anspricht oder mit welcher Mühelosigkeit diese neuen Motoren die Kilometer fressen.

—

»Ich hasse verfluchte Universitäten. Die geben mir immer das Gefühl, ein Vollpfosten zu sein, dumm und wertlos«, erklärte Blond Richard.

Ich hatte ihn angerufen, um ihm die neue Nummer zu geben und um mich zu erkundigen, ob er schon irgendwelche Fortschritte mit der Liste der Namen erzielt hatte. Er hatte sich mir nichts, dir nichts den Tag frei genommen und an den Eingang zu seinem Plattenladen ein Schild gehängt, das besagte: *Verbrechensbekämpfung. Für heute geschlossen. Vielleicht auch länger.*

»He, du da!«, hörte ich ihn jemandem zurufen. »Wo finde ich die Soziologievorlesung?«

Während ich weiterfuhr, lauschte ich der gedämpften Antwort auf seine Frage, die meiner Vermutung nach wohl so ähnlich ausfiel wie »Keinen Schimmer, wovon du da redest«. Dann, nach einem kurzen, undeutlichen Dialog, ertönte wieder seine Stimme.

»Niemand hat ’nen Schimmer von irgendwas. Ich werd’ mal deinen Computerkumpel anrufen und fragen, ob er mich durch den Schuppen hier lotsen kann.«

»Wir hatten einen Treffer bei einem Geldautomaten«,

verkündete ich. »Das könnte der Durchbruch sein, den wir gebraucht haben, um unsere verschwundene Ida zu finden, aber es wäre wirklich hilfreich, wenn du herausfinden könntest, ob irgendjemand schon mal was von einem Ort namens ›Spinnennetz‹ gehört hat.«

»Spinnennetz«, wiederholte er, als notiere er sich das Wort. »In Ordnung, geht klar. Ach ja, Casey und dieser wilde Spinner Arch sind eingetroffen. Ich will sie auch auf die Jagd ansetzen. Okay?«

»Ja, bestens«, erwiderte ich.

»Ade«, sagte er und legte auf. Ade: Gibt es eigentlich noch einen Ort auf diesem Planeten, wo man das Wort benutzt, um sich zu verabschieden?

Ich schaute auf die Anzeige des Navigationssystems. Sie teilte mir mit, dass ich mich eine Stunde von der Anlegestelle der Fähre entfernt befand, die mich über Moreton Bay zur Ortschaft Amity auf Stradbroke Island übersetzen würde.

Dann meldete sich Idas Mutter Annie bei mir.

Zuvor hatte ich sie angerufen und ihr eine Nachricht mit der neuen Telefonnummer hinterlassen.

»Ist dort Darian?«, fragte sie.

»Ja«, bestätigte ich.

»Gute Neuigkeiten!«, verkündete sie.

Jäh drehte ich das Lenkrad und stieg auf die Bremse, fuhr abrupt an den Straßenrand. Durch diese völlig unerwartete Äußerung ahnte ich bereits, worauf dieses Gespräch hinauslaufen würde.

»Ida ist in Sicherheit. Sie hat mich früh heute Abend angerufen. Abend meiner Zeit. Heute Morgen bei Ihnen, glaube ich.«

»Wie lange ist ihr Anruf her?«, fragte ich.

»Ungefähr eine Stunde. Sie hat gesagt, ich soll Ihnen ausrichten, Sie brauchen sich keine Sorgen zu machen, es sei alles bloß ein Missverständnis gewesen.«

Von wegen Missverständnis. Vier tote Menschen und unzählige junge Frauen, die in irgendeine Form von Sklaverei verkauft wurden.

»Sind Sie sicher, dass es Ida war?«, hakte ich nach. »Ihre Stimme, ihre Eigenheiten; sind Sie absolut sicher, dass Sie mit Ihrer Tochter gesprochen haben?«

»Selbstverständlich.« Sie klang ein wenig gekränkt.

»Von wo hat sie angerufen?«

»Das hat sie nicht erwähnt, aber sie hat mir versichert, dass es ihr gut geht. Sie reist gerade und wird bald zurück an der Gold Coast sein. Sie freut sich schon darauf, wieder zum Studium zurückzukehren.«

»Hat sie von einem Handy oder einer Festnetzleitung aus angerufen?«

»Es war ein Münztelefon«, sagte sie. »Ich konnte hören, wie sie Münzen eingeworfen hat. Sie ist in Sicherheit, das ist alles, was zählt. Danke, dass Sie so besorgt um sie gewesen sind.«

»Hat sie sonst noch etwas zu Ihnen gesagt? Vielleicht, wo sie gewesen ist?«

»Das spielt keine Rolle. Sie hat gesagt, ich soll Ihnen ausrichten, es sei ein Missverständnis gewesen. Sie ist nicht mehr verschwunden. Also.«

Ich glaube, hätten wir noch viel länger gesprochen, hätte sie versucht, mich zu feuern.

»Wissen Sie, ob sie auf Stradbroke Island gewesen ist?«, fragte ich. »Jemand hat dort ihre EC-Karte benutzt, und ich hoffe, dass sie es war.«

»Es ist jetzt wieder alles in Ordnung. Vielen Dank für Ihre Besorgnis.«

Und damit legte sie auf.

Mein Hauptgrund dafür, dass ich hierhergekommen war, hatte sich anscheinend erledigt. Natürlich könnte Ida den Anruf bei ihrer Mutter unter Zwang getätigt haben. Allerdings glaubte ich das nicht. Vielmehr schien darin eine klare, einfache Botschaft an mich zu liegen: *Suchen Sie nicht nach mir, fahren Sie nach Hause, vergessen Sie es.*

Als ich das Lenkrad drehte, den Wagen zurück auf die Landstraße manövrierte und weiter in Richtung Stradbroke fuhr, fragte ich mich, was ich am Ende dieser Reise vorfinden würde. Begonnen hatte sie mit dem verzweifelten Hilferuf einer jungen Frau, die mir plötzlich nur noch eines zu sagen hatte: *Hören Sie auf.*

34

Die Truppe

Dane liebte Druck. Je intensiver er wurde, desto besser fühlte er sich.

Und im Augenblick fühlte er sich *richtig* gut. Seit der Entdeckung des Leichnams an diesem Morgen – am verfluchten Strand in aller Öffentlichkeit, um Himmels willen –, herrschte im Revier enorme Aufregung. Vier Leichen in zwei Tagen. Das musste so etwas wie ein Rekord für die Gold Coast sein. Es gab zwar immer wieder Schießereien mit Bikern und Bandenkriege, aber das hier war etwas völlig anderes. Ein brutaler Killer trieb mitten während der Schoolies-Wochen sein Unwesen. Der Bürgermeister flippte aus, die Presse flippte aus, Eltern flippten aus, Besitzer kleiner und großer Geschäfte flippten aus.

Ausgaben von Teenagern in Höhe von rund sechzig Millionen Dollar waren in Gefahr. Die Einzigen, die nicht ausflippten, waren die Schoolies-Besucher selbst. Die hielten sich für unverwundbar.

Es wäre auch ohne den Mord an einem Cop ein Albtraum gewesen; fügte man diesen Umstand noch der Gleichung hinzu, bekam man eine hochgradig explosive Umgebung.

Dane liebte das.

Es gab ihm einen Kick. Deshalb war er zur Truppe gegangen.

Früher hieß es noch *Truppe*, eine Polizei*truppe*. 1990 wurde daraus der Polizei*dienst*. Dane war zwei Jahre dabei gewesen, als die Bezeichnungsänderung umgesetzt wurde, und zwar im Bemühen, eine Öffentlichkeit zu beschwichtigen, deren Vertrauen in die Polizei nach den Enthüllungen schwerwiegender Korruption erschüttert gewesen war. Es gab nicht allzu viele Cops, die diese Umstellung guthießen. Die meisten, so wie er, wollten kein *Dienst* sein. Niemand war dabei, um zu *dienen*. Sie waren Polizisten geworden, um etwas durchzusetzen. Sie herrschten. Sie wollten der Öffentlichkeit nicht *dienen*. Drauf geschissen.

Dane fühlte sich also gut. Durch diese unverhoffte Mordserie befand er sich wieder dort, wo es sich richtig anfühlte: beim Durchsetzen.

Nur ein Faktor störte sein Vergnügen: Darian Richards. Dane konnte es nicht verstehen; Darian war ein erstklassiger, hochgradig angesehener Polizeibeamter gewesen. Zu seiner Zeit – die einige Jahre zurücklag – hatte er als eine der Legenden gegolten, als einer jener Ermittler, zu denen junge Beamte aufschauten, über die sie redeten, die nachzuahmen sie sich erträumten. Warum also behinderte der Mann ihre Mordermittlungen? Dane hatte alles über das Erlebnis der örtlichen Polizei in Noosa vor einem Jahr gehört, als man dort versucht hatte, einen Serienmörder zu fassen, während Darian gleichzeitig seinen Alleingang durchzog. Ihm waren sogar Gerüchte zu Ohren gekommen, Darian hätte ein paar Beamte aus Noosa niedergeschlagen und einem weiteren Polizisten den Arm gebrochen. Ebenso kannte er alle Gerüchte darüber, dass Darian als Ein-Mann-Hinrichtungskommando agierte und sowohl Verbrecher als auch korrupte Bullen vom Antlitz der Erde verschwinden ließ. Allerdings glaubte er nichts davon. Und selbst wenn es stimmte, erklärte es nicht, warum dem Kerl ihre Situation so völlig am Arsch vorbeizugehen schien.

Wusste er etwa nicht, dass ein Polizist getötet worden war?

Allein das hätte Darian dazu bewegen sollen, zum Telefon zu greifen und Dane alles mitzuteilen, was er wusste. Und hatte er das getan? Nein. Nicht mal ein verfluchtes Flüstern. Dane konnte kaum glauben, dass er gezwungen war, erneut auf Maria Chastain zurückzugreifen und sie zu bedrängen, damit sie Darians Aufenthaltsort preisgab.

Wenigstens verstand sie, was Loyalität bedeutete.

Aus Danes Sicht lief Darians Verhalten auf einen gewaltigen Verrat hinaus. Ihn kümmerte nicht, ob Darian die Uniform nicht mehr trug; ihn kümmerte nicht, ob Darian ausgebrannt war, ob er zynisch oder gar ein Arschloch geworden war, ob er sich für klüger als alle anderen hielt, ob er privat für jemand anderen arbeitete, ob er jemanden schützte oder sich vielleicht schmieren ließ. Dane interessierte die Motivation des Mannes schlichtweg nicht; Darian war auf die andere Seite gewechselt.

Es gibt sie, und es gibt uns. Das hatte Darian bei dem Seminar in Hobart gesagt, als Dane im Publikum gesessen und sich angesehen hatte, wie ein lebender Held darüber referierte, wie man eine Morduntersuchung durchführte. Damals hatte er die unabänderliche Tatsache beschrieben, dass so etwas wie das Böse existiert, ob man es nun glauben will oder nicht. Es gibt Menschen, die bösartige Verbrechen begehen, und solche, die es nicht tun. Ganz einfach. Ein Grundgesetz der Welt.

Inzwischen verkörperte Darian aus Danes Perspektive einen von *denen*. Und sobald seine Jungs ihn fänden und in den Verhörraum schleiften, würde er entsprechend behandelt werden. Dane würde ihn nicht um eine Erklärung ersuchen. Alles, was er wollte, waren schlichte Informationen. Schließlich betrachtete er nicht Darian Richards als den verfluchten, frei herumlaufenden Mörder. Darian war bloß ein ehemaliger Bulle, der einen Anruf von einer jungen Frau in Not entgegengenommen hatte. Und wenn schon.

Richards zu finden und unter Druck zu setzen, damit er grundlegende Informationen preisgäbe, würde nicht unbedingt den Durchbruch in dem Fall verheißen, aber es würde hoffentlich eine Lücke in ihrem Verständnis darüber schließen, was eigentlich ablief.

Der Mangel an Spuren brannte ihnen unter den Fingernägeln. Es gab keine Augenzeugen, und nichts im Hintergrund der Opfer wies auf irgendeine bestimmte Motivation hin. Eine der zwei jungen Frauen, die im Wasser gefunden worden waren, hatte irgendwelche Schwierigkeiten mit ihrem Freund gehabt; dem wurde gerade nachgegangen.

Mordermittlungen begann man immer bei denjenigen, die dem Opfer am nächsten standen, so hatte Dane es gelernt. Der Freund wurde verhört, während Dane dem Team des Morddezernats half, die Reaktion auf das jüngste Opfer zu koordinieren, auf den vierten Mord innerhalb von zwei Tagen, der an einer erst vor wenigen Stunden gefundenen jungen Frau namens Margaret begangen worden war.

Eine Teilnehmerin der Schoolies-Wochen. Die anderen Mädchen waren Studentinnen an der Uni gewesen. Und hinzu kam Johnston, ein Bulle. Bestand eine Verbindung zwischen ihnen?

Bei Margarets und Johnstons Mörder musste es sich um

dieselbe Person handeln; die Tötungsmethode war identisch. Beinah rituell. Das Schlimmste, was Dane je gesehen hatte, und er hatte schon viel zu Gesicht bekommen.

Dane liebte das.

35

Die Soziologievorlesung

Auf dem Campus der Griffith University an der Gold Coast tummelten sich über fünfzehntausend Studierende, und Blond Richard frustrierte es mächtig, nach einer bestimmten Studentin namens Michelle De Courcy zu suchen.

Abgesehen von Estefan hatte Michelle mehr SMS und Facebook-Nachrichten von Ida erhalten als alle anderen; sie schien eine enge Freundin zu sein, weshalb Darian sie ganz oben auf die Liste der Leute gesetzt hatte, die es zu befragen galt. Sie hatten versucht, sie anzurufen, aber es war niemand rangegangen. Um sechs Uhr morgens hatte Blond Richard an ihre Tür geklopft. Keine Reaktion. Isosceles hatte sich mühelos in jeden Aspekt ihres Lebens gehackt, von ihrer Mobiltelefonnummer bis hin zu ihrer Adresse und letztlich auch in ihre persönliche Universitätsseite, wo er ihren Stundenplan abgerufen hatte. Soziologie 1, Vorlesung, von zehn Uhr bis mittags. Es war zehn Uhr dreißig, und Blond Richard stand mitten auf dem Campus, einer weitläufigen Reihe von modernen Gebäuden, verteilt zwischen Gehwegen, offenen Höfen und schmalen Gassen, die nicht für den Lärm und das Dröhnen einer Harley bestimmt waren. Der Campus sah aus, als wäre er vor etwa zwanzig Jahren aus einem dichten Wald von Eukalypten geschnitzt worden, von denen viele noch standen. Außerdem mutete das Gelände an, als hätte jemand einen Freiluftdesigner damit beauftragt, so viele in Australien heimische Büsche wie möglich an so vielen Stellen wie möglich zu pflanzen. Alles an dem gesamten Ort wirkte ruhig und beschaulich. Blond Richard hatte mit einer Brutstätte für tobende Sexbesessene und plakatschwingende Protestierer gerechnet. Den größten Aufreger, soweit er das anhand von Postern an den Wänden beurteilen konnte, stellten formell organisierte Besäufnisse in der örtlichen Kneipe dar. Studenten scharten sich vor den Türen der Hörsäle, auf den Wiesen und in den Terrassencafés. Niemand hatte eine Ahnung, wo Blond Richard den Hörsaal für Soziologie 1 finden könnte.

»Die Vorlesung ist in G23«, übermittelte Isosceles an Blond Richard.

»Was zum Henker ist G23?«, rief der vermeintliche Albino einer kleinen Gruppe verwirrt wirkender Studenten zu.

»Das ist ein Gebäude«, sagte ein Mädchen mit roten Dreadlocks.

»Das ist ein Gebäude«, sagte Isosceles. »Hättest du gewartet, hätte ich dir diese grundlegende Information mitgeteilt.«

»Mann, bist du schräg drauf«, erwiderte Blond Richard, bevor er zu der jungen Frau meinte: »Wo ist das, Schätzchen?«

»Da«, antwortete sie und zeigte auf ein dreigeschossiges Gebäude hinter ihm.

»Es ist unmittelbar hinter dir, du *Baka*«, sagte Isosceles.

»Wie hast du mich gerade genannt?«, hakte Blond Richard nach, während er dem Mädchen zulächelte und sich in Richtung des Gebäudes in Bewegung setzte.

»*Baka*. Das ist Japanisch und bedeutet Dummarsch.«

»Ich bin ein Dummarsch? Und du bist ein verdammter Freak, du durchgeknallter Geek. Trotzdem danke für die Info. Jetzt komm' ich klar, und du kannst dich wieder deiner Besessenheit von Raquel Welch widmen«, sagte Blond Richard und legte auf.

Ich kündige, stand in der SMS, die Isosceles daraufhin an Darian sandte.

—

Kaum war Blond Richard durch die Tür des als G23 bekannten Gebäudes geschritten, bereute er es, Isosceles einen durchgeknallten Geek und verdammten Freak genannt zu haben. Und um ehrlich zu sein, hielt er Raquel Welch selbst für ziemlich heiß. G23 erwies sich als langes Gebäude mit aus dem Foyer geschätzt vielleicht hundert verschiedenen Türen, die zu Studien- und Hörsälen führten. So würde er Michelle De Courcy höchstens bis zur Vorlesung nächste Woche finden.

Da Entschuldigungen nicht zu seinen ausgeprägten Stärken gehörten, entschied sich Blond Richard dagegen, den durchgeknallten Geek erneut um Hilfe zu bitten; stattdessen ging er von Tür zu Tür, riss jede auf und fragte: »Ist das die verfickte Soziologievorlesung?« Wodurch er eine Menge verdutzter, verwirrter Blicke von Studenten und Dozenten erntete.

Was zum Geier ist Soziologie überhaupt?, fragte er sich, als er die Betonstufen zum nächsten Stockwerk erklomm. Isosceles würde es ihm sagen können, aber drauf geschissen.

An der siebten Tür im ersten Stock erwischte er den richtigen Raum.

»Ja«, antwortete ein Kerl mittleren Alters mit enger Jeans und schwarzem T-Shirt. Der Dozent. »Gehören Sie zu dieser Klasse?«

Ohne auf die Frage des Vortragenden zu antworten, ließ Blond Richard den Blick über die Studenten wandern, die an Tischreihen saßen, die sich bis ganz nach hinten im Saal erstreckten. Er wusste, nach wem er suchte, denn er hatte ihr Facebook-Profilbild in der vergangenen Nacht eingehend studiert. Sie war mollig, ungefähr Kleidergröße 46/48, hatte kurze, dunkelbraune Haare und breite Wangen. In der Schule musste sie als »Pummelchen« oder viel Schlimmeres bezeichnet worden sein. Als Blond Richard im Halbwüchsigenalter gewesen war, hatte er ausgesehen wie ein Magersüchtiger und war entsprechend gehänselt worden, weshalb er sich ihr in gewisser Weise verbunden fühlte, obwohl er sie nicht kannte.

Wie zu erwarten, saß sie an der hinteren Wand in der Ecke. Dorthin zog es in der Regel jene Kids, die unsicher wegen ihres Äußeren waren; dort hatte er selbst immer gesessen. Dort wollte er immer noch sitzen, wann immer er in ein Restaurant ging oder einen öffentlichen Ort besuchte.

»Michelle«, sagte er zu ihr quer durch den Saal. »Ich brauch' dich, Schätzchen.«

Michelle starrte ihn nur mit großen Augen an.

Der Dozent bemerkte ihre Angst und Verlegenheit und schritt ein. »Entschuldigen Sie, das hier ist eine Vorlesung. Könnten Sie wohl bitte gehen?«

Blond Richard richtete den Blick auf den Mann. Es war ein eingeübter Blick, der im Wesentlichen zum Ausdruck brachte: *Halt verflucht noch mal die Klappe, und leg dich nicht mit mir an, oder du handelst dir ein beträchtliches Maß an Schmerzen ein.* Unwillkürlich wich der Dozent in Richtung der weißen Tafel zurück.

Blond Richard wandte sich wieder Michelle zu und lächelte. So viel er von Bedrohung und Einschüchterung verstehen mochte, über Beschwichtigung wusste er alles.

»Ist alles cool«, beteuerte er. »Ich muss dir nur ein paar Fragen stellen. Gleich da draußen«, schlug er vor und deutete in Richtung des Gangs auf der anderen Seite der Tür, in die eine große Glasscheibe eingesetzt war.

Ebenso gut hätte er sie ersuchen können, aus dem obersten Stockwerk des Q1-Gebäudes zu springen. Erstarrt verharrte sie auf ihrem Sitz und sah zunehmend verängstigter aus.

»Alle Mann raus!«, brüllte Blond Richard. Er drehte sich dem Dozenten zu: »Du da. Raus.«

Dann wandte er sich an den Rest der Klasse: »Raus! Alle!«

Und zu Michelle: »Bleib. Rühr dich nicht. Die anderen können dich durchs Fenster beobachten; dir passiert nichts, aber du und ich, wir müssen uns unterhalten.«

36

Das Spinnennetz (II)

An der Ausfahrt Cleveland fuhr ich von der Autobahn ab. Die Fähre verkehrte alle zwei Stunden, und ich musste ziemlich aufs Gas steigen, wenn ich die nächste erreichen wollte. Blond Richard rief an.

»Ja«, meldete ich mich.

»Ich weiß, was das Spinnennetz ist«, verkündete er.

—

Zu Beginn war es ein Krieg auf der anderen Seite der Welt. Aber als die Japaner Pearl Harbor in die Hölle bombten, veränderte das alles. Innerhalb von zwei Monaten hatten sie Singapur gestürmt, angeblich eine Festung, aus der das britische Weltweich jeden Feind zurückschlagen konnte. Die vermeintlich uneinnehmbare Festung fiel innerhalb von sieben Tagen. Vier Tage später wurde Darwin bombardiert. Die japanische Invasion in Australien lief an, und schon sehr bald schien die Konzentration auf Hitler und Stalin drüben in Europa und Nordafrika, die zu dem Zeitpunkt notwendig war, für Australien ein schwerer Fehltritt zu sein. Mindestens siebenundneunzig Bomben wurden auf australischen Boden abgeworfen; die ersten landeten etwa vier Wochen nach dem Angriff auf Darwin in Queensland.

Die Einheimischen hatten gewartet. Während sich die

Regierung an Churchill hielt und den Krieg mit Befehlen aus London führte, wurde klar, dass die Japaner in unsere Richtung unterwegs sein könnten. Sie hatten China erobert, Vietnam, damals noch Indochina genannt, und trieben sich oberhalb des heutigen Malaysias herum. Sie schienen gerade einen Lauf zu haben, und Australien befand sich ganz unten auf der Landkarte. Das Gesetz der Schwerkraft legte nahe, dass sie auf uns fallen könnten. Die Anspannung stieg, und der Schutz der Küstenlinie schien eine ziemlich gute Idee zu sein. Aber da der vorherige Weltkrieg vorwiegend an Land und auf See ausgetragen worden war, hatte man sich nicht auf Flugzeuge vorbereitet. Es war ein moderner Krieg, in dem Technologie für Überraschungen sorgte. Es war ein Krieg, der am Himmel begann und endete.

Was man errichtete – eine Reihe von Befestigungsanlagen und Artilleriestellungen entlang der Küsten und Inseln des Großteils von Australien – erwies sich als überwiegend nutzlos gegen den brutalen Angriff.

Die meisten Befestigungsanlagen in Queensland baute man auf Moreton Island ein Stück vor der Küste von Brisbane, der Hauptstadt. Dort hockten bewaffnete Streitkräfte und Zivilschutzleute in Betonbunkern, die man in den Sand gepflanzt hatte, und starrten erwartungsvoll auf den Pazifik hinaus. Gleich unterhalb von Moreton liegt North Stradbroke Island.

Auf North Stradbroke Island gelangt man nur mit der Fähre. Beliebt ist die Insel beim gleichen Menschenschlag wie North Shore oben an der Sunshine Coast: bei besoffenen Brutalos und Fischern. Die Leute lieben solche Orte, um dort *The Fast and the Furious* auf Sand und auf den Schotterwegen nachzuspielen, die sich kreuz und quer durch das struppige Buschland winden. Die Insel ist ungefähr vierzig Kilometer lang. Früher war sie länger, aber 1896 wurde sie von einem gewaltigen Sturm buchstäblich zerrissen. Damals entstand eine weitere Insel namens South Stradbroke, die ich gesehen hatte, als ich bei Labrador den Broadwater-Meeresarm entlanggefahren war. Auf North Stradbroke gibt es drei Ortschaften; Amity, wo ich hinwollte, war die kleinste Gemeinde und lag am oberen Ende, nur wenige Kilometer vom einst befestigten Moreton entfernt.

Als ich wie ein Wahnsinniger raste, um die Fähre zu erreichen, bevor sie vom Festland ablegte, dachte ich darüber nach, wohin ich unterwegs war: zu einem jener Betonbunker aus der Kriegszeit, einer Befestigungsanlage, die von einer abgeschiedenen Gruppe von Leuten gebaut worden war, die auf ein leeres Meer hinausgestarrt hatte, während überall im Land hoch vom Himmel Bomben gefallen waren.

—

Dass Isosceles eine so unglaublich dünne Haut hatte, lag meiner Vermutung nach daran, dass er sich selten aus seinem Apartment wagte und noch seltener sozialen Umgang mit anderen Menschen pflegte. Er hatte seine Kündigung schon bei zahlreichen Gelegenheiten eingereicht, in der Regel in einem Anflug von Entrüstung darüber, beleidigt worden zu sein – oft auf zutiefst triviale Weise, tatsächlich oder eingebildet. Nachdem ich ihn beim Morddezernat an Bord geholt hatte und mit den Teams zusammenarbeiten ließ, war mir bald klar geworden, dass ich mich mit dieser speziellen Eigenheit seiner Persönlichkeit würde herumschlagen müssen. Einige Ermittler hänselten ihn wie ein Kind auf dem Spielplatz; ich verpasste ihnen dann immer einen Rüffel und erinnerte sie daran, wie wertvoll er für uns war. Und offen gestanden ist es auch so, dass nicht alle Verbrechensbekämpfer harte, muskulöse Kerle sind, die in Streifenwagen rumfahren. *Reißt euch zusammen, und lasst das Genie in Ruhe machen*, sagte ich zu ihnen. Wenn es ein wenig außer Kontrolle geriet, schickte ich sie hinunter zur Einsatztruppe für Nutztiere, um ihnen eine Dosis Banalität zu verpassen. Für gewöhnlich funktionierte das. Ich meine, der Umgang mit Isosceles mochte vielleicht schwierig sein, aber verglichen mit Verkehrsvergehen oder Rindern fing die Arbeit mit ihm schnell wieder an, verlockend zu sein.

Ich brauchte Blond Richard nicht anzurufen, um mich zu erkundigen, was vorgefallen war; je mehr die zwei miteinander zu tun hatten, desto größer war die Wahrscheinlichkeit für einen Streit gewesen, das hatte ich schon vorher gewusst. Nachdem ich die SMS erhalten hatte, die, grob geschätzt, achtunddreißigste Kündigung, die er mir zukommen ließ, rief ich ihn an und entschuldigte mich im Namen des Albinos bei ihm. Ich versicherte Isosceles, dass er wirklich ein Genie sei und ich ohne ihn, ohne seine außergewöhnliche Begabung, ohne sein Talent meine Arbeit nicht durchführen könnte, weder damals noch jetzt.

Es funktionierte. Tat es immer. Und ich brauchte nicht zu lügen. Es stimmte. Manchmal braucht man einer Person nur das zu sagen, wodurch sie offensichtlich zu etwas Besonderem wird.

Isosceles, der sich mit frischem Enthusiasmus wieder in die Arbeit stürzte, versuchte mittlerweile, den Ort ausfindig zu machen, an den ich musste. Ohne Erfolg. Auf Moreton Island befanden sich jene alten Befestigungsanlagen immer noch im Sand, kaum zu übersehen. Touristenattraktionen. Auf North

Stradbroke waren sie nicht offiziell von der Armee errichtet worden; wir vermuteten, dass stattdessen Einheimische sie gebaut hatten. Und so sehr Isosceles das Internet auch durchforstete, es spuckte nicht aus, wo sie sich befanden.

Michelle hatte zwar gewusst, was das Spinnennetz war, nicht jedoch wo. Die vierzig Kilometer lange und etwa acht Kilometer breite Insel besaß nur wenige gepflasterte Straßen, die einen kleinen Teil an der Nordspitze abdeckten, der Rest bestand überwiegend aus Buschland. Zu den geografischen Erschwernissen kam hinzu, dass mein Holden Commodore nicht dafür gebaut war, über Gestrüpp, Sand und Schotterwege voller Schlaglöcher zu rumpeln. Auf der Insel gab es keine Autovermietung, schon gar keine mit Allradfahrzeugen. Ein klein wenig Diebstahl würde notwendig sein.

—

In Cleveland einzutreffen, ähnelte der Ankunft in den meisten Ortschaften in Queensland an der glitzernden Küste zwischen Burleigh Heads und Noosa: eine breite, moderne vierspurige Autobahn, weitläufige, protzige Häuser, jede Menge Jachten und Rennboote, Strandcafés und Einkaufszentren. Ein Einkaufsparadies, als wäre es direkt aus den Vereinigten Staaten von Amerika hergebeamt worden. Gepflegte Vororte mit gestutztem Rasen und reichlich Palmen. Ich war gut vorangekommen. Fahrplanmäßig würde die Fähre erst in zwanzig Minuten ablegen.

Als ich die Hauptstraße entlangfuhr und ein Einkaufszentrum nach dem anderen zu beiden Seiten der Fahrbahn passierte, wurde mir bewusst, wie viele Allradfahrzeuge in der Gegend unterwegs waren. Man konnte meinen, in der Nähe fände eine Allradversammlung statt. Andererseits gleicht heutzutage nahezu jeder Ausflug in eine beliebige Stadt in Australien – oder in den USA oder in Großbritannien – einem Besuch einer Allradversammlung. Diese Ungetüme übernehmen allmählich die Städte. Ich hatte mich an einen Nissan Patrol geheftet, in der Hoffnung, er würde in eine Tiefgarage biegen, wohin ich ihm folgen könnte, um dort zu warten, bis der Fahrer ginge, um mir den Wagen anschließend unter den Nagel zu reißen. Der Fahrer war ein Mann mittleren Alters mit künstlicher Sonnenbräune und Ray-Ban-Sonnenbrille. Er war aus einer Wohnstraße vor mich gefahren und sah aus, als wäre er zu den Geschäften weiter vorne unterwegs. Allerdings tummelten sich auf den Straßen allerlei Alternativen, die mich allmählich in Versuchung führten: ein Porsche Cayenne, BMW, Range Rover und, für einen intensiven psychotischen Moment, ein Hummer. All diese Fahrzeuge wären Autos zum richtigen Fahren gewesen, nicht wie die massengefertigten Plastikdinger aus Japan – die erfüllten zwar ihren Zweck, und das recht gut, damit hatte es sich aber schon.

Ich blieb trotzdem bei dem Nissan. Es handelte sich um ein älteres Modell, was bedeutete, dass ich ihn ohne große Mühe kurzschließen konnte. Wie ich gehofft hatte, bog der Fahrer von der Hauptstraße in die Tiefgarage eines der kleineren Einkaufszentren. Er stellte den Wagen ab und sprang rasch heraus. Offenbar hatte er es eilig. Ich auch.

Meine Fertigkeiten im Kurzschließen von Autos hatte ich mir angeeignet, als ich vor vielen Jahren einige Zeit im Dezernat für gestohlene Fahrzeuge verbracht hatte. Obwohl es lange zurücklag, dass ich zuletzt geübt hatte, fiel mir mühelos alles wieder ein. Innerhalb von Sekunden befand ich mich mit dem Nissan Patrol aus den Achtzigern auf der Straße.

Wenig später bog ich auf den Parkplatz der Fährenstation. Die Fähre, ein großes, glänzendes, rotes und weißes Boot, wartete bereits. Ich rollte als letztes Auto an Bord, bevor die Maschinen grollend zum Leben erwachten, das Wasser aufgewirbelt wurde und sich die schwarze Metallklappe am Heck hob. Innerhalb von Minuten bahnten wir uns langsam den Weg vom Festland einen schmalen Kanal entlang, den zu beiden Seiten aus dem Wasser ragende Erhebungen mit Mangroven und Sand säumten. Was würde ich auf der Insel finden? Hoffentlich Ida und Antworten.

37

Die Person von besonderem polizeilichem Interesse unterstützt die Polizei bei ihren Nachforschungen

»Diese Befragungsaufzeichnung wird um zwölf Uhr einunddreißig im Polizeirevier Surfers Paradise fortgesetzt. Anwesend sind Inspector Dane Harper und Ethan Hitchcock. Ethan, Sie hatten in der vergangenen Stunde eine Tasse Kaffee und ein Sandwich, ist das richtig?«

»Ja.«

»Und Sie sind einverstanden damit, weiter mit mir über diese Angelegenheit zu reden?«

»Ja, aber wie ich schon vorher gesagt habe, ich weiß nichts.«

»Heute Vormittag haben Sie mir erzählt, dass Sie und Hannah Streit gehabt hätten. Ist das richtig?«

»Wegen gar nichts.«

»Weswegen, Kumpel? Worüber haben Sie gestritten?«

»Über irgendwelchen Kram eben.«

»In Ordnung. Was für Kram?«

»Ich hab' sie verdammt noch mal nicht umgebracht. Klar?«

»Ja, wir versuchen hier nur, ein paar Dinge zu klären, in Ordnung? Das ist alles, Kumpel. Okay?«

»Ja.«

»Hannah hatte angefangen, sich mit jemand anderem zu treffen. Trifft das zu?«

»Irgendwie schon.«

»Irgendwie. Was soll das heißen, Kumpel?«

»Es war nichts Ernstes. Es war bloß …«

»Bloß was?«

»Nichts.«

»Aber Sie waren ziemlich sauer, nicht wahr?«

»Denke schon.«

»An dem Tag, als sie verschwunden ist, haben Sie Ihr ein paar SMS geschickt. Wollen Sie mir davon erzählen?«

»Ich war wütend.«

»Okay. Aber was ist mit diesen SMS?«

»Keine Ahnung.«

»Ich lese mal eine vor, ja?«

»Ja.«

»*Verlass mich nicht, sonst* … Was soll das bedeuten, Kumpel?«

»Nichts.«

»Ja, aber was bedeutet es?«

»Nichts.«

»Na schön. Ich halte es für ein wenig bedrohlich. Wie denken Sie darüber, Ethan?«

»Das ist verdammt noch mal verrückt.«

»Kumpel, wie ich schon sagte, ich versuche nur, herauszufinden, was passiert ist. Verstehen Sie? Ich werfe Ihnen nichts vor, okay? Aber wissen Sie, wie ich schon sagte, meine Aufgabe besteht darin, herauszufinden, was mit Hannah und ihrer Freundin Allegra passiert ist. Dabei wollen Sie mir doch helfen, oder?«

»Natürlich.«

»Na also, gut. Also – das ist eine stressige Situation, Kumpel. Hat keinen Sinn, zu versuchen, so zu tun, als wäre es anders. Meine Aufgabe ist, herauszufinden, wer das den beiden Mädchen angetan hat. Ihnen ist nichts zur Last gelegt worden, in Ordnung? Halten Sie sich das vor Augen. Okay?«

»Ja.«

»Gut. Also, können wir weitermachen?«

»Ja.«

»Gut. Haben Sie Allegra Michaels gekannt?«

»Ja. Wir waren zusammen in derselben Klasse.«

»Derselben Klasse wie Hannah?«

»Ja.«

»Wann haben Sie sie zuletzt gesehen?«

»Wen? Allegra?«

»Ja, Allegra.«

»In derselben Nacht. Der Nacht, in der wir alle zusammen ausgegangen sind.«

»Der Nacht, in der Ihnen Hannah gesagt hat, dass sie Schluss machen will, richtig?«

»So war das nicht.«

»Na schön. Haben sich Allegra und Hannah ziemlich nahe gestanden?«

»Ja.«

»Hat Allegra ihre Freundin Hannah dazu ermutigt, den Schlussstrich zu ziehen?«

»Den was?«

»Den Schlussstrich, Kumpel. Den Schlussstrich.«

»Es war bloß ein Streit, eine Diskussion.«

»Und dann ist sie verschwunden.«

»Darüber weiß ich nichts.«

»Kumpel, Sie haben ihr zehn, vielleicht sogar zwanzig SMS am Tag geschrieben. Bis zu ihrem Verschwinden und danach noch für mindestens eine Woche.«

»Ja. Und?«

»Würden Sie sagen, dass Sie besessen von Hannah waren?«

»Nein.«

»Aber als sie angefangen hat, sich mit jemand anderem zu treffen …«

»Es war nichts Ernstes. So war das alles nicht.«

»… da waren Sie stinksauer, was?«

»Ich will nicht weiter darüber reden.«

»Was soll das heißen?«

»Ich will keine Fragen mehr beantworten.«

»Sie wollen keine Fragen mehr beantworten?«

»Nein.«

»Sie wollen mir nicht mehr helfen, der Sache auf den Grund zu gehen?«

»Ja. Nein. Ich will einfach keine Fragen mehr beantworten.«

»Na schön, Kumpel. Ist Ihr gutes Recht. Ich habe nur noch eine letzte Frage für Sie.«

»Was?«

»Hatten Sie etwas mit dem Tod der Mädchen zu tun?«

38

Auf der Flucht

Tina ist weg. Wir haben sie an der Anlegestelle der Fähre in Cleveland abgegeben. Eine Limousine hat auf sie gewartet. Ihr neuer Besitzer hatte das organisiert. Ich treffe die Reisevorkehrungen nicht. Das ist zu kompliziert, vor allem, wenn man Mädchen in alle Teile der Welt verschickt. Manchmal holen die Besitzer sie selbst ab, aber das kommt nicht allzu häufig vor. Dieser Fahrer würde Tina hinaus nach Toowoomba oder so bringen, um sie in ein kleines Charterflugzeug zu packen, dessen Fracht niemand überprüfen würde.

Wegen des zweiten Kunden mache ich mir keine besonderen Sorgen, obwohl ich gemerkt habe, dass er verunsichert war. Er wird warten müssen. Schon bald werde ich wieder in Surfers Paradise sein. Die Schoolies laufen noch für eine weitere Woche, es wird also reichlich Auswahl an jungen Frauen geben. Und es ist keineswegs so, dass die Universität jetzt tabu wäre. Ich meine, ich kann selbst hingehen und ein Mädchen aussuchen, wenn es sein muss. Mädchen zu finden ist nicht besonders schwierig, zumal es um die fünfzehntausend Studenten allein an jener einen Universität gibt und an die zwanzigtausend Kids für die Schoolies an die Gold Coast gekommen sind. Teilt man diese Zahlen durch zwei, ergeben sich über siebzehntausend Mädchen. Ich meine, ehrlich – eines zu finden, sobald ich zurück bin, wird ziemlich einfach.

—

Ich laufe nicht weg, das mache ich nicht mehr.

Ich bin aus der Favela weggelaufen, ich bin von der Bucht von Neapel weggelaufen, und ich bin aus London weggelaufen.

Aber ich werde nicht aus meiner Wohnung im siebzigsten Stockwerk des höchsten Gebäudes von Australien in einen unterirdischen Bunker im Sand weglaufen, der vor Jahren von verängstigten Menschen gebaut worden ist.

Ich werde einen Tag hierbleiben. Vielleicht auch zwei. Länger nicht. Bis dahin werde ich mich um meine unmittelbaren Probleme gekümmert haben.

Danach kehre ich zurück. Darian hat gar nichts. Er wollte mich vergewaltigen, und ich habe ihn geschlagen. Das werde ich aussagen, falls ich überhaupt je etwas aussagen muss. Aber dazu wird es nicht kommen. Er wird weiter nach Ida suchen. Nur wird er sie nicht finden. Und dann wird er nach Hause zurückkehren. Aus und vorbei. Tschö mit ö, sexy Darian.

Ich laufe also nicht mehr weg. Aber ich weiß, dass sie mich immer noch jagen. Sie werden mich nicht finden, davon bin ich inzwischen überzeugt. Ich bin sicher in meinem Apartment im siebzigsten Stock, wo ich hoch über der Welt throne, wo ich in jede Richtung sehen kann, wo ich Schlösser an den Türen und eine Pistole an der Seite habe.

Aber ich kann sie fühlen und weiß, dass sie immer noch nach mir suchen.

Sie suchen nach mir in meinen Träumen, in meinem Schlaf, in meinen Momenten der Schwäche, wenn Angst das Kommando übernimmt, und sei es nur für wenige Augenblicke;

wenn ich zulasse, dass ich zurückkehre, zurück nach London, zurück nach Soho, zurück in jene Nacht, als er durch die Tür kam und ich nicht einmal hörte, wie sie geöffnet wurde.

—

Ist da noch jemand im Raum?, dachte ich. *Hat sich die Tür geöffnet, ohne dass ich es gehört habe?*

Ich befand mich am Ende des Bettes in dem Hotelzimmer, kniete auf dem Boden und hatte den Schwanz eines Kerls im Mund. Ich war nackt. Ich hatte nicht die Kontrolle.

Gefahr lauerte; ich wusste es einfach.

Keine Panik, sagte ich mir. *Vielleicht hast du es dir eingebildet. Denk wieder daran, was du heute Abend noch essen wirst, träum wieder davon, Modedesignerin zu werden. Zähl wieder, wie viel Geld du auf der Bank hast. Widme dich wieder dem Blowjob, Starlight, und hör auf, so paranoid zu sein.*

Dann hörte ich diesen dumpfen Laut – *Wupp!* –, der wie ein Faustschlag in ein Kissen klang.

Es musste eine Kugel gewesen sein, wurde mir klar, denn seine Beine knickten ein, als hätte er alle Muskelkraft verloren, und sein Schwanz wurde in meinem Mund schlaff. Ich spürte, wie etwas Heißes und Nasses auf mich spritzte. *Das ist sein Gehirn*, erkannte ich. *Jemand ist ins Zimmer gekommen und hat diesen Kerl erschossen. Ich bin die Nächste.*

Was zum Teufel soll ich nur tun? Ich muss sofort hier raus. Ich werde sterben.

Und wen würde es jucken? Nacktes zwanzigjähriges Callgirl, mit dem Schwanz eines Mannes im Mund, erschossen.

Ich rührte mich nicht. Stattdessen tat ich so, als gäbe es mich gar nicht. Wenn ich einfach auf den Teppich starrte, so dachte ich, würde der Schütze vielleicht gehen. Wenn wir keinen Blickkontakt hätten, würde er vielleicht einfach aus dem Zimmer verschwinden und mich in Ruhe lassen. Immerhin wurden solche Leute nur für den einen Mord bezahlt. *Er hat seinen Job erledigt, ich habe ihn nicht gesehen, kann der Polizei nichts sagen. Er sollte wirklich gehen.*

»Scheiße noch mal … Wer bist du denn?«, hörte ich. Auf keinen Fall wollte ich zu ihm aufschauen. An seiner Stimme konnte ich hören, dass er Afrikaner war.

»Steh auf«, befahl er.

Ich sah ihm zwar nicht in die Augen, tat jedoch, was er wollte. In Earls Court gab es eine Gang sudanesischer Kids, und sie galten als durch und durch skrupellos. Diese Burschen fangen schon an, Leute umzubringen, wenn sie sechs Jahre alt sind. Das Leben in den Slums von Rio ist schlimm, aber im Vergleich dazu, wie es im Sudan zugeht, ist es ein Einkaufsbummel bei *Harrods*.

Ich bedeckte mich bestmöglich mit den Armen, aber ich war splitternackt und bespritzt von der Hirnmasse des toten Freiers.

Mich knallte der Schütze nicht ab. Stattdessen starrte er mich an. Diese Sudanesen haben tote Augen. Ich sah ihn nicht an, ließ den Blick nach unten gerichtet. Ich wollte sein Gesicht nicht sehen.

Er starrte mich weiter an. Ich konnte seine Augen auf mir fühlen, und ich sah, dass er die Pistole in der Hand hielt und sie auf mich richtete.

Er holte ein Telefon aus der Tasche. Es war ein gelbes Nokia.

Ich rührte mich nicht.

»Er ist tot«, sprach er ins Handy. »Woher soll ich das wissen? Was ist das denn für 'ne Frage? Ich weiß es, weil ich ihn verdammt noch mal erschossen hab'. Er hat keinen Kopf mehr, das ist alles, was ich weiß«, erklärte er dem Gesprächspartner am anderen Ende der Leitung, ohne den Blick jener toten Augen von mir abzuwenden.

»Okay, okay«, sagte er, bevor er hinzufügte: »Warte kurz.«

Er beendete das Gespräch und richtete das Nokia auf die Leiche, die auf dem Bett zum Liegen gekommen war. *Knips.* Mit einer Hand gab er Zahlen in das Handy ein. Seine Augen starrten mich ungebrochen an. Seine Pistole zielte auf mich. Erneut wählte er.

»Gekriegt? Gut. Nächstes Mal fragst du gefälligst nicht nach 'nem Beweis, wenn du keinen brauchst – nicht, wenn ich dir sage, dass ich etwas erledigt habe. Du brauchst es nicht zu sehen, wenn ich's dir sage. Okay?«

Ich konnte die Stimme des Mannes am anderen Ende der Leitung zwar hören, nicht jedoch verstehen, was er erwiderte. Mir wurde kalt. Sollte ich mit ihm reden? Ich ließ den Blick zu Boden gerichtet.

Er kam auf mich zu. Sein Gesicht konnte ich nicht sehen, sehr wohl aber seine Schuhe. Glänzendes schwarzes Leder, spitze Enden.

»Hier ist 'n Mädchen«, verriet er.

Immer noch konnte ich fühlen, wie sich sein Blick in mich bohrte.

»Ja, ist 'ne Professionelle, hat gerade seinen Schwanz gelutscht, als ich ihn ausgeknipst hab'. So was Komisches hab' ich noch nie gesehen. Erzähl's dem Spaniel. Sag dem Spaniel, der Wizard God hat dem Pisser den Schädel weggepustet, sein Gehirn über sein echt schönes Hotelzimmer verspritzt – und als sein toter, völlig verfickt nutzloser Körper aufs Bett plumpst, ist da auf einmal ein Mädchen. Ja, Mann, der Wizard God lernt richtig gut Englisch. Hahaha. Sag dem Spaniel, da ist ein Mädchen auf den Knien, splitternackt und blond und echt hübsch. Sag dem Spaniel, sie hat dicke Titten. Doch, Mann, das stimmt. Dicke Titten, und sie ist splitterfasernackt – nackt, Mann. Hat den Pimmel von dem alten Furz im Mund gehabt, nur wird er nicht mehr kommen können, weil er gestorben ist. Erzähl's dem Spaniel.«

Er setzte die Pistole unter meinem Kinn an und hob mit dem Lauf meinen Kopf.

Unsere Blicke begegneten sich.

Er lächelte mich an. Als teilten wir ein Geheimnis.

»Sie ist echt hübsch«, bekräftigte er und starrte mich weiter an.

»Ich verscheißer dich nicht, Mann. Keine Ahnung, sie sieht spanisch aus, könnte aber auch eins der Mädchen aus Osteuropa sein, ist schwer zu sagen. Für mich schauen diese weißen Tussis alle gleich aus …«

Plötzlich reichte er mir das Telefon.

»Sag Hallo. Sein Name ist Black. Er ist mein Boss, und ich weiß nicht, ob er mir glaubt oder nicht, dass du hier bist, aber er will mit dem blonden Mädchen mit den dicken Titten reden, das nackt ist.«

Ich ergriff das Telefon. Dabei ging mir durch den Kopf: *Ich muss tun, was er sagt*. Mit dem Blick auf den Killer murmelte ich: »Hallo.«

»Wer bist du?«

»Kelly.«

»Bist du nackt?«

»Ja.«

»Hast du dicke Titten?«

»Ja.«

»Dieser Pisser Wayne, hat er dich gefickt?«

»Ja.«

»Wie viel hat er dir bezahlt?«

»Dreihundert.«

»Euro oder Pfund? Oder was sonst? In welcher Währung hat er dich bezahlt, Kelly?«

»Pfund.«

»Wo ist das Geld?«

»In meiner Handtasche.«

»Du gibst es dem Wizard God. Er gibt es mir. Ich gebe es dem Spaniel.«

»Okay.«

»Wie alt bist du, Kelly?«

Lüg ihn an. Wenn du ihm sagst, dass du wirklich jung bist, hat er vielleicht Mitleid mit dir.

»Fünfzehn.«

»Dann bist du 'n sehr junges Mädchen.«

»Ja.«

»Warum fickst du für Geld?«

»Ich weiß nicht. Sonst kann ich nichts.«

»Du kannst sonst nichts? Hast du versucht, 'nen richtigen Job zu bekommen? Hast du versucht, 'nen Job zu bekommen, zum Beispiel bei *Harrods?* Jeder kann 'nen Job bei *Harrods* kriegen.«

»Nein.«

»Hast du's sonst irgendwo versucht? 'nen richtigen Job zu kriegen?«

»Ja.«

»Wo?«

»Bei *Sainsbury's*.«

»Und?«

»Hat mir nicht gefallen.«

»Du hast den Job gekündigt?«

»Ja.«

»Und jetzt fickst und bläst du, um dein Geld zu verdienen?«

»Ja.«

Eine lange Stille entstand, und ich konnte hören, wie sich Black die Nase putzte. Wizard God starrte mich immer noch an, immer noch lächelnd. Er hatte sich nicht bewegt. Es war, als befände er sich in einem Vergnügungspark.

»Aber du weißt nicht, warum du dich dafür entschieden hast, für Geld zu ficken?«

»Nein.«

»Nein. Ich auch nicht. Gib mir wieder Wizard God.«

Ich gab Wizard God sein Telefon zurück. Er hielt es sich ans Ohr und wiederholte: »Sie ist wirklich hübsch.«

Die Pistole ließ er hinter sich in seiner Hose verschwinden, dann streckte er die Hand aus, die andere Hand, und legte sie mir auf die Lippen. Er rieb mit den Fingern über meine Lippen, sah mir mit diesem toten Blick in die Augen.

»Ich werd' sie vögeln.«

Seine Finger drückten gegen meine Lippen, und ich öffnete sie für ihn. Mein Körper erschlaffte, während ich dastand und er die Finger in meinen Mund schob, tief in den Rachen.

»Nein, Mann, ich werd' sie in den Arsch ficken, Mann, ich werd' sie auf die Art ficken, wenn meine Alte nicht anruft, weil sie mich zum Abendessen zu Hause erwartet, wenn sie oder die Kinder nicht anrufen, wenn mich niemand anruft, Mann, und wenn ich die nackte Kleine hier gefickt hab', dann fessle ich sie und kneble sie, ja, auf dem Bett. Genau wie damals in der Wüste, Mann, mit den kleinen Mädchen, hahaha, ich fessle die Blonde richtig fest, Mann, und dann schau ich mir den Film mit Tom Cruise an – den neuen, Mann, den haben sie hier im Hotel, hab' im Aufzug gehört, wie ein paar alte Schlampen über ihn geredet haben, die halten Tom Cruise für echt gut. Nein, ich weiß nicht, wie er heißt. Die haben gemeint, Tom ist in dem Film besser, als er's in *Magnolia* war, und das will was heißen, also schau ich mir den Film an. Die Nackte wird gefesselt auf dem Bett liegen, mich an zu Hause erinnern, und der alte Pisser wird noch 'ne Weile nicht stinken, ja, ich schmeiß' ihn auf den Boden, ihn und das ganze Blut und so, will ja schließlich nicht dreckig werden, Mann. Und dann, wenn der Film aus ist und mich keiner angerufen hat, Mann, dann fick ich sie noch mal, nur so als Zugabe. Ja, ja, danach mach' ich sie alle, und dann geht's heim zur Alten und zu den Kindern, Mann, echt heftiger Tag. Ich will am Donnerstag frei haben.«

Wenn ich so täte, als wäre er etwas Besonderes … nein, wenn ich ich ihm vorlöge, ich hätte ein Kind … nein, wenn ich behauptete …

Ich werde ihn anflehen. Ich dachte, ich würde ohnmächtig werden, ich dachte, ich müsste auf den Boden pissen. Herrgott, was konnte ich nur gegen diesen Kerl unternehmen, es musste doch irgendetwas geben.

Er hat Kinder.

Er streckte das Telefon vor und schoss ein Foto von mir. *Knips. Starlight. Bitte recht freundlich. So also wird es enden – mit einem sudanesischen Killer namens Wizard God, der gerade ein Foto von mir, nackt, voll Blut und grauer Hirnmasse, an einen Gangster namens Black geschickt hat, der für den Spaniel arbeitet.*

»Geh unter die Dusche. Wasch die Scheiße von dir ab. Trockne dich nicht ab.«

Ich gehorchte.

»Ja, ich hab' dir doch gesagt, dass sie hübsch ist, Mann, das ist 'ne Prämie, Mann. Ich will bei jeder Hinrichtung 'ne nackte Professionelle, Mann. Mein Preis ist grad gestiegen, hahaha. Ja, ich vergess' ihre Handtasche schon nicht, du dummer Pisser, hältst du mich für 'nen dummen Pisser? Ich bin 'n Glückspilz.«

Damit beendete er das Gespräch. Und starrte mich wieder an. Ich befand mich inzwischen unter der Dusche, ließ das heiße Wasser über mich rinnen. Es fühlte sich gut an, aber er starrte unablässig auf mich.

»Bitte bring mich nicht um«, sagte ich zu ihm.

Er wandte den Blick nicht von mir ab, als er erst sein T-Shirt, dann seine Hose, seine Schuhe und seine Socken auszog, bis er nackt war. Er hatte eine Erektion. Die er streichelte. Dabei lächelte er.

»Bitte bring mich nicht um.«

»Komm raus aus der Dusche.«

Ich tat es.

»Trockne dich nicht ab.« Ich tat es nicht.

»Wie alt bist du?«

»Fünfzehn.«

»Wie alt bist du?«

»Vierzehn.«

»Ne. Du bist über zwanzig. Du lügst den Wizard God an. Komm her.«

Ich war triefnass. Ich ging zu ihm.

»Rein da, leg dich aufs Bett.«

Ich tat es. Er griff zu seiner Pistole mit ihrem langen Lauf und dem Schalldämpfer am Ende und sagte: »Aufmachen.«

Er schwenkte die Pistole und starrte zwischen meine Beine, also tat ich, was er wollte, und spreizte die Beine.

»Wir spielen jetzt ein Spiel«, erklärte er mir.

Dann steckte er das Ende der Pistole, den Lauf, in mich hinein und sagte: »Das Spiel heißt ›Klick und Peng‹.«

Er lachte und schaute auf die Stelle, wo seine Pistole in mir steckte, und er starrte mich an, als wäre er in der Schule, und er sagte: »Zieh sie rein wie einen Schwanz, zieh sie rein, wölb' den Körper und zieh sie rein.«

Ich tat es, gehorchte ihm. Der kalte Lauf seiner Waffe glitt tiefer in mich. Es war das schlimmste Gefühl meines Lebens.

»Ich stell' dir eine Frage, und du antwortest, und wenn du richtig antwortest, frage ich noch mal, neue Frage, und wenn du falsch antwortest, drücke ich den Abzug. Peng. Dann bist du tot. Die Kugel schießt in dir drin nach oben. So wissen die Bullen, dass es die Sudanesen waren, die hier getötet haben, und sie werden uns nicht verfolgen, weil sie wissen, dass wir's sonst mit ihren Weibern machen, also lassen sie uns in Ruhe.«

Ich hasste sein Lächeln.

»Das nennt man eine Handschrift«, erklärte er mir. »Ich fange mit dem Spiel in dreißig Sekunden an, weil ich weiß, dass du weinen und vielleicht betteln und so wirst, und es wär' nicht fair, das Spiel zu beginnen, bevor du damit durch bist.«

Ich weinte nicht, und ich bettelte nicht. Stattdessen sah ich ihn an und dachte: *So also werde ich sterben. Denk an gar nichts, denn sonst wirst du zu weinen anfangen. Denk stattdessen, dass du tot bist. Dass alles vorbei ist. Denk an das Ende. Stell dir vor, dass da nichts mehr ist. Schließ jetzt die Augen.* Ich tat es. Alles, was ich fühlen konnte, war der kalte Lauf der Pistole. Ich versuchte, den Kopf zu leeren, alle Gedanken zu vertreiben, aber es funktionierte nicht.

»Erste Frage. Wie ist der Name der ersten Frau von Tom Cruise?«

Das Ende meines Lebens. Kümmerte es mich? *Erschieß mich doch, du Arsch. Na und? Was gibt's schon groß im Leben?*

»Mimi Rogers.«

»Wie lange sind Tom und Nicole verheiratet?«

»Knapp unter zehn Jahre.«

Eine lange Weile musterte er mich. Schließlich wollte er wissen: »Wie heißt ihr erster gemeinsamer Film? Von Tom und Nicole.«

»*In einem fernen Land.*«

Wieder starrte er mich an. Er dachte, dass ich diese Dinge nicht wüsste. Wenn man aus der Favela kommt, weiß man alles über Hollywood.

»Wer war der Regisseur von *In einem fernen Land?*«

Ron Howard, dachte ich und sagte …

»Ron Howard.«

»Niemand hat die Antworten je richtig. Du bist ein schlaues Mädchen. Jetzt singst du. Welches Lied singst du für mich?«

»Ich kenne keine Lieder«, sagte ich zu ihm.

»Du musst singen. Totes Mädchen singt. Immer singen sie, immer, bevor sie sterben.«

»Aber …«, setzte ich protestierend an.

Er schob die Pistole weiter in mich hinein, härter, und er beugte sich zu mir herab, so nah, dass ich seinen schalen Atem riechen konnte.

»Ja. Ich hab's mir anders überlegt. Ich töte dich so oder so, auch wenn du alle Antworten richtig hast. Und ficken werd' ich dich nicht.« Mittlerweile befand er sich mir so nah, dass sich unsere Lippen berührten, als er hinzufügte: »Ich will dich nur umbringen. Ich will dich wirklich umbringen.«

Ich konnte mir vorstellen, wie sich sein Finger um den Abzug der in mir verkeilten Pistole legte und wie er mich aufs Bett drückte, während er mich mit der anderen Hand am Hals festhielt.

»Also singst du jetzt. Letzte Worte. Du stirbst, während du singst. Gott lernt dich singend kennen.«

Ich fing zu weinen an. Das war Wahnsinn – er war wahnsinnig. Ich wollte betteln, flehen, irgendetwas tun, ihm Geld bezahlen, ihm meine Geschichte erzählen, ihn dazu bringen, zu verstehen. Aber ich sah in die Augen eines toten Mannes.

»Totes Mädchen«, befahl er, »sing. Sing jetzt, totes Mädchen. Ich drücke den Abzug, während du singst, Miststück. Die Götter, sie warten.«

Alles, was mir einfiel, war ein Kinderlied, etwas, das ich in der Favela eine Mutter jeden Morgen und jeden Abend ihrem Baby vorsingen gehört hatte. Ich wusste nicht einmal, wie es hieß.

Dann klingelte sein Telefon.

»Hallo«, sagte er. Dann lauschte er, bevor er auflegte. Anschließend zog er die Pistole aus meiner Vagina.

»Du bist ein glückliches Mädchen. Die verkaufen dich. Spaniel hält dich für wirklich hübsch und sagt, er kann zwanzigtausend für dich kriegen. Sie werden die Auktion gleich machen. Setz dich auf. Sieh hübsch aus. Du wirst nicht sterben.«

39

Das Ende der Fahnenstange

»Das is' nicht cool, Baby«, hatte Casey gesagt.

Maria war im *Versace-Hotel* zu Arch und ihm gestoßen, wo die beiden ihren jeweils dritten Cheeseburger aßen und ihre – wiederum jeweils – achte Flasche Bier tranken. Das Personal war aufgebracht über das unbefugte Anlegen von Archs altem, rostigem und sehr großem Speedboot am Rand der exklusiven Fünf-Sterne-Anlage. Wenigstens trug Casey Jeans statt seines üblichen Allzweck-Sarongs. Die beiden sahen aus wie zwei aus einer anderen Zeit gestrandete Südseepiraten. Maria vermutete, dass ihre American-Express Platin-Karten die Empörung der Mitarbeiter gelindert hatten.

Während Arch davonspazierte, um einen Anruf von Blond Richard über den Status ihrer Aufgabe entgegenzunehmen, erzählte Maria ihrem Lebensgefährten von ihrem jüngsten Verrat an Darian.

Das schlechte Gewissen hatte ihr zu schaffen gemacht, und sie wollte von dem Mann, den sie liebte, der ihr jederzeit beistand, den Zuspruch und die Beteuerung, dass sie richtig gehandelt hatte.

»Es war bloß ein Anruf bei dem örtlichen Cop«, verteidigte sie sich. »Er hat Darian gekannt und hat nur nach ihm gesucht.«

»Definitiv nicht cool«, beharrte Casey.

»Case, ein Polizist ist tot. Ein Freund von mir.«

»Ja, das hab' ich schon alles verstanden, Schatz. Und es ist auch 'ne gottverdammte Schande. Aber weißt du – is' ja bloß meine Meinung, nur das, was ich mir so denke, aber wenn man 'n Partner ist, dann hält man 'nen Kurs, macht auf süß und zieht die Sache durch.«

Manchmal konnte ihr Geliebter, den sie an sich vergötterte, ziemlich verschlungen daherreden. Dies war eine jener Gelegenheiten. Dennoch verstand sie, worauf er hinauswollte.

»Du verstehst das nicht«, warf sie ihm vor.

»Was denn? Weil du 'n Cop bist und der Typ, mit dem du geredet hast, auch einer ist? Diese Clan-Sache? Doch, Baby, das versteh' ich schon. Du und dieser Typ, Dane Harper, ihr zieht beide die Uniform an, steht unter derselben Flagge, arbeitet nach demselben Kodex ... aber du weißt es, und ich weiß es. Darian mag kein Cop sein und keine Uniform tragen, aber Schätzchen, er ist der Mann fürs *Gute*. Und das weißt du genau.«

Ihr Telefon klingelte. Sie erkannte die Nummer.

»Hallo«, meldete sie sich und stand vom Tisch auf, als Casey mit einer Hand nach weiteren Fritten griff, mit der anderen nach einer neuen Flasche Bier. Sie ging in das große, prunkvolle Foyer, um das Gespräch zu führen.

»Sie haben angerufen«, sagte Dane.

»Ja. Ich habe einige Informationen, von denen ich glaube, Sie könnten sie haben wollen«, sagte Maria.

»Über Darian Richards?«

»Nein. Ich weiß nicht, wo er ist.«

»Sicher doch«, gab Dane mit kaum verhohlenem Spott zurück.

»Die Morde stehen in Verbindung mit einer jungen Frau namens Starlight. Sie wohnt ihm Q1-Gebäude.«

»Starlight?«, hakte er nach.

»Ja. Sie ist ungefähr einundzwanzig, zweiund…«

»Wirklich wahr?«, fiel ihr Dane ins Wort. Er glaubte ihr nicht.

»Sie hat einen Bruder namens Estefan …«

»Starlight und Estefan?«

Marie schenkte ihm keine Beachtung und fuhr fort. »Sie betreiben einen Online-Sexsklavenhandel. Sie entführen Mädchen von den Unis und verkaufen Sie an Männer in aller Welt.«

»Klar, und das macht sie alles vom Q1-Gebäude aus, richtig?«

»Ich finde, es könnte sich lohnen, der Sache nachzugehen«, meinte Maria.

»Danke für den Tipp, Schätzchen. Wenn Sie Ihren Kumpel Darian sehen, dann sagen Sie ihm, dass ich nach ihm suche. Sagen Sie ihm, dass ich ihn finden werde.«

Und damit legte er auf.

Maria starrte auf ihr Handy.

»Babe!«, rief Casey. Seine Stimme hallte laut über den goldenen Boden des Foyers. Arch hatte sich wieder zu ihm gesellt, und die beiden bedeuteten Maria, zu ihnen zu kommen.

»Komm schon. Wir müssen jetzt Verbrechensbekämpfer sein. Bist du dabei?«

Sie hatte eigentlich damit gerechnet, zum Polizeirevier zu fahren, um die wichtigen Informationen zu ergänzen, die sie für Dane hatte.

Das würde eindeutig nicht passieren. Er glaubte ihr nicht,

hatte sich nicht einmal dazu herabgelassen, ihr richtig zuzuhören.

Maria aktivierte die Tastensperre ihres Handys, steckte es zurück in die Gesäßtasche und ging hinüber zu den Männern.

40

Der menschliche Faktor

Ich fuhr von der Fähre und in die Kleinstadt Dunwich. Das Übersetzen durch die Bucht hatte vierzig Minuten gedauert. Isosceles hatte mir eine SMS über die gruselige Eigenartigkeit einiger der Ortsnamen geschickt. Zum einen gab es *Das Grauen von Dunwich,* eine Kurzgeschichte über Monster von H. P. Lovecraft, die mir als Kind eine Heidenangst eingejagt hatte. Ferner spielt *Der weiße Hai* in einer Ortschaft namens Amity, aber Isosceles' persönlicher Favorit war ein Fleckchen unten im Süden in der Mitte der Insel namens Black Snake Lagoon, die Lagune der schwarzen Schlangen.

Er hatte das Signal von Starlights Mobiltelefon im Auge behalten, und sie befand sich ebenfalls auf der Insel. Ich folgte ihr. Gott sei Dank hielt sie sich nirgendwo in Richtung der Black Snake Lagoon auf. Mir schien es zu einfach zu sein, lediglich einem Mobiltelefonsignal zu folgen, um zu finden, wonach ich suchte – und natürlich war es das auch. In der vergangenen Stunde hatte sich das Signal nicht bewegt. Es kam aus Amity, derselben Ortschaft, in der Idas Kreditkarte benutzt worden war.

Ich fuhr aus Dunwich und bog nach links auf eine der wenigen gepflasterten Straßen der Insel.

Das Telefon war in der kleinen Stadt auf einem Picknicktisch aus Holz in einem kleinen Park nahe dem Wasser zurückgelassen worden. Da wir uns in Queensland befanden, hatte niemand daran gedacht, es zu stehlen. Darunter lag eine mit blauem Stift auf liniertes weißes Papier geschriebene Nachricht.

Sei vorsichtig, wonach du suchst. Dir könnte nicht gefallen, was du findest, besagte sie.

Die Schrift glich der eines Kindes; nach allem, was ich über Starlights Vergangenheit wusste, hatte sie wohl nicht viel Zeit in der Schule verbracht. Eindringlich betrachtete ich die runde, unbeholfene Handschrift. Der Text sah aus, als wäre er von einer Zehnjährigen geschrieben worden, und die bedrohlichen Worte klangen wie die einer Fünfzehnjährigen. Teilweise köderte sie mich damit, weiterzumachen, teilweise warnte sie mich und riet mir, dorthin zu verschwinden, wo ich hergekommen war. Ein absolut faszinierendes Rätsel von jemandem, der dachte, er hätte die Oberhand, jemandem, der dachte, er hätte die Kontrolle und kaum etwas zu befürchten. Eine Botschaft von einem kleinen Mädchen, das glaubte, mit jedem fertigzuwerden.

—

Ich war immer ein ruhiges Kind. Dabei war ich nicht etwa schüchtern oder unsicher, ich hatte bloß nicht viel zu sagen. Solange ich zurückdenken kann, hatte ich stets den Eindruck, dass viele Menschen viel zu sagen hatten und der Großteil davon Quatsch war. Worte, um Stille auszufüllen, Einstellungen oder überzeugte Meinungen mit sehr wenig dahinter. Eine ständige Kakofonie von Stimmen – eigentlich eher Lärm –, die nichts zu bedeuten hatte. Ich war der Junge, der nur herumstand und beobachtete. Das tue ich noch immer. Als ich alt genug wurde, um selbst zu entscheiden, wo ich meine Zeit verbringen wollte, statt von meiner Mutter zu einer Freundin oder Angehörigen mitgeschleppt zu werden, wählte ich das Alleinsein.

Man hat mich schon als Snob bezeichnet, als emotionalen Krüppel, und mir ist schon gesagt worden, dass ich als einsamer alter Mann sterben würde. Man hat mir vorgeworfen, ich könnte keine Bindung eingehen, ich müsste ein Psychopath sein, ich hätte keine Gefühle, ich könnte mich nicht ausdrücken, ich lebte auf einer schrecklichen Insel, ich sei kalt und unnahbar. Und vielleicht stimmt ein Teil davon oder sogar alles. Es ist einfacher, andere Menschen zu analysieren als sich selbst. Ich habe keine Kinder, ich habe keine Eltern. Ich musste miterleben, wie mein Vater in eine alkoholgetränkte, drogenverseuchte Welt verschwand, wo er seine Zeit mit Thai-Nutten verbrachte, die ihm Zuneigung als Gegenleistung für das Geld zeigten, das er ihnen zahlte. Ich selbst bin eine Katastrophe, wenn es um Beziehungen geht. So lange ich zurückdenken kann, habe ich die Behaglichkeit und Wärme von Frauen nur auf Stundenbasis gesucht.

Damit bin ich rundum glücklich und zufrieden. Noch glücklicher jetzt, da ich im Ruhestand bin und mich nicht mehr mit den Marotten der Leute herumschlagen muss, die früher für mich gearbeitet haben. Ich muss nicht mehr die unzähligen Befragungen von Leuten ertragen, die eines Verbrechens verdächtigt werden, Befragungen, bei denen sich mir früher der Magen zusammengekrampft hat und bei denen in mir eine Wut mit einem fast irrationalen Verlangen nach Gerechtigkeit hochgestiegen ist, die nur allzu oft in Vergeltung umschlug.

Mit Leuten zu reden, ist wahrscheinlich mein verhasstester Zeitvertreib.

Ich betrat das kleine Postamt von Amity, einem Ort, an dem in einer Kleinstadt wie dieser jeder mit jedem redete und jeder über die Angelegenheiten anderer Bescheid wusste.

»Hi«, grüßte ich den schlaksigen Kerl mit dem roten Schopf, der teilweise hinter einer provisorischen Wand ein paar Meter hinter dem Schalter verdeckt stand. Schien ein billig gebautes Büro zu sein, mit einem Schreibtisch und einem gemütlichen Stuhl, auf dem er dösen konnte. Das Geschäft brummte in dieser Gegend nicht gerade, schon gar nicht nach der Stoßzeit, in der die Post angekommen und von den etwa hundert Einheimischen abgeholt worden war, die in der Stadt aus *Der weiße Hai* lebten.

Der Bursche streckte den Kopf um den Rand der Trennwand herum. Ich hörte, dass ein Film lief, den er sich zweifellos auf einem Laptop auf dem Schreibtisch ansah. Der Kerl beugte sich vor, und der Ton verstummte. Klang nach *Harry und Sally*.

»Ja, Kumpel?«, erwiderte er, als er sich von seinem Stuhl stemmte, aus seinem kleinen Büro hervorkam und auf den Schalter zuschlenderte. »Was kann ich für Sie tun?«

»Ich weiß nicht, ob Sie mir helfen können, aber ich führe Feldforschung über Stradbroke und die militärischen Befestigungsanlagen durch, die hier im Krieg gebaut worden sind. Im Zweiten Weltkrieg«, fügte ich rasch hinzu und hoffentlich, ohne ihn zu beleidigen; er sah wie ungefähr achtzehn aus. Mit »Krieg« allein hätte er wahrscheinlich den Angriff auf den Irak aus naher Vergangenheit assoziiert.

»Ja, oben auf Moreton gibt's davon jede Menge.«

»Was ist mit hier, mit Stradbroke?«

»Ne, hier unten nicht, jedenfalls nicht, dass ich wüsste. Aber auf Moreton gibt's viele.«

Moreton war die nächste, nördliche gelegene Insel, nicht weit von dort entfernt, wo wir gerade standen.

»Ich glaube nicht, dass sie offiziell waren«, meinte ich zu ihm. »Außerdem habe ich gehört, dass sie vielleicht unterirdisch wie Tunnel entlang des Strands angelegt wurden.«

»Ach echt? Wow«, erwiderte er.

»Gibt's in der Gegend jemanden, der zu der Zeit vielleicht auf der Insel gelebt haben könnte? In den Vierzigerjahren«, fügte ich der Klarheit halber hinzu.

»Trev«, antwortete er. »Der ist alt«, ergänzte er.

»Wo kann ich Trev finden?«, fragte ich.

»Er angelt gern«, teilte mir der junge Bursche mit.

»Ja, aber wissen Sie, wo er wohnt?« Postbeamte in Kleinstädten wie dieser wissen von jedem, wo er wohnt.

»Ballow Street«, sagte er. »Ganz am Ende, wo die Straße an den Strand grenzt. Das Haus hat keine Nummer, und man kann's von der Straße aus nicht sehen. Es steht auf der linken Seite. Ungefähr fünfzig Meter vom Strand entfernt. Sie können's gar nicht verpassen.«

Da war ich mir nicht so sicher.

Ich hielt ein Foto von Ida und Estefan hoch, das ich aus ihrer Wohnung mitgenommen hatte.

»Haben Sie schon mal eine dieser zwei Personen hier in der Gegend gesehen?«, erkundigte ich mich.

Einen Moment lang starrte er auf das Bild, bevor er wieder mich ansah. Das schien keine Frage zu sein, die irgendwie mit Feldforschung in Zusammenhang stand.

»Nein«, antwortete er.

Ich vermochte nicht zu sagen, ob er log.

»Danke für Ihre Hilfe«, sagte ich zu ihm. Ich hörte, wie der Ton von *Harry und Sally* wieder einsetzte, als ich auf die Holzveranda hinaus und zurück in die sengende Hitze trat.

41

Der Junge, der Boote beobachtete

Angus war zehn Jahre alt. Er schwänzte oft die Schule; statt durch die Tore hineinzugehen, lief er einfach weiter, den ganzen Weg bis zum Fähranleger in Cleveland. Dort saß er dann am Wasser, aß sein Frühstück, sein eingepacktes Mittagessen und anschließend einen Apfel als Snack am Nachmittag. Dabei beobachtete er die Fähren und Boote, die durch die Moreton Bay kreuzten, die meisten davon zu North Stradbroke Island und wieder zurück. Die Sonne tänzelte über die Wasseroberfläche, und Angus wünschte, er hätte eine Sonnenbrille, aber seine Mutter und sein Vater meinten, dafür sei er noch zu klein.

Aber nicht zu klein für ein Mobiltelefon. Das galt als etwas anderes, auch wenn ihn verwirrte, dass man ihm etwas so Erwachsenes wie ein Handy zugestand, aber etwas so Schlichtes wie eine Sonnenbrille verweigerte, die dabei helfen würde, seine Augen vor dem Gleißen der Sonne abzuschirmen.

An diesem Vormittag meldete sein Telefon eine eingehende SMS. Er hoffte, die Nachricht würde von Donna sein, die er schon oft zu überreden versucht hatte, mit ihm zu den Docks zu kommen, indem er ihr vorschwärmte, das wäre wesentlich lustiger, als in der Schule zu hocken. Aber Donna kam nie mit, obwohl sie immer sagte: »Vielleicht mache ich das.«

Er sah sich die Nachricht an. Darin stand: *ihr auto wird*

an dieselbe stelle zurückgebracht, von der es entwendet wurde.

Angus las den Text wieder und wieder. Er ergab keinerlei Sinn. Obwohl es vielleicht etwas damit zu tun hatte, dass sich sein Dad nie seine eigene Handynummer merken konnte. Stattdessen nannte er immer die Nummer seines Sohnes, die von Angus, da man sie sich mit vier Achten und drei Nullen wirklich einfach einprägen konnte. Zum Beispiel, als er vergangenes Jahr von einem Gebrauchtwagenhändler ihr neues Auto gekauft hatte, einen richtig alten weißen Allradwagen.

»Mir fällt meine Nummer nicht ein, Kumpel. Merke ich mir nie«, hatte er damals gesagt. »Kann ich Ihnen die von meinem Sohn geben?«

»Kein Ding«, hatte der Autohändler erwidert.

Angus erinnerte sich noch daran, weil er seinen Dad angebettelt hatte, einen Hummer zu kaufen, aber sein Dad hatte gemeint, den könnten sie sich nicht leisten und solche Autos seien ohnehin bloß Wichsvorlagen.

Vielleicht, so dachte Angus, als er am Steg saß und auf die merkwürdige Nachricht starrte, hatte es etwas mit ihrem neuen Auto zu tun. Vielleicht kam die SMS vom Autohändler. Vielleicht musste er sich den Wagen leihen oder so.

Angus beschloss, die Nummer anzurufen, von der die SMS stammte, und nachzufragen, was die Nachricht bedeuten sollte. Das wäre wohl die erwachsene Vorgehensweise, und sein Dad würde wahrscheinlich zufrieden mit ihm sein. Vielleicht würde er ihn sogar dafür loben, dass er »die Initiative ergriffen« hatte, wovon sein Dad oft redete.

Allerdings klingelte es nicht einmal.

Stattdessen kam sofort die Mitteilung: *Kein Anschluss unter dieser Nummer.*

Weit entfernt, hoch oben in seinem Glasturm mitten in Melbourne, hatte sich Isosceles bereits wieder der Aufgabe gewidmet, nach dem Spinnennetz zu suchen.

42

Der alte Mann und das Meer

»Ich hab 'n japanisches U-Boot gesehen, klar und deutlich. Damals muss ich so um die zehn Jahre alt gewesen sein. Ungefähr zweihundert Meter von der Küste weg ist's aus dem Wasser aufgetaucht. Niemand hat mir geglaubt. Alle haben gesagt, das hätt' ich erfunden. Glaubt mir heut noch keiner. Wahrscheinlich glauben Sie mir auch nicht. Aber es stimmt. Ist aus dem Wasser gekommen. Überdeutlich. Hab's mit eigenen Augen gesehen.«

Ich war die Ballow Street hinuntergefahren, die schon bald in einen sandigen Trampelpfad mit einem dichten, niedrigen Wald aus krummen Eukalypten und Bloodwood-Bäumen überging. Nach einigen hundert Metern mündete der sich schlängelnde Weg in den Strand; dahinter erstreckte sich der Pazifik. Es war heiß, und die Sandfliegen waren auf dem Kriegspfad. Abgesehen vom ständigen Geräusch der nahen Brandung war es totenstill. Ich parkte das Fahrzeug unter einem Dickicht von Banksia-Bäumen, alle vom Meereswind verkrümmt. Nachdem ich ausgestiegen war, sah ich mich um, spähte in den Busch. Alles wirkte grün. Mir fiel ein Weg auf, der von der Straße weg verlief, und ich folgte ihm in der Hoffnung, dass er vielleicht zu einer Person oder einem Ort führen würde – wenn schon nicht zu Trev, dann zu jemandem, der mir den richtigen Weg weisen könnte.

Nach einigen Minuten erblickte ich eine Hütte, die aus Blechteilen, Leinensäcken und einer eigenartigen Ansammlung von Holzpfosten gebaut zu sein schien. Große Teile von etwas, das nach den Wänden anderer Leute aussah, wurden von den Pfosten ziemlich willkürlich gestützt. Das Gebilde erinnerte an einen zwischen den Bäumen errichteten Abstellschuppen eines großen Mannes. Als ich näher kam, stellte ich fest, dass es an den Strand grenzte. Mehrere uralt wirkende Boote, sowohl aus Metall als auch aus Holz, lagen auf dem Hof versammelt, zusammen mit wahrscheinlich um die vierzigtausend Angelruten und tausendsechshundert Krabbenreusen. Ich vermutete auf Anhieb, dass der Ort dem alten Kerl gehörte, der gern angelte. Trev.

»Hallo«, brüllte ich.

»Ja?«, ertönte eine Stimme, die so alt wie das Meer selbst klang. Ich folgte der Richtung der Stimme, ging seitlich um die Hütte herum. Ein alter Mann, der nur Shorts trug, die vielleicht in den Sechzigerjahren angeschwemmt worden waren, lag in einer Hängematte. Durch Jahre des Lebens in der Sonne präsentierte er sich runzlig, und sein Bürstenhaarschnitt war schneeweiß. Er sah aus, als hätte er sich vor vielleicht einer Woche zuletzt rasiert.

Der Mann drehte sich nicht mal herum, sah mich nicht an. Offenbar war er an Besucher gewöhnt.

»Sie sind spät dran«, sagte er. Die Augen hatte er geschlossen. Ich hatte ihn wohl bei seinem Mittagsschläfchen gestört.

»Wofür?«, hakte ich nach.

Erst da rollte er sich herum und schaute zu mir.

»Sie kommen wegen der Weißfische, oder? Ausverkauft. Dafür muss man früh dran sein, Kumpel.«

»Sind Sie Trev?«, fragte ich.

»Wer sind Sie?«, gab er zurück.

»Mein Name ist Darian Richards. Der Bursche im Postamt hat mir gesagt, Sie könnten vielleicht etwas über die Befestigungsanlagen wissen, die im Krieg in den Sand gegraben worden sind.«

»Vor dem Krieg. Nicht im Krieg.«

»Ich suche nach einem Bunker, der ›das Spinnennetz‹ heißt.«

»Sie sind 'n Bulle«, stellte er fest.

»War ich mal.«

»Und Sie sind aus Melbourne«, fügte er hinzu. Ich war nicht recht sicher, woher er diese Informationen haben konnte; er sah mir nicht wie jemand aus, den ich vergessen haben könnte, auch nicht wie jemand, der diese Hütte und die Hängematte am Strand von Stradbroke je verlassen würde.

»Das merkt man immer. Bullen aus Sydney sind nervös. Die Augen zucken ständig hin und her. Cops aus Queensland tragen Sonnenbrillen und haben zu viele Muskeln an den Armen, aber Bullen aus Melbourne stehen aufrecht und gerade und schauen einem in die Augen. Ich mag keine Cops«, fügte er noch ergänzend hinzu.

»Ich bin im Ruhestand«, erwiderte ich.

»Sie sind zu jung für den Ruhestand. Sie haben gekündigt.«

»Ja. Ich habe gekündigt.«

Manchmal, gelegentlich, beantwortet eine Person investigative Fragen direkt. Alte Leute tun das selten. Man muss selbst etwas geben – wie ein Geschenk oder eine Opfergabe –, bevor sie bereit sind, Fragen zu beantworten. Man entblößt sich, gibt etwas Persönliches von sich preis, was es ihnen anschließend ermöglicht, es einem gleichzutun. Selbst wenn es nur um eine schlichte Tatsache wie die Lage eines siebzig Jahre alten Betonbunkers geht.

»Ich war beim Morddezernat und bin ausgebrannt. Kam wohl mit dem Druck nicht mehr zurecht.«

Er verengte die Augen, ohne den Blick von mir abzuwenden. »Sie sehen mir nicht nach jemandem aus, der mit Druck nicht zurechtkommt. Ich hätte eher auf das Gegenteil getippt. Die alten Befestigungsanlagen, die sind alle auf Moreton. Falsche Insel, Kumpel.«

Mittlerweile saß er in seiner Hängematte, wiegte sich darin mit seinen dünnen, knorrigen Beinen hin und her. Ich nahm ihm gegenüber auf einer uralten, umgedrehten Milchkiste Platz.

»Ich suche nach einer jungen Frau, die verschwunden ist. Ich glaube, sie könnte in einer Menge Schwierigkeiten stecken. Ich vermute, dass sie sich völlig verängstigt an einem Ort versteckt, der ›das Spinnennetz‹ genannt wird.«

An der Stelle begann er mir zu erzählen, dass er damals im Jahr 1940 als Zehnjähriger ein japanisches Unterseeboot gesehen hatte, ein gutes Jahr, bevor die Japaner Pearl Harbor zerbombten und in den Krieg hineinplatzten.

»Nachdem's aufgetaucht ist, hat's einfach da im Meer getrieben. Ich bin runter zum Rand des Wassers gegangen, hab' hingestarrt und mich gefragt, ob wir jetzt gleich überrannt werden. Ich war noch 'n junger Knabe, und damals haben Geschichten darüber kursiert, dass die Japaner kommen und uns alle umbringen würden. Ein paar Minuten später ist die Luke – oder wie immer das heißt – aufgegangen. Dieser Kerl ist herausgekommen. Ganz in Weiß war er. Weiße Uniform. Er ist aus dem U-Boot geklettert und obendrauf entlanggegangen. Ein paar andere Seeleute sind ihm gefolgt und haben sich zu ihm gesellt. Sie haben alle zur Insel geschaut, zu mir. Einen Moment hab' ich gedacht, sie würden anfangen, auf mich zu schießen, und dass ich das erste Todesopfer im Krieg gegen die Japse würd'. Haben sie aber nicht gemacht. Sie haben mich bloß angestarrt, während ich sie angestarrt hab'. Wir haben uns noch ein Weilchen so gegenseitig angeglotzt, dann sind sie zurück ins U-Boot, und ein paar Minuten später war's wieder unter Wasser. Niemand hat mir ein Wort davon geglaubt. Damals nicht. Heute nicht. Anfangs hat mich das fürchterlich aufgeregt, jetzt juckt's mich nicht mehr.«

Dort, wo wir saßen, lag der Strand unmittelbar vor uns, teilweise verdeckt von Schraubenbäumen und schiefen Palmen.

»Klingt für mich nach einer wahren Geschichte«, sagte ich. »Und ich hab' schon viele gehört, für die das nicht gilt.«

»Kann ich mir vorstellen.«

Alte Leute sind mir lieber. Allgemein gesprochen. Sie besitzen Weisheit und Geduld, Eigenschaften, die ich respektiere. Ungeachtet dessen wurde ich mir zunehmend des Zeitdrucks bewusst. Zu dem Zeitpunkt hatte ich schon fast eine halbe Stunde mit dem alten Fischer beisammengesessen und war noch nicht weit damit gekommen, irgendetwas Nützliches zu erfahren.

Als hätte er meine Gedanken gelesen, sagte er: »Haben Sie die Befestigungen gesehen, die man auf Moreton gebaut hat?«

»Nein«, entgegnete ich.

»Die sind klein. Größtenteils nur Löcher im Boden. Ein paar haben sie aus Faserzement hergestellt, andere aus Beton. Einige als Maschinengewehrposten, die meisten nur dafür, dass Männer drin sitzen, rausstarren und warten konnten; Beobachtungsposten.«

Trev stand auf und ergriff eine Krabbenreuse, die aus Garn bestand, nicht aus Draht. Sie war zerfranst, vielleicht von einer Krabbe, die versucht hatte, ihrem Schicksal zu entrinnen. Er begann, die Flusen davon zu lösen, als wäre es ein Wollpullover.

»Das Militär wollte alles auf den Inseln Moreton und Bribie bauen. Dieser Ort hier sollte sich selbst überlassen werden. Zumindest haben's ein paar der alten Jungs so empfunden. Damals. Ich war zwar noch 'n Kind, aber ich erinnere mich an alles. Angst kann so was bei jemandem bewirken; darüber müssten Sie doch eigentlich Bescheid wissen, oder?«

Ich nickte und ließ ihn fortfahren.

»Also haben sie beschlossen, selbst welche zu bauen. Beobachtungsposten. Schützenstände. Keine Hilfe von der Regierung, keine Hilfe vom Militär. Wir waren auf uns allein gestellt, also haben wir unsere eigenen Anlagen gebaut. Sie waren alle ziemlich gewöhnlich; einfach aufzubauen, einfach abzubauen. Von Fischern errichtet, nicht von Soldaten. Und passiert ist das: Als der Krieg vorbei war, sind die alten Jungs zurück zu den Sanddünen und haben alles wieder eingerissen. Sie haben das Holz gebraucht, den Faserzement, alles, woraus die Dinger gemacht waren.«

Ich war nicht ganz sicher, in welche Richtung diese Geschichte steuerte, aber es klang nicht allzu gut. Dann jedoch sagte er: »Bis auf einen Bunker.« Mittlerweile hatte er die Krabbenreuse zerlegt und begonnen, mit ein paar vom Boden aufgehobenen Zweigen und dem Garn ein neues Geflecht anzufertigen. »Haben Sie ein Foto von der verschwundenen Frau?«, erkundigte er sich.

Ich zeigte es ihm.

»Ihr Name ist Ida«, sagte ich.

Ohne Kommentar gab er es mir zurück und widmete sich wieder seinem Geflecht. Obwohl seine Hände verwittert und knorrig aussahen, bewegten sich seine Finger überaus geschickt.

»Die Leute haben damals mehr Angst gehabt, als ich's je erlebt hatte. Kinder erwarten nicht, dass ihre Eltern oder sonst irgendwelche Erwachsenen Angst haben, deshalb hat's einen ziemlichen Eindruck bei mir hinterlassen, das kann ich Ihnen sagen. Ich hab' angefangen, aufmerksam darauf zu achten, was die Erwachsenen gemacht haben, umso mehr, je ängstlicher sie geworden sind. Ich dachte mir, die sind wie 'n Barometer; wenn sie richtig ausgeflippt wären, dann wär's für mich an der Zeit gewesen, dasselbe zu tun und mich rar zu machen, zum Beispiel, indem ich zur Black Snake Lagoon gerannt wär', weil ich mir dachte, die wär' zu furchteinflößend für japanische Soldaten. Als oben im Norden die ersten Bomben gefallen sind und die Leute angefangen haben, von der Brisbane-Linie und darüber zu reden, dass sie die Japse einen Teil von Queensland unmittelbar nördlich von Brisbane einnehmen lassen würden, um sie auf der anderen Seite einer imaginären Linie im Sand zu halten, da haben einige der alten Jungs angefangen, eine neue Befestigungsanlage zu bauen. Sie haben's schnell gemacht, und sie haben's nachts gemacht. Sie wollten nicht, dass irgendwer was davon weiß.«

Er schaute von dem Garn und den Stöckchen auf.

»Wissen Sie, es sollte 'n Versteck werden, und je weniger Leute davon wussten, desto sicherer würd's sein. Ich hab' sie beobachtet, bin ihnen gefolgt. Und nachdem sie weg waren, so im Morgengrauen, bin ich runtergegangen und hab' mir angeschaut, was sie gemacht haben.«

Inzwischen hatten seine Hände an Geschwindigkeit zugelegt. Das Geflecht fing an, Form und Gestalt anzunehmen.

»Begonnen hat's als einfacher Tunnel, aber kreisförmig. Jetzt nicht rund oder so, sondern mit geraden Abschnitten, die einen dann wieder zum Anfang zurückgeführt haben. Sie haben schnell gearbeitet. Die Japse sind zwar nie gekommen, aber das konnten sie ja nicht wissen. Sie haben an dem Tunnel bis ein Jahr nach dem Abwurf der Bombe auf Hiroshima weitergebaut; erst da ist ihnen klar geworden, dass die Japse nie kommen würden. Bis dahin war der Tunnel zu einer ganzen Reihe miteinander verbundener Tunnel angewachsen; begonnen hat er draußen am Rand der Sanddünen, und er hat sich unterirdisch weit ins Innere der Insel erstreckt. Ich hab' zwar noch nie was vom ›Spinnennetz‹ gehört, aber der Tunnel, von dem ich rede, hat so ausgesehen.«

Und damit hielt er das nunmehr vollständige Geflecht hoch. Es wies die Form eines perfekten Spinnennetzes auf, eine Reihe von Linien, die einen annähernden Kreis ergaben, durch zahlreiche Querstreben mit immer kleiner werdenden Kreisen verbunden. Komplex, labyrinthartig – und beängstigend für alles, was sich darin verfangen würde.

Oder, so ging mir durch den Kopf, eigentlich für jeden.

»Ich kann sehen, was Sie gerade denken«, sagte er. »Und damit haben Sie recht: Wenn man erst mal in dem Irrgarten festsitzt, kommt man mit größter Wahrscheinlichkeit nicht mehr raus. Es ist ein Ort, von dem man besser die Finger lässt, von dem nie gesprochen wird, den man unter dem Sand zum Zerbröckeln und Zerfallen zurückgelassen hat.«

»Können Sie mir sagen, wo er ist?« fragte ich.

43

Freundschaftsanfrage gesendet

Isosceles hatte im Zeitraum von vierundzwanzig Stunden hundertdreiundsiebzig Facebook-Freunde angesammelt, und ihn plagten widerstreitende Gefühle.

Zuerst hatte er ein Pseudonym benutzt. Statt seines richtigen Namens, Jack Sullivan, oder seines Berufsnamens, Isosceles Reboot, hatte er den Namen eines Helden gewählt: Alan Turing. Es war der Name des englischen Computergenies, des Mannes, der geholfen hatte, im Zweiten Weltkrieg die Codes der Nazis zu knacken, des Mannes, der die sagenumwobene Enigma-Maschine gebaut hatte, einen brillanten Vorläufer der Computer, denen sich Isosceles so untrennbar verbunden fühlte – des Mannes, der letztlich von der Gesellschaft geächtet wurde, die zu retten er geholfen hatte, weil er schwul war.

Anschließend hatte Isosceles Freundschaftsanfragen an eine willkürliche Stichprobe von Leuten gesendet, die er allesamt nicht kannte und von denen einige tot waren. George Orwell zählte zu seinen Freunden. Zahlreiche Buchläden und Computergeschäfte zählten zu seinen Freunden. Mark Twain zählte zu seinen Freunden. Wahllose Autoren aus aller Welt zählten zu seinen Freunden. Menschen in Belize zählten zu seinen Freunden, ebenso einige gutaussehende junge Frauen aus dem Kongo und ein paar interessante Musiker aus Antananarivo. Pornostars zählten zu seinen Freunden. Lady Gaga zählte zwar nicht zu seinen Freunden, aber er hatte auf ihrer Seite auf »Gefällt mir« geklickt, wodurch sie ebenfalls zu einem Bestandteil seines wachsenden Kreises wurde. Isosceles hatte auf zweihundertvierunddreißig Seiten »Gefällt mir« angeklickt.

Und schließlich verspürte er widersprüchliche Gefühle, weil er keine wirklichen Freunde hatte – bezogen auf Menschen, die lebten und atmeten. Am nächsten kam dem noch Darian, aber das war eine durch Arbeit geschmiedete Beziehung – in der Regel unangenehme Arbeit wie das Durchforsten des Hidden Wiki, um die Worte und Gedanken so grauenhafter Menschen wie Starlight zu entschlüsseln oder so abscheuliche Mörder wie Winston Promise zu jagen.

Trotz dieser Vorbehalte wurde er bereits süchtig nach Facebook. Alle fünfzehn Minuten schaute er dorthin, um sich die aktuellsten Neuigkeiten anzusehen und, noch wichtiger, um herauszufinden, ob wieder jemand auf eine Freundschaftsanfrage geantwortet hatte. Was angesichts der schwindelerregenden Anzahl von Anfragen, die er verschickt hatte, in der Regel der Fall war. Jedes Mal, wenn er sich anmeldete und die kleinen roten Marker rechts oben auf dem Bildschirm sah, fühlte er sich beschwingt – Leute, die gesagt hatten: *Ja, du kannst mein Freund sein.*

Er machte weiter wie bei einem Online-Spiel, durchforstete die Liste der ›Personen, die du vielleicht kennst‹ und klickte bei jeder einzelnen auf ›Freund hinzufügen‹.

Jedes Mal, wenn er einen neuen Freund erzielte, rief er sofort dessen Freundesliste auf und schickte auch an all diese Personen Freundschaftsanfragen. Es war eine erschöpfende Arbeit.

Und, wie er wusste, eine Verschleppung der Dinge.

Normalerweise stürzte er sich auf Gedeih und Verderb in die Arbeit. Diesmal jedoch machte ihm die Arbeit zu schaffen.

Es lag am Hidden Wiki, an dem Wissen, dass junge Frauen von Starlight verkauft worden waren, Gott wusste wohin, Gott wusste an wen … und daran, dass diese jungen Frauen noch am Leben waren. Auf Starlights Website gab es Fotos der Mädchen. Weiterempfehlungen der Käufer. Fotos der Mädchen in verschiedenen Stadien von Nacktheit, bevor sie verkauft worden waren. Fotos von ihnen danach – nicht so viele, aber einige auf der Seite mit den Weiterempfehlungen – in verschiedenen Stadien von Qualen … und sie waren noch am Leben. Einige waren offensichtlich getötet worden, da ihre Besitzer neue Anfragen gestellt hatten, auf die von Starlight geantwortet worden war.

Isosceles hasste Starlight. *Was wird aus ihr werden?*, fragte er sich. Sie mochte auf der Flucht sein, aber Darian würde sie finden, ihr das Handwerk legen. *Und was dann?*, grübelte Isosceles. Solche Fragen stellte er sich selten. Seine Aufgabe bestand darin, Informationen aufzutreiben und weiterzugeben, nicht zu spekulieren – schon gar nicht über die Zukunft von Verbrechern dieser Art und darüber, ob das Justizsystem sie angemessen bestrafen würde oder nicht. Aber diesmal konnte er nicht anders, als über die Zukunft nachzudenken, über die Zeit nach Starlights Ergreifung. So sehr diese Mädchen in Qualen dahinvegetieren mochten, die von Starlight geschaffen worden waren, in einer Art Vorhölle, so sehr traf das für seinen spekulativen Verstand auf sie selbst zu.

Er konnte sich bloß nicht vorstellen, dass Darian eine wunderschöne junge Frau töten würde, ganz gleich, wie böse sie sein mochte. Darin bestand, wie er wusste, ein Teil des

Problems: Oberflächlich strotzte diese junge Frau vor Leben und Energie; sie war hinreißend, ihr Körper eine Pracht, ihr Gesicht erfüllt von bestechender Schönheit. Das mit ihren abscheulichen Taten auf einen Nenner zu bringen, mit den Postings von ihr auf ihrer Website im Deep Web, gestaltete es für Isosceles so viel schwerer.

Er wusste, Darian würde sich das überlegt haben. Darian sah immer schon das Ende des Spiels voraus, wenn es noch kaum begonnen hatte. Er wusste, Darian würde beschlossen haben, sie entweder den Behörden zu übergeben oder sie verschwinden zu lassen.

Aber Isosceles hatte eine andere Idee.

44

Sei meine Vision

»Das also ist es?«, fragte ich Carlos.

»Das ist es«, bestätigte er.

Wir waren auf richtig schmalen Trampelpfaden quer über die Insel gefahren. Gepflasterte Straßen gab es so gut wie keine. Es war, als wären wir in der Zeit zurück oder in ein weit entferntes, wildes Land gereist. Nachdem wir von der Hauptstraße abgebogen waren und im Wesentlichen nur noch durch den Busch fuhren, sahen wir niemanden mehr. An dem Ort schien es kaum Menschen zu geben. Gut.

Carlos war offensichtlich schon hier gewesen, denn er wusste, wohin er fuhr. Ich selbst hätte mich hoffnungslos verirrt. All das Buschland sah für mich völlig gleich aus. Überall Dickichte aus australischen Eukalypten und noch dichterem Gras. Manchmal betrug die Sichtweite seitlich der Feldwege nur wenige Meter. Um daran zu erinnern, dass man sich in Queensland befand, gab es auch Palmen und diese anderen merkwürdigen, dornig aussehenden Bäume, die wie willkürlich mitten in den Busch platziert wirkten.

Es war richtig heiß. Und richtig still. Die einzigen Geräusche kamen vom Strand. Ich wusste nicht, wie weit entfernt er sich befand, aber die Brandung konnte man ständig hören. Der Klang erinnerte mich an den Balkon meiner Wohnung im siebzigsten Stock.

Wir müssen ungefähr eine Stunde lang über Trampelpfade geholpert sein. Jedenfalls kam es mir wie eine Stunde vor. Vielleicht war es auch weniger. Irgendwann bog Carlos am Rand dieser Sanddünen von dem Feldweg ab, ratterte einige Minuten lang über verkümmerte Büsche und hielt dann an. Wir befanden uns auf einer Lichtung. Ich stieg aus dem Auto. Da ich pinkeln musste, forderte ich Carlos auf, wegzuschauen. Er tat es natürlich nicht, der Arsch.

»Wohin jetzt?«, fragte ich.

»Es ist direkt unter uns«, antwortete er.

Carlos sah sonderbar aus. Wir hatten die blutgetränkten Kleider entsorgt, und ich hatte ihm das Gesicht gewaschen. Im Auto, beim Fahren, hatte das genügt. Nun jedoch wirkte er eigenartig. Er wippte vor und zurück. Als wäre er high oder so.

»Na schön, dann los«, sagte ich.

Er rührte sich nicht.

»Warum wolltest du hierherkommen?«, fragte er.

»Wir mussten weg. Hab' ich dir doch gesagt. Wir mussten weg von der Gold Coast. Nur für ein paar Tage.«

»Meinetwegen«, sagte er.

Ich wollte wirklich keine Unterhaltung über sein dummes Verhalten führen. Nicht im Augenblick. Eigentlich überhaupt nie. »Dieser ehemalige Bulle, der Typ, den du niedergeschlagen hast, er war uns auf der Spur. Das habe ich dir doch erklärt.«

»Ja, aber warum hierher? Und woher hast du überhaupt von diesem Ort gewusst?«

»Du hast mir davon erzählt«, behauptete ich. Hatte er nicht, aber das würde er nicht mehr wissen.

»Aber warum wolltest du hierherkommen? Ausgerechnet

du. Sonst hockst du immer übermächtig in deiner protzigen Wohnung hoch oben im siebzigsten Stock, schlürfst Champagner und Wodka, blickst auf uns alle herab. Warum sind wir nicht nach Brisbane, um in irgendeinem teuren Hotel zu übernachten? Warum haben wir kein Flugzeug genommen, um irgendwohin zu fliegen? Warum hierher? Warum unter die verdammte Erde?«

Während er redete, kam er auf mich zu. Er wirkte richtig wütend. All der Ärger aus all den Jahren brodelte in ihm hoch. Ich glaube, es ging sogar zurück bis zu dem peinlichen Vorfall, als er sich in der Nacht, in der er mich töten wollte, angepisst hatte. Warum *er* wütend war, konnte ich mir nicht recht erklären. Wenn jemand das Recht gehabt hätte, wütend zu sein, dann wohl eher ich.

»Also warum hierher? Sag es mir!«, schrie er mich an.

»Das ist ganz einfach, Carlos«, sagte ich zu ihm. »Ich brauche einen Ort, den niemand kennt, einen Ort, den niemand finden wird. Das ist dieser Ort, richtig?«

»Ja«, antwortete er. »Aber wieso?«

»Um dich zu begraben«, gab ich zurück.

—

Ich glaube nicht, dass jemand den Schuss gehört hat. Carlos flog rückwärts in den Sand. Die einzigen Geräusche stammten von seinem zuckenden Körper, da sich seine Hände ins Laub und das trockene Gras krallten. Natürlich konnte man die Brandung hören, sonst jedoch nichts, jedenfalls nicht mehr, nachdem er still lag.

Ich hatte ihm den Kopf weggepustet. Die Feuerkraft der Pistole erwies sich als beachtlich. Geradezu beängstigend. Ich hatte sie zuvor noch nie benutzt, also nicht abgefeuert. Natürlich hatte ich Mädchen damit gefickt, aber nur, wenn sie schlimm gewesen waren und bestraft werden mussten. Und das kam in Wirklichkeit nicht allzu oft vor. Als ich also den Abzug drückte und sie benutzte … *wow*.

Ich war tatsächlich ziemlich aufgewühlt. Ich meine, klar, ich wusste, dass ich ihn töten würde – er musste sterben, daran bestand kein Zweifel –, aber es wäre angenehmer gewesen, wenn sein Körper in einem Stück geblieben wäre. Immerhin habe ich Carlos geliebt. Er war mein Bruder, und wir hatten zusammen eine Menge durchgemacht. Wir hatten vieles miteinander geteilt, vieles zusammen getan. Ihn so zu sehen, ohne Kopf und mit all den scheußlichen Dingen, die aus ihm rausquollen … *igitt*, das fühlte sich nicht richtig an.

Mit einem Messer hätte ich ihn nicht töten können, und dieser Quatsch über Gift und andere exotische Dinge ist vollkommen willkürlich. Schusswaffen oder Messer, darauf läuft es hinaus. Man muss es einfach halten. Das Messer hätte er mir entwinden können. Er war stark. Hat regelmäßig am Strand trainiert. Die scharfen Hühner haben es geliebt, ihm beim Trainieren am Strand zuzusehen. Auf die Weise hat er ziemlich gut gepunktet. Und dort unten in Burleigh, wo er gewohnt hat, gibt es eine Menge scharfer Tussen.

Eine Weile stand ich nur da. Lauschte. Alles, was ich hören konnte, war die Brandung. Die Menschen hier draußen im Nirgendwo, was würden die wohl tun, wenn sie einen Knall hörten, der wie ein Schuss klang? Sie würden innehalten und sich fragen, ob es ein Schuss gewesen war. Sofern sie wirklich etwas gehört hatten. Sie würden auf eine Wiederholung, auf eine Bestätigung des ungewöhnlichen Geräusches warten, und wenn es kein zweites Mal ertönte, würden sie mit den

Schultern zucken und sich sagen: *Muss ich mir wohl eingebildet haben.* Oder: *War vielleicht 'ne Fehlzündung von 'nem Auto am Strand.* Oder: *Vielleicht sind Schweinejäger auf der Insel; wäre ja nicht überraschend auf einer verrückten, wilden Insel wie dieser, die kaum jemand je besucht, nur ungestüme Jungs und ihre Allradautos mit den Rücksitzen voller Bier.*

—

Er hatte sterben müssen. Eine Weise, auf die man es betrachten konnte, war, dass ich ihm damit sogar einen Gefallen getan hatte.

Er hatte echt dämliche Scheiße angestellt, und er hätte nicht damit aufgehört. Indem ich ihn getötet hatte, schützte ich weitere Mädchen davor, umgebracht zu werden. Man kann über meine Arbeit sagen, was man will, aber töte ich junge Frauen? Nein. Tue ich nicht. Wie viele Menschen habe ich überhaupt schon getötet? So gut wie keine.

Carlos hatte es sich selbst zuzuschreiben. Er hat es gewusst, deshalb war er so wütend und hat sich so bedrohlich aufgeführt, nachdem wir angekommen waren. Beinah schien es, als wollte er mich dazu herausfordern, dass ich den Abzug drückte.

Und was wäre aus ihm geworden, wenn ich es nicht getan hätte? Er wäre geschnappt, vor Gericht gestellt und eingebuchtet worden. Für Jahre. Er hat so viele Menschen getötet: diese zwei Mädchen, Hannah und Allegra, den Cop, wie auch immer er geheißen haben mag, die Person vergangene Nacht, wie auch immer sie geheißen hat – es kam heute Vormittag im Radio, während wir gefahren sind, aber ich kann mich nicht erinnern; Mary oder so ähnlich. Und dann waren da noch der echte Estefan, dessen Freundin und Estefans Eltern. Und Papa Gabriel, der in der Favela neben uns gewohnt hat, der mir manchmal Hühner gegeben hat, wenn ich hungrig war. Außerdem noch etliche andere Menschen in der Favela und vermutlich noch andere, von denen ich gar nichts wusste. Er hatte es verdient. Ich meine, man kann nicht so viele Menschen umbringen und nicht selbst umgebracht werden, oder? Ich würde sogar sagen, er hatte ziemliches Glück, überhaupt so lange zu überleben.

Ich sprach ein Gebet für ihn. Wir waren katholisch erzogen worden.

Ich weiß, dass Gott es versteht.

Teile von Carlos' Schädel waren ringsum über die Bäume verstreut, aber ich beließ sie dort. Ich dachte mir, die Vögel würden sie fressen, oder sie würden von Wind und Regen beseitigt werden. Da ich seine Leiche verschwinden lassen musste, schien es mir an der Zeit zu sein, mich in das Spinnennetz vorzuwagen.

Von hinten hörte ich, wie sich jemand näherte. Die Geräusche von Zweigen und trockenem Gras, die geknickt wurden, begleiteten die Laute von Schritten. Rasch drehte ich mich um.

Aber es war bloß Ida.

»Hi«, begrüßte ich sie.

Ida trug Shorts und ein weißes, ärmelloses Shirt, das ihren Körper so richtig betonte. Sie sah heiß aus. Ida hatte die besten Beine. Ich würde töten für ihre Beine; sie sind so schlank und lang. Sie ist wirklich sexy.

»Hi«, gab sie zurück. Sie war nervös, das merkte ich ihr an.

Ich ging zu ihr, schlang die Arme um sie und hielt sie fest.

Dabei spürte ich, wie ihre Brüste gegen die meinen drückten.

»Ich hatte gehofft, du würdest hier sein«, sagte ich. »Keine Sorge«, fügte ich hinzu. »Jetzt wird alles gut.«

45

Ich, die Jury

Der alte Fischer hatte eine Karte in den Sand gezeichnet. Mit einem Zweig. Da ich generell nicht der Beste im Umgang mit Wegbeschreibungen bin, hatte ich erhebliche Mühe, aus den in den Boden geritzten Linien schlau zu werden und sie in einen Weg den Strand entlang, landeinwärts über einige Dünen und schließlich durch fünfzig Meter dichtes Gestrüpp zu übersetzen, wie er es beschrieb.

Ihm musste wohl mein Gesichtsausdruck aufgefallen sein, denn er bot an, mich hinzuführen, aber ich lehnte ab. Ich wollte keine Zeugen bei dem, was vielleicht geschehen würde, wenn ich dort eintraf.

Schließlich dachte ich, fest im Griff zu haben, wohin ich musste. Ich stieg wieder in mein gestohlenes Allradfahrzeug, lenkte es zurück auf die Hauptstraße und fuhr zu einer Kleinstadt namens Point Lookout. Von den Klippen aus hatte ich eine schlichtweg unglaubliche Aussicht auf das Korallenmeer und einen langen, breiten Strand, der sich von mir weg weit in die Ferne erstreckte. Salzige Nebelwolken wogten mit der Brandung herein. Behutsam rollte ich auf den Sand, bog nach rechts und fuhr langsam in Richtung des Wassers, wo die Räder besseren Halt fanden. Dann drückte ich aufs Gas, raste südwärts zurück in Richtung Gold Coast. Bald nahm ich die Gebäude von Point Lookout nur noch verschwommen wahr, und sie verschwanden im Flimmern der Brandung und der Hitze.

Der Strand präsentierte sich leer, kein Mensch und kein Auto weit und breit, weder vor mir noch im Innenspiegel. Laut Trev, meinem betagten Führer, den ich in seiner Hängematte schaukelnd zurückgelassen hatte, würde ich bei schneller Fahrt ungefähr zehn Minuten brauchen, um dorthin zu gelangen, wo ich abbiegen musste, um einige weitere Minuten unsanft über Sanddünen und durch Buschland zu holpern. Ich durfte nur nicht die richtige Stelle verpassen, die bedauerlicherweise kein auffälliges Merkmal aufwies; ich konnte mich nur auf die Entfernung verlassen – weshalb ich aufmerksam beobachtete, wie der Kilometerzähler die zurückgelegte Strecke mitverfolgte – und auf einen schmalen, beinah unmöglich zu sichtenden Pfad, der durch die Dünen verlief.

Nach zehn Minuten verlangsamte ich die Fahrt. Ich schaute auf den Tachometer. Ich musste nah dran sein. Mein Blick schwenkte hinaus durch das Fenster, um zu sehen, ob ich einen Pfad entdecken könnte, der hinauf durch die Dünen führte.

Mir präsentierte sich eine Menge Sand.

Isosceles sah sich genötigt, mich anzurufen und eine Strophe aus einem seiner Lieblingsgedichte für mich zu zitieren, das ich an sich sehr mag, unter den gegebenen Umständen jedoch als eher lästig empfand:

Doch hinter mir jagt schon heran
Der Zeit geflügeltes Gespann,
Und vor uns liegen schon bereit
Wüsten endloser Ewigkeit.

—

Ich schoss Aldous O'Reilly in den Hinterkopf, als er gerade von mir wegging, nachdem er mich als schwach bezeichnet hatte, unterwegs zurück zu seinem Auto, mitten auf einer verwaisten Straße, die durch etliche Morgen von Apfelplantagen einige Kilometer außerhalb der Ortschaft Bacchus Marsh verlief. Es war ein kalter, windiger, düsterer Spätnachmittag kurz vor Sonnenuntergang, und Aldous war mir seit zwei Stunden gefolgt. Ich glaube, er hatte vor, mich umzubringen, aber vielleicht hatte er nicht den Mumm dazu.

Jedenfalls erschoss ich ihn, schleifte seine Leiche zurück zu seinem Auto, hievte ihn in den Kofferraum und fuhr den Wagen zu einem stillgelegten, ungefähr fünfzehn Kilometer entfernten Steinbruch, wo ich ihn über den Rand in eine tiefe Grube rollte. Danach marschierte ich zu Fuß zurück zu meinem Auto, das sich mittlerweile von Apfelblüten bedeckt präsentierte, stieg ein und fuhr nach Hause. Ich verstaute meine Beretta, genehmigte mir erst eine Dusche, dann eine Flasche Wodka, auf die zwei weitere folgten, und schlief danach wie ein Toter.

Ich bedauerte es keine Sekunde und würde es ohne Weiteres wieder tun, wenn es sein müsste.

—

»Es geht um Aldous. Können Sie mir helfen, etwas wegen ihm zu unternehmen? Er macht mir das Leben zur Hölle, und wenn ich das nicht geregelt bekomme, erschieße ich mich.«

Der Anruf erreichte mich zu Hause. Die Stimme erklang leise, flüsternd, als fürchte sich der Anrufer oder als schäme er sich. Es war viele Jahre, nachdem ich die Demütigung erlitten hatte, einen unbedeutenden Niemand zu schlagen, wozu ich vom großen, hoch angesehenen Aldous O'Reilly angestachelt worden war. Ich hatte den Test bestanden und war dadurch als derjenige bekannt geworden, an den man sich um Hilfe und Rat wandte, wenn man neu bei der Truppe und verängstigt und eingeschüchtert war wie ich früher einmal. Meine Karriere ging steil nach oben, ich würde schon bald das Ende der Fahnenstange erreicht haben, und ich galt als die »Anlaufstelle«, der Typ, den man um Hilfe fragte, um den Weg durch die korrupte und bestechliche Welt zu finden, die Aldous geschaffen hatte und in die er alle neuen Cops hineinziehen wollte.

Ich hatte mich mit dem Neuling in einem dunklen Winkel einer Kneipe mitten in Chinatown in einer der schmalen Gassen abseits der Little Collins Street getroffen. Cops wagten sich dort selten hin, daher konnten wir in aller Ruhe reden, essen und trinken, vorwiegend trinken, ohne gesehen zu werden. Mich hätte es nicht gestört, sie aber schon. Sich mit mir zu treffen galt als Zeichen von Schwäche, trotzdem taten es viele. Ich sorgte dafür, dass sie betrunken von billigem asiatischem Bier wurden, und hörte ihnen zu, wenn sie mir die altbekannte Geschichte erzählten, dass sie ihr Bestes gaben und sich bemühten, ihre Ehre als Polizist aufrechtzuerhalten, weil sie abends nach Hause gehen und ihren Freundinnen oder Ehefrauen oder Kindern noch in die Augen sehen und sich sagen können wollten, dass sie keine schlechten Menschen, dass sie nicht besudelt, dass sie nicht zu einem korrupten Bullen geworden waren. Allerdings setzte ihnen jeden Tag bei der Arbeit der alte Aldous ebenso zu wie damals mir, drängte sie dazu, Kids zu verprügeln oder Bargeldbündel bei den Griechen um die Ecke in einem der zwielichtigen Cafés in der Brunswick Street abzuliefern. Oder zu Schlimmerem. Während ich mir diese Geschichten des Elends anhörte, während ich versuchte, die davon Betroffenen betrunken zu machen und sie reden ließ, ohne je wirklich eine Lösung zu bieten, drängte sich mir der Eindruck auf, dass der alte Aldous zunehmend extremer wurde. Er trieb die Neulinge immer weiter.

Und dann wurde mir eines Tages bei *Chow* bei Rindfleisch und Tiger-Bier berichtet, dass er einen frisch gebackenen Bullen aufgefordert hatte, jemanden um die Ecke zu bringen – eine völlig belanglose Person, hatte Aldous behauptet. Bloß irgendein Name. Vielleicht hatte es sich um einen Gangster gehandelt, vielleicht um einen Zivilisten; für den Neuling, der völlig ausflippte, spielte die Identität keine Rolle, und für Aldous mit Sicherheit erst recht nicht. Auch für mich spielte sie keine Rolle.

An jenem Nachmittag rief ich Aldous an.

»Aldous, hier Darian Richards. Ich würde dich gern treffen.«

»Wieso sollte ich meine Zeit mit einem Trottel wie dir verschwenden?«, lautete seine Antwort.

»Wir treffen uns heute Abend im *Farmer's Arms*«, sagte ich. Das war eine Kneipe in Port Melbourne in der Nähe des Strands, sein Stammlokal, wohin er nach jeder Schicht ging, egal um welche Tageszeit.

Ohne etwas zu erwidern, legte er auf. Was genau dem entsprach, womit ich gerechnet hatte. In Gedanken hatte ich die Unterhaltung, die wir führen würden, bereits ablaufen lassen – und folglich hatte ich bereits damit begonnen, zu planen, was ich als Nächstes tun würde.

—

»Es ist an der Zeit, aufzuhören«, sagte ich, als er einen Krug Bier mit einem langen Zug leerte und nach einem zweiten griff.

Wir saßen an einem kleinen Holztisch mitten in einem Bereich, der früher als Damensalon bezeichnet worden war. Musste lange her sein; durch die Kneipe dröhnte der Lärm von Glücksspielautomaten und eines Fernsehers, auf dem endlos Hunderennen von irgendeiner Rennbahn auf der anderen Seite des Landes liefen. Ausschließlich hart wirkende Kerle bevölkerten die Kneipe. Weit und breit keine Dame in Sicht, nicht mal im Speisesaal, wo die Männer über riesigen T-Bone-Steaks und Hühnchen-Parmigianas stöhnten.

»He?«, raunte Aldous zwischen zwei Schlucken.

»Ich übermittle dir gerade eine Botschaft, und ich will, dass du dich entsprechend verhältst. Es ist an der Zeit, aufzuhören.«

Jahre waren vergangen, und mittlerweile stand ich im Rang über ihm. Was ihn herzlich wenig juckte. Er verkörperte eine Insel, seinen eigenen Herrn, und er tat, was immer er wollte, nach seinen eigenen Regeln. Dass er Teil eines Teams war und innerhalb einer Bruderschaft agieren sollte, hatte er längst vergessen, ganz zu schweigen davon, dass er eigentlich einen so simplen Verhaltenskodex befolgen sollte, dass ihn selbst ein Grundschüler verstanden hätte.

»Keine Ahnung, was du da laberst«, sagte er.

»Dann lass es mich dir erklären«, erwiderte ich. »Es ist nämlich ziemlich einfach. Die Gaunereien, das Mitschneiden bei Drogendeals, das Bestehlen von Opfern und Verdächtigen, das Zurechtschustern von Verdächtigen – all das interessiert mich nicht.«

Seine Augen verengten sich zu Schlitzen. *Was fällt dem ein, sich ein Urteil über mich anzumaßen?*, ging ihm durch den Kopf.

»Das sind bloß Dinge, die du tust. Du kommst damit schon lange ungestraft davon, und ich schätze, du wirst wohl bis zum Ende ungestraft damit davonkommen. Wovon ich rede, Aldous, sind die Dinge, zu denen du andere zwingst. Unschuldige. Leute, die nicht an Bord gekommen sind, damit du sie anweist, gegen das Gesetz zu verstoßen, gegen ihren moralischen Kodex, und die sich einem gewaltigen Risiko aussetzen, nicht nur bei der Arbeit, sondern auch zu Hause und in Hinblick auf ihre Zukunft.«

»Redest du von Drogen oder so, Richards? Ich hab' echt keine Ahnung, wovon du da schwafelst.«

»Doch, hast du.«

Schweigen machte sich breit, als er sich von mir abwandte und den Blick durch die Kneipe wandern ließ, zweifellos, um nachzusehen, ob ich mit anderen gekommen war, die uns vielleicht beobachteten oder das Gespräch sogar aufzeichneten. Schließlich kehrte sein Blick zurück zu mir.

»Für wen arbeitest du?«, wollte er wissen.

»Für niemanden«, gab ich zurück.

»Blödsinn.« Er lachte. »Bist du plötzlich ein verfluchter edler Ritter geworden?«

»Du bist ein mieser Cop, Aldous, und du hast einen guten Lauf gehabt. Zeit, aufzuhören. Vielleicht sogar, um daran zu denken, in den Ruhestand zu gehen.«

»Leck mich«, sagte er. »Ich weiß nicht, wovon du da sprichst, Richards, und selbst wenn ich's wüsste, würde ich dir keine Antwort darauf geben. Mir ist egal, was für eine große Nummer du geworden bist, du hast kein Recht, so mit mir zu reden, überhaupt keins.« Und damit stand er auf, stieß beinah seinen Stuhl um und stapfte hinaus. Ich sah ihm nach, als er die Kneipe verließ und rasch den Bürgersteig entlang davonging. Durch das Fenster konnte ich zwischen den handbeschrifteten Schildern, die für das Tagesmenü und die Fassbiere warben, seinen stämmigen kleinen Körper beobachten, der voll selbstgerechter Entrüstung davonmarschierte.

Ich hätte mich an den Polizeichef wenden können. Wir standen uns nah, und er hätte mir zugehört. Allerdings hätte er nichts unternommen und stattdessen gedacht, ich wäre verweichlicht worden. Niemand will etwas von Drecksäcken wie Aldous wissen. Sie erschaffen sich eine Insel, die von allen außerhalb davon respektiert wird. Niemand will sich mit einem korrupten Bullen herumschlagen, wenn man nicht gerade dazu gezwungen ist, weil eine Zeitung etwas Explosives enthüllt hat oder ein Politiker durchdreht und irgendeinen Fall von Korruption aufdeckt, weil er hofft, sich damit einen Namen zu machen. Man macht einfach weiter, als wäre nichts, und schlägt um Himmels willen keine Wellen. Von Jungspunden, wie ich früher einer war, von den Neulingen, von ihnen erwartet man, dass sie damit irgendwie zurechtkommen. Wenn es zu hart wird, wenn ein Neuling aufgefordert wird, etwas zu tun, das die Grenze überschreitet – zum Beispiel einen Unschuldigen hinzurichten –, dann gilt das einfach als Pech. Entweder tut man es und geht unter oder kommt damit davon, oder man weigert sich und wird geächtet; das ist der Lauf der Dinge, und he, wenn dir das nicht passt, dann geh doch zur Feuerwehr.

—

Vielleicht hätte ich es dabei belassen – ich hatte ihn erschüttert, was unter Umständen zum ersten Mal überhaupt vorgekommen war –, aber einige Tage später kam mir zu Ohren, dass sich eine junge Polizistin namens Ashleigh umgebracht hatte. Sie hatte eine ganze Flasche voll Xanax geschluckt. Und sie hatte unter Aldous gearbeitet. Sie war von ihm schikaniert und belästigt worden.

Das wusste ich, weil sie sich wie so viele andere an mich gewandt hatte, wie der Neuling, mit dem ich mich in der Woche davor in dem chinesischen Restaurant getroffen und der mich um Rat und Hilfe gebeten hatte. Mit Ashleigh hatte ich mich nicht getroffen. Zu ihr hatte ich nur gesagt, dass sie es lächelnd ertragen sollte und dass sie es überstehen würde. Dass wir es alle überstanden.

Ich ging zu ihrer Beerdigung. Es wurde ein düsterer Tag, an dem viel über den bedauerlichen Druck geredet wurde, der mit dem Job einherging, und darüber, dass junge Beamte, vor allem Frauen, besseren Zugang zu Stresstherapien bräuchten, um Depressionen und Angstzustände zu verhindern, die in einer solchen Tragödie gipfeln konnten. Aldous war anwesend, sowohl in der Kirche als auch später am Grab. Männer und Frauen in Uniform waren anwesend, und die Leute unterhielten sich im Flüsterton miteinander. Ich bemerkte Aldous' Blick, und er zwinkerte mir zu.

Dann lächelte er mich an. *Ich bin stärker und tougher als du, Jungchen,* lautete die unmissverständliche Botschaft.

—

Er machte es mir leicht, ihn zu töten. Er fing nämlich an, mir zu folgen.

Anfangs konnte ich es kaum glauben; was versuchte er eigentlich, damit zu erreichen? Wollte er mir etwa Angst einjagen? Vielleicht dachte er, ich würde ihn verpfeifen und zu einem geheimen Treffen mit der Dienstaufsicht fahren. Er blieb mir nicht die ganze Zeit auf den Fersen. Das wäre nicht gut durchführbar gewesen. Aber er war jeden Morgen zur Stelle und wartete ein Stück die Straße hinunter, in der ich wohnte. Kaum fuhr ich von meinem Haus los, heftete er sich an meine Fersen und folgte mir zur Zentrale. Manchmal tauchte er auch auf der Fahrt nach Hause oder während des Nachmittags in meinem Innenspiegel auf. Er musste in irgendeiner Form Zugang zu meinem Kalender gehabt haben, bestimmt von einem alten Kumpel innerhalb der acht Etagen in der St Kilda Road.

An einem feuchten Donnerstag fuhr ich von zu Hause los und steuerte auf den Western Highway zu, jene Straße, die zu den Bergen Misery, Disappointment und Despair – *Elend, Enttäuschung* und *Verzweiflung* – führt, wo ich aufgewachsen bin. Nach etwa vierzig Minuten bog ich nach Bacchus Marsh ab. Das ist eine Kleinstadt mit einer langen Gedenkstraße, zu beiden Seiten gesäumt von mächtigen Eichen, an den Stämmen kleine Namenstafeln für die Männer, die in den beiden Weltkriegen ihr Leben lassen mussten. Ich kannte die Gegend gut. Mein Vater fuhr mit mir oft hin, als ich noch ein Kind war; wir sind dort über die Zäune geklettert, um durch die Obstgärten zu schlendern und Äpfel von den Bäumen zu pflücken.

Ich führte Aldous zu einer einsamen Straße, kilometerweit von allem entfernt. In jede Richtung konnte man nur Apfelbäume sehen, so weit das Auge reichte. Ein Unwetter braute sich zusammen, und die Temperatur muss wohl um den Gefrierpunkt gelegen haben. Ich rollte an den Straßenrand und stellte den Motor ab, schob die Beretta hinten in meine Jeans und stieg aus, um ihn in Empfang zu nehmen. Er hatte hinter mir angehalten.

»Ich mach' dich fertig, Richards«, drohte er mir. Er war betrunken und wankte ein wenig auf den Beinen. Für einen flüchtigen Augenblick tat er mir sogar leid.

»So, wie du Ashleigh fertiggemacht hast?«, konterte ich.

»Wen?«, fragte er aufrichtig verwirrt.

Ich zog meine Pistole. Er starrte nur darauf. Bettelte nicht, setzte sich nicht zur Wehr, bat nicht um Erlösung. Dann sah er mir in die Augen.

»Du bist schwach, Richards. Bist du schon immer gewesen, wirst du immer sein.«

Damit wandte er sich ab und ging zurück zu seinem Auto.

»Aldous«, rief ich ihm nach.

Er drehte sich in dem Moment um, als ich mit der Pistole auf ihn zielte. Er sah es kommen und sagte: »Söhnchen, du verstehst gar nichts.« Dann wandte er sich wieder ab.

Ich schoss ihm in den Kopf. Eine einzige Kugel.

Vielleicht verstand ich nichts, vielleicht auch doch. Niemand geht zur Polizei, um schlimme Dinge zu tun, um korrupt zu werden, um Menschen zu verletzen. Was also passiert mit jenen, die es trotzdem tun?

Es war nicht einfach, einen anderen Bullen umzubringen. Es ist generell nicht einfach, irgendjemanden umzubringen. Wie konnte und kann ich das mit mir vereinbaren? Der Eid, den ich geleistet habe, lautet, das Gesetz zu achten. Darüber hinaus, und das zählt wirklich, besteht meine Aufgabe auf der Welt darin, *Gerechtigkeit* zu gewährleisten. *Meine* Gerechtigkeit.

Seine Leiche wurde einige Tage später in dem Steinbruch gefunden, wo ich ihn abgeladen hatte. Eine groß angelegte Fahndung nach seinem Mörder wurde angeleiert, aber wie nach einer Woche deutlich wurde, gab es so viele mögliche

Verdächtige, Verbrecher und Cops gleichermaßen, dass es nahezu unmöglich zu sein schien, denjenigen zu finden, der tatsächlich den Abzug gedrückt hatte. Zu viele Leute wollten Aldous tot sehen, und zu viele davon hatten bestenfalls wackelige Alibis.

Derjenige, der die Ermittlungen im Mordfall Aldous O'Reilly leitete, war ich. Nach zwei Monaten ging ich zum Polizeichef und teilte ihm mit, dass wir ständig nur in Sackgassen stolperten und den Mörder nie finden würden. Wir könnten es einem der Verbrecher anhängen, meinte ich zu ihm, nur würde es offen gestanden für jeden Strafverteidiger ein Freudenfest werden, beim Prozess die Wahrheit über den korrupten Bullen aufzudecken. Der Fall sollte lieber ungelöst bleiben, schlug ich vor. Vielleicht, so sagte ich, wäre es so besser.

Der Polizeichef stimmte mir zu.

—

Ich hielt an und stieg aus dem Wagen. Eindringlich starrte ich auf etwas, das wie eine Schlucht in den Dünen anmutete, wie eine Lücke dazwischen; es war schwer zu sagen. Die meisten Dünen wurden völlig von Gras und niedrigem Gestrüpp erstickt. Dahinter erstreckten sich noch viel mehr Gestrüpp und dichter Wald. Als ich näher hinging, schien es mir, dass ein Pfad möglich sein könnte. In letzter Zeit war definitiv niemand über den Sand gefahren. Das Gestrüpp sah unversehrt aus; keinerlei Fahrzeuge hatten es platt gewalzt. Ich entschied mich, es zu versuchen. Laut Kilometerzähler befand ich mich an der richtigen Stelle, und mein Fahrzeug würde genau in die Lücke zwischen den Dünen passen, obwohl ich das Konzept eines Pfads nur entfernt erahnen konnte.

Ich stieg wieder ein, drehte das Lenkrad herum und fuhr über den Sand hinauf durch die Dünen und ins Gestrüpp. Trev hatte mich angewiesen, ungefähr »fünfzig Yards« auf einer geraden Linie zu bleiben. Zum Glück war ich alt genug, um mich noch an Yards statt an Meter zu erinnern. Ich tat, wie mir geheißen, knickte Äste von Eukalypten und Schraubenbäumen und zerkratzte die Seiten des Fahrzeugs mit dem harten Gras, das mindestens einen Meter hoch wucherte. Es war kein Pfad, aber wenigstens musste ich mich über keine Baumstämme kämpfen.

Nach fünfzig beschwerlichen Yards erreichte ich mein Ziel. Das wusste ich, weil mitten auf einer Lichtung ein BMW mit Allradantrieb stand, neben dessen Heck eine große Lache frischen Blutes prangte.

Ich beugte mich unter den Fahrersitz, um meinen kleinen Rucksack und die Beretta hervorzuziehen.

Die Waffe war voll geladen. Ich wollte sie nicht benutzen – das sah der Plan nicht vor –, aber irgendjemand, vermutlich Starlight, hatte bereits den Takt vorgegeben, und ich wollte mich nicht überrumpeln lassen.

46

Der Chauffeur

Harry transportierte seit über fünfundzwanzig Jahren Menschen. Zuerst als Taxifahrer, neuerdings auch seit einiger Zeit als Limousinenchauffeur. Er mochte seine Arbeit. Harry hatte dabei einige faszinierende Menschen kennengelernt und einige schreckliche. Er hatte schon Rockstars und Politiker, Geschäftsleute und Kids chauffiert. Manche redeten. Andere nicht. Manche gaben ihm Trinkgeld. Andere bedachten ihn höchstens mit mieser Laune. Er hatte schon Pakete und Hunde befördert. Und definitiv eine Menge Passagiere, die dabei geschlafen hatten. Meist wegen Müdigkeit oder zu viel Alkohol. Gelegentlich auch wegen zu viel Dope oder, auf dem Weg zum oder vom Krankenhaus, wegen eines Blutkreislaufs voller Medikamente.

Im Fall des Mädchens auf dem Rücksitz schien es an Medikamenten zu liegen. Die junge Frau war völlig weggetreten. Vollgepumpt bis zum Anschlag.

Das beunruhigte ihn ein wenig, weshalb er immer wieder Blicke auf sie im Innenspiegel warf. Man hatte ihm gesagt, sie sei krank. Man hatte ihm gesagt, sie würde mit einem Privatflugzeug zu irgendeiner medizinischen Behandlung transportiert. Auch das beunruhigte ihn. Meist sagte man ihm gar nichts. Er war bloß der Fahrer, und für ihn zählte, *wohin* seine Passagiere mussten, nicht *wieso* sie dorthin mussten.

Seit der letzten Finanzkrise waren die Zeiten hart gewesen. Er hatte sich eine eigene Limousine angeschafft. Abgesehen davon, dass er nachts an den Wochenenden betrunkene Teenager die Gold Coast entlangkutschierte, lag das Geschäft so gut wie brach.

Er hatte sich auf die Chance dieses Auftrags gestürzt, ohne Fragen zu stellen. Eine junge Frau vom Fährenterminal Stradbroke Island abholen und zum Flughafen Chinchilla ein paar Stunden westlich von Toowoomba fahren. Eine Fahrt, die einen Tag dauerte. Bezahlt wurde Harry dafür wie für eine Fahrt, die eine Woche dauerte. Keine Fragen.

Gut; nicht an den Kerl, der ihn telefonisch engagiert hatte, auch nicht an die junge Frau, die seine Passagierin am Fährenterminal aus dem Auto geführt hatte, ebenso wenig an den Piloten, der am Flugzeug auf sie warten würde. Aber ein paar Fragen, die er sich selbst stellte, blieben dennoch. Zum Beispiel: *Was geht hier wirklich vor sich?* Und: *Weiß die junge Frau überhaupt, was mit ihr passiert?*

Sie war jung und sehr hübsch. Sie erinnerte Harry an seine Tochter, und er fragte sich, wo ihr Vater stecken mochte. Wusste der überhaupt, was mit seinem Mädchen geschah?

Es fühlte sich nicht richtig an.

Trotzdem fuhr er weiter. Harry brauchte das Geld.

—

Die Fahrt verlief reibungslos; das Navigationssystem brauchte er nicht, denn er kannte den Weg. Etwas außerhalb von Toowoomba hielt er an und aß zu Mittag, Linsenpastete mit Curry, die seine Frau Eve für ihn warm gemacht und in Alufolie eingepackt hatte. Er parkte am Straßenrand und genoss den Sonnenschein. Die junge Frau im Wagen war immer noch weggetreten. Sie war auf den Sitz gekippt, der Körper verbogen und verkrümmt wie der einer Puppe, weil der Sitzgurt eng um ihre Mitte anlag.

Harry starrte sie eindringlich an. Die Haare waren ihr übers Gesicht gefallen. Sie schnarchte.

Einen finsteren Moment lang spielte er mit dem Gedanken, hinten einzusteigen, ihr Kleid hochzuschieben, ihren Slip runterzuziehen und Sex mit ihr zu haben. Sie würde es nie erfahren. Doch kaum hatte er es sich vorgestellt – kaum hatte er vor seinem geistigen Auge das Bild von ihr gesehen, wie ihr nackter, schlafender Körper mit gespreizten Beinen auf dem Rücksitz seiner Limousine lag –, riss er sich zusammen und schüttelte die bösen Gedanken ab.

—

Harry fuhr weiter.

Zwanzig Minuten außerhalb von Dalby, wo die Umgebung allmählich trocken und einsam wurde, erblickte er vor sich auf der geraden, leeren Straße eine Art Blockade. Was keinen Sinn ergab. Dennoch befand sich dort etwas.

Quer über die Fahrbahn.

Er kniff die Augen zusammen und nahm den Fuß vom Gaspedal, als langsam in Sicht geriet, was vor ihm auf ihn wartete.

Ein Auto. Weiß, unscheinbar. Und ein Motorrad. Eine Harley. Beide parkten quer über die Straße und schufen so eine Blockade. Der Anblick erinnerte an eine Szene aus einem amerikanischen Film. Wie in dem alten Streifen, den Harry sich erinnerte, mal gesehen zu haben, *Fluchtpunkt San Francisco*. Oder wie in der alten Fernsehserie, die er als Kind so geliebt hatte, *Ein Duke kommt selten allein*.

Harry verlangsamte die Fahrt.

Was zum Teufel soll das?, fragte er sich.

Vor dem Motorrad stand ein großer dürrer Kerl, bekleidet mit einer Jeans und einem weißen ärmellosen Shirt. Lange, weiße, zu einem Pferdeschwanz zusammengebundene Haare, der Körper war über und über mit Tätowierungen übersät. In der Hand hatte er ein langes, dünnes Messer, das er auf der Spitze des Zeigefingers zu drehen schien.

Vor dem weißen Commodore stand eine junge Frau. Jeans und weißes T-Shirt, die Haare ebenfalls zurückgebunden. Wenigstens sah sie normal aus. Zudem wie ein Topmodel. Der Typ hingegen erinnerte eher an einen gebleichten Teufel.

—

Blond Richard trat von seinem Motorrad weg und hob die Hand, als wäre er ein Bulle.

»Halt!«, rief er. Obwohl der Mann in dem sich nähernden Auto ihn unmöglich hören konnte. Ungeachtet dessen gefiel ihm der Klang seiner herrischen Stimme, und er fand es ziemlich cool, Dinge zu tun, die sonst einem Verkehrspolizisten vorbehalten blieben.

Harry brachte den Wagen zum Stehen.

Er blieb sitzen und starrte auf die zwei Gestalten, die mitten auf der Straße vor ihren Fahrzeugen standen und ihm den Weg versperrten.

Hat das irgendetwas mit mir zu tun?, schoss ihm durch den Kopf. Und kaum war ihm der Gedanke gekommen, sagte er sich: *Nein, es geht um die junge Frau*.

Blond Richard und Maria gingen auf ihn zu. Maria hatte ihr Mobiltelefon in der Hand.

»Wir haben ihn«, meldete sie.

»Gute Arbeit«, lobte Isosceles, der dem Weg der Limousine gefolgt war, seit sie Starlight am Fährenterminal verlassen hatte.

—

Keine Sekunde lang spielte Harry mit dem Gedanken, zurückzusetzen und davonzufahren. Keine Sekunde lang dachte er an das Geld, das er verlieren würde. Stattdessen stieg er aus, kniff angesichts der gleißenden Sonne die Augen zusammen und fragte: »Was ist hier los?«

»Wir übernehmen Ihre Passagierin«, antwortete die Frau.

»Aha. Und was sage ich meinem Auftraggeber?«, wollte Harry wissen.

Mit einer so flinken Bewegung, dass Harry sie kaum wahrnahm, ließ der Albino das Messer durch die Luft nach unten sausen und stach in einen seiner Vorderreifen, aus dem pfeifend die Luft austrat.

»Sag ihm, du hast 'nen Platten gehabt. Sag ihm, die Frau ist aufgewacht und ausgebüxt. Ist über die trockene Erde davongerannt. Du hast grad noch gesehen, wie sie in der Ferne verschwunden ist. Hast dir gedacht, sie muss vor Dehydrierung wohl den Löffel abgegeben haben. Lass dir was einfallen.«

Maria zerrte Tina bereits vom Rücksitz.

Harry trat zurück und beobachtete, wie Blond Richard zu den beiden Frauen ging, einen Arm um die Schultern seiner Passagierin und den anderen unter ihre Beine schlang. Dann hob er sie wie ein Baby auf und ging mit ihr zurück zu dem weißen Auto.

Innerhalb von Sekunden waren sie verschwunden.

47

Die Angst

Ida half mir, Carlos' Leichnam in eine Plane zu wickeln. Die hatte ich im Kofferraum meines Autos verstaut. Ich war vorbereitet. Sie half mir, ihn den Tunnel hinab in den Bunker zu schleifen, der als das »Spinnennetz« bezeichnet wurde. Dabei sagte sie nicht viel, und es gelang ihr recht gut, so zu tun, als sei sie stark. Tatsächlich beeindruckte sie mich. Ich hatte gedacht, sie würde heulen und wehklagen, wenn sie ihren Lover mit weggeschossenem Kopf sah. Aber nein. Sie tat so, als mache es ihr nichts aus. Sie verlor kein Wort darüber, aber ich wusste, dass sich ihre Gedanken überschlugen und sie sich fragte, was ich hier wollte und was als Nächstes geschehen würde.

Ida ist klug, allerdings nicht so klug wie ich. Jedenfalls weiß ich, dass sie vorausdenkt und versucht, sich zusammenzureimen, was ich tun werde und ob sie in Sicherheit ist. Vielleicht wird sie versuchen, zu fliehen. Vielleicht wird sie auch versuchen, mich zu überwältigen, mich niederzuschlagen, irgendetwas in der Art. Oder vielleicht wird sie gar nichts tun.

Das vermute ich in Wirklichkeit. Gar nichts. Sie wird einfach abwarten, was ich mache, und dann entsprechend reagieren.

Was für mich völlig in Ordnung ist, denn ich habe Pläne

für sie. Auch wenn sie es noch nicht weiß, sie wird demnächst verkauft. Sie wird die tote junge Frau ersetzen, die dunkelhaarige, die Carlos gefickt hat, bevor er ihr die Kehle aufgeschlitzt hat. Ida bekommt ein neues Zuhause in Djakarta. Ich muss dafür sorgen, dass sie gebändigt ist, bevor ich es ihr sage.

Ich glaube, ihr neuer Besitzer wird sehr zufrieden sein. Immerhin ist sie blond und atemberaubend, kurvenreich und vollbusig. Sie besitzt ein umwerfendes Lächeln und einen tollen Hintern. Schon seit unserer ersten Begegnung wollte ich sie verkaufen, aber das war unmöglich, weil Carlos und sie sich nahegekommen sind, und natürlich hat sie dann angefangen, für uns zu arbeiten und wurde dadurch ein Mitglied des Teams. Tja, diese Tage sind jetzt vorbei. Es gibt nur noch mich, und so wird es besser sein. Nur noch mich.

—

Ida hatte sich Sorgen wegen des Anrufs bei Darian gemacht. Es war ein Fehler gewesen. Eine impulsive Handlung. Sie bedauerte es. Und seit dem Anruf hatte sie sich den Kopf darüber zerbrochen, dass er herkommen und sie finden könnte, darüber, was er sonst noch herausfinden könnte.

Ihre Schuld, das würde er finden.

Ihre Mittäterschaft.

Es war aus einer Eingebung heraus geschehen, ein Anruf bei einem Mann, den sie kaum kannte, bei einem Retter, einem Typen, der sie schon einmal gerettet hatte, und zwar in einem Moment der Verzweiflung, als sie das Gefühl gehabt hatte, gerettet werden zu müssen.

Über die Konsequenzen hatte sie nicht weiter nachgedacht. Alles, woran sie zu dem Zeitpunkt denken konnte, war das Grauen, das sich vor ihr ausbreitete, die wachsende Liste vermisster junger Frauen, all die Toten und das Blut und ihr Lover, ihr brennendes Verlangen, wegzulaufen, zu flüchten, um sich in Sicherheit zu bringen.

—

Danach, während sie sich Vorwürfe wegen des Anrufs machte, wurde ihr klar, dass Darian wahrscheinlich ihre Mutter angerufen haben würde. Das taten Polizisten, wenn sie nach vermissten Personen fahndeten, und wenngleich sich Ida selbst nicht als vermisste Person betrachtete, wusste sie, dass Darian so über sie denken würde.

Also hatte sie Annie angerufen, ihre Mutter, und sie hatte ihr mitgeteilt, dass es ihr gut ging. Ida brauchte ihrer Mutter gar keine Fragen zu stellen, um Informationen zu erhalten. Das Erste, was von ihr kam, war: »Geht es dir gut?« Und dann folgte die Aussage, wie völlig aufgelöst vor Sorge sie sei.

Ida hatte sie zuerst beruhigt und sie dann versprechen lassen, dass sie Darian anrufen und ihm sagen würde, es sei alles in Ordnung, er bräuchte nicht länger nach ihr zu suchen. Es sei nur ein Missverständnis gewesen.

Ida hatte gehofft, es würde funktionieren. Sie kannte Darian nicht näher, aber sie wusste, dass er als ausgezeichneter Ermittler galt. Außerdem wusste sie, dass er im Ruhestand war und eigentlich nur auf seinem Steg sitzen wollte, um den Fluss zu beobachten. Er wollte sich nicht wirklich die Umstände aufhalsen, nach ihr zu suchen. Darauf baute sie, auf sein Verlangen, den Fluss zu beobachten und ein ruhiges Leben zu genießen.

Diese Sorgen hatten sie förmlich erdrückt, doch sie hatten

sich rasch verflüchtigt, als sie einen Schuss gehört und gesehen hatte, dass Starlight eingetroffen war.

Und damit steckte sie in einer echten Zwickmühle.

—

»Würdest du dir den Arm abschneiden, um mich zu retten?«, fragte er.

»Nein«, antwortete Ida lachend.

»Nein wirklich, würdest du es tun, wenn es sein müsste?«, bohrte Carlos weiter.

»Natürlich würde ich das«, erwiderte sie, ohne zu zögern.

»Gut«, meinte er. »Ich liebe dich.« Und er zog sie dichter zu sich, bis sich ihre nackten Körper gegenseitig eng umschlungen festhielten.

»Ich liebe dich auch.«

Nur tat sie das nicht wirklich. Wie kann man einen Menschen lieben, vor dem man sich fürchtet? Wie kann man einen Mann lieben, der mit Emotionen und der Zukunft von Menschen so umgeht wie mit den Zigaretten, die er während einer Fahrt aus dem Fenster seines Autos schnippt? Anfangs hatte ihn Ida als bezaubernd und gefährlich und sexy und faszinierend empfunden, als alles, was sie bei ihren früheren Männern vermisst hatte, die eher Jungen gewesen waren, denen gerade erst Haare auf der Brust sprossen, alle mit hohen, zittrigen Stimmen, erfüllt von Unsicherheit, die förmlich aus ihren Poren quoll. Anfangs war er lustig und einfühlsam gewesen. Er hatte sie zum Abendessen ausgeführt, ins Kino, in die Bar im Q1-Gebäude, dem höchsten Bauwerk des Landes. Er hatte ihr Blumen geschenkt und war unangekündigt vor ihrer Wohnung aufgetaucht, um mit ihr segeln oder schnorcheln zu gehen. Er hatte sie nach Stradbroke Island mitgenommen, wo sie im Sand miteinander geschlafen hatten. Später am selben Tag hatte sie ihm das Spinnennetz gezeigt, das sie bei Recherchen im Zuge einer Arbeit für ihren Kurs über Geschichte entdeckt hatte. Händchen haltend waren sie den ersten Tunnel hinabgeschlendert. Damals wollte sie ihm den innersten Bereich zeigen, doch er hatte Angst, auch wenn er es sich nicht anmerken lassen wollte, und er meinte zu ihr, er litte unter Klaustrophobie. Sie hatte gelacht und ihn gehänselt, bevor sie ihn zurück hinausgeführt hatte.

Das war der Mann, den sie liebte. Zu lieben *glaubte*. Er bat sie, ihm Deutsch beizubringen, und im Gegenzug brachte er ihr bei, wie man auf Portugiesisch sagte: »Du bist heiß.« Er zeigte ihr, wie man Fußball spielte, und überzeugte sie davon, für Brasilien zu sein. Brasilien, so meinte er, hätte die unglaublichsten Fußballmannschaften. Stars, Giganten, für die eine ganze Nation schwärmte. Was auf Österreich eher weniger zutraf.

Sein Name war Estefan. Dann, einige Wochen später, forderte er sie auf, ihn Carlos zu nennen. Er behauptete, Estefan sei ein Name, den ihm seine Familie verpasst hätte und den er hasste.

Ida war nicht einsam, und sie suchte nicht wirklich nach einem Freund. Ebenso wenig wollte sie sich verlieben. Sie wollte keine Beziehung, keinen Menschen, um den sie sich Sorgen machen musste oder an den sie, wenn sie sich schon nicht sorgte, denken musste. Oder der ihr, selbst wenn sie nicht an ihn dachte, das Wissen vermittelte, dass es in ihrem Leben noch jemand anderen gab.

Er behauptete, er hätte sich für den Kurs über Drehbuchschreiben angemeldet, um sein Englisch zu verbessern. Eine

Lüge. In Wirklichkeit kundschaftete er. Hielt Ausschau nach hübschen jungen Frauen. Eine fand er auch: sie.

Und dann fand er weitere.

Anfangs war es bloß ein Spiel. So war es tatsächlich gewesen, redete sich Ida ein. In letzter Zeit redete sie sich viele Dinge ein. Zum Beispiel, dass ihre Rolle bei alldem unschuldig sei, dass sie in eine Falle gelockt oder hereingelegt oder hinters Licht geführt worden sei. Sie hatte das alles nicht gewollt. Sie hatte nie gewollt, dass jemand verletzt wurde. Das ging nicht von ihr aus, sondern von denen. Von Carlos und seiner kleinen Schwester.

Ida liebte Starlight. Sie konnte kaum glauben, wie sexy diese Frau war, konnte kaum glauben, dass jemand beinah in ihrem Alter bereits so reich sein konnte. Starlight wohnte in einem riesigen weißen Apartment im siebzigsten Stock des höchsten Gebäudes des Landes. Anfangs hatte sie gedacht, Carlos würde lügen, um sie zu beeindrucken. Doch dem war nicht so gewesen, weit gefehlt. Allein daran, wie sie miteinander umgingen, merkte Ida, dass es sich um Bruder und Schwester handelte. Carlos war neidisch auf Starlight, sogar ein wenig verärgert. Was Ida nachvollziehen konnte. Auch ihr Bruder war immer das Lieblingskind ihrer Eltern gewesen, die behaupteten, sie würden niemanden bevorzugen. Was nicht stimmte. Er studierte in Boston Jura. Er hatte stets bekommen, was er wollte. Ida selten, jedenfalls nicht von ihren Eltern. Wie Carlos hegte Ida einen Geschwistergroll. Dennoch konnte sie sich nicht dagegen wehren, dem Zauber seiner Schwester zu erliegen. Sie war lustig, sorglos, hänselte Carlos und brachte Ida zum Lachen.

Da sie so hoch über dem Boden lebte, schien es beinah, als herrsche sie über die Welt.

—

Anfangs war es einfach. »Freunde dich mit ihr an«, verlangte Carlos. »Lade sie ein, wir gehen alle zusammen auf einen Drink.« Sie waren gerade aus einer Vorlesung gekommen, und er zeigte auf eine der Studentinnen, ein Mädchen namens Justine. Sie sah verdammt heiß aus. Alle Mädchen beneideten sie, alle Jungs drehten die Köpfe nach ihr um. Einmal hatten Ida und sie bei einer Vorlesung nebeneinandergesessen, und Justine hatte gelächelt und sie gleich an Ort und Stelle auf ihrem Laptop mitten während der Vorlesung als Facebook-Freundin hinzugefügt.

Justine war nett und freundlich; Ida mochte sie. Doch kaum hatte Carlos die Aufforderung ausgesprochen – *lade sie ein, freunde dich mit ihr an* –, da wurde sie schlagartig eifersüchtig. Wollte er Justine etwa mehr als sie? Ging es bei alldem darum?

Ida unterdrückte die Gefühle der Eifersucht, bemühte sich, es erwachsen zu betrachten, und tat, worum er sie gebeten hatte.

Justine nahm an, und sie gingen zusammen in die Universitätskneipe. Carlos bezahlte. Gesprochen wurde herzlich wenig. Tatsächlich schien er kaum interessiert an Justine zu sein. Den Großteil der Zeit verbrachte er damit, SMS mit seinem Handy zu verschicken. Dadurch fühlte sich Ida besser, und beim Trinken freundeten Justine und sie sich tatsächlich an.

So wie sie stammte auch Justine aus Übersee. Sie war ebenfalls eine Austauschstudentin, womit sie alle etwas gemeinsam hatten: die Verärgerung darüber, dass die Universität sie abzockte und so viel mehr als die australischen Studenten bezahlen ließ, die gelegentliche Sehnsucht nach der Heimat, das merkwürdige Gefühl, sich an einem so fantastischen Ort wie der Gold Coast mit all ihren Stränden und Diskotheken und Bars aufzuhalten, aber kaum Freunde zu haben, mit denen man es genießen konnte.

Carlos bezahlte für die Wodkas, und sie alle wurden einigermaßen beschwipst. Nun, nicht sie alle. Carlos meinte, er müsse noch fahren und sich deshalb zurückhalten.

Justine und Ida wurden ziemlich betrunken. Am Freitag sollten sie eigentlich eine Arbeit einreichen, aber pfeif drauf, sagten sie zueinander nach dem vierten Wodka.

Carlos hatte Ida aufgetragen, Justine ausführlich über ihre Familie und ihren Freundeskreis hier an der Gold Coast auszuquetschen. Mit harmlosen Fragen. Harmlos zu dem Zeitpunkt. Fragen, die jeder einer Studentin aus dem Ausland gestellt hätte.

Während Justine und Ida plauderten, schrieb er emsig SMS. Ida fand das unhöflich, und als Justine auf die Toilette ging, tat sie ihm ihre Meinung kund.

»Ich erzähle gerade Starlight von ihr«, erwiderte er.

Und als ob das alles erklärte, nickte Ida und entschied, ihm nicht weiter damit auf die Nerven zu gehen. Starlight beeindruckte sie – also musste es in Ordnung sein.

—

Das war vor sechs Monaten gewesen. Es war der Beginn gewesen. Das erste Mal, dass Ida eine junge Frau in Carlos' Fänge getrieben hatte. Der wiederum hatte sie Starlight vorgestellt, die sie anschließend an einen gesichtslosen Mann auf der anderen Seite der Welt verkauft hatte. Bei jenem ersten Mal hatte Ida noch nicht gewusst, was die Geschwister taten, und nachdem sie es ihr gesagt hatten, nachdem Ida angefangen hatte, sich um Justine zu sorgen, die nicht mehr zu Vorlesungen kam, keine Anrufe mehr entgegennahm, sich überhaupt nicht mehr an der Universität blicken ließ, nachdem sie den Mut aufgebracht hatte, Carlos zu fragen, was aus ihr geworden war, da sie instinktiv geahnt hatte, dass er es wissen würde … da hatte sie versucht, ihre Verbindung zu ihm und seiner Schwester zu kappen. Aber hatte sie irgendjemandem davon erzählt? Hatte sie es den Behörden gemeldet?

Nein, sie hatte geschwiegen.

Und mit ihrem Schweigen ging eine Mittäterschaft einher, die Carlos gegen sie verwendet hatte. Sie trüge, so behauptete er, eine Mitschuld. Mittlerweile sei es viel zu spät für sie, noch etwas zu sagen.

Aber dann, in der verzweifelten Zeit, die darauf folgte, in der Zeit, als sie sich für die Rolle geißelte, die sie dabei gespielt hatte, Justines Leben zu beenden, war Carlos zu ihr zurückgekommen. Tatsächlich war er geradezu hereingestürmt. Zusammen mit Starlight. Die beiden hatten Ida getröstet, ihr versichert, dass es Justine gut ginge und sie dort, wo sie jetzt lebte, sogar glücklicher als zuvor sei. Starlight erklärte ihr, es sei nicht böse wie Zwangsprostitution, von der alle redeten. Es gliche eher einer arrangierten Ehe. Starlight meinte, sie sei lediglich eine Vermittlerin zwischen bezaubernden, wohlhabenden Männern und alleinstehenden jungen Frauen, von denen die meisten eine Richtung im Leben und auf jeden Fall Liebe und Zuwendung brauchten. Und Starlight sagte noch etwas über diese Männer, nämlich dass sie die Mädchen vergötterten, als wären sie ihre Prinzessinnen. »Kannst du dir vorstellen«, hatte sie Ida gefragt, »dass ein Mann verliebt genug in dich ist, um bereitwillig ein Vermögen für dich zu bezahlen – bis zu fünfzigtausend Dollar, manchmal auch mehr?« Und ob das nicht ein Beweis für seine Hingabe wäre. War das ein Mann, vor dem man sich fürchten musste? War das eine zu verurteilende Transaktion?

Ida glaubte nicht wirklich, was Starlight von sich gab, allerdings *wollte* sie es glauben – sie wollte glauben, es sei nicht böse, was sie getan hatte, es sei vielmehr sogar etwas Gutes gewesen. Die Vernunft entglitt ihr wie ein nebliger Teil ihres Verstands, und sie hörte sich selbst, als sie Starlight beipflichtete.

Kaum hatte sie es getan, fühlte sie sich deutlich besser.

Verschwunden war das Gefühl von Schuld. Und die Angst.

Alles, was sie von ihr wollten, war, Bekanntschaft mit hübschen jungen Frauen an der Universität zu schließen. Sich ihnen vorzustellen, sie kennenzulernen, sie dazu zu bringen, sie zu mögen und ihr zu vertrauen. Dann sollte sie ihnen Carlos vorstellen, ihren Freund.

Starlight hatte Ida anvertraut, dass Carlos es allein nicht schaffte. Die Mädchen trauten ihm nicht über den Weg, dafür wirkte er ein bisschen zu gefährlich. Scherzhaft meinte sie, Ida sei etwas Besonderes. Um Carlos' Mädchen zu sein, müsste man etwas Besonderes an sich haben.

Die Worte vermittelten Ida flüchtig ein Gefühl von Stolz. Sie war die Frau, die Carlos gezähmt hatte.

—

Mit diesem Irrglauben hatte sie bis zur vergangenen Woche gelebt. Dann war ihre Welt schlagartig außer Kontrolle geraten, und sie wurde in eine tiefe Grube der Finsternis gestürzt.

Als sie darüber gestolpert war, dass Carlos zwei neue Mädchen getötet hatte. Ida hatte die beiden gekannt. Sie selbst hatte sie ihm vorgestellt. Zu dem Zeitpunkt war es ihr bereits in Fleisch und Blut übergegangen, und Gedanken an die Auswirkungen hatten sich völlig aus ihrem Verstand zurückgezogen.

»He, kannst du mir bei etwas helfen?«, hatte er sie am Telefon gefragt.

»Klar. Wobei?«

»Äh ...« Er schien die Konzentration verloren zu haben.

»Carlos?«

»Oh ja. Tut mir leid. Teppiche. Zwei Teppiche.«

Und dann hörte Ida ihn kichern. »Ich komme dich in einer Stunde abholen, okay?«

—

Zwei große, zusammengerollte Teppiche lagen auf dem Rücksitz seines Autos.

In letzter Zeit wirkte er aufgekratzt, überdreht, und seine Augen rotierten beinah wie Kreisel. Ida fragte sich, ob er auf Meth war. Jedenfalls war er nicht mehr derselbe Mann, den sie vor sechs Monaten kennengelernt hatte, jener sanftmütige und bezaubernde junge Kerl, der sich Estefan genannt hatte. Sie fing an, um ihr Leben zu fürchten. In der einen Minute lächelte er und lachte und schlief zärtlich mit ihr, in der nächsten rastete er völlig aus.

Als Vorsichtsmaßnahme hatte sie das rosa Telefon hervorgekramt, das Darian ihr im vergangenen Jahr geschenkt hatte. Sie hatte es aufgeladen und behielt es ständig bei sich. Nur für alle Fälle.

Als sie an der Gold Coast eingetroffen war, hatte sie es wie ein Relikt aus ihrer Vergangenheit empfunden, etwas ohne Bedeutung. Doch statt es wegzuwerfen, hatte sie es auf dem Boden ihres Kleiderschranks verwahrt.

Als sie von der Straße abbogen und einen schmalen Wildhüterpfad entlangfuhren, gesäumt von dichtem Buschland zu beiden Seiten, drehte sich Ida zu ihm um. »Was machen wir?«, fragte sie.

»Hier oben ist ein See. Irgendwo.«

Ein See? Sie schaute nach hinten zu den beiden eingerollten Teppichen. Was ging hier vor sich?

Aber sie fragte nicht danach. Sie schwieg lieber.

—

Darian anzurufen war impulsiv geschehen. Carlos hatte ihr das Telefon aus der Hand gerissen, bevor ihr klar werden konnte, welche Konsequenzen sich daraus ergeben könnten. Aber sie war unschuldig. Sie hatte nichts Unrechtes getan, nicht wirklich.

Carlos warf ihr Telefon ins Gebüsch und schlug ihr hart ins Gesicht. Dann schleifte er sie zurück zu seinem Auto, stieß sie auf den Beifahrersitz und fuhr sie wütend schweigend zu ihrer Wohnung zurück. Er fuhr an den Straßenrand, beugte sich über sie hinweg und öffnete die Tür.

»Verpiss dich«, war alles, was er sagte.

In ihrem Apartment weinte Ida.

Sie weinte wegen sich selbst, sie weinte wegen der toten Mädchen, die er im Wasser am Ufer des Sees zurückgelassen hatte, sie weinte um den jungen Mann, von dem sie gedacht hatte, sie hätte ihn vielleicht lieben können, sie weinte wegen ihrer Dummheit, und sie weinte, weil Tod und Elend von

Menschen auf ihrem Gewissen lasteten. Vor allem aber weinte sie wegen sich selbst.

Viel später in jener Nacht, eigentlich bereits in den frühen Morgenstunden, kam Carlos zurück. Er verschaffte sich selbst Zugang zu ihrer Wohnung. Sie fand ihn an ihrem Schreibtisch vor, an ihrem Laptop. Seine Hände waren blutig. Er postete gerade Neuigkeiten auf Facebook.

Über seine geliebte brasilianische Fußballnationalmannschaft und die Weltmeisterschaft.

»Was machst du hier?«, fragte sie ihn.

»Ich musste dorthin zurück. Ich wollte sie vergraben. Aber da war ein Bulle«, erklärte er, bevor er sich wieder ihrem Laptop zuwandte.

»Geh«, forderte sie ihn auf. »Ich will dich hier nicht mehr haben.«

»In Ordnung«, sagte er. Damit stand er auf und ging hinaus. Das war das letzte Mal, dass Ida ihn lebend gesehen hatte. Sie säuberte die blutige Schweinerei, die er auf dem Schreibtisch, auf dem Boden und in der Küche hinterlassen hatte.

Dann flüchtete sie.

—

Ida hatte in Dunkelheit gelebt. Unterirdisch. Dazu können einen Angst und Schuldgefühle treiben. Sie hatte sich versteckt, zu sehr von Furcht erfüllt, um sich in die Sonne zu wagen – manchmal tat sie es doch, aber selten. Einmal war sie in die nächstgelegene Ortschaft gewandert, um etwas Geld für Essen abzuheben, und der schlichte Vorgang, Bares von einem Geldautomaten zu holen, hatte sich vertraut und tröstlich in einer Welt der Panik angefühlt.

»Hast du Angst?«, hörte sie Starlight fragen.

Ida drehte sich ihr zu. Sie befanden sich im Hauptraum, dem größten Raum innerhalb des Bunkers.

»Musst du nicht«, fügte Starlight hinzu, als sie auf Ida zuging.

48

Sichtbare Finsternis

»Hast du Angst?«, hörte ich jemanden fragen. Die Stimme einer jungen Frau, weit entfernt. Sie hallte durch die dunklen Tunnel und von den harten, unterirdischen Wänden.

Es klang nach Starlight, aber ich konnte mir nicht sicher sein. Und erst recht konnte ich mir nicht sicher sein, aus welcher Richtung die Stimme kam.

»Musst du nicht«, vernahm ich als Nächstes, während ich durch die Finsternis schlurfte, die Hände ausgestreckt, um leichter das Gleichgewicht halten zu können.

Ich hatte es als unterirdischen Tunnel bezeichnet; damit hatte ich falsch gelegen. In Wirklichkeit handelte es sich um einen unterirdischen Bunker, ausgeklügelt angelegt und für den Fall einer feindlichen Invasion auf einen ziemlich langen, versteckten Aufenthalt ausgelegt. Zu dem Zeitpunkt, als ich auf die Lichtung gerollt war, hatte Isosceles Beweise für ein weitläufiges Netzwerk unterirdischer Bunker und Tunnel aufgespürt, das vor und während des Krieges angelegt worden war und das sich von Melbourne bis nach Townsville erstreckte, um die zweieinhalbtausend Kilometer. Das Spinnennetz, wie Ida es nannte, konnte kein Bestandteil jenes Geflechts sein, da es sich auf einer Insel befand, und da ich schon Mühe hatte, zu glauben, dass ein derart gewaltiges, unterirdisches Netzwerk von Tunneln und Bunkern tatsächlich existierte, konnte ich mir erst recht nicht vorstellen, dass es eine Verbindung unter dem Wasser gab, obwohl der Abstand zwischen dem Festland und der Insel nur wenige Kilometer maß.

Aber ebenso wenig hätte ich mir die Ausgereiftheit des Spinnennetzes vorzustellen vermocht. Ich hatte eine Reihe schmaler, niedriger Gänge erwartet, feucht und ohne jede Beleuchtung, einen Ort, an dem es wie aus modrigen Schuhen nach einem Tag am Strand roch, einen Ort, an dem sich eine Person, die sich versteckte, nur auf die Erde pressen und so tun konnte, als existiere sie nicht. Es war nichts dergleichen.

Trev hatte mir erzählt, der Eingang sei in den Boden gegraben worden, direkt am Rand einer hohen Düne, und ich könnte ihn gar nicht übersehen.

Ich hatte ihn übersehen. Da war eine lange und breite Düne, bedeckt von Schwaden aus Akazien, Kasuarinen und Ristgras. Die Düne bildete eine Barriere zwischen der Lichtung und dem Strand. Ich wusste nicht, ob es die *hohe* Düne war, von der Trev geredet hatte. Eigentlich wusste ich nicht so recht, was ich mir unter einer hohen Düne vorzustellen hatte; jedenfalls dachte ich, sie müsste eben *hoch* sein. Was diese nicht war.

Da ich aus der harten Stadt Melbourne bin, sind mir Buschland und Sanddünen bei meinen Ermittlungen eher selten untergekommen; ich suchte die unmittelbare Umgebung nach irgendeinem auffälligen Hinweis ab. Vergeblich. Ich war nicht sicher, wann Trev zuletzt hier gewesen war, und wenngleich mein Wissen über die Entstehung von wellenförmigen Geländemerkmalen auf Inseln fürchterlich begrenzt ist, vermutete ich, dass die starken Winde vom Meer im Verlauf der Zeit die unmittelbare Landschaft erodieren, verändern, umformen würden, wie sie auch die Bäume und

Büsche verbogen und verkrümmt hatten, an denen ich vorbeigekommen war.

Ich ging also zu Starlights BMW und versuchte, ihren Spuren zu folgen. Die stießen auf andere Spuren, die aus dem Gebüsch abseits der Dünen und des Strands zu kommen schienen. Ich folgte ihnen zurück zu der Blutlache, wo sie im Kreis verliefen, als hätten die Personen die Pfütze aus allen Blickwinkeln betrachtet, dann führten sie wieder weg von der langen und breiten Düne. Auf dem Boden befanden sich Schleifspuren, als wäre ein Körper darübergezogen worden.

In einem Farndickicht und einem Geflecht aus grünem Ristgras verlor ich die Spuren aus den Augen. Ich ging in gerader Linie weiter, bis sie dort wieder auftauchten, wo der Sand das Gras überwältigte. Vor mir befand sich eine Anhäufung großer Steinblöcke – sie sahen nicht wie ein Bestandteil der natürlichen Landschaft aus. Ich ging hin, schob einen davon beiseite und starrte in eine finstere Öffnung, in den Eingang zu einer kleinen, runden Höhle.

—

Ich stehe nicht besonders darauf, mich unter der Erde aufzuhalten. An meinen wachen Tagen hatten solche Begebenheiten eine seltene Erfahrung dargestellt; ein gelegentlicher Ausflug zu einem Bergwerk oder zu einer großen, auf Touristen ausgerichteten Höhle, wo ich zusammen mit faszinierten Kids Stalaktiten und Stalagmiten bewundert hatte. Unter der Erde leben Geschöpfe wie Maulwürfe und Dachse. Das ist kein Ort für Menschen.

Es ist ein Ort meiner Albträume. Insbesondere eines bestimmten Albtraums, eines wiederkehrenden Albtraums, der mich heimsucht, wenngleich mittlerweile weniger häufig.

Ich jage darin den Zugfahrer. Immer renne ich einen Ziegelsteintunnel entlang, und immer ist er vor mir. Ich hetze ihn. Alle dreißig bis vierzig Meter taucht aus der Düsternis des Tunnels ein verheerter Körper auf, Kleidung und ein verworrenes Chaos aus Armen und Beinen, durchtränkt von Blut. Seine Opfer. Junge Mädchen, deren Leben sein Wüten in der Realität zerstört hat. Sie erscheinen einfach, wie Geister, die mich verhöhnen wollen. Ich kenne jeden der zerbrochenen, zerfetzten Körper namentlich. Ich hatte ihren Peiniger durch die Stadt Melbourne genauso erfolglos gejagt wie dort unten in meinen Träumen durch jenen Tunnel. Immer bin ich hinter ihm, immer hole ich ihn fast ein, und dann, als würde er von unmenschlicher Kraft beseelt, sprintet er los und entzieht sich mir. Nur selten schaut er zu mir zurück, aber wenn er es tut, sind seine Züge ausdruckslos und unmöglich zu erkennen, abgesehen von seinen Augen, die Höhlen flammend roter Raserei gleichen.

Diese Albträume hatten größtenteils aufgehört, als ich in mein sicheres, beschauliches Leben am Noosa River übergesiedelt war und mein altes Dasein als Ermittler des Morddezernats hinter mir gelassen hatte. Von da an hatte ich im Schlaf Frieden und Trost gefunden. Ich hoffte, ich würde auch an meinen wachen Tagen Frieden und Trost finden – und häufig gelang mir das auch. Die abrupte Kündigung bei der Polizei hatte wie von mir erhofft gewirkt. Sie ermöglichte es mir, ohne das erdrückende Band der Seelenqualen um die Brust zu atmen – Seelenqualen und Anspannung, weil ich *ihn* nicht gefasst hatte, weil ich nicht gut genug dafür gewesen war. Die Kündigung hatte die Finsternis ausgelöscht.

Ich fühlte mich, als würde ich gezwungen, Buße für meine Kapitulation zu tun, als ich den schmalen, feuchten Tunnel betrat, als ich hindurchkroch und in einen größeren Korridor gelangte, dessen Seiten und Decke von soliden Holzbalken und grob bearbeiteten Brettern gestützt wurden.

Trev hatte mir eine alte Dolphin-Lampe mitgegeben. Ich schaltete sie ein. Ihr gelber Lichtstrahl erwies sich als trüb und kurz. Ich war nicht sicher, wie lang die Batterien halten würden. Deshalb beschloss ich, zu versuchen, mir den Weg durch die Tunnel ohne die Lampe zu bahnen. Auf dem Rückweg würde sie mir nützlicher sein.

Ich ließ mich von der Dunkelheit umfangen, um mich an sie zu gewöhnen, damit ich mich orientieren und den Weg mit einem Mindestmaß an Nachtsicht fortsetzen konnte. Viel davon stellte sich nicht ein, aber genug, um zu erkennen, was vor mir lag, genug, um zu sehen, dass sich der Tunnel etwa zwanzig Meter weit erstreckte und dann abbog. Weiter vorn konnte ich Öffnungen ausmachen: Weitere Tunnel zweigten von diesem ab, als ahmte ihre Anordnung das Muster eines Spinnennetzes nach.

Als ich begann, in den Tunnel vorzudringen, sah ich, dass jemand eine Botschaft auf eine der Wände gekritzelt hatte. Sie war mit großen Buchstaben und schwarzer Farbe geschrieben worden, hastig, vermutete ich, denn von den Worten bluteten Tropfen in Richtung des Bodens hinab.

Darin stand: *Wir sind alle dem Untergang geweiht*.

—

»Komm her, ich habe etwas für dich«, hörte ich die junge Frau sagen. Ihre Stimme klang kein bisschen näher.

49

»Denn wir sind zwar gerettet, doch auf Hoffnung«

Ida hat Angst. Sie bemüht sich wirklich sehr, sich nicht zu fürchten, aber ich sehe es ihr an.

Ich mag es, wenn die Menschen Angst vor mir haben.

Sie versucht, tough zu erscheinen. Sie versucht, sich als meine Freundin zu geben. Sie denkt, wenn sie nett zu mir ist, werde ich umgekehrt nett zu ihr sein. Dieses Spiel habe ich selbst schon gespielt, zuletzt, als ich wirklich nett zu dem Mörder war, der sich Wizard God nannte. Obwohl er umgekehrt nicht nett zu mir war. Damals hat es nicht geklappt.

Ich hasse es, wenn Menschen versuchen, nett zu mir zu sein, weil sie Angst haben. Das ist lahm und erbärmlich. Ich hasse es.

»Ida, hab keine Angst. Was ist denn?«, frage ich sie.

»Ich bin nur irgendwie durch den Wind, weil ich deinen Bruder so gesehen habe.«

—

Sie wird mich umbringen, dachte Ida. *Ich werde in diesem unterirdischen Bunker sterben, von dem kaum jemand weiß, dass es ihn überhaupt gibt. Durch die Hände einer Verrückten, die ich früher einmal bewundert habe. Sie wird mir genauso den Kopf wegschießen wie ihrem Bruder.*

Der Gedanke an seine kopflos auf dem Boden liegende,

blutende Leiche … brachte sie zum Würgen. Starlight hatte sie gezwungen, den leblosen Körper die Tunnel hinabzuschleifen und in einem der Dutzenden Gänge zurückzulassen, die sich durch den Bunker zogen.

Ich werde genau wie er aussehen. Eine kopflose, blutige Leiche, zum Verrotten in einem unterirdischen Tunnel zurückgelassen.

—

»Du bist tapfer gewesen, Liebes«, sagte ich zu ihr. Ich ging zu ihr hinüber. Sie rührte sich nicht. Starrte mich nur an. Ihre Augen quollen förmlich aus den Höhlen, und sie starrte mich an.

Wir waren in diesem großen Raum oder dieser Höhle. Ida zufolge befanden wir uns im Innersten oder in der Mitte des Spinnennetzes. Ich vermutete, dort würde die Spinne leben, wenn es ein echtes Spinnennetz gewesen wäre. Was ich ziemlich cool fand. Wer immer diesen Ort errichtet hatte, musste davon ausgegangen sein, eine lange Zeit darin zu verbringen. Völlig anders als die unterirdischen Bunker, die von den Engländern im Zweiten Weltkrieg in ihren Hinterhöfen gebaut worden waren, wo sie sich versteckten, als die Nazis Bomben auf sie abwarfen. Darüber hatte ich alles erfahren, als ich in London gelebt hatte.

Dieser Ort hier wirkte solide. Die Wände bestanden aus Steinen, Ziegeln, Holzteilen. Und man musste sich nicht ducken oder so. Ich konnte sogar die Hände nach oben strecken und die Decke immer noch nicht berühren. Ebenso wenig befanden wir uns in Finsternis, jedenfalls nicht hier, nicht in diesem Raum. Wer immer diesen Ort errichtet haben mochte, hatte ihn um Strom ergänzt. Man hatte damit gerechnet, hier leben zu müssen. Es hatte etwas mit der japanischen Invasion zu tun gehabt, und dann hatte es etwas mit all dem durchgeknallten, verrückten Kram zu tun gehabt, bei dem die Menschen dachten, die Welt würde in einem nuklearen Weltkrieg untergehen.

—

Ida war wie erstarrt, als Starlight auf sie zukam. Sie befanden sich im größten der unterirdischen Räume; Starlight war mindestens zehn Meter entfernt und ging langsam. Der Raum war breit und rund. Es gab acht Portale, die zurück hinaus zu acht separaten Tunneln führten. Jeden davon kreuzten weitere acht ringförmige Tunnel, die sich nach außen erstreckten. Ida wusste, dass die gesamte Anlage mindestens hundertfünfzig Meter breit war.

»Was hast du mit mir vor?«, fragte sie.

»Nichts, Schätzchen.«

»Wir sollten gehen. Ich glaube nicht, dass wir noch länger hierbleiben sollten«, meinte Ida.

Starlight hielt an. Und lächelte. »Das glaube ich auch«, sagte sie.

—

Ich zog meine Pistole hervor. Ich hatte sie zwischen meinen Gürtel und meine Shorts geklemmt gehabt. Keine Ahnung, ob Ida sie schon vorher gesehen hatte, aber sie musste gewusst haben, dass ich sie trug. Wie hätte ich sonst Carlos erschießen können?

»Dreh dich um, Ida«, forderte ich sie auf.

Sie tat, wie ihr geheißen.

»Knie dich auf den Boden.«

Sie gehorchte mir.

»Töte mich nicht. Bitte«, flehte sie.

Ich lachte. »Ich werde dich nicht töten, Schätzchen. Dafür bist du viel zu wertvoll.« Und damit holte ich eine Rolle Kunststoffschnur hervor. Uneingeschränkt das Beste, um jemandem die Handgelenke zu fesseln.

—

Ida glaubte ihr nicht. *Ich werde sterben. Ich werde sterben. Ich werde sterben.* Die drei Worte hallten unablässig durch ihren Verstand. Mit dem Rücken zu Starlight, zitternd auf dem harten, kalten Boden kniend, wütend auf sich selbst, weil sie eine so dumme, verdammte Idiotin gewesen war, dachte sie: *Es gibt keine Hoffnung.*

Das Fehlen von Hoffnung. Genau das brauchte sie. Hoffnung hatte die Juden zum Tod in den Konzentrationslagern getrieben. Sie erinnerte sich daran, das in der Schule gehört zu haben. Die Juden hatten sich nicht erhoben, weil sie hoffnungsvoll gewesen waren, hatten sich nicht gegen die Aufseher zur Wehr gesetzt. Gar nichts hatten sie getan. Weil sie von der Hoffnung erfüllt gewesen waren, dass sie überleben würden.

Ida hörte, wie sich Starlights Schritte näherten, dann spürte sie, wie die Hände der jungen Frau zu ihr herabgriffen.

50

Das Ende eines Märchens

Die Stimmen verstummten. Stattdessen hörte ich etwas, das wie ein Handgemenge klang. Begleitet von einem entfernten Schmerzensschrei.

»Verfluchtes Miststück!«, hörte ich.

Dunkelheit umhüllte mich, aber weiter vorne schien irgendein Licht zu schimmern. Da die Tunnel ringförmig verliefen und etwa alle zehn Meter von weiteren Tunneln gekreuzt wurden, gestaltete es sich schwierig, genau zu bestimmen, wie weit ich vorgedrungen war und woher das Licht stammte. Es war trüb und diffus wie ein matter Silberstreif vor dem Morgengrauen an einem schwarzen Himmel.

Ich war zutiefst verunsichert darüber, ob ich den Weg durch das finstere Tunnellabyrinth finden würde. Bevor ich in das Spinnennetz eingedrungen war, hatte ich meinen Rucksack mit Stücken weißer Korallen vollgestopft, die ich oben über den Boden verstreut entdeckt hatte. Wie im Märchen von Hänsel und Gretel ließ ich unterwegs alle zehn bis fünfzehn Meter ein Stück davon fallen. Dabei kam ich mir zwar ein klein wenig wie ein Idiot vor, aber ich wusste, dass ich mich sonst zwangsläufig auf dem Weg zurück zum Eingang verirren würde. Ich bog kontinuierlich erst nach links, dann nach rechts, weil ich hoffte, so näher zur Mitte des Netzes vorzurücken, wo ich die Quelle der Stimmen vermutete, wo ich Starlight und wahrscheinlich auch Ida vermutete.

Die Stimmen waren verstummt. Ich vermeinte, Schritte zu hören, die von mir wegrannten. Sicher konnte ich mir allerdings nicht sein.

Ich bog in einen weiteren Tunnel, und etwa dreißig Meter vor mir tauchte ein rechteckiger Lichtschimmer auf. Trev, der alte Fischer, hatte mir erzählt, dass einer der Einheimischen den Ort damals in den Sechzigerjahren während des Höhepunkts des Kalten Krieges verkabelt hatte.

—

Ich betrat einen breiten, kreisförmigen Raum mit acht Durchgängen. Der Raum präsentierte sich in schmutziggelbes Licht gebadet, das von einer uralten Neonleuchte stammte, die an einem von der Decke hängenden Stück Draht baumelte.

Starlight lag auf dem Boden, verkrümmt und blutig. Neben ihr befand sich eine Handfeuerwaffe, eine fies aussehende *Smith & Wesson*. Ich vermutete zwar stark, dass sie erst unlängst benutzt worden war, allerdings hatte ich hier unten keine Schüsse gehört, also musste Ida noch am Leben sein.

Ich ging zu Starlight hinüber, rollte sie auf den Rücken, überprüfte ihren Puls und untersuchte die Kopfverletzung, um die sich ein dichter Ring aus Blut gebildet hatte.

Zittrig öffneten sich ihre Lider, und sie versuchte, etwas zu sagen.

Ich sparte mir die Mühe, nachzufragen, was sie loswerden wollte. Stattdessen rollte ich sie auf den Bauch, zog ihre Arme hinter sie, stemmte ein Knie in ihren Rücken und wickelte Klebeband von einer Rolle um ihre Handgelenke.

»Ida!«, rief ich. »Hier ist Darian!«

Ich hörte, wie meine Stimme von den Wänden des kreisförmigen Raums zurückhallte. Sonst jedoch hörte ich nichts.

—

Ida war stehen geblieben. Es war eine blinde Flucht in einen der Tunnel gewesen. Ihr war es gelungen, Starlight zu überrumpeln, sie auf den Boden zu zerren, an den Haaren zu packen, ihren Kopf hochzuziehen und dann mit aller Kraft zurück auf den festen Untergrund zu rammen. Starlight war benommen gewesen. Schon an der Stelle hätte Ida die Flucht ergreifen können, doch das hatte sie nicht getan. Sie hatte Starlights Pistole gesehen, sie unter dem Gürtel der Frau hervorgezogen und sie hart auf den Schädel ihrer Gegnerin hinabsausen lassen. Erst danach war sie geflohen.

Durch die erste Öffnung, einen Tunnel hinab, in einen weiteren, der nach links abbog, in noch einen nach rechts, diesen hinunter und in einen dritten. Dann hatte sie angehalten.

Sie hörte gedämpft und entfernt Darians Stimme, die nach ihr rief.

Scham, Schuldgefühle und das Wissen, dass sie für ihre Handlungen zur Rechenschaft gezogen werden würde, weckten in ihr den Wunsch, einfach weiterzurennen. Der verzweifelte Drang, frei zu sein, ließ sie in die Richtung umkehren, aus der sie gekommen war.

Der Weg schien klar zu sein, bis sie die erste Kreuzung mit einem anderen Tunnel erreichte. War sie von links oder von rechts gekommen? Welcher Weg führte zurück? Sie schloss die Augen und versuchte, sich zu beruhigen und die Route nachzuvollziehen, die sie eingeschlagen hatte.

Links. Ich bin von links gekommen, dachte sie bei sich.

Ida bog in die ihrer Ansicht nach richtige Richtung ab.

Wenige Augenblicke später wurde ihr klar, dass sie sich verirrt hatte.

—

Ich hörte Ida nach mir rufen. Ihre Stimme schien aus weiter Ferne zu kommen. Ich rief in der Hoffnung zurück, dass die Geräusche einen Weg zurück für sie markieren würden. Doch beim nächsten Mal, als sie rief, klang sie noch weiter entfernt.

Starlight lachte. Offenbar fand sie es erheiternd, dass sich Ida in dem Labyrinth der Tunnel verirrt hatte. Am liebsten hätte ich ihr in den Kopf getreten, um sie zum Schweigen zu bringen, aber ich hielt mich zurück.

Stattdessen rief ich ein weiteres Mal.

Und erhielt keine Antwort.

Mir blieb keine Wahl. Hätte ich mich auf die Suche nach ihr gemacht, hätte ich mich ebenfalls verirrt. Ich zerrte Starlight auf die Beine und stieß sie vor mir her.

Ida ließ ich zurück.

51

Gerettet

»Machst du das mit allen Frauen?«, fragte ich.

Er antwortete nicht. Band nur weiter meine bereits gefesselten Fußgelenke an einer Metallstange unter dem Beifahrersitz seines Autos fest. Meine Arme waren hinter meinem Rücken gefesselt, und er hatte mir den Sitzgurt angelegt. Ich konnte mich nicht bewegen. Vermutlich plagte ihn die Sorge, dass ich ihn sonst vielleicht getreten hätte, während er fuhr.

Hätte ich auch getan.

»Ich weiß nicht, was du glaubst, dass abgelaufen ist, aber ich bin hier das Opfer«, log ich. »Ida hat die Mädchen ausgesucht, Ida hat die ganze Sache geleitet. Ich habe für sie gearbeitet. Du wirst nichts finden, das mich mit irgendwelchen strafrechtlichen Handlungen in Verbindung bringt.«

Immer noch sprach er kein Wort. Auch gut. Ganz wie er wollte.

»Ich habe meinen Bruder gefunden. Ida hat ihn mit dem Revolver umgebracht, der dort unten neben mir gelegen hat. Sie ist böse, Darian. Ich finde, du hast das Richtige getan, indem du sie dort unten zurückgelassen hast. Ganz bestimmt. Hast du beim Reinkommen die Schrift an der Wand gesehen? Das trifft auf Ida zu. Sie ist dem Untergang geweiht.«

—

Es ist eine wirklich schöne Fahrt den Strand entlang. Ich finde, Stradbroke wird unterbewertet. Anfangs hielt ich die Insel für langweilig, aber das hatte vielleicht daran gelegen, dass ich so gestresst gewesen war. Ich konnte mir gut vorstellen, hier drüben eine Weile zu verbringen, in der Sonne zu liegen, richtig schön braun zu werden. Keine Ablenkungen, das ist das Gute an dem Ort. Vielleicht für eine Woche. Nicht länger als eine Woche. Ich würde den Verstand verlieren, wenn ich mehr als eine Woche hier verbringen müsste.

Darian hat mich gerettet. Wirklich. Ich glaube nämlich nicht, dass ich in der Lage gewesen wäre, allein den Weg aus jenem Labyrinth zu finden. Auf Idas Hilfe jedenfalls hätte ich mich nicht verlassen können, nicht mehr, nachdem ihr klar geworden war, was mit ihr geschehen sollte.

—

»Du bist gerettet.« Das hatte der Schwarze, der sich Wizard God nannte, zu mir gesagt.

Gerettet davor, erschossen zu werden, das schon, dafür im Begriff, in irgendeine Form der Sklaverei verkauft zu werden.

Das erste Gebot lautete auf sechstausend Dollar. *Das ist alles, was ich wert bin?*, ging mir damals durch den Kopf. *Ist das die Summe meines Körpers, meiner Erfahrungen, meiner Fähigkeiten? Ist das der Wert, der dem Rest meiner Tage beigemessen wird? Sechstausend Dollar?*

Ach, halt doch die Klappe, das sind die Gedanken eines Opfers, schalt ich mich. *Opfer sterben*, dachte ich bei mir. *Ich bin nicht so, ich habe es nicht so weit von Rio weggeschafft, um zu sterben oder verkauft zu werden, oh nein.*

Also gehorchte ich mir, hielt die Klappe und hörte auf, so

zu denken und mir selbst leidzutun. Stattdessen fing ich an, zu überlegen, wie ich entkommen könnte. Ich war nicht tot, ich war gerettet.

Die erste Regel für Überlebenstypen lautet: Aufmerksam beobachten. Mach dich mit deinem Feind vertraut, indem du die Augen offen und den Mund geschlossen hältst.

Zweite Regel: Tu dir niemals selbst leid. Dadurch wirst du wieder ein Opfer, und weißt du noch, was ich dir gesagt habe? Opfer sterben.

Wizard God befahl mir, aufzustehen und ihn anzusehen, als er mich auf Skype brachte. Er meinte zu mir, dasselbe hätten sein Ururgroßvater und seine Ururgroßmutter durchgemacht – vor potenziellen Käufern auf einem Markt zu stehen, als Sklaven verkauft zu werden. Nackt wie ich. Lachend sagte er: »So kann sich das Blatt wenden, Schwester, wie gefällt dir das? Was würden meine Ururgroßeltern wohl denken, wenn sie wüssten, dass ich jetzt dasselbe mit einer Weißen mache?«

Der Spaniel forderte ihn auf, mir zu sagen, ich sollte meine Brüste mit einem Arm bedecken und die andere Hand zwischen die Schenkel halten, als wäre ich verängstigt und wollte meine Nacktheit verbergen. Er meinte, das sähe für die Kunden besser aus. Die wollten keine unverfroren wirkende, nackte junge Frau. Sie wollten eine verängstigte, gedemütigte nackte junge Frau. Der Spaniel forderte ihn auf, mir zu sagen, ich sollte mich vom Bett wegbewegen. Der blutüberströmte Leichnam dieses Kerls befand sich im Hintergrund der Aufnahme.

Ich tat, wie mir geheißen, und als ich die Gebote entfernter Stimmen aus verschiedensten Teilen der Welt hörte – die Stimmen von Männern, die spontan für eine Online-Auktion einer nackten jungen Frau geweckt worden waren, die man in einem Hotel in London gefunden hatte –, dachte ich über die Möglichkeiten nach. Ich dachte darüber nach, wie ich flüchten würde. Versteigert zu werden war gut, weil es bedeutete, dass ich einen Wert besaß. Ich war wichtig für sie, ich verkörperte ein Einkommen, und solche Kerle lieben jede Form von Einkommen. Für nichts anderes leben sie. Ich weiß das. Ich bin genauso.

Ich hörte auf, den Geboten zu lauschen, hörte auf, über den Wert zu grübeln, den diese Spinner meinem Leben beimaßen, und dachte nur noch über die Möglichkeiten nach, wie ich diesen Kerl überrumpeln könnte. Er mochte dumm sein, aber er war skrupellos, und er hatte die Pistole.

—

Ich wurde für zweiundzwanzigtausend Euro an einen Inder verkauft, der in Kalkutta lebte.

»Jetzt machen wir dich bereit. Zieh dich an, Mädchen. Dann warten du und ich, bis Jackie kommt.«

»Wo?«, fragte ich.

»Was?«

»Wo warten wir?«

Kurz dachte er darüber nach, bevor er antwortete: »Hier.«

»Wir sollten nach unten gehen und im Foyer warten«, schlug ich vor und deutete in Richtung des Toten auf dem Bett. »Er hat mir erzählt, dass er sehr früh am Morgen Besuch von jemandem erwartet.« Es war erst fünf, noch eine Stunde bis zum Morgengrauen.

Wizard God starrte mich an und fragte sich wohl, ob ich versuchte, ihn auszutricksen, welche Tücken es dabei geben konnte, ob ich versuchen würde, abzuhauen. Was natürlich zutraf, und vielleicht wusste er es, aber er musste mich so oder so aus dem Zimmer, den Gang hinunter, in den Fahrstuhl, ins Foyer und aus dem Hotel schaffen. Diesen riskanten Weg würde er bestreiten müssen, entweder gleich oder später.

Ich starrte zurück. Seit mittlerweile über zwei Stunden starrte ich in seine toten Augen. Blickt man so lange in die Augen einer Person, bekommt man ein Gefühl dafür, wer sie ist, wie gefährlich sie ist. Unter Umständen stellt sich auch ein Gefühl dafür ein, welche Schwächen sie hat, wenn sie wegschaut oder blinzelt, wenn sie nachdenkt oder wenn sie instinktiv reagiert. Wizard God war gefährlich, und er würde mich mit brutalem Vergnügen töten, das wusste ich. Aber ich wusste auch, dass er sich nicht selbstsicher fühlte, nicht unter allen Umständen. Er hatte mich angelächelt, als er dem Spaniel erzählt hatte, wie er mich ficken und dann umbringen würde, er hatte mich angelächelt, als ich nackt unter der Dusche gestanden hatte, er hatte mich angelächelt, als er mir den Lauf seiner Pistole in die Vagina geschoben hatte, er hatte mich angelächelt, als er damit geprahlt hatte, wie er den Toten auf dem Bett erschossen hatte, er hatte mich angelächelt, als er damit geprahlt hatte, dass er mich gefunden hatte und dafür mehr Geld wollte, weil er ach so clever sei.

Zugleich jedoch wirkte er angespannt – als er vor der Auktion die Verbindung über Skype hergestellt hatte, als ihm aufgetragen wurde, mich von dem blutigen Hintergrund wegzumanövrieren, und auch, als ich ihm mitteilte, dass jemand ins Hotelzimmer kommen würde. Im Reich dieses Zimmers mochte er der König sein, doch für den Gang draußen oder für das Foyer unten galt das nicht. Ich bewegte mich ungezwungen in Hotels dieser Art, von jenen mit drei Sternen bis hin zu jenen mit fünf Sternen. Ich wusste, wie sie funktionierten, mich schüchterten sie nicht ein. Wizard God hingegen war an solche Umgebungen nicht gewöhnt. Er war ein Kneipentyp. Sobald wir aus dem Zimmer wären, würde sich meine Chance eröffnen, meine einzige Chance. Sobald er mich aus dem Hotel auf die Straße unten geschafft hätte, um auf die Ankunft des von Jackie gelenkten Autos zu warten, würde er mich wieder im Griff haben. Aber sobald wir durch die Tür des Zimmers hinausgingen, vom Flur davor bis zu den Drehtüren aus Glas unten, würde ich die Oberhand haben. Das bot mir genug Zeit, und es gab genug Plätze. Ich würde meine Chance erhalten, und ich wusste schon, wo ich sie ergreifen würde.

Was wollte er tun? Mich erschießen? Im Gang? Im Foyer? Nicht er. Nicht der sudanesische Wizard God. *Wir sind hier nicht in der Wüste, Mohrenkopf, und ich bin keine Eingeborene, die unter dir zittert. Nicht mehr.*

Ich sah ihm in die Augen. Er starrte mich nicht mehr mit jener verhassten Lüsternheit an. Nun, da ich zweiundzwanzigtausend Euro wert war, fand er mich nicht mehr so attraktiv, taugte ich nicht mehr dafür, gefickt und gefoltert und getötet zu werden, worauf er sich schon so sehr gefreut hatte.

»Wir sollten nach unten gehen und im Foyer warten«, schlug ich vor.

Er erwiderte nichts, was bedeutete, dass er meinem Rat folgen würde. Ich merkte es ihm an. Der Blick seiner toten Augen wanderte immer wieder zur Tür des Zimmers. Obwohl draußen das Schild »Bitte nicht stören« hing, fühlte er sich verwundbar. Unten im Foyer würde es sicherer sein, sagte er sich, auch wenn es bedeutete, die Abgeschiedenheit des Zimmers mit mir als Geisel zu verlassen. Unten würde er Menschen rings um sich haben, Rezeptionspersonal, Mitarbeiter im Barbereich. Unten würde er anonym sein, nicht der große schwarze Kerl mit der Kanone in der Hand in einem Zimmer voller Blut.

»Zieh dich an«, befahl er schlicht.

Er dachte, er könnte mich kontrollieren. Das denken sie alle. Wirklich jeder.

Er dachte, ich hätte Angst. Er dachte, die Angst würde mich dazu bringen, zu tun, was er sagte.

—

Sobald wir aus dem Fahrstuhl in die Lobby des Hotels traten, hatte ich es geschafft. In den Filmen sieht man immer, wie die Bösen arme, verängstigte Leute aus dem Lift und durch das geschäftige Treiben im Hotel hinaus auf die Straße scheuchen. Blödsinn. In der Sekunde, in der sich die Aufzugtüren öffnen, hat der Kerl mit der Kanone alles verloren. Alles, worauf er sich verlassen kann, ist nämlich Angst.

Kaum hatten sich die Türen des Fahrstuhls geöffnet, entwand ich mich dem Griff von Wizard God und marschierte geradewegs auf den offenen Barbereich zu. Ich wusste, dass es dort voll sein würde. Die Bar hatte durchgehend geöffnet. Smarte Typen aus der Stadt hingen dort die ganze Nacht lang ab, erzählten sich gegenseitig Geschichten darüber, wie viel Geld sie verdienten, was für schnelle Autos sie sich kaufen würden und wie viele Hühner sie bei ihrem nächsten Urlaub auf Mallorca ficken würden.

Ich steuerte direkt auf eine Gruppe von fünf Kerlen zu. Alle trugen Anzüge, hatten die Krawatten gelockert und lümmelten an der Theke. Sie waren deutlich angeheitert und lachten gegenseitig über ihre brillanten Witzchen.

»Wer würde mich gern nach Hause begleiten, Jungs?«, fragte ich.

Wären sie nicht so sturzbetrunken gewesen, hätte es sich vielleicht als ein wenig schwieriger erwiesen. So jedoch sahen sie sich nur gegenseitig an, schauten zurück zu mir und setzten sich wie eine Einheit in Bewegung.

Alle. Sie alle wollten mich nach Hause begleiten.

Wizard God stand da und beobachtete vollkommen hilflos, wie mich die Typen beinah hinaustrugen, durch die Eingangstür und hinein in eines der davor parkenden Taxis.

Ich ließ mich von ihnen überall betatschen, bis wir zu Earls Court gelangten. Dann, als das Taxi an einer roten Ampel hielt, öffnete ich die Tür und rannte davon.

Ein paar von ihnen verfolgten mich, gaben es aber schon bald auf. Ich ging nach Hause, packte meinen Kram zusammen und reiste ab. Wizard God und der Spaniel würden nach mir suchen, und sie würden nicht lange brauchen, um mich durch die Hostessenagenturen aufzuspüren. Ich vermutete, dass mir ein paar Stunden blieben.

Mit einem Taxi fuhr ich nach Heathrow und kaufte ein Ticket für den am weitesten entfernten Ort, der mir einfiel. Australien.

Frei. Gerettet. Ich weiß nicht, was Darian glaubt, mit mir machen zu können, aber die Bullen werden nicht das Geringste finden können. Nicht dort unten im Deep Web. Und das ist der einzige Ort, wo ich mein Geschäft betreibe.

Hin und wieder denke ich noch an Wizard God und den Spaniel. Um ehrlich zu sein, jagen sie mir immer noch Angst ein. Ich weiß, dass sie nach mir suchen, allerdings weiß ich auch, dass sie mich nicht finden werden. Nicht hier, nicht an der Gold Coast in Australien. Ich schätze, ich muss ihnen dankbar sein. Denn immerhin: Ohne diese Online-Auktion wäre ich nie auf die Idee gekommen, in dieses Geschäft einzusteigen. Schon komisch, wie das Leben so spielt, oder?

52

Verbrechen und Bestrafung

»Wo ist Starlight?«, wollte Maria wissen.

Wir standen auf dem Parkplatz von Dreamworld. Das ist der größte Themenpark in Australien. Man hatte das Gelände in den Siebzigerjahren dem Buschland abgerungen und den Park von einigen derselben Leute bauen lassen, die auch Disneyland entworfen hatten. Ein dichter Wald hoch aufragender Eukalypten umgab die Anlage. Durch die Sonne strahlte eine brütende Hitze vom flachen Asphalt und den Tausenden Windschutzscheiben der Autos zurück, die sich fast bis zum Horizont erstreckten.

Ich konnte die Rufe und das Geschrei von Kids hören, vorwiegend von Teenagern, die sich eine Auszeit von den wesentlichen Trinkaktivitäten der Schoolies-Wochen genommen hatten. Unter ihnen befand sich Casey, der mit der von allen berüchtigten Achterbahnen als am »gefährlichsten« geltenden fuhr, der BuzzSaw.

Ich hatte mich für den Parkplatz von Dreamworld entschieden, weil er etwa zwanzig Minuten von Surfers Paradise entfernt lag, dem Dreh- und Angelpunkt des aktuellen Treibens der Polizei. Dorthin würde ich nicht zurückkehren. Ich hatte Casey gebeten, den Studebaker kurzzuschließen und aus dem Ort zu diesem Parkplatz zu fahren, wo ich vereinbart hatte, mich mit ihm zu treffen.

Maria erwartete mich an die Motorhaube gelehnt und aß dabei Zuckerwatte aus einer Tüte. Mir bot sie keine an.

»Wo ist Estefan?«, wollte sie außerdem wissen. »Und Ida? Hast du sie gefunden? Wo sind sie alle? Was zum Teufel ist eigentlich los, Darian?«

Sie war wütend. Abgesehen von meiner Anweisung an Isosceles, sie zu der jungen, von Starlight gefangen gehaltenen Frau zu führen, um sie zu retten, war ich nicht besonders mitteilsam gewesen. Der Handyempfang auf Stradbroke hatte sich als problematisch erwiesen.

Dasselbe galt für den Umstand, dass mich Maria beinah an Dane Harper ausgeliefert hätte. Klar, ein Verrat in eher kleinerem Maßstab, trotzdem ein Verrat.

»Estefan war der Killer. Er hat Johnston ermordet, die zwei Mädchen im See und die junge Frau unten am Strand«, erklärte ich ihr. »Ich glaube auch nicht, dass Estefan sein richtiger Name ist. Ich glaube, er heißt Carlos. Soweit wir es beurteilen können, hat er den echten Estefan, dessen Eltern und dessen Freundin bei sich zu Hause in Rio getötet, seine Identität übernommen und ist dann hierhergekommen, um mit seiner Schwester unter dem so erschlichenen Namen zusammenzuarbeiten. Mit Sicherheit werden wir es wahrscheinlich nie erfahren. Der Polizei in Rio scheint es schnuppe zu sein. Ist für die bloß ein weiterer ungelöster Mehrfachmord.«

»Und?«, gab sie zurück. »Wo zum Teufel steckt er? Dieser Estefan oder Carlos oder wie auch immer er heißt?«

In der Ferne vermeinte ich zu sehen, wie mir Casey an der höchsten Stelle der verrückten Achterbahn zuwinkte, mitten in etwas, das wie eine Todesspirale aussah.

»Darian?«

Reden Sie nie mit Cops. Ist eine Grundregel der Interaktion zwischen Zivilisten und Uniformierten. Wird allerdings ständig ignoriert. Von ihnen und von uns.

Ich wandte mich von Maria ab und ging um das Auto herum auf die fahrerseitige Tür zu.

»Darian? Was hast du getan?«, rief sie mir nach.

Ich öffnete die Tür. Warf meinen Rucksack auf den Beifahrersitz.

»Darian?« Maria hatte die Tüte mit Zuckerwatte auf den Boden fallen lassen. Schon komisch, wie Menschen, die man zu kennen glaubt, manchmal Dinge tun, die man ihnen nie zugetraut hätte, zum Beispiel Umweltverschmutzung.

»Was zum Geier ist aus ihnen geworden? Hast du ihn umgebracht? Hast du ihn hingerichtet? Hast du wieder mal den Helden gespielt? Den Richter und die Geschworenen in Personalunion? Denn wenn ja …«

Und damit verstummte sie abrupt, als ihr offenbar bewusst wurde, wie hohl ihre Drohung war.

Ich fuhr von Dreamworld davon, ließ Maria auf dem Parkplatz stehen, bog auf die Autobahn und brach nach Hause auf.

—

Die Transaktion verlief reibungslos.

Der zweite Kunde war extrem ungeduldig geworden. Zuerst hatte ihn die junge Frau, die er als Starlight kannte und die sich in der Vergangenheit als so bedingungslos zuverlässig erwiesen hatte, in Djakarta angerufen, um ihm mitzuteilen, dass die Lieferung zerstört worden sei.

Was? Zerstört? Wie in Gottes Namen konnte das passieren? Und was genau sollte das überhaupt heißen, zerstört? Wie zerstört? Er besaß ein Bauunternehmen, das von Indonesien aus Einkaufszentren in ganz Asien errichtete. Seine Welt bestand aus Ziegelsteinen und Mörtel. Man bekam Pläne zugeschickt, man ließ sie genehmigen, man baute danach. Ganz einfach. Er tätigte gern Geschäfte mit Starlight, weil sie demselben Prinzip folgte. Bisher waren seine Transaktionen mit ihr vollkommen unproblematisch verlaufen. Er bestellte ein Mädchen, bekam ein paar Auswahlmöglichkeiten gezeigt – und die boten immer höchste Qualität, wirklich erstklassige Ware –, er traf eine Entscheidung, bezahlte, organisierte den Transport und erhielt die Lieferung innerhalb von achtundvierzig Stunden. Ganz einfach.

Und jetzt das. Ein Chaos. Nachdem ihm mitgeteilt worden war, dass sein neues Mädchen nicht mehr zur Verfügung stand, wurde ihm versichert, es würde umgehend Ersatz beschafft. Noch in derselben Nacht. Was nicht geschah. Dann teilte ihm Starlight mit, ihre Mobiltelefonnummer sei ungültig und er müsse eine andere verwenden, was ihn irritierte, und schließlich erfuhr er, dass er eine bezaubernde, blonde junge Frau bekommen sollte. Er sah die Fotos, und sie gefiel ihm. Sie entsprach zwar nicht dem, was er wirklich wollte, aber er brauchte irgendjemanden. In einigen Monaten könnte er sie ja ersetzen.

Sie war Österreicherin und natürlich umwerfend schön, besaß einen prächtigen Körper. Er wollte bloß etwas anderes. Es war schwer zu erklären.

Dann kam lange nichts mehr. Mit jeder verstreichenden Stunde wurde er ungeduldiger. Und wütender. Er wollte dieses Mädchen.

Dann, endlich, eine Nachricht.

—

Isosceles gab ein:

hi

Dann wartete er auf die Antwort, die nach wenigen Sekunden folgte:

wurde auch zeit. war schon besorgt. was ist los?

habe ein neues mädchen, antwortete Isosceles. *absolut spitze. wollen sie bilder sehen?*

ja. BITTE. sofort schicken

klicken sie auf den link.

—

Er tat es. *Wow*, dachte er. *Sie ist der blanke Wahnsinn*. Dunkle Haare, goldene Haut, üppige, wunderschöne Brüste, die atemberaubendste junge Frau, die er je gesehen hatte. Es handelte sich definitiv nicht um eine Blondine aus Österreich – was gut war. Sie sah vielmehr wie eines dieser Supermodels aus Südamerika aus.

super. bin begeistert, schrieb er zurück. *wie heißt sie?*

rosalita

wann kann ich sie abholen lassen?

jetzt. sofortige lieferung. OK?

ja. abholadresse?

parkplatz fährenterminal in cleveland zwischen gold coast und brisbane

—

Isosceles wartete. Dann:

auto ist unterwegs. seien sie in einer stunde dort. OK?

eine stunde ist in ordnung. sie wird warten. fahrer soll nach einem Nissan-Geländewagen aus den Achtzigern ausschau halten

vielen dank
gern geschehen
kann's kaum erwarten, sie unter meiner kontrolle zu haben
Isosceles konnte nicht anders; er schrieb zurück:
das wird ihr gefallen

—

Ich fuhr von der Fähre, parkte und wartete. Nicht besonders lange. Eine schwarze Limousine rollte auf den Parkplatz und hielt an. Ich vermutete, dass der Fahrer die Lage sondierte und nach dem Nissan mit Allradantrieb aus den Achtzigerjahren Ausschau hielt, den er suchen sollte. Nach wenigen Augenblicken begann das Fahrzeug, sich in meine Richtung zu bewegen.

Starlight hatte während der Fahrt über den Sand und die Insel auf die bereits wartende Fähre kaum etwas gesagt. Sie hatte auch geschwiegen, als wir stampfend das Wasser überquert hatten. Erst jetzt, als sich die schwarze Limousine langsam näherte, begann sie zu reden.

»Was soll das werden?«, fragte sie.

Ich erwiderte nichts. Stattdessen stieg ich aus, schloss die Tür und ging hinüber, um den Fahrer zu begrüßen.

»Sie haben so etwas doch schon mal gemacht, oder?«, fragte ich ihn. Ich wusste, dass dem so war.

»Ja, Mann«, bestätigte er.

»Also kennen Sie den Ablauf?«

»Ja. Habt ihr Carlos ausgetauscht? Er war ein ziemlich cooler Typ.«

Ich überging die Frage.

»Die da ist nicht auf Xanax. Sie könnte ein bisschen laut werden«, warnte ich.

»Kein Ding. Ich bekomme satt dafür bezahlt, dass ich tue,

was man mir aufgetragen hat, die Klappe halte und keine Fragen stelle. Und falls sie Lärm macht, sind meine Ohren einfach zu.« Er lachte.

Ich lachte mit ihm.

»Fahren Sie Ihren Wagen neben meinen. Rücksitz auf meine Beifahrerseite. Sie machen Ihre Tür auf, ich meine. So kann niemand die Übergabe sehen.«

»Geht klar«, gab er zurück.

—

»Was zum Teufel soll das werden?«, wiederholte Starlight.

Ich löste gerade ihren Sitzgurt. Die Limousine rollte langsam neben uns.

»Ich schicke dich weg«, antwortete ich.

Zum ersten Mal schaute sie besorgt drein.

»Und du glaubst, dass du damit einfach so davonkommst?«, fragte sie mich.

»Bist du doch auch, oder?«, konterte ich.

»Bereit, wenn Sie es sind!«, rief der Fahrer. Er hatte den Wagen abgestellt und beugte sich herüber, um seine hintere Tür zu öffnen. Als beide Türen offen standen, bildeten sie einen Metallvorhang. Niemand würde sehen, wie ich Starlight hinübermanövrierte.

»Bitte«, flehte sie mich eindringlich an. Ich schaute zu ihr und sah ein kleines Mädchen, doch unter der Oberfläche, nicht besonders tief darunter, befand sich die Frau, die Dutzenden arglosen Mädchen aufgelauert hatte.

Es hätte keinen Sinn gehabt, sie in einem Polizeirevier abzuliefern. Die Cops hätten gewaltige Probleme gehabt, irgendwelche Beweise gegen sie auszugraben. Das Tor-Netzwerk hatte sämtliche ihrer Transaktionen vollkommen anonym gestaltet. Der Fall hätte es nie vor Gericht geschafft, sofern er überhaupt die erste Hürde bei den Bullen genommen hätte.

Ich hatte nicht die Absicht, sie zu töten. Diese extreme Maßnahme wollte ich in ihrem Fall nicht ergreifen müssen, und Isosceles hatte ohnehin eine schlichtweg brillante Lösung parat gehabt.

Vielleicht würde sie eines Tages entkommen. Vielleicht würde sie Zeit haben, über ihre Handlungen nachzudenken. Vielleicht würde der Typ, der sie demnächst in Besitz nehmen würde, irgendwann hochgenommen werden, und sie würde dann freikommen. War mir egal. Ich wollte sie nur loswerden und nicht mehr sehen müssen.

Schwungvoll hob ich sie hoch und hievte sie hinüber in das andere Auto. Ich legte ihr den Sitzgurt an und beugte mich zum Fahrer hinüber.

»Bereit zur Abfahrt«, sagte ich.

Er ließ den Motor an und legte den Gang ein, als ich die Tür zuwarf. Dabei sah ich, dass sie zu mir hochstarrte.

Sie weinte.

—

Ida hatte jegliches Zeitgefühl verloren. Wie lange mochte sie schon dort unten in diesen Tunneln umherirren? Es fühlte sich wie Tage an, doch sie wusste, dass es sich nur um ein paar Stunden handeln konnte.

Nach Darian zu rufen, hatte sie längst aufgegeben. Er war weg, das wusste Ida. Sie war auf sich allein gestellt. Irgendwo in einem der Tunnel lag Carlos' Leichnam. Sie betete, dass sie nicht darüber stolpern würde, während sie durch das Labyrinth irrte.

Außerdem betete sie um Vergebung.

Als Kind hatte sie Bibelunterricht erhalten. Sie wurde zur Sonntagsschule geschickt und im Alter von vierzehn Jahren gefirmt. Ida glaubte grundsätzlich an Gott, hatte jedoch in letzter Zeit nicht allzu sehr über ihn nachgedacht. Er und alles, was sie aus der Bibel erfahren hatte, schienen hochgradig irrelevant für ihr Leben in den vergangenen Jahren zu sein. Vielleicht, so überlegte sie, hatte sie ihm den Rücken zugekehrt, um es morgens aus dem Bett zu schaffen, um jeden einzelnen Tag zu überstehen, um nachts schlafen zu können, um zu *überleben*.

Allerdings würde sie nicht überleben. Das wusste Ida. Sie würde sterben. Es mochte ein paar Tage dauern, aber dieser Ort würde ihre Grabstätte werden.

Sie verdiente es so, sagte sie sich.

Dennoch zitierte sie, um letztlich Buße zu tun, Abschnitte von Psalm einundfünfzig, die sie immer noch auswendig kannte:

Gott, sei mir gnädig nach deiner Huld, und tilge meine Frevel nach deinem reichen Erbarmen.

Wasch meine Schuld von mir ab, und mach mich rein von meiner Sünde!

Denn ich erkenne meine bösen Taten, meine Sünde steht mir immer vor Augen.

Gegen dich allein habe ich gesündigt, ich habe getan, was dir missfällt.

So behältst du recht mit deinem Urteil, rein stehst du da als Richter.

—

Ida träumte, dass Männer eintrafen, um sie zu retten. Sie trugen Fackeln, und sie waren vom Meer gekommen. Ida träumte, dass sie ihren Namen riefen. Sie träumte, dass ihre Stimmen durch die Tunnel hallten und dass sich ihr Schritte näherten.

Ida beobachtete, wie sich ein alter Mann, der die anderen anführte, zu ihr herabbeugte und sagte: »Jetzt wird alles gut, Liebes. Du bist in Sicherheit.«

Sie beobachtete, wie ein anderer alter Mann zu ihrem Ellbogen nach unten griff und ihr behutsam auf die Beine half. Derjenige, der gesprochen hatte, fügte hinzu: »Wir bringen dich jetzt hier raus.«

Dann schlang er den Arm um ihre Mitte, damit sie sich auf ihn stützen konnte.

Ida sah, wie sie sich in Bewegung setzten und dass die Männer sie trugen.

Sie beobachtete, wie sie raue Steinstufen erklommen, die Stufen, die aus dem Spinnennetz nach draußen führten in die Welt an der Oberfläche.

Als die Sonne sie umfing und das grelle Licht in ihren Augen brannte, träumte Ida, sie wäre gerettet worden.

Als sie erwachte, lag sie in einer alten Hängematte in einem chaotischen Garten neben einer Holzhütte am Strand. Angeln und Krabbenreusen lagen über den Boden verstreut.

Der alte Mann aus ihrem Traum briet Fische auf einem aus Steinen und Ziegeln gebastelten Grill.

»Wie haben Sie mich gefunden?«, fragte sie.

»Da war ein Bursche, der hat nach dir gesucht. Hat gesagt, du wärst verschwunden. Er dachte, du würdest dich vielleicht in jenen Tunneln verstecken. Ein paar Stunden später ist er zurückgekommen. Hat mir erzählt, du wärst da unten. Hättest dich verlaufen. Kluger Bursche. Ehemaliger Bulle aus Melbourne. Hat mich gefragt, ob ich irgendjemanden auf der

Insel kenne, der wüsste, wie man dort runtergelangt und dich finden kann, ohne sich selbst zu verirren. Zum Glück hat er damit genau den Richtigen gefragt.«

»Was hat er sonst noch gesagt? Hat er eine Botschaft oder so für mich hinterlassen?«, wollte Ida wissen.

»Ja. Er hat gesagt: ›Finde deinen Weg nach Hause.‹«

53

Das Alter der Unschuld

Ich schaltete die Mobiltelefone ab, deren Nummern ich den Mädchen gegeben hatte. Alle wiesen verschiedene knallige Farben auf, jedes, um mich an die Person zu erinnern, die darauf anrufen würde, sollte es notwendig sein, sollte sie sich in einer Notlage befinden, sollte sie in Gefahr schweben und jemanden brauchen, der kommen würde, um sie zu retten.

Nur Sie können helfen, Darian, nur Sie.

Idas eindringlicher Appell, den sie in der Hitze des Augenblicks erst vor wenigen Tagen an mich gerichtet hatte, dröhnte wie ein höhnischer Refrain durch meinen Kopf.

Ich stieg zu den Holzbalken meines netzartigen Dachraums hinauf, ergriff den Schuhkarton, der die Telefone enthielt, und zog aus jedem den Ladestecker. Nachträglich besann ich mich eines Besseren, drehte die Geräte um, entfernte die Abdeckungen und nahm die Akkus heraus.

Ich war nach Hause gefahren, ohne anzuhalten, hatte Maria auf dem Parkplatz von Dreamworld zurückgelassen, ohne auch nur eine ihrer Fragen zu beantworten. Das musste ich nicht. Es war vorbei. Alles war vorbei.

Dachte ich zumindest.

—

Tina war zu ihren Eltern zurückgebracht worden.

Soweit es Isosceles nachvollziehen konnte, hatte Starlight siebzehn junge Frauen in ein neues Zuhause geschickt. Zwar hatte er die verschiedenen Behörden verständigt, dennoch war ich nicht sicher, für wie viele der jungen Frauen es ein gutes Ende geben würde. Mehrere schienen in den Händen barbarischer Sadisten gelandet zu sein, und in einigen Ländern wie Indien, Indonesien und Kenia zeigte die örtliche Polizei kein großes Interesse an den Meldungen. Alle Mädchen, die an Adressen in Australien geschickt worden waren, wurden gerettet.

Anklagen warteten auf die Männer, von denen sie gekauft worden waren.

Nur wegen eines Mannes mit einer bestimmten jungen Frau gaben wir den Behörden keinen Hinweis; er lebte in Djakarta, und sie hieß Rosalita.

Sie hatte die Unschuld einiger und das Leben anderer zerstört. Ich betrachtete es als ein passendes Ende für sie, die Qualen und die Versklavung zu erleben, die sie so bereitwillig und ohne jeden Funken von Schuldgefühlen, Bedauern oder Skrupel anderen beschert hatte.

—

Auf der Fahrt nach Hause, als ich mich Brisbane näherte, erblickte ich vor mir ein vertrautes Auto. Derselbe blaue Holden, gerammelt voll mit sechs jungen Frauen, diesmal auf dem Rückweg.

Die Schoolies-Wochen hatten an der Gold Coast noch nicht geendet. Aber die Anrufe Zehntausender panischer Eltern aus dem ganzen Land waren zu einem Crescendo mit einer einzigen Forderung angeschwollen: *Komm* sofort *nach Hause!*

Als ich näher zu dem Wagen aufschloss, konnte ich sehen, dass die gekritzelten Slogans »JUHU!« und »AUF ZU DEN SCHOOLIES!« immer noch daran prangten, wenngleich sie im Verlauf der letzten Tage zu verblassen begonnen hatten.

Dasselbe Mädchen fuhr mit derselben intensiven Konzentration, den Blick starr auf die Straße geheftet, die Hände fest um das Lenkrad gelegt, strikt die Geschwindigkeitsbegrenzung beachtend, völlig verängstigt vor den potenziellen Gefahren der Autobahn.

Als ich dazu ansetzte, die jungen Frauen zu überholen, warf ich einen Blick zur Seite. Auf dem Weg zur Gold Coast hatten sie gebrüllt und gesungen und gejauchzt und mir zugewunken. Mittlerweile war die Begeisterung verpufft, die Abenteuerlust verflogen. Ich konnte es ihnen an den Gesichtern ansehen. Alle saßen sie im Auto und starrten geradeaus, redeten nicht, sangen nicht, winkten nicht vorbeifahrenden Verkehrsteilnehmern zu, schunkelten nicht auf dem Rücksitz zum Takt der Musik.

Es waren nicht die Schoolies-Wochen geworden, die sie erwartet hatten.

Eine weitere junge Frau wurde vermisst. An der Sunshine Coast, weit von der Gold Coast und den Schoolies entfernt, doch das spielte keine Rolle. Ihr plötzliches Verschwinden betonte für die Eltern und vielleicht auch für die Teenager selbst, nachdem sich das Blutbad der vergangenen Tage in ihrem Bewusstsein eingenistet hatte, die unbekannten Gefahren, die uns umgeben.

Dieses neue verschwundene Mädchen war in Gympie am nördlichsten Zipfel der Sunshine Coast in einen Zug gestiegen. Irgendwo zwischen jener Ortschaft und ihrem Ziel Nambour, ungefähr zwanzig Minuten von dort entfernt, wo ich wohne, verschwand sie. Die Polizei mutmaßte, dass es sich um eine Ausreißerin handeln könnte, und zitierte wieder einmal die Statistiken, denen zufolge die überwältigende Mehrheit verschwundener Personen letzten Endes wohlbehalten nach Hause zurückkehrt. Angesichts all der grauenvollen Nachrichten von der Gold Coast hörten die Eltern diesmal nicht auf die Cops – wer konnte ihnen einen Vorwurf daraus machen? Und in ihrer nackten Angst und ihrem Kummer hatten sie die Aufmerksamkeit einer hungrigen Presse geschürt.

Angst zieht durchdringende Kreise.

—

Nachdem Dane Harper den Medien gegenüber angedeutet hatte, dass Ethan, Hannahs Freund, als Hauptverdächtiger in den vier Morden galt, kam er davon klammheimlich ab und ließ den Jungen mitten in der Nacht durch die Hintertür nach Hause gehen. Die Morde blieben ungelöst, aber jüngste Gerüchte besagten, dass sie vielleicht etwas mit den Motorradgangs zu tun haben könnten.

Das funktionierte immer.

—

Ich legte eine Scheibe von Buckwheat auf meinem alten, aber höchst zuverlässigen Plattenspieler auf – Musik aus einer anderen Kultur, Musik aus weiter Ferne, aus der Cajun-Welt im tiefsten Süden der USA, Musik, zu der man tanzen, lachen, trinken und essen konnte, Musik über Liebe und Sonnenschein – und öffnete die Türen zu meinem Garten vor dem Haus, einem Fleckchen Wiese mit Palmen und einer träge am Rand des Flusses schaukelnden Hängematte. Daneben befand sich mein Holzsteg, der weit in den azurblau funkelnden Noosa River hineinragte. Der Fluss war voll von Leuten, die in Blechbooten Fische fingen, Familien in kleinen Motorbooten, die darin picknickten und sich von der einsetzenden Flut flussaufwärts treiben ließen, Kids in Kanus, deren Rufe und Gelächter wie verblassende Echos über die sanft wogende Wasseroberfläche zur unbewohnten, schmalen Insel auf der anderen Seite hinüberhallten, wo dicht an dicht Mangroven, Würgefeigenbäume und hohe Eukalypten wuchsen. Das rhythmische Rauschen der Brandung des Pazifiks an den Strand lag nur einen kurzen Spaziergang durch den Busch dahinter. Ich ließ das alles auf mich wirken, begrüßte die Wärme und die Beschaulichkeit meines Zuhauses. So lag ich in meiner Hängematte, schenkte den Pelikanen keine Beachtung, die sich in der Nähe versammelt hatten und Futter wollten, und schloss die Augen.

Am dritten Tag gab ich nach und fütterte sie. Ich bin ein Weichei, wenn es um hungrige Pelikane geht.

—

Am vierten Tag hörte ich, wie sich Schritte näherten. Leise und zögerlich über die Schotterzufahrt durch das Seitentor, das in den Garten vor dem Haus führte. Ich hatte nicht mit ihr gerechnet, dennoch wusste ich, wer es sein würde.

»Hallo«, begrüßte mich Ida.

»Setz dich«, forderte ich sie auf, und sie tat es. Sie nahm auf einem der klapprigen Holzstühle Platz, die Casey mir aus Mitleid geschenkt hatte und um mich dazu anzuregen, geselliger zu werden.

Ida trug die Haare zurückgebunden, und sie sah abgehärmt aus – völlig anders als die glückliche junge Frau von dem Foto an der Wand ihres Apartments, auf dem sie neben ihrem Freund Carlos in die Kamera gelächelt hatte.

»Es tut mir leid«, entschuldigte sie sich.

Ich wusste nichts zu sagen. Ich fand es tapfer von ihr, dass sie hergekommen war. Ich ließ sie einfach reden.

Sie erzählte mir alles. Das meiste davon hatte ich schon vermutet; der Anruf ihrer Mutter, durch den sie mich aufgefordert hatte, die Suche abzublasen, hatte es mir bestätigt.

»Ich habe schlimme Dinge getan. Ich habe entsetzliche Dinge getan«, beichtete sie mir. »Ich habe Menschen verletzt.«

Sie starrte dabei zu Boden. Anfangs sah sie mich kaum an, dann allerdings tat sie es doch, schaute zu mir auf und begegnete meinem Blick.

»Vergeben Sie mir?«, fragte sie mich.

»Vergibst du dir denn selbst?«, erwiderte ich.

»Nein«, sagte Ida und starrte mich dabei ungebrochen an. Ihre Augen waren blutunterlaufen, groß und rund, als hätte sich darin ein Grauen eingebrannt, das sie nicht abzuschütteln vermochte. In dieser Frau steckte ein zu Tode verängstigtes Kind.

»Dann sollte es wenigstens einer von uns tun«, meinte ich.

Danksagung

Ich möchte Claude Minisini, Lucio Rovis und David de Pyle für ihren Rat, ihr Geleit und ihr Feedback in Bezug auf die Welt der Strafermittlungen danken. Das vorliegende Buch ist ein fiktives Werk, und bestimmt habe ich die Wirklichkeit über Gebühr strapaziert; für jegliche Fehler oder Unglaubwürdigkeiten bin allein ich verantwortlich.

Danke an Ross Macrae, Stefan Wern und Dean Barker dafür, dass sie die frühen Entwürfe gelesen und mich mit großartigen Rückmeldungen unterstützt haben. Ferner an Carlos Nunes dafür, dass er meine Fragen über das Leben in Brasilien und das Erlernen der englischen Sprache beantwortet hat.

Danke meiner brillanten Lektorin Elizabeth Cowell. Danke an alle bei Hachette Australien für ihre Unterstützung, insbesondere Kate Stevens für ihr zusätzliches Lektorat und vor allem Vanessa Radnidge.

Danke an Jasin Boland und David Franken. Ebenso an meine wunderbaren Kinder Scarlett, Charlie und Delaware sowie zu guter Letzt an Rachael für ihre Liebe, ihre Hilfe, ihr Geleit, ihre Unterstützung und ihre positive Einstellung in allen Lebenslagen und in all den flüchtigen dunklen Winkeln.

Der Autor

Tony Cavanaugh hat schon für *The Sullivans*, *Carson's Law*, *The Flying Doctors*, *Fire*, *Adrenalin Junkies* und *Clowning Around* geschrieben. Für das Drehbuch zu *Father* wurde er bei den Victorian Premier's Literary Awards nominiert, für das Drehbuch zu *Through My Eyes* bei den Queensland Premier's Literary Awards. Sein erster Roman *Tief ins Fleisch* fand bei Kritikern großen Anklang. *Totenblässe* ist sein zweiter Roman.

Leseprobe

TONY CAVANAUGH
Tief ins Fleisch

1

Niemals Versprechen abgeben

Neun verpasste Anrufe.

Meine Waffe und mein Telefon; sie waren mein Leben. Mich von der Kanone zu trennen, fiel mir leicht. Ich schleuderte sie einfach wie einen Baseball ins Meer. Ihre Reise in den Tod von der Klippe zu beobachten, ersparte ich mir. Stattdessen starrte ich auf mein Telefon. Mir war klar, dass ich es ebenfalls vernichten musste, aber ich steckte es zurück in meine Gesäßtasche und ging weiter. Später, sagte ich mir.

Neun verpasste Anrufe, immer dieselbe Rufnummer. Achtzehn Stunden war ich gefahren, bis letztlich die Erschöpfung eingesetzt hatte und ich von der Schnellstraße abgebogen war. Nach sechs Kaffee starrte ich auf das Telefon, das ich behutsam auf die gegenüberliegende Seite des Tisches gelegt hatte, als wäre es ein Gast.

Dabei verkörperte ich die einzige Kundschaft in der Raststätte. Draußen erstreckte sich ein Parkplatz tief in die Nacht hinein, gerammelt voll mit Lastzügen, Wohnmobilen und Langstrecken-Lkw, aber sie alle schwiegen, sie alle schliefen. Eine zerknautschte Frau mit einem Namensschild, das sie als Rosie auswies, hatte mich hinter einem Tresen mit einem Tag altem, frittiertem Essen bedient. Auch sie hatte geschlafen, als ich hereingekommen war. Nun starrte sie mich an, was die meisten Menschen bei einem Mann tun würden, der nicht ans Telefon geht, wenn es klingelt und vibriert, klingelt und vibriert, geschlagene zwanzig Minuten lang. *Was ist los mit dir? Geh ans Telefon. Du versteckst dich, du bist auf der Flucht, du wirst gejagt.*

Rosie behielt mich finster im Auge. Ich wusste, dass sie sich bereits den schnellsten Weg nach draußen eingeprägt hatte – für den Fall, dass sich ihr Verdacht bestätigte und ich tatsächlich ein Monster war, das langsam mit jedem Schluck Kaffee erwachte, den sie mir zögerlich gereicht hatte. Vermutlich wirkte mein dubioses Verhalten durch meinen Klingelton umso beunruhigender: Jimi Hendrix' »Hey Joe«.

Ich kannte den Song gut. Ähnliche Details echter Fälle von Mord im Familienkreis kannte ich noch besser. Der Klingelton hatte als Code gedient, war bei uns allen in den Handys einprogrammiert gewesen, hatte einen Anruf von den Angehörigen eines Opfers signalisiert. Obwohl wir viele Opfer gehabt hatten, verteilt über lange Jahre und das Gebiet einer weitläufigen Stadt, spielte es keine Rolle; am Ende waren die Fragen immer dieselben.

Rosie fing wie auf ein Stichwort zu zucken an, als Jimis raue Stimme davon erzählte, wie Joe seine Frau abknallen musste, weil sie einen anderen Mann angesehen hatte.

Dieselbe Nummer erschien auf der Anzeige. Ich hatte sie mir vor langer Zeit eingeprägt. Ich schenkte Rosie ein breites Lächeln und fragte sie, ob sie so nett sein könnte, mir einen siebten Kaffee einzuschenken, dann ergriff ich das Handy und ging ran. Meine Stimme streckte sich über achtzehn Stunden und eintausend Kilometer.

»Hi.«

»Du hast gekündigt?«

Ich schätze, nach neun unbeantworteten Anrufen hatte

sich der Schock gelegt; geblieben sein dürften nur Wut und ein Gefühl des Verrats. Ihre Stimme klang müde. Ich wusste, dass sie geweint hatte, wusste, dass dieser Anruf sie auf eine dunkle Reise schicken würde, auf der es keine Hoffnung gab. Sie wusste es auch. Ich brauchte es nur zu bestätigen, mehr nicht.

»Ja«, antwortete ich ihr.

Ich hörte, wie eingeatmet wurde: tief, langsam, ein Geräusch wie der letzte Widerhall einer untergehenden Welt. Ich unterdrückte, wie sehr ich mich schämte, schloss die Augen und ließ sie fest zugepresst, während ich auf eine Erwiderung von ihr wartete. Von einem Ort, der weiter als tausend Kilometer entfernt zu sein schien, hörte ich sie sagen: »Also ist sie tot.«

Bevor ich etwas erwidern konnte, legte sie auf. Es wäre einfacher gewesen, wenn ich beim ersten Anruf rangegangen wäre. Nach neun unbeantworteten Versuchen hatte sich alles in eine stille Landschaft von Schuldzuweisungen destilliert, die noch lange weiter bestehen würde, nachdem sie aufgelegt hatte.

Ich blickte durchs Fenster hinaus. Auf dem Parkplatz mussten sich mindestens dreißig Sattelschlepper und Lkw befinden. Es ging auf vier Uhr morgens zu; bald würde der Sonnenaufgang einsetzen. Ein Auto raste vorbei. Ich hatte mitverfolgt, wie es sich näherte, seit ich in weiter Ferne ein winziges Licht wahrgenommen hatte. Draußen, jenseits des Neonlichthofs der Raststätte, herrschte Schwärze. Kein Mond, keine Sterne, keine Konturen des Buschlands, das sich weit und breit rings um mich erstreckte.

Ich legte das Telefon hin. Im Speicher des Geräts befanden sich Hunderte Kontakte. Ich zog die hintere Abdeckung ab, entfernte den Akku und holte behutsam die SIM-Karte heraus. Bevor mich Gefühle des Zweifels, der Reue oder der Schuld überwältigen konnten, zerbrach ich sie.

Draußen auf dem Parkplatz zerschmetterte ich den Rest des Handys mit dem Absatz meines Schuhs. Nachdem ich die Teile aufgehoben hatte, warf ich sie in eine Gewerbemülltonne. Ich hörte das Grollen und Brummen eines Lastzugs, dessen Motor zum Leben erwachte. Ich hörte das Knirschen von Schotter, als ein weiterer Laster auf die Schnellstraße zurollte.

Meine Schritte führten zu meinem Auto. Ich hatte noch weitere sechshundert Kilometer zu fahren.

—

Mein Name ist Darian Richards. Ich wuchs auf einer Schaffarm auf, im Schatten eines Berges namens Disappointment – *Enttäuschung* – in den sanften Tälern des Western District. Jede Nacht lag ich im Bett und starrte zum nächsten Berg. Der hieß Misery – *Elend.* Jeden Morgen ging ich hinaus und starrte zu einem dritten Berg. Dessen Name lautete Despair – *Verzweiflung*. Sie wurden vor hundert Jahren von einem dämlichen Entdecker so benannt, der nach dem großen Binnenmeer suchte, das es nicht gibt. Jedes Mal, wenn er einen der Berge erklomm, überkam ihn ein Gefühl. Jedes Mal, wenn er den Gipfel erreichte und den Blick über weiteres Land wandern ließ, empfand er … na ja, dürfte klar sein.

Ich konnte es nicht erwarten, von dort zu verschwinden. Mich plagten Albträume; es war, als verschwören sich die Empfindungen, die er diesen Orten als Namen gegeben hatte, gegen mich. Bereits im zarten Alter von sieben bildete ich mir ein, ich wäre verdammt. Ich wusste, dass mich Enttäuschungen erwarten würden. Aber Elend? Verzweiflung? Hielt die Zukunft das für mich bereit?

Ich war sechzehn, als ich per Anhalter mit einem Trucker davonfuhr. Zu jenen Bergen schaute ich nicht zurück. Er setzte mich nach zwei Stunden auf der Schnellstraße mitten in Melbourne ab.

Drei Jahre später war ich Constable bei der Polizei von Victoria, wo ich blieb und mich hocharbeitete, bis ich Leiter des Morddezernats wurde. Ich erlangte den Ruf, der beste Mordermittler im Land zu sein. Mit dreißig Jahren verkörperte ich zugleich den Jüngsten.

Die meisten Abteilungen hatten eine Erfolgsquote von neunzig Prozent. Unsere lag bei achtundneunzig. Die Menschen hielten mich für eine Legende. War ich aber nicht. Ich machte bloß meinen Job. Trotzdem riefen immer wieder Ermittler aus anderen Städten an und fragten mich um Rat. Minister anderer Distrikte lagen meinem Boss mit dem Gesuch in den Ohren, mich zu ihnen abzukommandieren, um einen Mordfall zu lösen, der sich schon zu lange auf den Titelseiten der Zeitungen hielt.

Sechzehn Jahre lang übte ich den Beruf aus, bis ich es nicht mehr ertragen konnte, was vor genau zwei Wochen eintrat. Da kündigte ich abrupt, denn ich hatte beschlossen, in ein eilends gekauftes Häuschen am Noosa River umzusiedeln. Viel weiter konnte man an der Ostküste Australiens nicht nach Norden, es sei denn, man wagte sich in die letzten Tausende Kilometer ländlichen Küstengebiets vor, das sich bis hinauf zum timorischen Meer erstreckt. Ich hatte genug gespart, um ein paar Jahre lang ein bescheidenes Leben zu führen und nur am Fluss herumzusitzen.

—

»Versprichst du es?« Als ich ins Auto stieg und die Tür schloss, hörte ich das Echo ihrer Stimme. Ich ließ den Motor an, trat aufs Gaspedal und ließ ihn aufheulen. Der Wagen war alt, mit Linkssteuerung aus Amerika importiert.

Rund drei Jahre lang waren wir hinter dem Täter hergewesen. Es lief immer nach demselben Schema ab. Ein Mädchen steigt in einen Zug. Und verschwindet. Eine Woche später wird sie in einer mehrgeschossigen Parkgarage freigelassen, wandert mit Drogen vollgepumpt benommen umher, unsicher, ob sie noch lebt; wahrscheinlich glaubt sie eher, tot zu sein, gefangen in einer geschlossenen Welt aus Betonspiralen und geparkten Autos. Immer in den Kleidern des vorherigen Opfers, zerfetzten, zerrissenen, mittlerweile so zerfledderten und losen Lumpen, dass sie zu Boden flattern und sie nackt ist, bis man sie findet. Sie hat einen finsteren Zusammenbruch der Zeit durchlebt. Er hat nichts zu ihr gesagt. Stattdessen hat er sie wiederholt, endlos vergewaltigt. Dann, eine Woche später, wacht sie zwischen abgestellten Autos auf. Es ist nicht mehr dieselbe Welt wie eine Woche zuvor.

Er hatte sich bereits die Neunte geholt – Lorna –, als ich die Frage von ihrer Mutter Diane hörte. Ich befand mich zu dem Zeitpunkt in der Küche ihres Hauses, um meinem Team nicht im Weg zu stehen, das nach irgendeiner Spur suchte, mit der sich vielleicht eine Verbindung zwischen der stabilen Welt des Opfers und der vom Täter heimgesuchten herstellen ließe.

Diane wusste, wie es ablief. Jeder wusste es. Zeitungen, Fernsehen, Radiomeldungen, alles strotzte vor atemlosen Spekulationen. Genauso gut hätte der Täter seinen eigenen Blog haben können. Er verkörperte den Herrn über die Stadt und all ihre Heime.

»*Er* war es, nicht wahr?«, fragte sie mit einer Stimme, aus der sich heraushören ließ, dass sie ihr Grauen nur mit knapper Not unterdrückte. Sie war stark. Sie würde sich zusammenreißen, bis ihr Mädchen zurückkäme. Die meisten Eltern tun das nicht. Sie erstarren und kehren sich nach innen. Ihr Leben ist bereits ruiniert.

»Ja«, bestätigte ich.

»Dann *wird* er sie freilassen, nicht wahr? Wie die anderen, in ungefähr einer Woche, richtig?«

Ich drehte mich ihr zu, als sie eine weitere Frage stellte: »Sie wird zu mir zurückkommen, oder?«

»Wenn er es ist«, sagte ich, »und wir haben jeden Grund zu der Annahme, dann ja, Lorna wird …«

Damit hatte ich bereits zu viel gesagt.

»… höchstwahrscheinlich freigelassen werden.«

Sie trat zu mir, und ich spürte, wie sich ihre Hand um meine schloss, sie sanft drückte – was ich weder erwartet noch geahnt hatte, sie hatte mich damit völlig überrumpelt. Dann fragte sie: »Versprechen Sie es?«

Ich wollte bloß, dass die Verzweiflung aufhörte. Nicht nur ihre.

»Ja«, antwortete ich.